PAIXÃO POR ACASO

OLIVIA DADE

PAIXÃO POR ACASO

Tradução de Ana Rodrigues

intrínseca

Esta edição foi publicada mediante acordo com Avon, um selo da HarperCollins Publishers.

TÍTULO ORIGINAL
Ship Wrecked

COPIDESQUE
Lara Freitas

REVISÃO
Rachel Rimas
Georgia Kallenbach

DIAGRAMAÇÃO
Henrique Diniz

IMAGENS
@FOS_ICON / Shutterstock, Inc. (emojis)

DESIGN DE CAPA
Yeon Kim

ILUSTRAÇÃO DE CAPA
Leni Kauffman

CIP-BRASIL. CATALOGAÇÃO NA PUBLICAÇÃO
SINDICATO NACIONAL DOS EDITORES DE LIVROS, RJ

D121p

Dade, Olivia
Paixão por acaso / Olivia Dade ; tradução Ana Rodrigues. - 1. ed. - Rio de Janeiro : Intrínseca, 2026.
416 p.

Tradução de: Ship wrecked
ISBN 978-85-510-1670-1

1. Ficção americana. I. Rodrigues, Ana. II. Título.

25-101023.0

CDD: 813
CDU: 82-3(73)

Gabriela Faray Ferreira Lopes - Bibliotecária - CRB-7/6643

[2026]

EDITORA INTRÍNSECA LTDA.
Av. das Américas, 500, bloco 12, sala 303
Barra da Tijuca, Rio de Janeiro - RJ
CEP 22640-904
Tel./Fax: (21) 3206-7400
www.intrinseca.com.br

Para todos que estão em busca de uma família de verdade. Se a vida não te deu uma de nascença, que você possa encontrar a sua no mundo. E que, no fundo do seu ser, você saiba que é uma pessoa compreendida e amada. Sempre. Mesmo quando estiver perdida. Mesmo quando não se sentir digna de amor. Não importa o que aconteça.

1

Quando Maria abriu os olhos castanhos, a visão meio turva por causa do orgasmo, Peter sustentou seu olhar por mais algumas arremetidas. Em seguida, apoiado nos antebraços, com os dedos emaranhados no cabelo dela, ele penetrou fundo uma última vez e gemeu na boca de Maria.

Depois, ele rolou seus corpos unidos para o lado e a abraçou apertado enquanto ambos recuperavam o fôlego.

Apesar do zumbido constante do ar-condicionado do quarto de hotel, a testa de Maria estava úmida de suor, assim como a raiz do cabelo loiro despenteado. Fazia sentido, já que o sexo intenso também tinha deixado Peter suado e ofegante. Depois de um minuto, ele reuniu energia para se livrar do preservativo, mas isso foi tudo que conseguiu fazer antes de ir se arrastando para junto dela e entrelaçar as pernas dos dois mais uma vez.

Ele levou mais tempo para organizar as ideias — talvez porque Maria o deixara completamente atordoado. Mas a verdade era que ele se sentia dessa forma desde o instante em que entrara em uma sauna de Hollywood acompanhado de alguns colegas de elenco, mais cedo naquela noite, e vira Maria estendida no banco de cedro, os seios fartos e os quadris generosos mal contidos pelo biquíni vermelho molhado.

Vermelho. Uma cor poderosa para uma mulher marcante.

Assim que os colegas de Peter foram embora, ela fez um sinal com o dedo, e ele se aproximou. Sem perguntas. Sem hesitação. Peter nem pensou duas vezes antes de aceitar reservar um novo quarto de hotel, em vez de ir para o dela. Se uma mulher como aquela o queria, ele não ia questionar a própria sorte. E, enquanto

Maria estivesse disposta a permanecer em seus braços, ele pretendia deixá-la ficar ali.

A pele salgada do pescoço dela, macia como veludo sob seus dedos, pulsava e cheirava a ervas e almíscar. Cheirava a alecrim. Cheirava a sexo. Cheirava a sexo *com ele*. E Peter não se cansava daquilo.

Infelizmente, assim que o ritmo da sua respiração desacelerou, Maria o afastou com um gesto delicado, e Peter recuou, mesmo não querendo. Ela se espreguiçou, aquele corpo longo sobre os lençóis brancos e amarrotados, completamente nua — e sem o menor pudor em relação à própria nudez.

Assim como ele, Maria era gorda, tinha o abdômen arredondado e um queixo macio. Assim como ele, ela também era forte — aquelas pernas que pareciam intermináveis eram curvilíneas e musculosas, e seus bíceps haviam ficado bem visíveis quando ela abriu a porta pesada da sauna para ele, na saída. Peter já havia percebido que a mulher tinha uma força metafórica... e suspeitava que tivesse uma força literal também.

Toda aquela maciez e força, toda aquela confiança, faziam de Maria-Sobrenome-Desconhecido a mulher mais sexy que ele já tinha conhecido. De longe.

E, agora que tinham feito sexo — e que sexo —, já estava mais do que na hora de saber mais sobre ela. Mesmo que ele fosse, quem sabe, a pessoa com menos traquejo social de Los Angeles.

Por isso, quando Maria voltou do banheiro de azulejos brancos e se ajoelhou na beirada da cama, percorrendo com um olhar ousado o corpo dele, ainda estirado no colchão, Peter se recostou na cabeceira da cama e seus neurônios finalmente conseguiram formular uma frase inteligível:

— Você é... europeia, né? — perguntou ele, abrindo um sorrisinho desconfortável e desajeitado. Torcia para que ela não percebesse o esforço que aquilo exigia. — Nunca fui muito bom com sotaques, apesar do trabalho dedicado de vários preparadores vocais.

As ondas desalinhadas do cabelo de Maria cintilavam como uma auréola sob a luz dourada do abajur, e Peter ficou sem ar de novo.

— Sueca — respondeu ela, curta e grossa.

Sem detalhes. Sem nenhum floreio.

Ele quis acreditar que aquela objetividade fazia parte da personalidade dela, ou de algum costume escandinavo, ou de uma insegurança com o inglês. Mas sabia que não.

O motivo era ele. Sempre.

— Entendi — disse Peter, e empacou, as sinapses se recusando a funcionar. — É...

Merda. Depois de quinze anos em Hollywood, já era para ele ter melhorado nisso. Não era mais um recém-formado ingênuo de vinte e um anos e já tinha entendido há muito tempo como aquela indústria funcionava. Só talento não bastava para conquistar os papéis que queria. Os papéis que merecia.

Sorte era essencial. O timing certo, também. Mas ter contatos de pessoas poderosas, influentes, e saber socializar, isso, sim, era mais provável de lhe render trabalhos melhores, com maior visibilidade. Ou seja, aquela incapacidade de engajar numa conversa agradável, que poderia alavancar a própria carreira, era no mínimo lamentável.

Fazer o papel do amigo apaixonado ou desastrado, do alívio cômico, da vítima sem nome de um assassinato, ou do personagem cuja história se resumia inteiramente ao peso dele já estava mais do que batido. Ele precisava de mais. Precisava de um papel que o desafiasse, que testasse suas habilidades. Que lhe trouxesse reconhecimento profissional, uma renda estável e o tipo de sucesso que nem o pai dele conseguiria minimizar.

Talvez, no dia seguinte, conquistasse esse tipo de papel. Esse reconhecimento. Essa renda. Esse sucesso.

Naquela noite, o que Peter queria conquistar era mais tempo com Maria. E, para isso, precisava encontrar as palavras certas — e rápido, porque ela já havia olhado uma vez para a porta, e ele jamais se perdoaria se a deixasse ir embora tão depressa, ainda mais sem conseguir pensar em uma forma de manterem contato.

Peter pigarreou e tentou mais uma vez:

— Por isso que você estava na sauna? Porque é escandinava?

Suecos gostam de sauna, certo? Ou eram os finlandeses? Merda, ele não lembrava.

— Sim, exatamente. — Maria abriu um sorriso largo, e ele sentiu o peito estufar de orgulho. — Fiquei curiosa para ver como seria uma suposta sauna sueca em Hollywood.

— É *mesmo* meio esquisito abrir um negócio desses no meio de Los Angeles, uma cidade tão ensolarada e cheia de palmeiras. — Peter sentiu os ombros relaxarem e soltou um suspiro longo e aliviado. Finalmente, *finalmente* estava conseguindo sustentar uma conversa. — E aí? Gostou? Se decepcionou?

Ela refletiu por um instante.

— Acho que as duas coisas. A sauna em si era bem agradável, por mais que a gente quase não use cedro na Suécia. Preferimos álamo, amieiro ou pinheiro. E, claro, geralmente ficamos pelados. Pelo menos nas saunas particulares.

Do jeito que Maria estava naquele exato momento: nua, os seios fartos e pesados, lindos, e aquelas coxas macias, ligeiramente abertas — embora, para a tristeza de Peter, não o bastante para que ele conseguisse ver entre elas.

— É mesmo? — Agora era Peter quem sorria. Para Maria. Para aquela conversa que, de repente, fluía com tanta facilidade. — Sinto muito, então, por não terem seguido à risca o costume sueco.

Para ser justo, aquele biquíni que ela estava usando na sauna não tinha escondido muita coisa. Nem o jeito como os mamilos dela ficaram rígidos quando ele os tocou, nem os lábios da sua boceta quando ela ficou de pé na frente dele. Peter os havia percorrido com a ponta do dedo, com um toque leve e provocante. Uma promessa — cumprida assim que trancaram a porta do hotel e ele deslizou a mão entre as pernas dela.

Quando gozou pela primeira vez, com os dedos de Peter dentro dela e o polegar massageando o clitóris, enquanto a outra mão segurava os cabelos dela, Maria gemeu tão alto que Peter pensou que alguém da recepção fosse ligar para reclamar.

Cacete. Como era possível, aos trinta e seis anos, estar ficando duro de novo tão rápido?

— No mínimo, deveria ser permitido ficar sem a parte de cima do biquíni — comentou Maria.

Como Peter estava tentando se concentrar em não desviar os olhos do rosto dela e, por isso, não respondeu, ela complementou:

— Todo mundo tem mamilo, Peter. Por que só algumas pessoas podem deixá-los à mostra sem levar uma multa? Não entendo.

Aquilo só podia ser uma armadilha. Pelo amor de Deus, a mulher estava ajoelhada na cama, nua, falando sobre mamilos! Nenhum júri do mundo o condenaria por deixar o olhar se perder no corpo dela.

Peter pigarreou.

— Hum...

— Não, mentira. Eu entendo, sim.

Ele apenas a encarou.

— A culpa é do patriarcado — declarou Maria.

Bem, contra aquilo era difícil argumentar.

— Ah.

A afirmação dela explicava algumas coisas. Inclusive o fato de que, ao contrário de todas as outras mulheres com quem ele já havia transado, Maria aparentemente não se depilava. Não que ele se importasse. Aqueles pelos loiros, entre as coxas com celulite, embaixo dos braços, nas pernas... Nada daquilo afetara seu tesão. Pelo contrário. Era mais um lembrete da confiança que o deixava tão excitado. E fazia tudo parecer...

Primitivo, talvez. Real. *Íntimo*, de um jeito que Peter não esperava.

Se ignorasse as conveniências modernas do quarto de hotel, Maria poderia muito bem ser uma mulher de qualquer época. Pintando um antílope na parede de uma caverna. Marchando para a guerra ombro a ombro com Joana d'Arc. Embarcando em um navio viking, uma escudeira destemida, impávida diante do perigo.

Tudo aquilo era dramático demais para um simples sexo casual. Uma romantização absurda, principalmente para um homem taciturno e direto como ele. Mas, para Peter, naquele momento de conexão sexual, quando estavam com os membros emaranhados, pele contra pele, seu corpo dentro do dela, era como se fossem amantes ultrapassando os limites do tempo.

Aquela sensação pós-sexo mexera com Peter, o deixara desnorteado, perdido de um jeito que nunca havia experimentado. Precisava saber se aquilo aconteceria de novo, se aquele abalo sísmico tinha sido pura sorte ou... não.

Maria, no entanto, ainda estava falando, e ele precisava ouvir, porque, em algum momento, seria bom saber, por exemplo, a *porra do sobrenome dela*.

— Além disso, ouvi dizer que os estadunidenses têm muito mais neuras com nudez e sexo do que os suecos — comentou Maria, como quem não queria nada. — E, levando em consideração tudo que vi até agora, parece que é verdade.

Peter se interessava pelas diferenças culturais entre a Suécia e os Estados Unidos. Mesmo. Mas, naquele momento, ele queria conduzir a conversa para informações mais básicas.

— Então... eu estava aqui me perguntando — começou ele, e seus olhos insistiam em se desviar para a pele delicada entre os seios dela que sua barba deixara rosada, com aquele rubor visceral tão delicioso. — Você mora em Los Angeles? Está só passeando? Ou...

Por um instante, Maria franziu os lábios, inchados de tanto se beijarem.

— Estou aqui por causa de uma oportunidade de trabalho.

O que queria dizer que ela talvez ainda morasse na Suécia. Mas onde, exatamente? E que trabalho era aquele? Será que ela achava que ia conseguir a vaga?

Que merda, ele era muito ruim naquilo. Se fosse qualquer outra pessoa guiando aquela conversa — literalmente qualquer uma —, Maria já teria revelado mais, detalhado melhor suas respostas, dado o contexto que ele...

De repente, Peter se viu deitado novamente, com a mão de Maria espalmada em seu peito, o cabelo roçando seu rosto enquanto ela grudava a boca na dele em um beijo intenso. E, antes que ele pudesse recobrar o fôlego, aquela mesma boca já começava a descer... e descer... passando pelo pescoço dele, pelo peito, pela barriga.

Ah, cacete. *Cacete.*

As mãos fortes de Maria abriram as pernas de Peter, e ela se encaixou ali no meio.

Então, com aquela boca talentosa, grande e maravilhosa, Maria o impediu de vez de formar qualquer raciocínio — de novo. Então, montou nele, levando ambos a outro orgasmo.

Depois daquilo, não lhe restaram palavras. Nenhuma. Maria acabara com todas, assim como acabara com ele.

E, meu Deus, ele que não ia reclamar. Não mesmo.

O som do alarme do celular o despertou, e Peter se espreguiçou com um gemido baixo, saboreando a sensação dos lençóis frios do hotel na pele e a dorzinha prazerosa nos músculos depois de uma noite longa e intensa.

Cacete, fazia anos que não se sentia tão relaxado. Talvez nunca tivesse se sentido daquele jeito.

Maria o sugara até a última gota. E, depois que ele a fizera gozar pela quarta vez, ela também parecia bem exausta, com aquelas coxas longas e fartas trêmulas, os lindos olhos castanhos semicerrados. Os dois, então, acabaram dormindo, e Peter ainda tinha uma ou duas horas antes de ter que se arrumar para o teste. Portanto, ficaria muito feliz em permitir que Maria o exaurisse de novo.

Já com um sorriso de expectativa se formando em seus lábios, ele rolou o corpo e olhou para o outro lado da cama, onde encontrou...

Nada. Ninguém.

Peter se sentou depressa, e toda aquela sensação de relaxamento deixou seu corpo na mesma hora.

A porta do banheiro estava aberta, e lá dentro estava tudo escuro e vazio.

A bolsa de Maria não se encontrava mais em cima da mesinha de cabeceira.

As roupas dela, antes espalhadas pelo carpete felpudo, também tinham desaparecido.

Se não fosse pelos dois preservativos usados na lixeira ao lado da cama e o cheiro de sexo nos lençóis, ele teria se perguntado se as últimas doze horas não haviam sido apenas um sonho.

Peter jogou as cobertas para o lado, se levantou de um pulo e vasculhou o quarto até achar dentro da gaveta da escrivaninha o inevitável bloquinho de anotações estampado com a logo do hotel.

Não havia nada escrito ali.

Depois de mais um minuto de busca, teve certeza. Ela não havia deixado seu número em um post-it aleatório, nem uma despedida apressada escrita no verso de alguma nota fiscal.

Maria tinha ido embora sem deixar rastros, e Peter se lembrava muito bem de como isso *doía*. Mesmo que já tivessem se passado quatro anos desde que Anne o deixara do mesmíssimo jeito, certas lembranças simplesmente perduravam.

E aquela em particular era azeda como um bagaço de limão. Peter se recordava bem pouco da voz da própria mãe, mas era capaz de reviver, em detalhes vívidos, o momento exato em que percebera que a noiva tinha ido embora para sempre. Ele se lembrava até do cadarço desamarrado no tênis do pé direito e das partículas de poeira dançando na luz do sol enquanto o mundo desmoronava ao seu redor.

Deveria ter previsto que Maria também iria embora. Droga, deveria ter *certeza*.

Na sauna, os dois estavam ocupados demais se beijando para trocar qualquer informação pessoal — e, sim, parte da culpa era dele. No saguão do hotel, quando mostrou sua carteira de motorista a Maria para que ela pudesse enviar o nome dele a uma amiga como medida de segurança, ela nem se deu ao trabalho de compartilhar o próprio sobrenome. E, quando tentou conversar com ela depois da primeira transa, suas respostas foram curtas, vagas e frustrantes.

Peter tinha atribuído tudo aquilo à própria falta de traquejo social. Mas, pensando bem... ela havia evitado de propósito dar qualquer informação que o ajudasse a identificá-la. E, depois da segunda rodada de sexo, Peter já não conseguia nem organizar os próprios pensamentos para manter uma conversa simples. O que, pensando bem de novo, era exatamente o que Maria previu que aconteceria.

Peter acordara com vontade de transar de novo com Maria naquela manhã. Queria saber mais sobre ela, porque, mesmo depois de um contato tão breve, já tinha dado para perceber que Maria não era só uma mulher absurdamente confiante e sexy, mas também inteligente e espirituosa. A esperança de Peter era descobrir, durante um café da manhã no quarto, quanto tempo ela pretendia ficar em Los Angeles e se havia chance de ela se mudar para a cidade.

Ele *gostara* de Maria de graça. E se sentia conectado a ela de um jeito quase absurdo, considerando o pouco que sabia sobre a mulher que acabara de conhecer.

Então, sim. Talvez fosse mesmo burrice se sentir usado depois de uma noite escaldante de sexo casual com uma desconhecida irresistível, mas isso não mudava o fato de que era assim que ele se sentia. Usado, descartado... e furioso.

O que não adiantava de nada. Os dois tinham se divertido, e ela tinha ido embora. Peter nunca mais a veria. Agora precisava se acalmar, se recompor e canalizar toda aquela confusão de emoções para o teste daquela manhã.

Em toda a sua carreira, Peter nunca tinha feito um teste tão importante, para um projeto de tão alto nível. O papel de Cipriano, em *Deuses dos Portões* — uma série que já era sucesso mundial, embora a primeira temporada nem tivesse terminado de ir ao ar ainda —, poderia ajudá-lo a virar algo mais que coadjuvante. Algo maior.

Um protagonista.

E o melhor de tudo: era um papel importante, com substância. A história de Cipriano abarcava sobrevivência e luto, raiva, medo e desejo, e também uma conexão romântica relutante, mas crescente, com Cássia, uma escudeira e a única outra viking sobrevivente de um naufrágio provocado por Netuno.

Peter não fazia ideia de por que os roteiristas haviam decidido transferir a história da Roma Antiga para a Europa medieval e ao mesmo tempo manter todos os deuses e deusas romanos. E, para ser honesto, não se importava. Que se danasse a mitologia confusa. Como Cipriano, ele poderia finalmente ser o interesse amoroso de alguém. E, porra, poderia ser até o *herói*.

Mas isso só aconteceria se ele conseguisse agradar à diretora de elenco, aos *showrunners* e aos outros executivos e ao pessoal da equipe que avaliariam seu desempenho naquele dia. E só se tivesse uma química boa com as atrizes que estavam sendo consideradas para o papel de Cássia.

Peter era um dos dois ou três finalistas na disputa pelo papel de Cipriano. Naquele teste final, precisaria provar seu valor e se sair melhor do que a concorrência.

E ia conseguir. Porque, no fim das contas, Maria e a decisão dela de ir embora sem nem olhar para trás não importavam. Pelo menos, não tanto quanto a carreira dele.

Se algum dia voltasse a vê-la — o que não ia acontecer —, agradeceria a ela por tê-lo lembrado disso.

Ao que parecia, a diretora de elenco tinha em mente um biotipo para o ator que interpretaria Cipriano. Peter e os outros dois candidatos eram todos brancos, altos, grandalhões, razoavelmente corpulentos e estavam sentados na mesma sala de espera fria e impessoal, aguardando do lado de fora da sala em que os mandachuvas se reuniam.

Uma mulher já tinha chegado para o teste e era quase tão alta quanto eles. Assim como os possíveis Ciprianos, ela também era branca e tinha o corpo farto, com cabelo castanho-claro e longo, a pele hidratada e um sorrisinho charmoso que a tornava inegavelmente bela. Sem dúvida, Peter faria o teste com ela dali a pouco para descobrirem se tinham química suficiente. O mesmo valia para qualquer outra mulher que estivesse na disputa final para o papel de Cássia.

Enquanto esperavam que os chamassem na sala de reuniões, os quatro mexiam nos celulares e tentavam não se mostrar inquietos demais. Quando viu na tela do aparelho que faltavam apenas dois minutos para a hora marcada e ninguém mais tinha aparecido, Peter concluiu que os *showrunners* já tinham escolhido a morena bonita para interpretar Cássia.

Então, pontualmente, nem um segundo a mais nem a menos, a porta da sala de espera se abriu e...

Merda. *Merda*.

Ali estava ela, toda peitos, bunda, barriga e pernas longas, andando com confiança até a cadeira vazia mais próxima, com uma blusa estampada que parecia caríssima, jeans bem justos e botas de salto baixo, lustrosas, o cabelo na altura dos ombros, ondulado, cintilando sob as luzes fluorescentes.

Maria Seja-Lá-Qual-For-A-Porra-Do-Sobrenome.

A mulher que tinha fugido da cama dele sem dizer uma palavra sequer.

Maria se sentou com um movimento gracioso, colocou a bolsa no colo e olhou ao redor com uma expressão curiosa, sorrindo.

Pelo menos até vê-lo.

Assim que percebeu quem ele era, o sorriso em seu rosto se esvaiu e ela franziu a testa. Por fim, cumprimentou-o com um aceno de cabeça, como se fossem conhecidos que não se viam há algumas semanas.

— Peter — murmurou Maria, tentando, sem muito sucesso, ressuscitar o sorriso de antes. — Que bom te ver de novo.

Na noite anterior, aquele leve sotaque tinha soado charmoso. Sexy, até.

Agora, o irritava. Assim como tudo nela.

E, a não ser que ele estivesse redondamente enganado, teria que contracenar com Maria em alguns minutos. Por sorte, Cipriano e Cássia não faziam outra coisa que não discutir nas primeiras cenas.

Aquilo funcionava muito bem para ele.

Em resposta ao cumprimento, Peter apenas a encarou, impassível. Ela sustentou o olhar, firme, sem desviar, até que a porta da sala de reuniões se abriu e a diretora de elenco colocou a cabeça para fora.

— Peter e Maria, podem entrar, por favor — disse a mulher.

Inferno.

Pelo visto, ele não teria tempo de se recompor daquele desastre. Peter se levantou, assentiu em um cumprimento respeitoso para a diretora de elenco e entrou na sala sem olhar para Maria.

A sala de reuniões era grande e estava cheia — alguns rostos conhecidos, outros não. Ele logo identificou os *showrunners*, e também um diretor com quem já tinha trabalhado. Em seguida, Maria e ele foram conduzidos até a frente da sala e receberam um trecho do roteiro. Naquele instante, Peter se desligou de tudo. Não existia mais nada além do papel. Só o diálogo, as expressões, os gestos. Só as emoções que precisava transmitir e provocar.

Se pudesse, se desligaria de Maria também, mas, naquele momento, ela era sua parceira de cena.

Ainda que não fosse uma parceira lá muito competente, como Peter logo descobriu.

Maria dizia bem as próprias falas, isso ele tinha que admitir. No entanto, seus gestos e suas expressões eram exagerados para a TV, ainda mais para uma série como *Deuses dos Portões*, em que a câmera se aproximaria bastante, permitindo que o público percebesse qualquer mudança sutil no rosto dela, qualquer movimento mínimo dos dedos, qualquer inclinação quase imperceptível da cabeça.

Depois de um ou dois minutos, Ron Acheson, um dos *showrunners*, interrompeu Maria no meio de uma fala importante para comentar sobre a atuação dela. O sujeito não mediu palavras.

— Esse é o seu primeiro teste para TV, certo, srta. Ivarsson? — perguntou Ron, recostado na cadeira estofada, unindo a ponta dos dedos.

— Sim — respondeu Maria, sem hesitar.

— Então, deixa eu te dar um conselho: isso aqui não é um teatro empoeirado de Estocolmo. E você não está atuando para os caipiras da última fileira. — Ele olhou para o colega R. J. Nullman e revirou os olhos. — Pode dar uma boa maneirada nas emoções, tá?

No que se referia ao mundo da TV e do cinema, de Hollywood e seus poderosos, Maria era uma amadora. E, graças a Deus, estava na cara que não seria escolhida para o papel de Cássia. Peter não estava disposto a desperdiçar sua maior — e talvez última — chance real de conquistar respeito profissional e sucesso contracenando com alguém que não tinha a menor ideia do que estava fazendo. Ainda mais sabendo que Cipriano e Cássia passariam a maior parte das cenas juntos, sozinhos, sem outros personagens, num set isolado, possivelmente por anos. Ainda mais agora que ele se sentia enjoado só de olhar para ela.

Maria não discutiu com Ron, mas também não pareceu nem um pouco envergonhada ou intimidada pela crítica. Ela manteve o queixo erguido e esperou com toda a calma por mais instruções.

— Trabalho fantástico, Peter. Continue exatamente como está.

Em teoria, R. J. estava elogiando Peter, mas seus olhos estavam grudados em Maria, como quem joga sal na ferida. Talvez ele só quisesse testar se ela era muito sensível a críticas.

— Vamos recomeçar mais uma vez, do início.

Peter tinha que dar algum crédito a Maria. Ela não se deixou abalar nem um pouco com a alfinetada de R. J. e, na segunda tentativa, ficou claro já nos primeiros segundos que havia colocado em prática a orientação de Ron. Na verdade, colocou tão bem que, de repente, Peter se viu totalmente dentro da cena com ela.

— Eu te disse para salvar o Erik! — exclamou ela, com uma mistura de raiva e desespero, devastada pela morte do amante viking, tragado pelo oceano. — Eu te *disse*! Eu te disse que sabia nadar... e que ele, *não*!

Peter manteve o rosto impassível, deixando transparecer apenas um indício quase imperceptível da dor pela perda do amigo e do alívio que sentia.

— Você estava se cansando, e estava mais perto de mim do que ele. Eu tinha que fazer uma escolha, e foi isso que eu fiz. Agora nós dois vamos ter que viver com isso.

Ao sustentar o olhar marejado dela um instante a mais do que deveria, o público entenderia, mesmo que Cássia não compreendesse: Cipriano, no fundo, a desejava. E, diante da ínfima possibilidade de ela se afogar, ele não conseguira deixá-la para trás. Nem que, para isso, precisasse condenar seu melhor amigo à morte. O homem que ela amava. Nem que precisasse se odiar pelo que tinha feito.

Maria empurrou o peito dele com força, fazendo-o cambalear para trás.

— Que todos os deuses te amaldiçoem, Cipriano. E, mesmo que eles te perdoem, eu juro que *eu* nunca vou te perdoar.

Ele abriu um sorriso de desdém, sem levar a sério sua declaração.

— Que assim seja.

O grito que ela deixou escapar em resposta, carregado de dor e ódio, foi perfeito. Na medida e altura exatas. Maria não estava mais atuando para a última fileira.

Ainda assim, devia ser só um caso isolado. Ela provavelmente era uma atriz de teatro medíocre que não servia para atuar nem no cinema nem na TV — e que, por acaso, tinha entregado a melhor interpretação da vida no momento mais crucial.

Parecia uma lutadora que se envolvera em uma briga de uma categoria acima da sua, e isso ficaria evidente... a qualquer momento.

Só que, quando terminaram a cena e fizeram uma leitura fria de outro trecho do roteiro, o sorrisinho arrogante de Ron já havia desaparecido por completo e R. J. estava virado na direção da diretora de elenco, envolvido numa conversa sussurrada, tensa e bastante acalorada. Alguns executivos pareciam pensativos, e outros até sorriam.

Não deveria ter sido um choque para Peter, não depois da noite incrível, embora desastrosa, que haviam passado juntos. Mesmo assim, foi pego de surpresa: Maria e ele tinham uma química inegável. Pior ainda: depois de começar o teste com o pé esquerdo, ela conseguira se recompor e fora além. Pelo menos naquela manhã, para aquele público, Maria havia brilhado.

Antes que os *showrunners* os dispensassem e eles voltassem para a sala de espera, R. J. elogiou a atuação dos dois e pediu que mantivessem a agenda livre pelo restante do dia e solicitassem aos seus agentes ou empresários que ficassem de sobreaviso.

É claro que os responsáveis pela última palavra ainda precisavam avaliar dois Ciprianos e mais uma candidata a Cássia. E, quem sabe, talvez aqueles outros atores arrasassem nos testes. Talvez as atuações deles mostrassem uma química e um talento tão gigantescos que Maria e/ou Peter acabariam sendo postos de lado.

Dito isso... os *showrunners* não estavam sendo exatamente sutis.

— Acho que seria bom vocês dois deixarem suas equipes de prontidão — avisou Ron, e deu uma piscadinha para Maria de um jeito que até Peter achou exagerado. — Só por precaução.

E foi nesse instante que Peter se deu conta.

Mesmo que conquistasse o papel da sua vida naquele dia, ele ainda teria um problemão nas mãos.

E o nome desse problema era Maria.

2

No fim daquela tarde, Maria e Peter assinaram os contratos, cada um devidamente orientado por seus respectivos agentes e, no caso dela, pelo irmão Filip, que era advogado.

Para ser bem sincera, tudo aquilo parecia meio surreal. Alguns meses antes, Maria tinha enviado por impulso seu material de apresentação para o teste. Ela queria se afastar de qualquer jeito do escrutínio e da preocupação da família e do próprio coração partido. Queria um novo desafio profissional. Então, resolvera tentar, mas não esperava que fosse dar em muita coisa. Afinal, apesar de seu talento, ela não tinha nenhuma experiência com cinema ou TV, e ninguém nos Estados Unidos conhecia seu trabalho.

No entanto, de alguma forma, tinha acabado de conseguir um papel de destaque em *Deuses dos Portões*, a série mais famosa do momento. Não só nos Estados Unidos, mas no mundo todo, inclusive na Suécia. Maria estava radiante, orgulhosa, e não via a hora de contar à família.

Só havia uma nuvem maculando aquele céu maravilhosamente azul.

Peter. Peter Reedton, o moreno alto, sexy e mal-humorado.

Seu colega de cena mais próximo seria o homem com quem ela tinha transado na noite da véspera e depois ido embora sem dizer uma única palavra.

Era inegável que aquela não era a situação ideal.

Durante toda a tarde, Maria havia tentado encontrar uma brecha para chamá-lo no canto, olhá-lo nos olhos e, com sorte, dar uma apaziguada nas coisas, justificando seu comportamento na noite anterior da forma que conseguisse, mesmo que ele não ficasse satisfeito. Poderia aproveitar um momento a sós para acabar com qualquer desconforto que tivesse surgido entre os dois. Quem sabe até contar como, contrariando todas as suas expectativas, tinha sido difícil ir embora, que ele não tinha saído da sua cabeça aquela manhã e como não só o desejava, mas também... *gostava* dele.

Gostava tanto que isso a assustara e a fizera fugir.

Desde o momento em que Peter entrou na sauna, ela quis transar com ele, mas não vira um futuro para os dois, pois não estava se permitindo nenhum tipo de intimidade — a não ser sexual — com parceiros de curto prazo. Para Maria, ou um relacionamento era completamente casual, ou era compromisso de verdade. O meio-termo não funcionava para ela.

Não havia sentido em desperdiçar seu tempo, sua energia, nem seu coração. Tinha aprendido essa lição cedo e direitinho, e ainda tivera uma aula de reforço poucos meses antes. Gostar de Peter depois da noite que passaram juntos, não fora um bônus, e sim um risco.

Por isso Maria insistira para que pegassem um quarto de hotel na hora, em vez de oferecer o seu como opção. Assim, quando acabassem o que tinham para fazer, não precisaria pedir a ele que fosse embora. Era só ela sair. E foi exatamente o que fez.

Agora, Peter a estava evitando, o que era bem complicado, levando em consideração o papel que ela protagonizara nos acontecimentos do dia.

Mas tudo bem, ela sabia esperar.

Horas depois, a oportunidade finalmente surgiu. Depois de várias rodadas de parabéns e conversas sobre os próximos passos, os dois foram liberados do estúdio. Peter não se demorou e, antes que Maria sequer se aproximasse, seguiu rumo ao estacionamento, sem dedicar a ela nem um segundo a mais de atenção do que o exigido pela ocasião.

Ele não era exatamente um cara falante, isso tinha ficado claro no instante em que ela o vira, do outro lado daquela sauna cheia de vapor.

E Maria não se importara.

Os outros homens que o acompanhavam não fediam nem cheiravam para ela. Altos, bronzeados, de aparência impecável. Magros. Musculosos. Todos tinham corpos firmes, e que bom para eles, porém não era aquilo que ela mais queria ver, nem ter na própria cama.

O grandão de sunga xadrez no fim do banco, por outro lado...

Ele era alto — *muito* alto —, bronzeado também e tinha um jeito mais bruto. Devia ter uns trinta e poucos anos, uns dez a mais do que ela, com linhas discretas marcando os cantos dos olhos. O cabelo ondulado, quase preto, penteado para trás, batia nos ombros largos. A barba estava feita, mas um pouco grande demais para a capa da *GQ* — a não ser, é claro, que existisse uma edição especial dedicada a lenhadores grandes e atraentes que ela nunca tinha visto na banca.

E o melhor de tudo: Peter, não era magro, nem tinha o corpo definido. Era claramente forte, mas havia volume sobre aqueles músculos, maciez sobre aquela força. Uma barriga que deixava claro que ele gostava de comer tanto quanto ela. Aquele corpão conseguiria envolvê-la inteira caso ele a abraçasse. E, como uma mulher alta e gorda, Maria sabia que esse nem sempre era o caso... e adorava quando acontecia.

Se ela era uma valquíria, como uma cantora de ópera de capacete com chifres e peitoral de metal, soltando a última nota da ária, Peter era o viking de coxas grossas que entrava no palco pisando firme, decidido a roubá-la para si. E ela estava mais do que disposta a se deixar arrebatar.

— Alguma novidade, Peter? — perguntara o cara de cabelo loiro-escuro, voltando-se para o viking dela. — Alguma notícia sobre aquele filme de mafioso?

Em resposta, o viking balançara a cabeça e respondera, curto e grosso:

— Não.

E foi isso. Nada mais que isso.

Como Maria logo descobriu, aquele tipo de resposta era a cara dele. Peter ficara sentado ali, calado, por uns quinze minutos, com as costas encostadas na parede, os joelhos dobrados e os pés apoiados no banco. De vez em quando, soltava um comentário com aquela voz grave e deliciosa, mas, na maior parte do tempo, só ouvia os colegas, o rosto tão sereno que parecia esculpido em pedra.

A não ser quando olhava para ela. E aqueles olhos, tão escuros quanto o cabelo, se voltavam com frequência na direção dela. Até que, por fim, Maria sustentou seu olhar e sorriu. Um sorriso lento, que foi se alargando aos poucos. E, naquele instante, não foi nada difícil ler a expressão dele. Peter não desviou até o homem sentado à sua direita chamá-lo pelo nome e começar a tagarelar sobre um papel em um piloto de uma série de comédia.

Só então Peter quebrou o longo contato visual entre eles e se voltou para o grupo, com as sobrancelhas grossas franzidas, meio irritado.

Ele permaneceu em silêncio até os demais finalmente irem embora.

Então, sim. Pelo que vira naquela noite e naquele dia, Peter Reedton não gostava de conversa fiada. E seu humor enquanto socializava estava bem longe de ser descrito como *alegre*. Nem num momento de triunfo profissional aquele olhar intenso e afiado se suavizou. Peter mal esboçou um sorriso diante dos elogios e cumprimentos.

Até onde Maria percebera, ele era reservado com quase todo mundo.

Com ela, porém, naquele momento — ao contrário da noite anterior —, Peter ficou absolutamente calado. E, a menos que as circunstâncias o obrigassem, não parecia nem notar que ela estava ali.

Maria entendia. Ele estava irritado com ela. E talvez até tivesse bons motivos, embora ela não tivesse lhe prometido nada nem tentado enganá-lo.

Ao que parecia, Peter não tinha entendido assim e estava irritado. Era justo.

Acontece que, muito em breve, eles estariam passando praticamente todos os dias de trabalho juntos, em uma proximidade absoluta e inevitável, e aquela má vontade era um luxo ao qual não podiam se dar. Não se quisessem entregar uma atuação digna, pois aquele tipo de interpretação — intensa, cara a cara — dependia de confiança e de parceria.

Peter não precisava gostar dela. Mas precisava, sim, trabalhar com ela.

Por isso, Maria o seguiu até o carro dele, decidida a acabar com aquele mal-estar entre os dois. A cada passo que dava, Peter parecia andar quilômetros, mas por sorte as pernas dela eram quase tão longas quanto as dele. Além disso, ela estava mais do que disposta a dar uma acelerada.

Também estava mais do que disposta a admirar aquela bunda maravilhosa, moldada pelos jeans escuros, e os ombros largos, que esticavam as costuras da camisa social azul-clara que ele usava para fora da calça. Entretanto, era óbvio que Peter não ia mais querer aquele tipo de admiração vinda dela. Ao se dar conta disso, Maria sentiu uma pontada de... alguma coisa... em algum lugar ali no peito. Mas ela não podia se deixar abalar.

— Peter! — chamou.

Ele nem olhou para trás.

O SUV de Peter estava praticamente no meio daquele estacionamento enorme. Quando ela o alcançou, seu coração estava acelerado e parecia que ia sair pela boca. O som das passadas rápidas dela ecoava no asfalto, e, se ele percebeu que ela se aproximava, fingiu que não.

— Peter. — Enquanto ele procurava as chaves no bolso, Maria pousou a mão em seu braço, tentando chamar sua atenção. — A gente precisa conversar.

Maria sentiu os braços fortes de Peter por baixo das mangas dobradas até os cotovelos, e o calor do sol de Los Angeles na pele dele quase queimou a ponta dos dedos dela. Mas a sensação logo passou.

Em um piscar de olhos, ele se desvencilhou do toque de Maria e, ao dar um passo para trás, acabou se virando para encará-la. Pelo menos fez contato visual, ainda que contra a sua vontade.

Peter ergueu as sobrancelhas escuras.

— Precisa?

Quanta frieza, quanta má vontade... e por tão pouco. Maria nunca ia entender os homens — pelo menos não os que não faziam parte da família dela.

E, pensando melhor, Peter não tinha *tanto* motivo assim para estar irritado. Ela lhe ofereceu uma noite de sexo, ele aceitou e os dois se divertiram — e muito. Com proteção e várias vezes. O que exatamente ele esperava depois de passar a noite com uma desconhecida? Que fossem escolher juntos o modelo dos convites de casamento?

Ela nem tinha dito a ele seu sobrenome. E, se Peter não sacara *aquele* detalhe tão óbvio, Maria não sabia mais o que fazer.

— Acho que sim. — Ela o encarou por um instante, com as mãos na cintura. — A noite passada vai ser um problema? Porque se for...

— Não. — O sorriso tenso não chegou nem perto dos olhos dele. — Problema nenhum.

Na opinião dela, um ator com aquele talento e aquele currículo — sim, Maria tinha dado uma olhada na página dele no IMDb no quarto do hotel naquela manhã — deveria saber mentir bem melhor.

— Entendi. — Ela inclinou um pouco a cabeça, deixando claro que não acreditava na resposta dele. — Então por que está com essa cara amarrada logo depois de ter conquistado o maior papel da sua carreira?

Com uma calma quase insolente, Peter se recostou no próprio SUV, cruzou os braços diante do peito largo e sustentou o olhar dela com firmeza.

— Tem certeza de que quer saber?

A pergunta serviu como um alerta de que o que ele estava prestes a dizer não seria nada agradável de ouvir, mas vida que segue. Era melhor tocar logo na ferida, assim dava tempo de cicatrizar antes do primeiro dia de gravação, quando seriam companheiros de cena à deriva.

E, felizmente, Maria conhecia o suficiente de cinema estadunidense para ter a resposta perfeita.

— Manda bala — respondeu, abrindo um sorriso largo e até bem-humorado.

Ela não precisou falar duas vezes.

— Você tem razão. Esse é o maior papel da minha carreira. — Ainda apoiado no carro, ele cruzou um pé sobre o outro, parecendo muito à vontade. — E é por isso que estou tão chateado por ter sido escalado para contracenar com uma amadora. Alguém que, muito provavelmente, vai prejudicar meu desempenho e me impedir de receber o reconhecimento que eu mereço.

Uau. *Uau.*

Ela acabava de comprovar mais uma vez a própria incapacidade de escolher homens que não fossem uns babacas. E era por isso que, quando os amigos perguntavam por que não estava saindo com ninguém mesmo já tendo terminado há meses, ou por que ainda não tinha se mudado da casa dos pais, a resposta era sempre a mesma: homens vêm e vão, mas família é para sempre.

Ela franziu a testa, fingindo não ter entendido.

— Não sabia que alguém ainda podia ser considerado amador depois de anos atuando em palcos de uma das cidades mais sofisticadas da Europa e de ter vencido os prêmios de teatro mais prestigiosos do próprio país.

— Ah. — Peter assentiu, pensativo. — Só por curiosidade, qual é a população da Suécia?

Maria sabia exatamente aonde ele queria chegar.

— Pouco mais de dez milhões.

O peito dele se sacudiu com uma risada.

— É até menos do que eu imaginava. Nossa, é praticamente a mesma população do condado de Los Angeles. Mas, enfim, parabéns pelos seus prêmios de tanto prestígio. Aposto que sua família está muito orgulhosa.

Ela cerrou os punhos que estavam apoiados na cintura e engoliu em seco a resposta maldosa que já vibrava na ponta da língua. *Pelo menos eu tenho prêmios de atuação, ao contrário do meu novo colega de elenco, porque, até agora, nenhum dos seus papéis teve destaque o suficiente para merecer esse tipo de reconhecimento.*

Em vez disso, optou por dizer apenas a mais pura verdade:

— Está, sim.

Por algum motivo, foi naquele instante que aquele sorrisinho falso dele se desfez.

— Tenho certeza de que Estocolmo é incrível, meu bem, mas não é a Broadway. — O termo carinhoso foi dito de forma tão ácida que seria capaz de corroer a lataria do carro. A condescendência dele era tão afiada que poderia cortar os dois. — E experiência no teatro nem sempre ajuda quem trabalha com cinema ou TV. Pelo menos foi o que vimos no nosso primeiro round hoje. Imagino que você tenha percebido.

— É verdade. — O sorriso dela era tão doce que lhe causou náusea. — Mas uma coisa que o teatro ensina muito bem é como ajustar sua atuação rapidamente, quando necessário, para que a produção brilhe, que foi o que vimos no nosso segundo round hoje. Imagino que você tenha percebido.

Ele não rebateu. Provavelmente porque não tinha como fazer isso sem inventar uma mentira descarada. De novo.

Depois de respirar fundo e bem devagar duas vezes, Maria suavizou o tom e estendeu a bandeira branca da melhor forma que conseguiu.

— Posso não ter muita experiência com cinema ou TV, mas sou talentosa, dedicada e estou muito animada com esse papel.

Não quero prejudicar a sua carreira, nem a minha. E não vou fazer isso.

Peter apenas a encarou, em silêncio, os olhos ainda semicerrados e a expressão desconfiada.

Então, suspirou e deixou os braços caírem ao lado do corpo.

— Acho que já é alguma coisa.

Não era a bandeira branca mais firme do mundo, mas ela aceitaria e seguiria em frente, até porque tinha uma pergunta para fazer.

— Eu fiquei pensando... — começou ela, e então fez uma pausa, aguardando, forçando-o a participar da conversa.

Depois de um tempo, Peter soltou um suspiro e resmungou:

— O quê?

Ah... o som taciturno da vitória.

— Não é meio... — disse Maria, franzindo o nariz — estranho os *showrunners* terem escalado atores gordos para interpretar personagens que não são descritos assim no material original? Até onde sei, Ron e R. J. nunca demonstraram grande interesse pela diversidade corporal, e eles não me parecem exatamente defensores da aceitação dos corpos gordos em Hollywood. Mas talvez você saiba de alguma coisa que eu não sei.

Depois de ver os outros atores que estavam concorrendo aos papéis de Cássia e Cipriano, algumas suspeitas começaram a lhe vir à mente. No entanto, como um ator já iniciado em Hollywood, Peter devia compreender muito melhor aquela dinâmica. Com sorte, pedir ao homem que compartilhasse sua experiência e sabedoria inflaria seu ego a ponto de ele parar de agir como um babaca.

Mas Peter apenas deu de ombros.

— Não me importo com os motivos deles. Só agradeço por terem feito isso.

Bem... a conversa não adiantara de nada.

— E você deveria estar grata também — acrescentou ele. — Bem mais do que parece estar.

Que cara arrogante.

Talvez ele só precisasse de um tempo para superar o orgulho ferido. Ela tentaria mais uma vez e, se nem assim funcionasse, deixaria quieto... por ora.

— Peter — disse Maria, com a voz calma e baixa, e deu um passo na direção dele. — Sei que você está chateado comigo, mas, pelo que entendi, seremos só eu e você gravando naquela ilha pela maior parte do tempo. E, de acordo com os livros de E. Wade, Cipriano e Cássia devem ficar presos lá ao longo da série, ou seja, podemos passar anos filmando juntos. *Anos*, Peter. Vou precisar contar com você, e você vai precisar contar comigo. Senão...

Antes mesmo que ela terminasse a frase, Peter já estava *gargalhando*. Ele dobrou o corpo para a frente e chegou a dar tapas nos joelhos de tanto rir. Em seguida, olhou para ela e riu ainda mais.

— Eu vou precisar... — Peter balançou a cabeça, enxugou os olhos na gola da camisa e, enfim, começou a se acalmar. — Pelo amor de Deus, eu não vou contar com você.

Se algum dia alguém lhe oferecesse uma bandeira branca, ele provavelmente quebraria a haste no joelho, usaria como lenha e depois apagaria o fogo urinando em cima.

Peter deu um último risinho debochado.

— Você já filmou em locação?

— Não.

Mentir talvez fosse mais fácil, mas ela não se sentia envergonhada por isso e não ia recuar.

— E já trabalhou com uma equipe de filmagem?

Maria apertou os lábios.

— Algumas apresentações minhas foram gravadas para a TV.

— Quantas vezes? — insistiu ele, erguendo as sobrancelhas, cheio de desdém.

— Não muitas.

Três, talvez? Inclusive, nunca haviam feito críticas à sua atuação para a câmera. Ela, porém, não tinha a menor intenção de compartilhar essa informação comprometedora.

— Hummm. — Num gesto bem irritante, Peter acariciou a barba, como se estivesse refletindo profundamente. — Já atuou na frente de um fundo verde?

Skit, que cara insuportável.

— Não.

— Entendi. — Ele abaixou a mão e abandonou o teatrinho de professor curioso. — Então me explique exatamente como eu poderia contar com você, já que não sabe quase nada sobre o que vamos fazer.

Levando em conta a locação e as circunstâncias das gravações, ela sinceramente não entendia que outra opção ele teria. Seriam raras as cenas em que ele contracenaria com outra pessoa. E, quando tem dois atores em cena, um precisa confiar no outro.

Só que Peter, sem sombra de dúvida, ia se apegar a qualquer desculpa. A teimosia dele teria conquistado sua admiração, caso não fosse tão limitada e autodestrutiva.

E, claro, burra. Muito, muito burra.

— Vou simplesmente fazer o meu trabalho o melhor que puder e tentar não deixar a sua atuação prejudicar a minha. — Peter se afastou da porta do carro, deu um passo à frente e abaixou um pouco a cabeça, só para garantir que Maria não visse nada além do rosto dele. E que não ouvisse nada além de seu desprezo. — Nós não estamos do mesmo lado, não somos uma equipe e você não está mais em um país socialista. Bem-vinda ao capitalismo selvagem, Píppi.

Que cuzão, pensou Maria. E, ao contrário de pensamentos anteriores, não era um elogio à bunda dele.

Peter se endireitou e tirou as chaves do bolso.

— Além do mais, mesmo que eu pudesse contar com você, não faria a menor diferença.

Ela sorriu, preparada para qualquer farpa que viesse a seguir.

— Por quê?

— Porque aposto que eles vão perceber o erro que cometeram bem antes de a gente sequer botar os pés naquela ilha e vão substituir você pela outra potencial Cássia. — Ele jogou as chaves para cima, bem alto, e as pegou sem nem olhar. — Amber, acho que era esse o nome da outra atriz. Estou ansioso para trabalhar com ela. Pelo que vi hoje, é muito talentosa. Muito experiente. Muito bonita. Acho que a câmera vai amá-la.

Maria manteve o sorriso estático no rosto enquanto uma onda de raiva, cortante e inesperada, percorria seu corpo inteiro, enrijecendo cada músculo.

— Acho que a gente vai ter que esperar para ver.

— Não preciso esperar para ver — disse Peter, olhando para trás, enquanto destrancava o carro e entrava. — Eu já sei.

Ele fechou a porta antes que ela pudesse responder. E, quando o motor roncou, Maria se virou e foi embora, decidindo que podia, sim, deixá-lo ter a última palavra.

Aliás, Peter podia ter todas as últimas palavras que quisesse.

Porque ela não via a hora de vê-lo engolir cada uma delas.

3

Depois de respirar fundo aquele ar salgado e revigorante vindo do oceano, Peter desceu com cuidado da balsa e pisou no bloco de calcário varrido pelo vento, perto da costa oeste da Irlanda, onde Maria, ele e uma equipe bem reduzida iriam filmar por... anos, possivelmente. Enquanto os personagens de Cipriano e Cássia permanecessem vivos e encalhados ali.

Peter jogou a enorme mala por cima do ombro, foi andando até o fim do píer e esperou todos desembarcarem. Os assistentes de direção, os produtores de linha, os operadores de boom e de câmera, a equipe de cabelo e maquiagem, o *grip* e mais alguns outros membros da equipe foram deixando o barco oscilante, um de cada vez, e pararam por um instante para olhar ao redor e se situar.

Maria foi uma das últimas a desembarcar, talvez por causa do número absurdo de malas enormes que trouxe consigo. Para ser justo — embora justiça não fosse algo em que Peter estivesse muito interessado naquele momento —, ela conseguiu arrastar tudo até o píer com uma energia surpreendente e sem reclamar, o que já era um ponto a mais para ela.

Darrell, o assistente de produção musculoso e esguio vestindo uma calça jeans justa e camiseta de manga comprida, abriu um sorriso largo e radiante e se inclinou na direção de Maria. Perto demais, na opinião de Peter.

— Quer ajuda com as malas, Maria? — perguntou o cara.

Será que aquele moleque tinha a experiência necessária para estar na gravação de uma série tão importante? Ele devia ter uns vinte e cinco anos, no máximo. Mal tinha idade para alugar um...

Peraí. Maria também tinha vinte e cinco anos, não tinha?

Peter franziu a testa, mas logo relaxou o rosto para evitar ainda mais rugas entre as sobrancelhas e nos cantos dos olhos.

Droga, trinta e seis *não* era velho.

— Não diria que *preciso* de ajuda. — O sorriso largo dela deixou seu rosto mais redondo e iluminou a tarde nublada. — Mas aceito, sim. Ainda mais quando é oferecida com tanta gentileza. Obrigada, Darrell.

Depois de arrastar duas malas para perto de Darrell, Maria tocou de leve o ombro do rapaz, num gesto de agradecimento. Em segundos, o assistente de produção já empurrava as malas dela e a própria bagagem ao mesmo tempo, ajustando o passo com o de Maria enquanto trocavam palavras bem-humoradas sobre... sabe-se lá o quê.

Sobre a colônia de cerca de vinte lobos-marinhos que talvez vissem na costa, é claro. E também sobre um golfinho fêmea conhecido, por algum motivo bizarro, como McBravinha. Não que Peter estivesse prestando atenção.

— Parece que ela dá golpes com as nadadeiras quando o turista passa dos limites — comentou Darrell, com mais um daqueles sorrisos de orelha a orelha tão irritantes. — Ou solta um jato de água bem na cara deles.

Deu para ouvir a risada de Maria mesmo com o barulho constante do vento.

— Já conheci atores assim.

Peter se recusou a conferir se sua companheira de cena havia olhado na direção dele depois de dizer aquilo. *Se recusou.*

— Enfim, aposto que quem mora na ilha se diverte com o show — comentou Maria, empurrando as últimas malas para fora do píer e então sobre as placas de calcário que cobriam boa parte da ilha, planas e fissuradas, ladeadas por grama.

Clints, era como se chamavam aquelas lajes com bordas verdes.

O babaca do Darrell não era o único que tinha feito o dever de casa.

— Sim — disse o assistente de produção, assentindo. — Até porque todo visitante é alertado a não mexer com ela. Caso leve uma surra do golfinho mal-humorado, é bem-feito pra você. É isso que merece por perturbar a vida selvagem do lugar.

— Então o que você está dizendo é que ela bate em admiradores inconvenientes e abusados e despacha todos eles sem dó nem piedade. — Maria tamborilou com o dedo no queixo, pensativa, os lábios tremendo em um quase sorriso. — Acho que a McBravinha deveria ser minha *coach*. Ou quem sabe minha futura esposa aquática.

Quando Maria e Darrell caíram na risada juntos, Peter se virou para esconder o cenho franzido e apertou o passo até uma das várias charretes puxadas por cavalos que esperavam junto ao porto — *jaunties*, como os moradores da ilha as chamavam. O trânsito de carros de passeio não era permitido nas poucas estradas da ilha, cheias de ladeiras e de um verde surpreendente. A produção tinha recebido uma autorização especial para usar veículos de transporte de equipamentos, mas fora isso todo mundo teria que se locomover a pé, de bicicleta ou com a charrete.

Ao contrário do pai, que era triatleta e muito ágil, Peter não tinha um grande senso de equilíbrio, o que comprometia o uso da bicicleta, nem queria forçar cavalos exaustos a carregá-lo por aí. Então, pelo visto ia acabar andando na maior parte do tempo. O que, para ser sincero, não o incomodava. Ele gostava de caminhar, e explorar a ilha quase deserta a pé talvez o distraísse do tédio e de... outras coisas.

Quando ouviu a voz de Maria bem atrás dele, acelerou o passo.

— Vou lançar um desafio de comer algas para você e o restante da equipe, Darrell. Se for para eu morrer de intoxicação por iodo durante as filmagens dessa temporada, vou levar todos vocês comigo — dizia ela.

Muito em breve, evitar Maria exigiria mais do que apenas virar as costas e quase sair correndo. Um esforço ainda maior do que ele precisou ter durante as gravações que aconteceram no estúdio do Canadá e naquele tanque de água gigantesco e supertecnológico na Bélgica.

Quase todas as cenas restantes da segunda temporada com Maria e Peter envolviam *só* eles. Sempre juntos. Só os dois.

Amber, com certeza, não ia substituí-la, por mais que ele tivesse bancado o valentão e falado besteira.

Pois é. Estava ferrado. E fez por merecer.

Quando era pequeno, a mãe costumava dizer que ele era campeão em guardar rancor, e isso não mudou muito. A não ser, claro, pela ausência da mãe, que morreu quando Peter ainda estava no ensino fundamental e deixou um vazio que ainda o assombrava todo santo dia. Mas, tirando essa diferença crucial e passados vinte e tantos anos da morte dela, Peter continuava o mesmo garoto teimoso e rabugento, perfeitamente capaz de ficar de mal com alguém por tempo indeterminado.

Mesmo não tendo um motivo válido para estar com raiva.

Maria podia ser amadora na televisão, mas era corajosa e *boa*.

Peter e Maria — e os outros vinte e tantos atores — já tinham passado dias intermináveis em um estúdio coberto por painéis verdes. O *knarr* — o navio de carga viking — que construíram estava montado sobre um suporte, e todos precisavam se segurar com força e tentar se lembrar das falas enquanto o sistema hidráulico os arremessava de um lado para o outro, para cima e para baixo, como se estivessem no meio de uma tempestade terrível, e jatos de água eram lançados no rosto deles.

Alguns figurantes acabaram vomitando. Outros reclamaram baixinho por terem que passar horas molhados e com frio. Peter ficara de bico calado e se envolvera na manta, perto de um aquecedor portátil, nos intervalos das tomadas.

Maria, por sua vez, tinha se divertido naquele barco sacolejante como se fosse uma montanha-russa, os olhos brilhando nos momentos em que não precisava parecer assustada ou decidida para as câmeras. Entre uma tomada e outra, ria com a equipe e com os figurantes e, quando a câmera começava a gravar, entregava uma atuação incrível.

Depois, todos seguiram para a Bélgica, onde gravaram em um tanque de água enorme, cujos equipamentos de última geração criavam ondas violentas que acertavam os atores. Todo mundo, menos Peter e Maria, fingia estar se afogando, e ali aconteceu a primeira briga entre Cipriano e Cássia diante das câmeras. É óbvio que havia equipamentos de segurança, dublês e vários profissionais zelando pelo bem-estar de todos, mas aquela droga daquele tanque tinha mais de dez metros de profundidade, e as ondas eram assustadoras.

Peter tinha certeza de que Maria nunca havia enfrentado nada parecido em um palco sueco. Aliás, em seus quinze anos de Hollywood, ele também nunca tinha passado por nada semelhante. Dizer que as condições eram desafiadoras era pouco.

Mesmo assim, ela conseguiu transmitir com total credibilidade a dor devastadora da perda do amante e a raiva fervilhante que teve de Cipriano, o homem a quem culpava pela morte de Erik. Tudo isso engolindo água toda vez que uma onda a pegava de surpresa. Tudo isso continuando absurdamente sexy, se debatendo nos braços dele e tentando tirar, peça por peça, as roupas encharcadas que a puxavam para o fundo do mar.

Tudo isso sendo gentil e cordial com Peter entre as cenas, mesmo ele mal dizendo uma palavra ou nem sequer olhando para ela quando não estavam filmando. Pelo menos, não quando ela podia vê-lo olhando.

Resumindo: Peter já não estava mais tão preocupado com a possibilidade de Maria estragar a maior e melhor chance profissional dele de alcançar fama e reconhecimento. Talvez não *gostasse* de Maria, mas dava para trabalhar com ela. Na verdade, só continuava evitando-a por força do hábito. E, em parte, por vergonha, pois tinha sido um babaca com ela no estacionamento em Los Angeles. E, sim, um pouco por mágoa também. Ele admitia que doeu quando ela não quis mais do que uma noite com ele, principalmente porque ele queria muito mais.

Peter suspirou e jogou a mala na charrete indicada pela produtora de linha, Nava Stephens, e tentou não ranger os dentes quando ouviu o som da gargalhada gostosa de Maria, bem atrás dele.

O pessoal da equipe deveria achar que a indiferença que Peter demonstrava perto dela era alguma técnica de atuação, ou sei lá. Cedo ou tarde, porém, todos iam perceber que o comportamento dele não tinha nada de profissional. O que era bem irônico, considerando que *ele* havia criticado Maria pela suposta falta de profissionalismo.

Mais uma vez: ele tinha trinta e seis anos. Não era para esse tipo de coisa o abalar.

Quem sabe depois de mais algumas semanas de gravação ele superasse.

Quando lhe disseram que ele ficaria hospedado em um hotel local, Peter imaginou algo parecido com uma rede hoteleira americana típica. Nada muito sofisticado, mas uma construção com dois ou três andares de quartos, muitos hóspedes e bastante espaço para evitar qualquer pessoa — *cof, cof, Maria, cof, cof* — que ele talvez estivesse evitando por pura teimosia.

Acontece que poucos turistas pernoitavam na ilha, e a comunidade pesqueira da região não fazia questão de muitos luxos. O único hotel de verdade na ilha, tirando alguns quartos alugados em casas e poucas pensões, costumava funcionar apenas de abril a setembro. Era junho, mas as filmagens aconteceriam também no inverno, e o casal dono do lugar havia sido convencido a reabrir sempre que eles precisassem gravar.

À primeira vista, o hotel era melhor do que Peter esperava. Elegante em sua simplicidade e nada genérico. Tinha apenas um andar, construído com pedras locais, com janelas panorâmicas por toda parte, piso de madeira reluzente e tapetes espessos. Lareiras. Camas king-size. Banheiros de granito. Uma área externa privativa para cada suíte espaçosa.

Morar ali, mesmo por meses, não seria nenhum sacrifício.

O mais velho do casal responsável pelo hotel, um homem negro de uns cinquenta e poucos anos chamado Fionn, havia cozinhado em restaurantes com estrelas Michelin por toda a Europa antes de voltar para casa e comandar o pequeno e respeitado restaurante do hotel. Seu marido ruivo e sardento, Conor, cuidava das outras necessidades dos hóspedes, até aquele momento com uma simpatia tranquila e impecável.

Mas o maldito lugar tinha cinco suítes. No total.

Cinco.

Aqueles quartos haviam sido destinados a ele, Maria, o diretor, o produtor e o diretor de fotografia. Todos os demais estavam espalhados pela ilha, hospedados nas pequenas pensões e em quartos alugados.

E o pior: Maria tinha sido alocada na suíte ao lado da dele, e os cinco tomariam juntos o café da manhã incluído na diária, todos os dias, na salinha de refeições do hotel, como uma grande família feliz.

Aliás, Maria aparentemente falava com a família todo dia. Inclusive, naquele momento, ele podia ouvi-la conversando com eles em sueco numa velocidade impressionante enquanto arrastava as malas até a porta da suíte com uma das mãos, uma por vez, mantendo o celular preso à orelha com a outra.

Pelo visto, ela se dava muito bem com a família, e a ligação daquele dia não era exceção.

— *Ja, mamma* — dizia Maria, tentando em vão passar a mala pesada pela soleira da suíte rindo. — *Fem. Fem!*

Peter a ouvira conversando com o *pappa* no avião fretado, logo antes da decolagem, e com alguém chamado Vincent, que parecia ser o irmão dela. O tom permaneceu leve e animado durante todas as conversas. No fim de cada chamada, os olhos castanhos e grandes de Maria se enchiam de afeto e ternura quando ela dizia que os amava — ou pelo menos era o que ele presumia que era dito, já que não sabia nada de sueco — e desligava.

Ele não fazia ideia de como era fazer parte de uma família assim.

Mas sabia que observar aquilo de fora doía.

Uma mão só não era suficiente para carregar tanta bagagem. Maria havia desistido de içar as malas para dentro da suíte, esperando o fim da ligação, mas precisava entrar logo e ficar longe dele, e Peter sabia exatamente como acelerar o processo.

Ele largou a própria mala, também enorme, encostada na parede do corredor. Em seguida, pousou a mão no ombro dela por um brevíssimo momento, fazendo o mínimo de pressão possível, e afastou Maria da soleira. A enxurrada de palavras foi interrompida por um instante, e o olhar confuso dela foi como uma chama, queimando a pele de Peter, mas ele desviou os olhos.

Com as duas mãos e um único impulso, ele empurrou a mala maior para dentro da suíte, a uns cinco passos de distância da entrada. Depois, a segunda maior. E assim por diante, até que toda a bagagem de Maria estivesse no piso de madeira clara do quarto, encostada na parede. Para completar, Peter ergueu com certo esforço a mala mais pesada, que parecia conter tijolos ou pesos de chumbo, e a colocou no suporte de bagagem.

Não era um pedido de desculpas, mas ao menos era... alguma coisa.

E, cacete, ele não queria ouvir de novo aquelas despedidas calorosas de família, mesmo que fossem em outra língua. Sem dizer uma palavra, guiou Maria para dentro da suíte com o mesmo toque sutil e leve de antes no ombro dela, ignorando o silêncio repentino que se instaurou. Em seguida, fechou a porta com firmeza e saiu para uma caminhada que duraria até a primeira reunião oficial da equipe, no fim da tarde.

Iria admirar a profusão de flores do fim da primavera que brotavam nas fendas das rochas, estudar os austeros muros de pedra empilhada que dividiam os pequenos campos verdes da ilha e evitar contato visual com o gado e as ovelhas que pastavam ali. Andaria até a praia de areia dourada de um lado da ilha e escalaria os penhascos do outro, de onde se avistava o Atlântico arrebentando lá embaixo. Se ficasse cansado depois da longa volta, azar dos cavalos, pois ele pegaria uma daquelas charretes para continuar explorando.

E, se nem isso adiantasse, entraria no mar gelado e provocaria a McBravinha até o golfinho lhe dar uns tapas, ou qualquer coisa que o ajudasse a se recompor e a controlar a forma com que reagia a Maria. Afinal, aquele era só o primeiro de muitos dias que passariam juntos em ambientes fechados, e ele precisava se manter sob controle.

No pior dos casos, focas podiam não ter nadadeiras, mas tinham membros adaptados para dar tapas eficazes. Ele apostava que conseguiria aborrecê-las também, se fosse necessário.

Era bom nisso.

4

Durante a primeira semana de filmagens, o processo de deixar Maria e Peter parecendo totalmente acabados levava bem mais de duas horas todas as manhãs, e Maria aproveitava cada minuto.

— No começo, ele não acreditou em mim — disse Jeanine, trançando um lado do cabelo de Maria. — Depois perguntou se era tipo o caso do Benjamin Button, porque não era exatamente o cara mais inteligente do mundo, se é que você me entende.

Era *fascinante* ouvir as histórias de Jeanine e observá-la trançar todas aquelas mechinhas, e então as eriçar com o pente para que o cabelo de Maria ficasse com um aspecto desgrenhado, volumoso, castigado pelo mar e com cara de quem acabou de sair de uma balada e foi parar na cama de alguém. Depois, a cabeleireira/maquiadora/figurinista borrava o lápis preto ao redor dos olhos de Maria e manchava o rosto dela com algo semelhante a terra até deixá-la parecendo um guaxinim que tinha feito um ótimo sexo e acabara de passar um tempo de qualidade dentro da caçamba de lixo.

Quando voltasse para a Suécia, ela com certeza recriaria aquele visual de escudeira náufraga em uma noite qualquer, faria o mesmo com as amigas e arrastaria todas elas para um bar caro de Estocolmo, só para chocar os engravatados sofisticados de lá.

Peter precisava de menos maquiagem e de menos tranças, mas deixá-lo com a barba no grau certo de desalinho tomava tempo, assim como a aplicação diária da cicatriz postiça na maçã do rosto e das tatuagens temporárias em espiral que cobriam seus braços fortes e o peitoral largo.

Aquelas tatuagens, mesmo um pouco borradas e em tons de cinza, combinavam demais com ele. O mesmo valia para o figurino. Ou melhor, para a ausência de figurino, já que ele passara os primeiros dias de filmagem sem camisa, com o tórax exposto e uma calça de couro rasgada que deixava à mostra mais do que um vislumbre das coxas fortes.

Era uma pena que ele fosse um babaca, porque Maria estava com uma vontade de lamber o homem como se ele fosse um picolé.

E quando ela vestiu a própria calça de couro puída e a túnica de lã rasgada... Bem, o resultado ficou incrível. De alguma forma, Jeanine tinha conseguido transformar o visual de náufraga viking em algo realista e sexy ao mesmo tempo. Aquela mulher operava milagres todos os dias com Maria e Peter.

Sem contar que Jeanine era uma companhia deliciosa. Apesar de ter mais de cinquenta anos, parecia ter uns trinta, e seu maior prazer na vida era transar com homens de vinte e poucos anos, sem mentir nem revelar a própria idade com antecedência, e depois — só depois — saborear as reações deles quando descobriam a verdade.

Maria tinha concluído que aquilo era o equivalente dela à prática de esportes.

— Enfim — acrescentou Jeanine —, aí ele ligou para a mãe dele, ainda no meu quarto, e pediu desculpas. Até agora não entendi direito por quê.

— Nossa — disse Maria, sem querer pensar demais nas implicações freudianas daquilo. — Que vergonha...

Depois de dez dias na ilha, Jeanine já tinha recebido duas propostas de casamento de pescadores locais. Se aquilo fosse um esporte, o troféu com certeza seria dela.

Com um último ajuste na trança, a maquiadora se afastou da cadeira de Maria.

— Pronto. Divirtam-se catando algas e carregando pedras, vocês dois.

Maria e Peter se levantaram e foram andando até a praia, prontos para mais um dia de filmagem que a deixaria cambaleante, dolorida e exausta no caminho de volta ao hotel mais tarde.

Talvez o cansaço explicasse por que Peter permanecera sentado do outro lado do trailer, folheando o livro de bolso já bem gasto, enquanto Jeanine trabalhava no visual de Maria naquele dia, em vez de sair para procurar um canto isolado perto da locação. Ainda não estava chovendo, então não foi isso que o motivara a ficar. Além disso, a garoa constante da ilha, fria mesmo em junho, não o impedira de fugir da presença dela nos dias anteriores.

Então, sim, aquilo era estranho.

Peter e ela tinham sobrevivido à primeira semana de convivência nas filmagens externas sem novas hostilidades, embora a frieza entre eles permanecesse. Peter ainda a evitava sempre que possível, e Maria continuava agindo de forma cordial, mas sem insistir em estar na companhia dele.

Para ser justa, Peter não era de interagir muito com ninguém, mas com a equipe, ao contrário do que acontecia com ela, a distância parecia ter mais a ver com uma falta de jeito do que com antipatia. Por mais que parecesse ser o jeito pouco amigável dele, Maria começava a suspeitar que o homem simplesmente não sabia puxar conversa ou encontrar afinidades com desconhecidos. Ela teria prazer em ajudá-lo com isso, se ele ao menos se mostrasse receptivo.

Só que talvez nunca acontecesse, e tudo bem. Maria não estava disposta a permitir que a frieza de Peter a afetasse. Na verdade, vinha usando aquilo como combustível para a própria atuação. A tensão silenciosa que crescia entre eles, mais densa que a neblina constante da ilha, a ajudava a entrar no papel. Cássia era uma mulher independente e determinada, isolada numa ilha sem nenhuma companhia além de um homem de quem não gostava, em quem não confiava e por quem sentia uma atração indesejada.

Maria se identificava.

Eles estavam quase chegando ao semicírculo formado pela equipe em volta do local onde Cássia e Cipriano haviam começado a empilhar pedras que traziam da praia para formar a estrutura inicial de um abrigo. Era mais um muro do que qualquer outra coisa, na verdade. Um quebra-vento que serviria para o verão, enquanto construíam um abrigo mais resistente e preservavam alimentos a fim de se preparar para o longo e escuro inverno que viria.

Para total surpresa dela, Peter pigarreou e... falou? Com ela?

— A Jeanine se enganou — murmurou ele, olhando fixamente para a frente. — Chega de carregar pedras por hoje.

Maria olhou em volta, mas não havia mais ninguém por perto. Estranho.

— É verdade... — disse ela, com cautela.

Ele inclinou a cabeça na direção de Ramón, o diretor, que observava alguma coisa perto da praia.

— Hoje de manhã, no café, o Ramón falou que a gente ia pular pra cena de coleta de alimentos.

Mesmo durante aquela única noite juntos, antes de Peter passar a odiá-la, Maria não conseguia lembrar se o homem já havia falado tantas palavras de uma vez só. Será que alguma bruxa irlandesa havia lançado um feitiço de tagarelice nele? Ou, quem sabe, a bruxa havia removido uma Maldição de Silêncio Másculo das profundezas da alma da criatura?

— Então... — Como ele não saiu correndo depois daquela única palavra, Maria continuou, devagar. — Vamos pescar.

Peter parou bem fora do alcance de escuta da equipe, que os observava com curiosidade.

— E coletar outras coisas. Alho-poró selvagem entre as fendas. Algas e moluscos na beira d'água. Ramón também disse que vão plantar ninhos e ovos falsos pra gente encontrar.

Fy fan, aquela conversa estava um tédio desesperador, principalmente porque Maria já sabia o que ia acontecer. Peter também, e ele sabia que ela sabia, e ela sabia que ele sabia que ela sabia.

Portanto, restava a Maria concluir que a mais nova versão de bandeira branca dele envolvia recitar, tediosamente, informações já sabidas. E... tudo bem. Ela estava disposta a aceitar essa oferta.

Muito bem, o que mais os dois já sabiam?

— Semana que vem vamos fazer alimentos em conserva, então. Secar algas ao sol e tudo mais.

— Defumar o badejo. — Ele assentiu. — Salgar e secar também.

Ela achou melhor não comentar que *defumar o badejo* parecia uma metáfora infeliz para sexo oral.

Não importava. Já estava na hora de elevar um pouco a complexidade da conversa, porque ela não aguentava mais falar sobre peixe.

Maria se virou para Peter, sorriu e esperou até que ele fizesse contato visual, ainda que parecesse relutante.

— Ansioso para enfiar mais alga dulse goela abaixo hoje?

Quando os dois haviam filmado a primeira cena meio afogados na ilha, tinham comido várias folhas daquela alga roxa-avermelhada, de textura emborrachada, que ficavam nas pedras na maré baixa, tirando caramujos e pedacinhos de concha do caminho antes de devorarem o conteúdo como os vikings famintos que estavam interpretando.

Maria compreendia que a alga dulse era uma iguaria. Depois de seca, devia ser ótima para realçar o sabor de algum alimento, ou até como petisco. E ela até admitia que tinha gostado dos primeiros punhados que provou, as algas fresquinhas e ainda pingando água do mar.

Mas tinha quase certeza de que, se precisasse passar mais um dia de filmagem comendo aquela alga, precisaria ter um balde à sua disposição fora do alcance da câmera no qual pudesse vomitar entre as tomadas.

— Enfiar goela abaixo? — Peter a encarou, parecendo não entender. — Comer aquela alga sem parar foi o auge da minha semana. Estou viciado.

Maria franziu a testa, confusa.

— Sério? — perguntou ela, pois poderia jurar que o rosto dele tinha ficado tão verde quanto os trevos da Irlanda no fim da tarde de terça-feira.

— Claro que não — confessou Peter. — E, se essa história de comer tanta alga me fizer perder o gosto por sushi, vou processar essa droga de série e exigir uma carta formal de desculpas aos California rolls.

Antes de se afastar, Maria conseguiu flagrar o esboço de um sorrisinho por baixo daquela barba densa, o que significava que...

Ele estava... brincando com ela?

Aquilo só podia ser um bom sinal. Mesmo assim, Maria não ia forçar a barra. Até ter certeza de que as hostilidades haviam ficado para trás, deixaria que Peter tomasse a iniciativa de se aproximar.

Pretendia tratá-lo da mesma forma como havia tratado o alce selvagem que, uma vez, havia entrado por engano no jardim da casa de veraneio da família dela. Ou seja: com muita cautela. Alces podiam ser lindos e imponentes, mas também eram criaturas selvagens. Imprevisíveis, às vezes rabugentas, enormes, muito fortes e propensas a reagir com violência quando alguém chegava perto demais.

Dito isso, se ele voltasse a chamá-la de Píppi, ela seria obrigada a bater na cabeça dele com um pote de arenque em conserva, em um ato de vingança bem sueco.

Fiel ao plano, Maria não retomou a conversa enquanto os dois se preparavam para a primeira tomada do dia. E ele também não. Até o momento em que a contagem regressiva para a ação estava prestes a começar, e o olhar dele, escuro, focado e propositalmente neutro, se fixou no dela.

— Pronta? — perguntou Peter.

Para começar a filmar? Sim.

Para os dois finalmente trabalharem em harmonia?

— *Ja*, Peter — respondeu Maria, sorrindo, e viu o sorrisinho que ele abriu.

Era constrangedor admitir, mas ela quase perdeu a deixa.

* * *

Ao entardecer, Cássia e Cipriano estavam agachados à beira-mar. Usando uma faca resgatada do naufrágio, os dois colhiam ouriços-do-mar nas águas frias e cheias de pedras e iam depositando as criaturas em um pedaço de couro que Cássia tinha arrancado da perna da própria calça.

Aos poucos, embora contrariados, os dois vikings estavam se tornando uma equipe, porque não havia alternativa se quisessem sobreviver e porque estavam ardendo de desejo um pelo outro, e com razão. O trabalho de Jeanine aprimorara ainda mais os belos atributos que a natureza já havia concedido a ambos.

— Cássia, vá se secar perto do fogo — ordenou Cipriano, os olhos se demorando na coxa despida dela.

Ainda agachada, ela fez que não com a cabeça.

— Só quando terminarmos aqui.

Os pés de Maria, descalços e doloridos por causa do dia de trabalho, já estavam dormentes, mas aquela provavelmente seria a última tomada da noite. Ela não se importava em aguentar mais alguns minutos de desconforto. Além disso, se reclamasse, Peter — ainda distante, porém bem mais simpático ao longo do dia — poderia retomar as acusações anteriores de falta de profissionalismo, e ela queria deixar tudo aquilo para trás de uma vez por todas. Se precisasse passar anos a fio tão íntima de um colega que não a respeitava e sem ter o que fazer, talvez aquilo não partisse seu coração nem abalasse sua determinação, mas seria um pé no *rumpa*.

Cipriano segurou o braço de Cássia e a forçou a ficar de pé. Naquele ponto, Maria deveria encará-lo com os olhos semicerrados e sair batendo o pé em direção ao abrigo rudimentar que tinham construído, furiosa, ainda que escondendo dele, mas não da câmera, o prazer involuntário que sentia diante do instinto protetor de Cipriano.

Só que ela já não sentia as pedras irregulares sob os pés agora dormentes e estava agachada havia tempo demais. Assim que Peter soltou seu braço, Maria perdeu o equilíbrio, escorregou em uma pedra coberta de alga e começou a cair.

Logo, porém, se viu amparada pelo peito de Peter, o ar escapando com força dos seus pulmões diante da firmeza dos braços que a envolveram.

Pelos deuses, como aquele homem era grande. Grande e, graças novamente a todos os deuses, quente. E tão forte...

Demorou um instante até Peter afrouxar o aperto o suficiente para que Maria conseguisse se afastar um pouco e olhar para ele. Foi então que ela viu a linha severa de seus lábios, a mistura de preocupação e fúria no olhar e o maxilar tensionado enquanto ele a segurava com firmeza e a protegia em seus braços.

Maria abriu a boca para dizer... alguma coisa. Nem sabia exatamente o quê. Talvez pedir desculpas por ter estragado a cena. Talvez um "obrigada, Peter" bem sincero por ele tê-la salvado de uma queda feia, já que ela daria de cara com umas pedras bem pontudas.

Mas as câmeras ainda estavam gravando.

O que Cássia diria naquela situação?

Maria não fazia ideia. O calor do corpo de Peter colado ao dela tinha aniquilado sua capacidade de raciocinar. Ele também não dava um pio, apenas continuava a encarando com aqueles olhos escuros e intensos. Um dos braços estava apoiado nas costas dela, a mão grande e firme em sua nuca, enquanto a outra mão segurava com firmeza seu quadril, os dedos cravados no couro que cobria o traseiro de Maria, e... *cacete*.

Como ela ainda podia desejar tanto aquele homem? Por quê?

Maria precisou engolir em seco.

A boca de Peter desceu devagar na direção da dela. Um milímetro. Dois.

Então, ele ergueu a cabeça com um grunhido abafado e praticamente a arrastou para longe das pedras, rumo ao abrigo improvisado. Peter percebeu que não conseguiria carregá-la até lá, mas sustentou boa parte do corpo dela sem grandes esforços, e deixá-la cair estava fora de cogitação. Zero chance.

Perto do muro de pedras que tinham construído, ele a acomodou na grama, pousando a mão firme no ombro dela e ordenando com um gesto que *ficasse ali*. Ainda atordoada e entorpecida, Maria obedeceu, incapaz de desviar o olhar daquele corpo enorme e habilidoso, da silhueta desenhada contra a luz do entardecer, do jogo de sombras no rosto muito sério dele, da graça de cada passo.

O fogo tinha se transformado em brasa. Sem dizer nada, Peter acrescentou folhas secas e lascas do *knarr* que o mar depositara na praia — em breve, Cipriano e Cássia descobririam as maravilhas da turfa —, até que as chamas voltaram à vida e começaram a descongelar os pés gelados de Maria.

Então, depois de um último olhar demorado na direção dela, que estava sentada diante da fogueira que ele havia refeito, desajeitada e sem palavras, Peter se virou e avançou em direção à praia.

Finalmente, Ramón gritou:

— Corta!

— Tenho quase certeza de que é essa que vamos usar — disse Nava, ao se aproximar de Maria. — Ótimo trabalho, Ivarsson. Quase se estabanou nas pedras pontiagudas.

Mesmo em meio à confusão, Maria teve que rir.

— Se tem uma coisa que ela é, Nava, é dedicada. — O diretor sorriu, e Maria e ele deram um *high-five*. — Mandaram muito bem, pessoal! Encerramos por hoje.

Peter demorou muito, mas muito mesmo para voltar da água e se reunir ao grupo. Pelo restante da noite, ele voltou a evitá-la e se sentou o mais longe possível dela no jantar.

Não dirigiu a palavra a ela nem olhou em sua direção. E, se dissesse que não sabia o motivo daquele distanciamento, Maria estaria mentindo.

O que havia entre eles — a química inegável, o breve e conturbado passado — era... incômodo. Por mais que doesse, talvez o caminho mais inteligente fosse mesmo ficarem longe um do outro.

Ainda assim, na manhã seguinte, quando Peter voltou a falar com ela, o alívio que Maria sentiu foi tanto que quase a fez cair de joelhos.

Grupo de mensagens de *Deuses dos Portões*:
Domingo à noite

Summer: Maria e Peter, bem-vindos ao grupo! Vocês já devem saber, mas eu interpreto a Lavínia. Estou muito feliz de ver vocês no elenco do Portões.♥

Mackenzie: Isso aí! O Bigodinho está empolgadíssimo!

Mackenzie: E eu soube disso antes mesmo de ele dizer, porque o bicho se lambeu com um vigor incomum depois que recebemos o e-mail

Mackenzie: Foi uma sessão intensiva ali embaixo

Mackenzie: Não foi, Bigodinho? Hein, não foi?

Marcus: ...

Mackenzie: Ah, e eu interpreto a Vênus!

Ian: Ai, meu Deus, mais colegas de elenco, era só o que me faltava

Ian: Em alguns episódios, o Júpiter já quase não aparece, o que é um ultraje

Carah: IAN, OLHA SÓ, HEIN

Ian: Eu sou Júpiter, obviamente, rei dos deuses

Alex: Não, você INTERPRETA Júpiter, o que NÃO é a mesma coisa

Alex: E nem pense em ser babaca com nossos novos colegas, senão vou encontrar seu estoque secreto de atum e doar tudo para os restaurantes de sushi

Alex: Todo

Alex: E qualquer

Alex: Pedacinho

Ian: Você não teria CORAGEM

Asha: Ele com certeza teria

Asha: E se ele não tiver, *eu* tenho, então trate de ser simpático ou ficar quieto, Ian

Asha: Bem-vindos, Maria e Peter! Depois falo mais, quando voltar de Ibiza, mas estou feliz demais por ter vocês com a gente. Eu interpreto a Psiquê, a mortal que é boa demais para o Cupido!

Asha: Sem ofensas, Alex

Asha: (ele interpreta o Cupido)

Alex: É uma ofensa, sim! Fiquei ofendido!

Carah: MARIA IVARSSON, PORRA

Carah: SEJA BEM-VINDA, SUA SUECA LINDA DO CACETE

Carah: PETER REEDTON, TAMBÉM CONHECIDO COMO "NUNCA PEGUEI UM PAPEL EM QUE EU NÃO ARRASASSE"

Carah: BEM-VINDO, SEU VIKING ALTO E GOSTOSO DE MEU DEUS

Carah: Eu interpreto a Dido, a *infelix regina* em pessoa, que também é gente boa demais para o boy lixo da vez

Marcus: Eu até contestaria, mas nós dois sabemos que é verdade.

Marcus: Por sinal, eu interpreto o Eneias, o boy lixo em questão.

Alex: SILÊNCIO, GENTE, É A MINHA VEZ DE FAZER UMA SAUDAÇÃO GRACIOSA

Alex: Só queria avisar, Peter, que se você acabar me destronando na votação da Fan Thirst como "Barba de Celebridade Mais Desejada" TEREI QUE ME VINGAR

Alex: E será um prato servido fervendo, porque sou um filho da puta impaciente

Marcus: Cara, você sabe que ele não te conhece e não tem como saber que você tá brincando, né? Isso pode muito bem ser interpretado como uma ameaça de verdade.

Alex: Tanto faz. Com o tempo ele vai aprender a apreciar toda a glória de *moi*

Ian: Não contem com isso, novatos

Ian: Depois de quase dois anos trabalhando juntos, Júpiter ainda acha ele um babaca

Carah: Ian, você não tem uns smoothies nojentos de atum pra fazer bem longe do celular?

Ian: Tenho, sim. Meu alarme de atum das duas horas acabou de tocar. Júpiter SAINDO

Alex: Nunca vou perdoar aquele desgraçado fedorento por ter acabado com a minha vontade de comer poke

Alex: Bem, fico feliz por vocês estarem com a gente. Peter, você é um ator incrível.

Alex: Só tenta deixar essa barba um pouco menos cheia e sedutora. Agradeço desde já

Alex: E, Maria, pesquisei seu nome no Google quando recebemos o anúncio da escalação, e a diretora de elenco mandou muito bem te escolhendo

Alex: E todo esse papo sobre aceitação do próprio corpo e orgulho de ser gorda?

Alex: ADORO

Alex: Se eu puder ajudar de alguma forma, pode falar, meus vastos e comunicativos talentos estão à disposição

Alex: E a minha barba

Alex: Minha barba espessa, macia, sedosa e campeã

Maria: Obrigada, Alex, e a todo mundo.

Marcus: Fico feliz que vocês dois façam parte do nosso elenco agora. Maria, vi você no papel de Nina em *A Gaivota* no YouTube. Sua atuação foi magistral e comovente.

Maria: Muito obrigada, que gentileza

Marcus: Peter, já vi muitos filmes seus. Você é sutil e tem uma habilidade incrível de incorporar o personagem que está interpretando.

Maria: Marcus, o Peter não fez uma participação em uma série sua uns anos atrás?

Marcus: Ai, meu Deus. Qual delas?

Peter: Maria, não faço ideia de como você soube disso, mas foi em *Creekwatch — Segredos do Riacho*.

Marcus: MEU DEUS

Peter: Eu era o Cara Que Se Afoga #2, claramente um personagem essencial da série.

Peter: Você correu até o riacho de sunga pra me salvar depois de fazer um discurso sobre vingar a sua irmã assassinada.

Marcus: Cacete, estou me lembrando agora

Marcus: Você estava ótimo, o que não é surpresa nenhuma

Marcus: O roteiro é que… não era tão bom

Peter: Bem, o pagamento caiu direitinho na conta, certo? Então valeu.

Marcus: Exatamente. EXATAMENTE.

Maria: Aposto que vocês já trabalharam juntos outras vezes

Marcus: Sim. Talvez até em produções não tão ruins!

Marcus: Mas provavelmente não, dado o meu currículo

Marcus: A Maria tem razão. A gente devia marcar de almoçar juntos um dia desses e comparar nossos papéis, Peter. Na próxima vez em que você estiver em LA?

Peter: ...

Peter: Vai ser um prazer

Peter: Obrigado a todos pelo acolhimento e pela gentileza.

Alex: ... com uma exceção

Carah: A porra do Ian

Maria: Por favor, não me faça imaginar isso, Carah. Não quero ter pesadelos sexuais envolvendo atum.

Carah: AH, MERDA, JÁ TE AMO

Carah: VAMOS SER MELHORES AMIGAS PARA SEMPRE, NÃO VAMOS?

Maria: ☺

5

Ela fazia aquilo parecer tão fácil.

Peter não queria estar observando Maria do outro lado da mesa de jantar entulhada de pratos, mas era mais forte que ele. Ela estava sentada entre Nava e Darrell no longo banco estofado do pequeno, porém elegante, restaurante do hotel e irradiava uma luz que nada tinha a ver com a iluminação das velas e muito pouco a ver com sua beleza inegável.

Não, na verdade aquele brilho vinha todo *dela*. Do charme de Maria. Da sua vivacidade. Do seu senso de humor. Do seu interesse pelos outros.

Estavam na ilha havia apenas três semanas, mas Maria conversava com as pessoas com tanta intimidade e ficava tão à vontade com a equipe que parecia que ela conhecia todos havia anos. Naquele momento, por exemplo, Maria estava conversando com Nava como se as duas tivessem estudado juntas na escola, ajudado uma à outra na primeira mudança de apartamento e se reencontrado recentemente após um bom tempo sem se ver.

— Então, como a Carlie sobreviveu ao primeiro ano da faculdade? — disse Maria, depois de uma bela garfada de lagosta na manteiga e um gole de vinho branco. — Quando estávamos na Bélgica, você comentou que ela estava preocupada com as provas finais.

Nava sorriu.

— Tirou nota máxima, para a surpresa de absolutamente ninguém além dela mesma. E agora já está estressada com as matérias do próximo semestre, que começa no fim de agosto, sendo que ainda estamos em julho. Dottie levou a pobrezinha para

Wisconsin Dells, e elas vão ficar uma semana lá para ver se ajuda a menina a relaxar.

Antes de os pais se separarem, a família de Peter costumava visitar aquela cidade pelo menos uma vez por ano.

Até aquele momento, ele não fazia ideia de que Nava também era do Wisconsin. E quem era Dottie? Uma amiga? Namorada?

Peter apertou a ponte do nariz, irritado consigo mesmo.

Por que não conseguia fazer aquilo? Por que ainda não tinha superado a própria falta de traquejo social depois de mais de três décadas e meia sofrendo com ela?

— Ela está na Universidade de Wisconsin, né? — perguntou Maria. Quando Fionn apareceu para recolher os pratos, Maria deu uma palmadinha em seu braço e se dirigiu a ele. — Preciso te dizer, Fi, que aquele tartare de vieiras vai ser a grande estrela dos meus sonhos hoje à noite. Talvez até role um *ménage à trois* com a lagosta, então, por favor, ignore qualquer som de êxtase vindo das suítes.

Quando o cérebro de Peter, sempre prestativo, lhe ofereceu uma imagem de Maria em pleno orgasmo provocado por ele, não por frutos do mar, ele apertou a ponte do nariz com mais força.

Tanto Nava quanto Jeanine caíram na gargalhada, e Fionn deu uma bela fungada de tanto rir.

— Obrigado, meu bem.

— Eu é que agradeço pela comida maravilhosa, Fi. Estou ansiosa pela sobremesa. — Maria se virou para Nava e disse: — Desculpa, Nava. O que você estava dizendo?

— É isso mesmo que você falou. A Carlie faz faculdade em Madison, igual a mim e à Dottie há... — ela fingiu não se lembrar — sei lá quantos anos. Mas acho que Carlie bebe bem menos cerveja do que a gente, provavelmente porque nunca passou pela cabeça dela usar identidade falsa. Eu juro que não entendo como fomos ter uma filha tão fofa e responsável, Maria. É surreal.

Então, Maria se virou bruscamente para Peter, que teve um leve sobressalto. Será que ela o havia flagrado encarando-a?

— Peter — disse Maria, concentrada e com a testa larga franzida. — Você também estudou lá, não estudou?

Ele pigarreou.

— Ah, sim. Fiz teatro lá. Eu nasci e cresci em Madison.

— Eu não fazia ideia! — Nava se inclinou na direção dele. — Eu cresci em Janesville e também fiz teatro em Madison, embora seja impossível a gente ter estudado juntos. Você é muito jovem.

Na maior parte dos dias, Peter não se sentia nada jovem, mas fazer esse comentário não agregaria em nada na conversa, então precisava pensar em outro assunto. Fazer alguma pergunta. Mas qual?

Ele dobrou o guardanapo no colo, alisou, depois dobrou de novo.

— Você... criou a sua filha no Wisconsin?

— Não. — Nava franziu o nariz. — Assim que nos formamos, Dottie e eu fugimos para Los Angeles. Mas, depois do divórcio, ela voltou para Janesville. Quando chegou a hora de escolher uma faculdade, Carlie quis ficar perto de uma das mães e das duas famílias, ainda mais sabendo que eu ia passar bastante tempo fora do país, por isso escolheu Madison.

— Uma ótima escolha, sem dúvida — disse Maria, e apontou para os dois. — É só olhar para os alunos exemplares que a universidade formou.

— A verdade é que a gente deveria estar nos panfletos deles.

Nava estendeu o braço por cima da mesa, e Peter levou alguns segundos até perceber que ela queria um *high-five*. Quando ele finalmente deu um tapinha na mão dela, Nava abriu um sorriso.

— Espero que batizem um prédio em nossa homenagem a qualquer momento.

— Com certeza — falou Peter.

Por que Maria estava sorrindo para ele daquele jeito?

— É um ótimo lugar para estudar — disse Nava. — Embora, até onde eu saiba, a dieta da Carlie durante o ano letivo seja composta oitenta por cento pela coalhada da região.

A versão preferida de Peter das bolinhas de queijo típicas era a frita. Derretidas, elas ficam ótimas com molho ranch.

Ele sorriu.

— Imagino que os outros vinte por cento sejam salsichões?

— Dez por cento salsichões, dez por cento *frozen custard*, aquele creme congelado delicioso. — A produtora tamborilou com o dedo no queixo. — Embora o consumo de hambúrgueres amanteigados não entre nessa equação.

Ele riu, e Nava o acompanhou. Até Maria pareceu satisfeita, mesmo que provavelmente não fizesse a menor ideia do que eles estavam falando.

De repente, Darrell e o restante da equipe caíram na risada, e tanto Nava quanto Maria voltaram sua atenção para o assistente de produção.

Peter tomou um gole de água, ainda sorrindo consigo mesmo.

Pronto. Nem havia sido tão difícil. Ele tivera uma conversa amigável com uma colega e agora sabia muito mais sobre ela, o que facilitaria futuros papos. Poderiam relembrar Winsconsin Dells, comparar restaurantes da State Street ou exaltar as delícias de noites de verão ouvindo música na esplanada com vista para o lago Mendota.

Para sua surpresa, ele realmente *queria* conversar com Nava de novo. Ela era interessante, engraçada, boa no que fazia e... mais simpática do que ele esperava. Ele... gostava dela?

Sim. Gostava. O que era ótimo, já que trabalhariam juntos por anos.

— Postei meu quinto vídeo semana passada — dizia Darrell. — Tem gente que ainda não percebeu que estou zoando. Mesmo depois de eu ter elogiado com entusiasmo o romantismo puro de "Every Breath You Take" e dito que Sting escreveu essa música como um guia para relacionamentos saudáveis.

Peter se engasgou com a água em meio a mais gargalhadas.

Ramón conseguiu gemer e rir ao mesmo tempo, soltando um:

— Jesus.

Do outro lado da mesa, Jeanine se inclinou na direção de Darrell com os olhos brilhando e cravados no rosto do rapaz.

— Apesar de eu ter tentado muito impedi-la, uma das minhas melhores amigas dançou essa música no próprio casamento.

Darrell não desviou o olhar de Jeanine. Em vez disso, apoiou os dois antebraços na mesa e se inclinou ainda mais, reduzindo a distância entre eles.

— Algum dos dois já foi preso por stalkear?

Um sorriso curvava seus lábios, e Jeanine abaixou o olhar por um instante.

— Não — disse ela, com a voz rouca. — Ainda não.

Ele ergueu a sobrancelha escura, e o gesto foi tão absurdamente charmoso que Peter teve que resistir ao impulso de aplaudir.

— Imagino que estejam divorciados?

— Estão — respondeu Jeanine, e os dois caíram na risada.

Um discreto movimento dos ombros fez a blusa dela escorregar um pouco mais para baixo, e os olhos de Darrell escorregaram junto. Pela primeira vez, o sorriso espalhafatoso do assistente de produção não incomodou Peter nem um pouco.

— Semana que vem, vou reagir a "Pony", do Ginuwine.

Quando Jeanine mordeu o lábio, o sorriso de Darrell ficou mais largo.

— Pretendo comentar como é revigorante ver um artista com tanto apreço por esportes equestres.

Dessa vez, Peter cuspiu a água na mesa, e Jeanine lhe deu vários tapas nas costas enquanto ele tossia.

— Obrigado — disse ele, ofegante.

— Você tá bem? — perguntou Nava, parecendo preocupada e prestes a se jogar por cima da mesa para socorrê-lo. — Quer mais água?

— Está tudo bem. — Depois de mais algumas tossidas, ele voltou a respirar. — Só bebi na hora errada.

Incentivado por Jeanine, Darrell continuou falando sobre suas ideias para os próximos vídeos.

— Tenho todo um roteiro pronto mostrando como "Down Under" exalta os méritos do sexo oral e explicando por que acho que o "sanduíche de Vegemite" citado na letra da música é uma metáfora para sexo oral em uma mulher. Mas, depois dessa, não sei qual outra música escolher.

Ainda bem que Peter não tinha tomado outro gole de água, porque... *cacete*.

— Peter — chamou Maria. Seu tom não foi alto, mas se destacou no meio de toda a conversa paralela. — Você vive ouvindo música entre uma cena e outra. Tem alguma sugestão para o Darrell?

Ele ouvia, sim, música entre as tomadas, principalmente porque aquilo lhe dava um bom motivo para não interagir com o restante do grupo. Com os fones no ouvido e o celular na mão, ninguém esperava que ele se mostrasse espirituoso ou minimamente sociável.

E, mais uma vez, Maria o colocara em evidência. Que inferno.

— Hum...

Com todos os olhares voltados para ele, todo conhecimento musical lhe fugiu. Peter tentou ignorar o branco total, porque havia uma... Ah. Perfeito.

— Você já fez um vídeo sobre o patriotismo descarado de "Born in the U.S.A."?

Darrell assentiu, aprovando.

— Um clássico de interpretação errada de uma letra. Ótima sugestão, Peter. Valeu.

— Se... eu me lembrar de mais alguma, aviso — disse ele.

Pela primeira vez, o sorriso encantador de Darrell se voltou para Peter e quase o cegou, mas de um jeito bom.

Ele levou a mão à barriga. Não tinha bebido vinho, portanto não sabia explicar o calor estranho e agradável que sentiu.

Quando Jeanine voltou a atrair a atenção do assistente de produção, Peter pegou o garfo e se preparou para encarar o crumble de maçã, que parecia delicioso. Foi então que Ramón lhe deu uma cutucada no braço.

O diretor esticou o pescoço para cochichar perto do ouvido de Peter:

— Tá percebendo o que está acontecendo?

A pergunta era vaga, mas Peter tinha quase certeza de que sabia do que Ramón estava falando.

— Entre a Jeanine e o Darrell? — Quando o outro assentiu, Peter apertou os lábios, sem saber direito o que dizer. — Isso é problema deles, claro. Eu só... espero que o Darrell não se machuque. Ele é tão *novo*.

Jeanine era maravilhosa — por que ele nunca tinha admitido isso para si mesmo? —, mas gostava de usar os homens. Pelo menos era o que Peter havia entendido das conversas dela com Maria toda manhã no trailer onde faziam cabelo e maquiagem. E Peter sabia muito bem como era ser descartado sem nenhum aviso por alguém com quem estava envolvido.

Mesmo se ele não gostasse de Darrell, não desejaria aquilo ao rapaz. Mas gostava, sim, então...

Peter franziu a testa, com os olhos fixos na cobertura crocante sobre as maçãs quentes e ácidas.

É. *Gostava* do garoto. Não era algo que ele teria admitido antes daquela noite.

— Não se preocupe, o Darrell sabe muito bem o que tá fazendo. — Ramón deu um sorrisinho astuto. — Ele já tá de olho na Jeanine faz tempo, desde que trabalharam juntos na temporada passada, e ela adora música dos anos 1980 e 1990. É uma cartada dele para atrair a atenção dela. Além do mais, Darrell não é tão novo quanto parece.

— Sério? — Peter abaixou a cabeça e tentou manter a voz o mais baixa possível. — Porque ele parece ter uns vinte e cinco. Trinta, no máximo.

— Prepare-se — disse o diretor, com uma expressão de triunfo.

Peter ergueu as sobrancelhas.

— Estou preparado.

— Darrell tem quarenta e três anos, e Jeanine não faz ideia.

Quando Peter o encarou, boquiaberto, Ramón caiu na gargalhada.

— Síndrome de Paul Rudd, meu caro. O homem não envelhece.

— Uau. — Peter pousou o garfo na mesa, observou o rosto sem rugas do assistente e repensou seu ceticismo quanto à feitiçaria. — Impressionante.

— Como você mesmo disse, não é da nossa conta, mas… — Ramón lançou um olhar para o outro lado da mesa, onde Maria e Nava gargalhavam entre elas de alguma piadinha. — É difícil guardar segredo em um grupo tão pequeno assim.

Será que a equipe sabia que Maria e ele tinham dormido juntos? Será que desconfiavam de quanto ele ainda a desejava? De quantas vezes sonhava com ela?

Mesmo contra sua vontade, Peter também olhou de relance na direção de Maria… e lá estava ela, olhando para ele de novo. Sorrindo daquele jeito radiante e alegre outra vez, por motivos que Peter não conseguia entender.

— Fico feliz de ver você mais à vontade com o grupo — disse Ramón, e deu um tapinha nas costas de Peter. — Todo mundo gostaria que você jantasse com a gente com mais frequência, sabe, em vez de comer sozinho no quarto. Achei que já soubesse disso, mas a Maria disse que você não devia saber, por isso estou te dizendo agora.

Maria. De novo.

Então… ele entendeu aquele sorriso. Peter repassou mentalmente o jantar do grupo e entendeu *tudo*. O que Maria tinha feito por ele, de forma discreta, sem parecer que estava fazendo alguma coisa. O plano que ela queria pôr em ação. O que tinha feito para agora parecer tão… orgulhosa.

Dele. Maria parecia orgulhosa *dele*.

Não era de admirar que ele não reconhecesse a expressão. Há quanto tempo ele não via alguém o encarando daquele jeito?

Ramón continuava falando:

— Ninguém vai te obrigar a vir, claro. É você que manda. O que te fizer feliz, Peter.

Jantar no quarto nunca teve a ver com a felicidade dele, e sim com o que ele conseguia suportar.

Peter engoliu em seco.

— Se vocês querem que eu jante com vocês, então vou jantar com vocês.

Ele não se sentiria mais excluído, ao que parecia. Não mais. Não depois da intervenção de Maria.

— Ótimo — disse Ramón, com firmeza.

Peter sorriu para ele, agradecido.

E nem foi difícil.

Quando o celular de Maria vibrou, as cinco pessoas da série que estavam hospedadas no hotel — incluindo Peter, que estava a centímetros de distância — estavam reunidas no corredor, conversando, depois do que ela considerava um jantar extremamente bem-sucedido.

A foto espontânea do irmão mais velho surgiu na tela, e uma olhada para o horário lhe indicou o motivo. Era a hora da videochamada que eles costumavam fazer toda semana, mas ela tinha se enrolado, pois o jantar ficou animado e ela não quis ir embora cedo. Além disso, era possível que estivesse... um pouco bêbada.

Ele ia entender. Sempre entendia.

Maria tocou na tela, se afastou um pouco do grupo e atendeu.

— *Hej*, Filip — disse ela.

Em seguida, pediu desculpas e perguntou se poderiam conversar mais tarde. O irmão concordou com a gentileza de sempre, e ela encerrou a chamada, se virando para voltar para perto do grupo.

Nisso, quase esbarrou em Peter, que, por algum motivo, estava *bem ali*. Para seu próprio constrangimento, Maria soltou um gritinho de susto.

Os lábios dele se contraíram por um instante antes de voltarem à linha severa habitual.

— Quem era?

— Filip, meu irmão mais velho. — Não que fosse da conta dele, ainda mais perguntando naquele tom rabugento. — Estou atrasada para a nossa conversa semanal.

— Ah. — Peter pareceu... murchar um pouco. Ou, no mínimo, ficar menos assertivo. — Ele não... hum... deixa pra lá.

O coitado voltou a ficar desconfortável.

Ela teve pena.

— Ele não se parece comigo, eu sei. Somos todos adotados: eu, ele e a minha irmã.

Filip tinha sido adotado em um orfanato na Coreia do Sul, Astrid ainda recém-nascida, na Suécia, e Maria depois da morte dos pais biológicos suecos e de várias tentativas frustradas de encontrarem um lar definitivo para ela. O outro irmão mais velho, Vincent, era filho biológico de Stina e Olle Ivarsson, mas os pais adotivos nunca trataram Maria, Filip ou Astrid diferente.

Família era tudo para ela. *Tudo.*

Aquilo valia em Estocolmo, em Los Angeles ou na Irlanda. Os irmãos e os pais eram a base da vida de Maria — sólida e imutável como os blocos de granito que se destacavam nas paisagens de Estocolmo. E ela sentia uma falta enorme de todos eles.

Nas últimas semanas, no entanto, começara a pensar que talvez conseguisse formar uma família ali na ilha também — sem excluir ninguém. Nem mesmo Peter. *Principalmente* Peter, um homem que já parecia bem acostumado a ser deixado de fora.

— Hum — repetiu ele. — Não sabia.

É claro que ele não sabia. Na noite em que se conheceram em Los Angeles, Maria não quis compartilhar nada pessoal, e desde então ele a vinha evitando. Peter, no entanto, parecia estar superando aquilo, e Maria nutria grandes esperanças quanto ao futuro dos dois como parceiros de cena e quem sabe até amigos?

Ja, ela definitivamente tinha bebido demais no jantar, porque ouviu a própria voz, um pouco alta demais, se dirigindo ao grupo no corredor:

— Eu me sinto muito sortuda de ter um colega de elenco tão talentoso e uma equipe tão incrível aqui na ilha. Fico muito feliz de ter vocês como colegas de trabalho.

— Você deveria *mesmo* se sentir sortuda — disse Nava, erguendo a cabeça e fingindo soberba, embora as bochechas se enrugassem num sorriso. — A gente é muito foda mesmo.

— Isso é verdade — concordou Ramón, rindo. — Se você tivesse nos odiado, teria sido bem constrangedor.

— Mas ainda assim estaria presa aqui com a gente — observou Peter, com seu habitual cinismo. — Então, sim, agradeça à sorte.

— Não — disse Maria a ele, animada. — Isso não é verdade.

Como a sonolência estava batendo com aquela última taça de vinho, ela se esgueirou por trás de Nava e foi se afastando em direção à própria suíte. Quando tropeçou, uma mão firme segurou seu cotovelo e a manteve de pé.

Era Peter, obviamente. Claro que era ele.

O Peter alto, forte e sexy. *Fy fan*, que cheiro bom ele tinha.

Confuso, Peter a acompanhou até a porta.

— O que você quer dizer com isso?

— O que quer dizer com "o que eu quero dizer"? — perguntou ela, rindo e dando um tapinha no peito dele enquanto tirava a chave do bolso do vestido. — Você precisa ser mais específico, Peter.

Ele fechou os olhos por um instante, talvez tentando reunir paciência.

Quando voltou a falar, cada palavra saiu lenta e perfeitamente articulada:

— Eu disse que você ainda estaria presa a nós mesmo se nos odiasse, e você respondeu que isso não era verdade. O que quis dizer com isso?

Os colegas iam se despedindo e entrando em seus quartos, e ela acenou tão rápido para eles que se desequilibrou nos braços de Peter.

Então, só restaram os dois. Maria se aproximou mais do pescoço dele e respirou fundo. Estavam a quilômetros daquela sauna de Los Angeles, então ela não fazia ideia de como ele ainda podia cheirar a cedro...

Peraí. Ele tinha feito uma pergunta?

— Ah. Sim. Lembrei. — As chaves quase caíram, mas ela conseguiu segurá-las. — É simples. Eu quis dizer exatamente o que falei. Se odiasse todo mundo, eu não ficaria presa aqui. Iria embora.

Ele ficou completamente imóvel.

— Você simplesmente... pediria demissão?

— Exato — afirmou Maria, sorrindo, feliz por ele ter entendido. — Eu voltaria para o teatro, ou tentaria encontrar outro trabalho no cinema ou na televisão. Ou qualquer outra coisa.

— Você simplesmente pediria demissão — repetiu ele, baixo.

Ela fez um gesto displicente e quase acertou o rosto dele com a mão. Por sorte, Peter conseguiu se esquivar a tempo.

— É um trabalho, Peter. Só um trabalho. Não é mais importante do que a minha felicidade.

Já estava passando da hora de retornar a ligação de Filip, tomar banho e ir dormir, mas a fechadura estava sendo mais teimosa que o normal naquela noite. Maria tentou abrir a porta uma vez, depois outra, então mais uma, até que aquela mesma mão forte — pelos deuses, como tinha *amado* sentir a mão de Peter entre as pernas dela — a apoiou na parede ao lado da porta e pegou as chaves da sua mão.

Por algum motivo, a fechadura funcionou de primeira com ele, o que era bem injusto. Peter abriu a porta, mas demorou a sair do caminho.

— Por que você tá me olhando assim? — perguntou Maria, depois de um tempo.

Ele balançou a cabeça, tensionando o maxilar.

— Você não entenderia.

— Você tá… — Ela engoliu em seco. — Está bravo comigo? De novo?

— Não — respondeu ele, sem hesitar.

— Sério? — disse ela, e se aproximou, fitando-o com os olhos semicerrados. — Porque você está com cara de bravo.

— Não estou bravo. É sério — garantiu ele, e soltou o ar bem devagar. — Toma um pouco de água antes de dormir, Maria. A gente se vê amanhã.

— Tá bem — disse ela. — Água. Pode deixar.

Ele abriu um sorrisinho estranho.

— Aproveite a conversa com o seu irmão.

Com delicadeza, mas com firmeza, Peter a conduziu para dentro do quarto. E, antes que Maria conseguisse organizar os pensamentos e se despedir, ele já tinha ido embora e fechado a porta.

Conversa com Peter: Sexta-feira à noite

Maria: Estamos vendo um filme no quarto da Nava. Vem logo, Peter

Peter: Que filme?

Maria: *Austrália*

Peter: ???

Maria: O filme do Baz Luhrmann de 2008, com a Nicole Kidman e o Hugh Jackman

Maria: A Nava trabalhou nele e sabe todos os podres de bastidores

Peter: Ah, sim

Peter: Aquele filme não tinha um monte de

Maria: Um monte de quê

Peter: Vacas?

Maria: Acho que sim?

Maria: Quer dizer, a história aparentemente gira em torno de uma fazenda de gado e de uma travessia de gado, então imagino que apareça um bom número de vacas na tela

Maria: Por quê?

Peter: Talvez eu pule esse

Maria: Você... tem algum problema com vacas?

Peter: É claro que não, não seja boba

Maria: Vamos destrinchar isso

Peter: Não

Maria: Uma vaca sequestrou sua filha e você teve que rastreá-la usando habilidades muito específicas que fazem de você um pesadelo para esse tipo de gado

Peter: Maria. Por favor, né?

Maria: Uma vaca sedutora deixou você no altar, de coração partido e sem novilhos

Peter: MARIA

Maria: Ou então um touro já te acusou injustamente de um crime que você não cometeu

Maria: Quando o verdadeiro assassino era, na verdade, a Holandesa Malhada de Um Casco Só

Peter: Eu sabia que a gente não devia ter visto *O Fugitivo* semana passada. *Busca Implacável* já foi ruim o suficiente

Maria: Você perdeu todo o seu dinheiro investindo em um esquema de pirâmide de uma vaca?

Maria: Sabe, o Bernie *Muudoff*

Peter: Já terminou?

Maria: Depende. Você vai vir aqui no quarto da Nava?

Peter: Vou ficar no meu, boa noite

Maria: Não

Peter: Não?

Maria: Você tá me devendo, Reedton

Peter: Ah, é?

Maria: Sim

Peter: Explique-se melhor, Ivarsson

Maria: Hoje, quando a Cássia e o Cipriano tiraram a roupa para lavar nas águas rasas, eu te salvei daquela onda enorme antes que ela te arrastasse e você fosse obrigado a conhecer toda a família disfuncional da Pequena Sereia e entrar num coral com caranguejos falantes

Maria: Basicamente, salvei a sua vida, mesmo que tenha acabado mostrando meus peitos para a equipe

Maria: Não que eu me importe com quem vê os meus mamilos, mas enfim

Maria: Você tava tão absorto na cena que nem viu a onda vindo, então, sim, você está me devendo

Peter: ...

Peter: Sim

Peter: Foi por isso que não vi a onda

Peter: Eu só estava muito concentrado na cena, você tem razão

Peter: Tudo bem

Peter: Vou ver a porcaria do filme, contanto que você nunca mais mencione o que aconteceu hoje

Peter: Tô tentando esquecer com todas as minhas forças

Maria: ???

Maria: A onda te traumatizou tanto assim?

Peter: ...

Peter: Como diz a Elsa, *let it go*, Maria. Deixa pra lá.

Maria: Tudo bem, mas só se você chegar aqui em dois minutos

Peter: Tô indo

Maria: ☺

6

— O telhado de palha parece um pouco ralo aí, Reedton — disse Maria, apontando para um trecho particularmente fino do telhado. — Achei que você estivesse comprometido com o profissionalismo, disposto a fazer o trabalho direito.

Rá-rá-rá, muito engraçada. A expressão mal-humorada de Peter não pareceu incomodá-la nem um pouco, mas talvez a exposição prolongada à cara de poucos amigos dele surtisse efeito. Peter continuaria tentando.

— Não te vi empoleirada em cima daquele muro tentando se virar com a palha, Ivarsson, então fica quieta. — Ele uniu a ponta do polegar e a do indicador e fez o gesto de fechar o zíper na própria boca. — Aquela cena foi um saco.

Na verdade, qualquer pessoa em sã consciência acharia todo o processo de cobertura do telhado um horror. Os Entusiastas dos Telhados de Palha Antiquados poderiam se ofender com essa conclusão, mas estariam redondamente enganados.

Evidência A: a debulha interminável com uma ferramenta primitiva para separar o grão da palha. Evidência B: a tarde inteira que passaram torcendo grama e palha para formar cordas, que prenderiam o telhado às pedras do abrigo permanente que haviam construído. A tarefa deixara as mãos de Maria cheias de bolhas e tão rígidas que ela quase não conseguiu segurar o garfo no jantar daquela noite.

Mas ela não reclamou das bolhas, não se importava com o trabalho manual. Peter também não. O clima ainda estava fresco e nublado, e ninguém estava morrendo de calor, mesmo no auge do verão. E trabalhar lado a lado com ela era…

Enfim, aquelas partes nem tinham sido tão ruins assim. Na verdade, tinham sido até meio... agradáveis?

Mas não deveriam ter sido, se — só para reforçar — ele estivesse em plenas faculdades mentais, e não preso no campo gravitacional do charme e do senso de humor de Maria.

O que nos leva à Evidência C: tentar prender vários tipos de grãos e capins secos a uma camada de barro enquanto se equilibrava no alto, em uma ilha famosa pelos ventos. Aquilo, sim, foi um inferno.

Peter só torcia para que os diversos cavalos, vacas, ovelhas e cabras dos moradores da ilha tivessem aproveitado o buffet gratuito de palha caindo dos céus durante uma semana inteira.

— Você está reclamando dessa sua palha voadora chata há dias, Peter. — Maria balançou a cabeça para ele, abrindo um sorrisinho. — Não entendo por que isso mexeu tanto com você.

De uma coisa Peter tinha certeza: a frustração que sentia não tinha nada a ver com o fato de Maria e ele terem gravado separados naquela semana.

No roteiro, enquanto Cipriano se digladiava com o maldito telhado, Cássia percorria o perímetro da ilha em busca de mais objetos úteis trazidos pelo mar desde o naufrágio do navio. Eles não precisavam aparecer juntos nas cenas, e tudo bem. Foi até um alívio depois de vários meses de convivência intensa, e ele ainda tivera um bônus, que foi o descanso mais do que bem-vindo enquanto a equipe filmava as cenas dela.

Ou seja, o fato de Maria ter estado ausente nas gravações com toda a certeza não era o problema. Suas tentativas malfadadas de instalar o telhado eram simplesmente frustrantes, e teriam sido frustrantes mesmo que ela tivesse ajudado.

Muito, muito frustrantes.

Frustrantes *demais*.

Hummm.

Mentir para si mesmo tinha se tornado mais fácil com o tempo, dado todo o treinamento recente, mas Peter ainda não havia aprendido a acreditar nas mentiras. Uma pena.

Ele cruzou os braços e a encarou, sério.

— Continua zombando do meu telhado, que eu vou te obrigar a comer alga, Píppi.

Manter um ar ameaçador ficou bem mais difícil naquele momento, porque Maria do nada sacou um vidro de arenque em conserva e o sacudiu a uns dois centímetros do nariz dele.

E parou por aí, porque Maria não o tocava fora de cena, e Peter agia da mesma forma com ela.

— Se me chamar de Píppi mais uma vez, *skitstövel*... — disse Maria, sacudindo o vidro de novo.

Depois de três meses ao lado dela, Peter já sabia o que *skitstövel* significava.

Caga-botas. Os insultos suecos eram bem esquisitos.

Ele mordeu o lábio, mas logo recuperou a compostura.

— Vai fazer o quê? Tingir o cabelo de vermelho, fazer duas tranças bizarras que desafiam as leis da física e dormir com os pés no travesseiro?

Não havia muito o que fazer à noite na ilha, então reler os livros de Astrid Lindgren sobre Píppi Meialonga nem tinha sido um sacrifício. Ainda mais quando a irritação de Maria era uma recompensa tão deliciosa.

— Vou tacar esse arenque na sua cabeça e desfazer o telhado inteiro, Peter. — Ela semicerrou os olhos, mas suas bochechas estavam tremendo com o esforço de conter o riso. — Não me provoca.

— Tarde demais. — Ele fez um gesto indicando os arredores e o cenário daquele dia. — Já passamos do ponto em que vandalismo com palha seria um problema pra mim. E se você me causar uma concussão agora, com o último dia de gravação ainda incompleto, vai fazer com que a equipe passe mais tempo longe de suas famílias.

Ela fingiu que o fuzilava com o olhar, e ele sentiu uma baita satisfação.

Mas não muita satisfação. Não em um nível *fora* do normal. Um nível razoável de satisfação.

— *Tá.*

O vidro de arenque dela — ou *sill*, como Maria chamava — desapareceu mais uma vez, sabe-se lá em que buraco negro que ela havia conjurado.

— Mas, cedo ou tarde, vou me vingar, Reedton.

— Estou me tremendo de medo — declarou ele com um bocejo escancarado.

Ela não conseguiu mais se segurar. Aquela sua gargalhada inconfundível quase ensurdeceu Peter. E ele não resistiu e caiu na risada também.

Ramón os chamou de volta para o set com um sorriso indulgente, e os dois voltaram para dentro da casa que eles e a equipe haviam construído juntos.

O último dia de filmagem antes da longa pausa era motivo de celebração, tanto dentro quanto fora das câmeras. Os náufragos vikings haviam preparado um banquete para a sua primeira noite no novo lar, a estrutura de pedra que esperavam que resistisse a um inverno rigoroso. Outro banquete com menos algas esperava toda a equipe no hotel, pois eles não voltariam à ilha e passariam meses sem se ver.

Aquela seria a última tomada do dia, senão deixariam a comida que Fionn fez esfriar, o que beirava o crime. Seria a última tomada por muito tempo.

De repente, Peter não sentiu a menor vontade de sorrir.

Maria e ele se sentaram lado a lado, diante da mesa simples que Cássia e Cipriano haviam construído com mais madeira reaproveitada do naufrágio, posta com tudo que a ilha podia oferecer no fim do verão, e a contagem regressiva para o "ação" começou.

Então, Peter decidiu que, naquela noite, finalmente diria o que precisava ser dito.

* * *

Depois do jantar, ele esperou até que todos tivessem se recolhido aos seus aposentos, ou deixado o hotel rumo às próprias hospedagens, e bateu na porta de Maria pela primeira vez.

Ela apareceu segundos depois e franziu a testa ao vê-lo.

— Peter? Tá tudo bem?

Ele não fazia ideia de como responder àquela pergunta.

— Posso entrar?

Maria o deixou entrar no quarto sem hesitar, e Peter logo viu que ela estava organizando suas coisas para retornar à Suécia no dia seguinte. As malas estavam abertas e espalhadas pelo chão, inclusive uma com…

Droga, ele não precisava ser lembrado de como eram as calcinhas de Maria.

— Se estiver com sede, tem água com gás no frigobar — disse ela, indicando o sofá baixo para que ele se sentasse. — Ou…

— Desculpa.

Pronto. Finalmente tinha dito.

Maria fechou a boca e o encarou, espantada.

Peter estava agitado, mas se obrigou a manter o contato visual.

— Falei muita besteira para você naquele estacionamento em Los Angeles, e quero que saiba que eu estava errado. E que te devo um pedido de desculpas.

Um sorriso lento, carregado de um prazer malicioso, cintilou no rosto expressivo dela.

Mesmo que Peter permanecesse de pé, Maria se largou no sofá e se espreguiçou languidamente. Como uma gata satisfeita. Ou, melhor ainda, como uma rainha tomando posse do próprio reino, certa do próprio poder.

Maria ergueu a cabeça e olhou para ele.

— Errado em relação a quê? Por favor, seja específico.

Ah, sim. Ela pretendia espremer até a última gota de arrependimento daquele pedido de desculpas tão atrasado, e ele nem podia culpá-la. Tinha realmente sido um babaca.

— Você podia até ser uma iniciante no que se referia a trabalhar na televisão quando conseguiu esse papel, mas não era nenhuma amadora no que diz respeito à atuação. Contracenar com você em hipótese alguma prejudicaria a minha carreira, e eu já sabia disso no fim do nosso primeiro dia juntos no estúdio. — Peter suspirou e continuou: — Pesquisei os teatros de Estocolmo onde você já trabalhou, e são impressionantes. Assim como as suas apresentações gravadas que estão disponíveis na internet, embora eu obviamente não tenha entendido nada do sueco.

Aquilo era mais uma prova de sua obsessão por ela do que Peter gostaria de admitir, mas Maria merecia saber.

Ela apoiou o cotovelo no braço do sofá, encostou o rosto na mão e ergueu as sobrancelhas.

— Você me stalkeou na internet. Fico lisonjeada.

Ele não diria stalkeou. Só tinha... feito uma pesquisa. Extensa. Pelo site dela, por todos os vídeos disponíveis no YouTube com cenas de seus trabalhos e com suas entrevistas, além das contas de redes sociais, de uns cinco anos atrás até o presente.

O que era, claramente, muito diferente de stalkear.

Se praticasse bastante, ele com certeza acreditaria nas próprias mentiras um dia.

No entanto, aquele dia ainda não tinha chegado.

Não importava. Era melhor deixar essa questão de lado e partir para a última parte do discurso que vinha ensaiando mentalmente a noite inteira.

— Seu talento é inegável, e você dá tudo de si no trabalho. — Peter engoliu em seco e de repente ansiou por aquela água com gás. — Também faz com que o set se torne um lugar melhor e mais feliz todos os dias.

O rosto dela se suavizou ao ouvir aquilo, e seu sorriso se tornou mais gentil.

— Que coisa bonita de dizer. Obrigada.

Peter acreditava piamente que era um trunfo para qualquer produção que o escalasse. Por outro lado, na maioria dos sets, quando as câmeras paravam de gravar, ele continuava sendo ele mesmo — e não num bom sentido.

Calado a ponto de parecer mal-humorado. Incapaz de se enturmar. Sempre de fora, só observando, e tão acomodado naquela posição que já nem se esforçava mais para agir de outra forma.

Já Maria…

Ela era um sol da meia-noite, atraindo todos para sua órbita. Maria *cintilava*. Iluminava tudo à sua volta. Inclusive ele.

Talvez por se sentir completamente à vontade e confiante, ela parecia se *divertir* pra valer, sempre. E com aquele jeito leve e bem-humorado, aquele magnetismo inescapável, Maria vinha puxando Peter para as conversas com a equipe. E fazia isso há tanto tempo que aquelas trocas já nem pareciam mais conversa fiada, mesmo quando ele falava sobre o clima, porque agora *conhecia* aquelas pessoas. *Gostava* daquelas pessoas.

E ele quase achava…

Não, ele poderia *jurar* que aquelas pessoas também gostavam dele. Que tinham se tornado não só colegas simpáticos ou contatos profissionais, mas também seus… amigos?

Mesmo sem Maria por perto, ele agora conversava com todo mundo com facilidade e frequência. Ela também o forçara, com todo o charme do mundo, a entrar no grupo de mensagens do elenco — que às vezes era uma verdadeira zona (Ian Dromm era um babaca de primeira e aparentemente cheirava a atum?), mas também era hilário. Ele estava realmente *animado* para reencontrar os colegas em entrevistas e convenções.

Maria tornara impossível que Peter continuasse agindo de forma mesquinha ou distante com ela e que não lhe pedisse desculpas sinceras — o que já deveria ter feito havia muito tempo. E agora que finalmente tinha agido, Peter conseguia respirar melhor na presença dela pela primeira vez em meses.

— Felizmente, essa coisa bonita de dizer é a verdade. — Ele deu um sorriso discreto, mas sincero. — Essa série tem sorte de contar com você.

Ela o observava com aqueles olhos castanhos, atenta.

— Mesmo que eu não seja grata o bastante pelo papel?

Ah, droga.

Apesar de todo o seu bom humor e desenvoltura social, Maria era afiada como os espinhos de um ouriço-do-mar e incansável como a maré. Ela não esquecia nada e sempre tinha razão. Peter admirava o talento e o empenho dela, e estava genuinamente feliz por ser seu colega de elenco, mas...

Maria não tinha a mesma *sede* que ele, não precisava daquele trabalho — talvez de nenhum trabalho — como ele precisava. Pelo que dissera naquela noite no corredor do hotel, estava disposta a sair da série sem pensar duas vezes, caso não estivesse fazendo mais sentido para ela. Sem olhar para trás, sem nenhum arrependimento.

Mesmo sem *Deuses dos Portões*, mesmo sem uma carreira de atriz, a vida dela continuaria plena e feliz. A família amorosa e os amigos leais a acolheriam. Seu governo a apoiaria financeiramente até que encontrasse outro trabalho, e ele suspeitava que Maria se sairia bem em qualquer carreira que decidisse seguir.

Mas aquela série, aquela oportunidade, era tudo para ele.

Os *showrunners* tinham sorte de tê-la, sim. Sem dúvida. Mas, ainda assim, ser escalado para uma série de grande orçamento e sucesso era um privilégio que a maioria dos atores talentosos jamais teria, e parecia que Maria não valorizava muito isso. Nem a oportunidade. Nem o reconhecimento profissional. Nem o dinheiro. Nem a fama.

Então, não, ela não era grata o bastante. Em relação àquilo, Peter não havia mudado de opinião.

O que significava que ele não responderia à pergunta dela, porque não era idiota.

— Você leva mesmo a sério essa história de fazer as malas — falou, lançando um olhar pelo quarto. — Por acaso arranjou mais malas desde que chegamos? Ou elas se reproduziram no fundo do armário?

Os olhos semicerrados deixaram claro que Maria tinha percebido a mudança de assunto, mas ela deu de ombros e deixou passar.

— Como foi você que carregou as malas pela soleira da porta, sabe muito bem que a quantidade é a mesma de antes. — Ela abriu um sorrisinho de canto de boca. — Além disso, os suecos recebem uma educação sexual bem completa nas escolas, então acredito plenamente no controle de bagagem e sempre pratico uma arrumação segura.

Ele lançou um olhar expressivo para a mala mais próxima.

— Se acredita em controle de bagagem, por que trouxe tantas?

— Lanchinhos — disse ela, sem nenhuma vergonha. — Muitos e muitos lanchinhos. O suficiente para três malas.

Hein...?

— Você tem noção de que não estamos numa ilha realmente deserta, né? E que a produção vai arranjar comida para a gente? — Peter a encarou, confuso. — Você estava achando o quê?

— Acho que pensei que a gente poderia ter problemas com os suprimentos de comida — respondeu ela vagamente, depois fez um gesto para encerrar o assunto. — Enfim, quer experimentar o que as prateleiras de doces da Suécia têm a oferecer?

Ele preferia experimentar o que Maria tinha a oferecer, mas os doces eram mais seguros.

— Claro.

Com a elegância de sempre, ela se levantou do sofá e desapareceu quarto adentro. Quando voltou, trazia um saquinho plástico amarelo com desenho de bichinhos e palavras em sueco na embalagem, cheio de um doce preto disforme. Maria abriu o saco.

Quando estendeu o doce para ele, Peter analisou o conteúdo com desconfiança.

— O que é isso?

— Não seja covarde, Peter. — Ela sacudiu o pacote, impaciente. — É um dos doces mais populares da Suécia. Pega um.

Ora, dez milhões de suecos não podiam estar errados. Decidido a não discutir mais, ele enfiou um pedaço arredondado na boca e mordeu.

E imediatamente cuspiu no chão, porque...

— *Cacete!* — gritou. — Que porra é essa, Maria?

— A... sua... cara — disse ela, com o corpo curvado para a frente de tanto rir. — Ai, meu Deus, *a sua cara*!

Não havia água com gás suficiente no mundo para tirar aquele gosto da boca, mas ele pegou uma garrafinha no frigobar dela mesmo assim e tomou metade em um gole só. Como aquilo não resolveu o problema, ele correu até o banheiro e esfregou uma boa quantidade de pasta de dente na língua.

Normalmente, Peter cuspiria a pasta depois, mas não naquele momento. Não correria o risco de voltar a ser assombrado pelo sabor daquele doce.

— O que era essa... *abominação*? — perguntou ele, apontando aterrorizado para a bolota meio mascada no chão de madeira. — Você tentou me *envenenar*?

Maria revirou os olhos, mas ainda estava rindo.

— É alcaçuz salgado. Muitos suecos adoram, mas a maioria das pessoas de outros países... nem tanto.

— Você vive em uma nação de monstros — declarou Peter.

— O que foi que eu disse hoje mais cedo, Reedton?

Com um sorriso tão brilhante que quase o cegou, Maria se inclinou mais para perto. Tão perto que Peter conseguiu sentir o leve aroma da sobremesa de framboesa que ela saboreara no jantar e contar as pintinhas douradas em seus olhos castanhos.

Ele a encarou, incapaz de responder, dominado por um desejo intenso e maldito.

— É a minha vingança — sussurrou Maria, então deu um peteleco no queixo dele. — Não pisa no meu calo, *skitstövel.*

Ela era maluca. Encantadora, mas maluca.

E não importava quanto ele quisesse tocá-la. Não podia.

Mesmo ignorando os motivos sérios que ele tinha, Maria já o rejeitara uma vez, e uma vez bastava. Então, antes que a mulher destruísse de vez seu autocontrole, ele pegou o doce nojento do chão com um lenço de papel e foi até a porta.

— É melhor eu começar a fazer minhas malas também, até porque meu voo é bem cedo — comentou ele. — Imagino que não vou te ver amanhã, então…

Ele não estendeu a mão nem ofereceu um abraço, pois não era idiota. Não quando estavam os dois ali, sozinhos à noite no quarto de hotel dela.

— Tchau, Maria. — Peter saiu da suíte dela o mais rápido possível e parou a uma boa distância da porta. — Boa viagem. Até novembro.

Os nós dos dedos dela estavam brancos por causa da força com que segurava o batente, mas nos lábios tinha o mesmo sorriso alegre de sempre.

— Pra você também, Peter. *Hej då.*

Despedidas feitas, ele deu as costas e se afastou sem dizer mais nada.

Conseguira não dizer que sentiria uma falta tremenda dela. Ótimo. Maria não precisava saber disso.

Na verdade, se pudesse, Peter também não saberia.

Fan Thirst

A revista mais quente sobre as celebridades mais quentes

Curvilínea e confiante, a nova estrela de *Deuses dos Portões*, Maria Ivarsson, revela tudo!

Quando os *showrunners* Ron Acheson e R. J. Nullman começaram a adaptar a série de fantasia best-seller do autor E. Wade dois anos atrás, decidiram cortar alguns personagens importantes.

"Sem esses cortes, tínhamos medo de que a série se tornasse extensa demais", explica Nullman. "Sabíamos que alguns fãs não gostariam dessas decisões, mas com certeza não estávamos preparados para a legião de admiradores de Cipriano e Cássia entre os leitores de Wade."

Assim que a primeira temporada começou a ser exibida e a ausência do casal náufrago ficou evidente, essa legião reagiu. Fãs de Cipriano e Cássia (personagens originais criados por Wade, que não existem na mitologia romana) organizaram petições. Fizeram piquetes em frente ao estúdio da produção no Canadá. Criaram campanhas de muito sucesso nas redes sociais pedindo a inclusão do arco preferido dos leitores: a história de dois inimigos que se apaixonam.

Em resposta, Acheson e Nullman escalaram mais dois atores para o elenco da segunda temporada: o veterano Peter Reedton e a revelação do teatro sueco Maria Ivarsson. A escolha repercutiu por toda a Hollywood — e não apenas porque os *showrunners* cederam às exigências da fervorosa comunidade de fãs de Cipriano e Cássia.

"Ron e R. J. escalaram dois atores gordos para interpretar personagens que não eram descritos assim nos livros", explica Ivarsson. "Isso nunca acontece, e eles merecem muito reconhecimento por essa decisão. É um avanço de verdade para a diversidade de corpos em Hollywood. Fico especialmente feliz, pois a aceitação do corpo gordo é uma das minhas grandes causas, como os seguidores das minhas redes sociais já sabem. E, claro, é uma honra contracenar com um ator tão talentoso como o Peter e integrar uma série já tão adorada pelo público."

O público ainda não viu Cássia em cena, visto que a segunda temporada ainda está sendo filmada, mas Ivarsson já se tornou um fenômeno nas redes sociais, com milhões de seguidores em suas diversas plataformas, e um símbolo instantâneo de sentir-se bem no próprio corpo.

Ela assume esse papel de corpo e alma, com total confiança em seu apelo sexual, natural e *plus size*. Quando a *Fan Thirst* convidou Ivarsson para estampar a capa de outubro, ela não pensou duas vezes. Nem quando lhe pedimos que se despisse completamente para os nossos leitores.

"'Só não me façam ser presa', foi o que eu disse", conta ela, rindo. "Fora isso, não tive nenhuma preocupação. Não sou tímida, e amo o meu corpo. Além disso, fico feliz com a repercussão que a capa pode gerar, porque quero muito que Ron e R. J. recebam todo o reconhecimento que merecem por sua escolha de elenco tão progressista."

As autoridades não vão bater à porta dela tão cedo se depender da forma cuidadosa com que nosso fotógrafo a retratou. Pelo menos, não para prendê-la.

Talvez a abordem para pedir um autógrafo, e com toda a razão. Maria Ivarsson é uma estrela em ascensão, sedutora e escultural, como a nossa capa desse mês deixa bem claro.

Acesse nosso site para conferir imagens alternativas da capa e nosso top 10 com os posts mais engraçados e afiados de Ivarsson nas redes sociais!

7

— Quem mais já chegou? — perguntou Maria a Conor com uma tranquilidade cuidadosamente ensaiada, depois de receber a chave pesada e antiga do quarto. — Ramón? Nava?

O proprietário do hotel franziu o nariz sardento de um jeito fofo ao sorrir.

— Você é a última a chegar, Maria-Querida. Estão todos nos mesmos quartos da outra vez.

— Ótimo. — Ela jogou a chave para o alto, pegou com um floreio e deu uma piscadinha para Conor. — Gosto de ter plateia quando faço uma entrada triunfal.

O dono riu e apontou na direção do quarto dela depois de confirmar mais uma vez que a hóspede não queria ajuda com as malas. É claro que Maria queria ajuda, mas não a de Conor, e não porque realmente precisasse.

A única coisa que precisava era um pretexto para ver Peter imediatamente.

Depois de várias idas e vindas pelo corredor, conseguiu empilhar todas as malas na frente da suíte. Dez passos rápidos a levaram até a porta dele, e Maria bateu com firmeza.

Demorou um pouco para ele abrir, tempo suficiente para Maria começar a se balançar, impaciente. Quando a porta se abriu, porém, ela fingiu calma como a atriz talentosa que era e deu um aceno contido.

— Peter! — exclamou ela, devorando-o do cabelo escuro ondulado até os pés largos e descalços, com um olhar cheio de cobiça. — Será que você pode me ajudar a colocar a mala no suporte dentro do quarto?

Normalmente, Maria não se derretia por homem nenhum. Não mais.

Mas eles tinham passado tempo demais em continentes diferentes. Depois do banquete de fim de verão de Cássia e Cipriano, a série só retomava a história dos dois no inverno, quando o frio implacável deixava a ilha desolada e sem comida. Com isso, as gravações tinham sido interrompidas por três meses que pareceram intermináveis.

E Maria sentiu falta de Peter todos os dias. De *tudo* nele. Daqueles olhos castanhos sempre alertas, do peitoral largo e firme, da risada rouca, da força infinita que movia cada passo e do raciocínio rápido que afiava a língua talentosa. E agora... agora...

Ali estava ele. Seu monólito sexy, seu viking.

Embora, claro, Peter não fosse dela. Mesmo depois de Maria recusar uma dúzia de possíveis casinhos amorosos nos meses em que estiveram separados, porque se sentia incapaz de apagar a imagem dele do cérebro sempre que fechava os olhos para beijar alguém. Assim, no fim das contas, não beijou ninguém. Não ficou com ninguém. Passou o tempo com amigos e com a família e cuidou das próprias necessidades sexuais com a ajuda muito competente de seus diversos brinquedos eróticos.

Com mais tempo, talvez tivesse conseguido superar aquele ataque de sentimentalismo, tão fora dos seus padrões, quando se tratava de Peter. Mas... ainda não tinha acontecido.

— Oi pra você também, Maria — disse ele, encostado no batente da porta com um sorriso preguiçoso, os braços e os pés cruzados. — Estou ótimo, obrigado por perguntar.

Ela arqueou as sobrancelhas.

— Então agora você é fã de conversinha fiada? Bom saber.

— Na sua ausência, virei um exemplo de educação e boas maneiras. — As sobrancelhas de Peter se uniram em uma expressão de falsa perplexidade. — Por algum motivo, fica bem mais fácil ser simpático com as pessoas quando você não está por perto.

Em uma provocação deliberada, Maria estalou os dedos.

— Menos papo, mais força nas malas, *skitstövel.*

— Pirralha mimada — disse ele, afastando-se do batente com um balançar de cabeça. — Deixa eu reformular: por algum motivo, fica bem mais fácil ser simpático com quem não te chama de caga-botas.

Os ombros de Peter, no entanto, tremiam com a tentativa de conter o riso enquanto passava por ela, tão perto que Maria sentiu o calor de sua pele. Em seguida, ele pegou as alças das duas malas maiores.

Ela abriu a porta com um sorriso, e o cansaço da viagem sumiu em um instante.

— Também senti saudade, Peter.

Depois de testar o peso da mala mais pesada, ele suspirou.

— Mais daqueles petiscos nojentos?

— Mas é claro — disse ela, animada.

Peter soltou um misto de grunhido com resmungo, ergueu as malas e levou-as para dentro. Maria rolou a bagagem de mão para dentro da suíte, ele entrou com a última e colocou todas no sofá e no suporte, deixando-as ao alcance para que ela pudesse arrumar tudo com facilidade.

Peter estendeu a mão espalmada, e Maria franziu a testa, confusa.

— Você… — Ela inclinou a cabeça. — Quer um aperto de mão? Ou só um tapinha?

Ele mexeu os dedos.

— Estou esperando a gorjeta.

Ela bufou.

— Vou trocar a gorjeta por uma dica: sempre cobre antes. Caso contrário, gringas sem escrúpulos vão tirar vantagem da sua educação ímpar e das suas boas maneiras.

Ele não conseguiu mais se conter.

A risada de Peter preencheu o quarto. Maria observou suas marcas de expressão se realçando de tanto rir e se perguntou — assim como fizera inúmeras vezes durante a pausa das gravações

— se Peter poderia mesmo oferecer a ela um futuro juntos, de verdade. Se não agora, quem sabe no mês seguinte, ou no ano seguinte.

Pelo que percebera, até então Peter tinha dedicado sua vida quase inteiramente à profissão. Mas aquilo podia mudar. Ele podia mudar. Assim como as prioridades dele.

Uma carreira era algo ótimo, mas não o faria rir daquele jeito.

E, se Peter deixasse, ela pretendia mostrar isso a ele. Começando naquele exato momento.

O primeiro dia deles de volta ao set foi um sucesso.

Todo mundo estava com a energia renovada, animado para retomar as filmagens e feliz por estarem reunidos mais uma vez naquele grupo coeso de amigos e colegas de trabalho. Todos reencontraram o ritmo rapidamente, mesmo gravando em um local novo, que provavelmente voltariam a usar muitas vezes ao longo dos anos.

No roteiro do episódio que filmariam, Cássia e Cipriano finalmente encontravam o portal da ilha para o submundo, no topo de um penhasco rochoso, a mais de cem metros acima das ondas violentas do Atlântico. O vento de fim de novembro uivava, e a chuva gelada os açoitava.

Claro, filmar ali era muito desconfortável, mas era um momento crucial. Dramático. O tipo de cena de que Maria mais gostava.

Na verdade, o suposto portal para o Tártaro era uma pequena abertura que se estendia do topo do penhasco até o oceano lá embaixo, de onde jorrava outro jato de água congelante a cada pancada brutal das ondas contra o paredão de calcário. Depois que a equipe de efeitos especiais mexesse na cena, aquele buraco pareceria maior e mais ameaçador, e os jatos de água se transformariam em vapor. Ela imaginava que seria adicionada uma trilha sonora arrepiante para acompanhar a descoberta dos vikings.

E, apesar dos calafrios, Peter e Maria estavam atuando como nunca.

Quando Ramón e Nava finalmente se deram por satisfeitos, todos tremiam de frio, mas estavam com os olhinhos brilhando de satisfação. Por causa das condições climáticas, tinham recebido permissão para voltar de van até onde estavam hospedados, então se aqueceram no veículo enquanto jogavam conversa fora e deixavam os colegas pelo caminho, um a um.

De repente, Ramón recebeu uma ligação no celular, e bastaram alguns segundos para seu sorriso desaparecer.

— Tem certeza de que… — começou ele, mas quem quer que estivesse do outro lado da linha o interrompeu.

Peter olhou discretamente para Maria e apontou na direção do diretor, tentando lhe fazer uma pergunta com o olhar. Ela deu de ombros e abriu as mãos.

Depois de mais um minuto, Ramón assentiu, a testa profundamente franzida.

— Certo.

Ele desligou e ficou encarando o carpete áspero da van por um instante enquanto o veículo seguia até o hotel. Por fim, com o maxilar tensionado, olhou para Maria, depois para Peter.

— Assim que chegarem, vocês dois vão entrar numa reunião on-line com o Ron. Imediatamente. — Ele suspirou e passou a mão pelos cabelos escuros e molhados. — Eu entraria com vocês, mas não posso.

— O que tá acontecendo? — perguntou Peter, com o cenho franzido.

— Eu não deveria dizer mais nada, mas… — Ramón interrompeu o próprio raciocínio, os lábios finos e esbranquiçados nas bordas. — É melhor vocês se prepararem.

Aquilo não parecia nada sinistro, imagina…

— Achei que o Ron e o R. J. tivessem desistido da ideia. Só pra constar, eu fui contra, e a Nava também. — O diretor e a produtora-executiva se entreolharam, e ela abaixou o queixo, prendendo o lábio inferior entre os dentes. — Os *showrunners* querem enfatizar como Cipriano e Cássia passaram fome durante o inverno.

Ah. *Ah*. Então era *disso* que se tratava a reunião.

Não era nenhuma grande surpresa, na verdade. Uma parte dela sabia que aquele momento chegaria desde o dia em que foi escalada. E, quando Peter respirou fundo e com força, ela soube que ele também tinha entendido.

Ele tinha dito a ela em outra ocasião que não se importava com os motivos que pudessem ter levado a série a escalar atores gordos para interpretar Cássia e Cipriano. Poucos minutos depois, acrescentara que eles não eram uma equipe e que não apoiariam um ao outro no set.

Pois bem. Se ela queria saber se as prioridades de Peter tinham mudado desde aquela conversa horrível no estacionamento em Los Angeles, estava com sorte.

— Eu gostaria de dizer mais. De verdade. — disse Ramón, apertando a ponte do nariz com os dedos. — É que o Ron ordenou que...

— Tudo bem — disse Maria, estendendo o braço e dando um tapinha gentil no braço dele. — A gente já entendeu.

— Então vocês são os únicos que entenderam — resmungou Nava, com o rosto tenso. — Merda.

Durante o restante do trajeto, Peter não falou nem olhou para Maria, mas tudo bem. A decisão que os aguardava *merecia mesmo* um tempo de reflexão. Ela também estava imersa em pensamentos, reunindo seus diversos argumentos e recapitulando todo o trabalho de preparação que vinha fazendo havia meses para aquele momento.

Qualquer batalha que escolhesse enfrentar, ela pretendia vencer.

Ao entrarem no hotel, Ramón pousou a mão no ombro dela, apertou com carinho e deu uma leve sacudida. Fez a mesma coisa com Peter antes de entrar no próprio quarto. Um gesto silencioso de apoio pelo qual Maria ficou grata.

No meio do corredor do hotel, Peter abriu a porta do quarto e a empurrou com tanta força que ela bateu na parede.

— Podemos usar meu telefone — disse ele bruscamente, segurando a porta aberta para Maria, mas sem fazer contato visual. — Vou pegar uma toalha para você e acender a lareira.

Será que ele pretendia mesmo falar com Ron naquele instante? Será que ia mesmo correr para atender, todo obediente, ao chamado irracional do chefe, como um cachorrinho adestrado?

— Peter... — A risadinha que escapou dos lábios de Maria não tinha qualquer resquício de humor. — Peter, a gente precisa conversar antes da reunião com o Ron. Além disso, ficamos *o dia todo* ao ar livre, e preciso de um banho quente antes de fazer qualquer coisa.

Ele respirou fundo e não saiu do lugar.

— O Ramón disse que era para ligar assim que a gente chegasse.

— Estou tremendo de frio — disse Maria com clareza, articulando cada sílaba. — Você também. E nós dois sabemos que essa reunião pode esperar vinte minutos.

Peter não respondeu, não se moveu, nem demonstrou qualquer reação ao argumento dela. Maria sentiu algo murchar dentro do peito.

Ela fechou os olhos por um momento, então assentiu.

— Tá bem. Não vou tomar banho agora. Mas você e eu ainda precisamos conversar antes dessa reunião.

Eles entraram no quarto de Peter, e ela se sentou no sofá, observando-o acender o fogo mais rápido — e inútil — da história. Peter lhe trouxe uma toalha, e ela se secou como deu, mas o cabelo encharcado voltou a pingar na parca acolchoada quase que imediatamente, então Maria prendeu os fios molhados em uma trança com os dedos trêmulos.

Peter suspirou e se sentou ao lado dela.

— Maria, vamos só...

— Você sabia que iam pedir pra gente emagrecer mais cedo ou mais tarde, não sabia? — disse ela, torcendo a toalha, depois se virou para Peter. — Quer dizer, se não fosse por isso, por que escolheriam dois atores gordos para fazer personagens isolados em uma ilha deserta, gelada e varrida pelo vento durante anos? Os únicos atores gordos do elenco, vale lembrar, embora os personagens não sejam descritos como gordos nos livros. Eles queriam que a gente fosse gordo por um motivo, e, como não somos João e Maria, não era para nos servir no jantar.

Peter fechou os olhos, as linhas ao redor de sua boca ficando mais marcadas a cada segundo.

— É claro que eu sabia que iam querer que a gente emagrecesse. Não sou idiota.

Ele tinha se dado conta, desde o começo, do que uma hora ou outra seria exigido dos dois. Ela também... mas Peter não tinha como saber disso. Então por que ele não a avisou? Se não em Los Angeles, então mais tarde, depois de já ter superado a antipatia por ela? Quando viraram amigos?

— Não acredito que você não... — Maria balançou a cabeça com força, as mãos trêmulas de frio. — Deixa pra lá. A gente não tem tempo para isso agora. O importante é o seguinte: no dia em que fomos escalados, pedi ao meu agente e Filip que revisassem meu contrato para ver se havia alguma cláusula que nos obrigasse a emagrecer, caso exigissem isso. Eles disseram que, de acordo com o meu contrato, a perda de peso não é algo juridicamente exigível. Deve ser a mesma coisa com o seu contrato, embora não dê para afirmar sem dar uma olhada.

Peter abriu os olhos e ficou olhando para o fogo, impassível.

Tudo bem. Se ele não queria falar, ela ainda tinha muito a dizer.

— Quando Ron pedir à gente que passe fome em nome da arte, eu vou recusar. Imagino que ele não vá gostar, mas, se decidirem me demitir por causa disso, tudo bem. Prefiro isso a emagrecer.

Peter se virou lentamente para ela e a encarou com a testa franzida, como se ela tivesse acabado de anunciar que pretendia comer apenas *surströmming* — arenque fermentado, uma iguaria sueca famosa pelo cheiro forte e pela textura perturbadora — pelo resto da vida, em um surto de desvario.

— Foi por isso que você trouxe toda aquela comida — disse ele. — Para se rebelar, caso tentassem controlar a nossa alimentação.

Ela inclinou a cabeça.

— É claro.

Peter não disse mais nada. Maria largou a toalha, pousou a mão no antebraço dele e fez o seguinte apelo:

— Naquele dia no estacionamento, você me disse que não éramos uma equipe. Mas, Peter, a gente teria muito mais força se enfrentasse isso juntos — disse ela, balançando gentilmente o braço dele. — Se nós dois negarmos...

— Eu não vou *negar* nada aos *showrunners*. — Não havia dúvida na voz dele. — Preciso desse papel e estou disposto a fazer sacrifícios para não ser demitido.

Maria abriu a boca, estupefata, mas não encontrou palavras.

Ele apontou com a cabeça na direção do celular, os lábios numa linha reta.

— Podemos ligar para ele agora?

Ela hesitou por um instante. Encontrar as palavras certas em inglês levou mais tempo do que gostaria, mas seu argumento era importante demais para que não se fizesse entender.

— Peter. Me escuta. — Maria se inclinou até que o rosto de Peter ficasse a poucos centímetros do seu, pois ele precisava prestar atenção. — Você não entende as consequências a longo prazo do que estão pedindo para a gente fazer? Nunca leu sobre os participantes daqueles programas de TV horríveis de emagrecimento e os danos irreversíveis que causaram ao próprio corpo?

As rugas no canto dos olhos dele se acentuaram em um pequeno, quase imperceptível, gesto de desconforto, mas, fora isso, seu rosto parecia esculpido em uma pedra rúnica viking.

— Você deve saber, Peter, *tem* que saber o que vai acontecer — disse ela, com o cenho franzido e resistindo à vontade de sacudir o braço dele de novo, dessa vez com muito mais força. — Seu corpo vai implorar por comida e tentar voltar ao peso anterior. Você vai sentir fome o tempo todo. *O tempo todo*. E, enquanto se força a passar fome, vai acabar prejudicando o seu metabolismo, que nunca mais será o mesmo. *Nunca*. Porque seu corpo vai achar que você está passando por uma situação extrema e vai desacelerar tudo drasticamente, de forma permanente.

Por esses e tantos outros motivos, ela já tinha decidido havia muito tempo ser saudável e forte no corpo que tinha, em vez de focar em perder peso — até já dera algumas palestras sobre o assunto na Suécia. E se o papel de Cássia aumentasse sua visibilidade e desse a ela uma plataforma maior, Maria aproveitaria com gosto a oportunidade de espalhar essa mensagem para o maior número possível de pessoas.

Começando, ao que tudo indicava, pelo seu colega de elenco lindo e cabeça-dura, Peter Reedton.

— Emagrecer rápido demais pode prejudicar nossos órgãos, inclusive o coração. Se não acredita em mim, posso te mandar links de vários artigos de fontes confiáveis — continuou Maria, apertando o braço dele para reforçar a mensagem. — Não dá para trocar de corpo como se troca de papel, Peter. Se aceitar isso, vai fazer um mal irreversível para si mesmo, e nenhum trabalho vale isso. Nenhum.

Em defesa de Peter, ele parecia estar ouvindo. Chegou a demorar um minuto inteiro antes de responder.

Então disse, simplesmente:

— Sinto muito, Maria, mas discordo. Por papéis menores, eu não faria isso, mas por esse...

Os ombros dele se ergueram num gesto eloquente — e pelo visto era só. Aquilo era tudo que Peter tinha a dizer sobre o assunto.

Ah. Agora Maria entendia de verdade.

O que importava para ele, acima de tudo, era o trabalho. Como acontecia com muitas pessoas nos Estados Unidos, provavelmente porque não tinham uma boa rede de apoio caso perdessem o emprego.

Mas disso ela já suspeitava, certo?

O que ainda não tinha percebido, não até aquele exato momento, era que aquilo não ia mudar. Peter não ia mudar. Nem agora, nem no mês seguinte, nem no ano seguinte.

O trabalho era o que movia Peter. Era o que mais importava para ele. O que ele vivia para fazer e talvez até morresse fazendo. Não era a amizade, o amor nem as boas ações. Não era a felicidade. Nem mesmo a própria saúde.

Agora ela sabia: sua intuição inicial não havia falhado. Peter nunca conseguiria fazê-la feliz, porque jamais a colocaria em primeiro lugar. As necessidades dela, seu bem-estar, viriam sempre em segundo plano... com sorte. E, ao contrário dele, Maria se importava com a própria felicidade. Por isso, não ia se contentar com menos do que o tipo de relacionamento que queria. Mesmo que isso significasse nunca mais ter Peter em sua cama. Mesmo que isso significasse, talvez, permanecer solteira para sempre.

Maria retirou a mão do braço dele devagar, um dedo por vez.

A conversa não tinha seguido como ela esperava, mas tudo bem. Ainda assim, tinha conseguido informações valiosas.

Ela estremeceu ao se afastar do calor do corpo dele. A expressão de Peter se fechou ainda mais.

— Mudei de ideia. Pode tomar banho antes de a gente ligar para o Ron.

— Eu estou bem. — Maria sentia o corpo inteiro pesado com a decepção e não conseguia mais encará-lo. — Vamos acabar logo com isso.

— Teimosa — murmurou Peter, a voz rouca e contrariada, mas largou a própria toalha e, em poucos instantes, já estavam conectados com Ron.

O *showrunner*, claro, queria que eles começassem a emagrecer. Rapidamente.

— Porque Cipriano e Cássia quase não teriam o que comer no inverno — explicou ele, com o tom leve. — Essa é uma excelente oportunidade para dramatizar a gravidade da situação na ilha e o risco extremo envolvido na parceria entre os dois. Se eles não cooperarem ao máximo, vão morrer de fome, e ver vocês dois emagrecendo cada vez mais vai transmitir essa história ao público da forma mais poderosa possível. A partir de amanhã, vocês vão...

— Não — disse Maria.

Com o susto, o queixo de Ron se retraiu em direção ao pescoço, e ele ficou parecendo uma tartaruga. Uma tartaruga bem babaca.

— O que disse?

— Eu já tinha pedido para o meu agente e o meu advogado analisarem meu contrato, e não há nada que me obrigue legalmente a fazer dieta ou perder peso.

Ela não esperou, nem se deu ao trabalho de ver a reação de Peter. A resposta era dela, e não dependia da dele, e o mesmo valia para as consequências. Mesmo que ela ainda nutrisse a esperança de que ele tivesse mudado de postura nos últimos, digamos, trinta segundos.

O olhar suave de Ron havia endurecido.

— Maria, você certamente tem o direito de recusar minha orientação. Assim como eu tenho o direito de substituir a atriz que interpreta Cássia. De imediato, se necessário.

— É claro que tem. — Que resposta mais previsível. Tão previsível quanto decepcionante. — Dito isso, seu memorando da semana passada indicava que as gravações dessa temporada já estão atrasadas e acima do orçamento por causa de problemas em outros locais. Será mesmo que você pode arcar com o tempo e o dinheiro necessários para interromper tudo por aqui, encontrar outra atriz para esse papel, trazer essa atriz pra ilha, providenciar o figurino e fazer todos os preparativos necessários da forma adequada?

— Tenho certeza de que... — Ele engoliu em seco, ficando vermelha. — Tenho certeza de que a gente conseguiria dar um jeito.

Ela inclinou a cabeça.

— Tudo bem. Então me diz outra coisa: já reparou na quantidade de publicidade positiva que recebeu por ter escalado atores gordos para a sua série? Acha mesmo que pode pedir para esses atores se deixarem definhar diante das câmeras sem esperar uma reação negativa fortíssima do público? Eu sou um símbolo do movimento de positividade corporal, com uma presença sólida nas redes sociais, e, se for demitida por me recusar a fazer dieta, as críticas vão ser ferozes, e quem vai arcar com as consequências não vou ser eu. Vai ser você. E a série.

Peter estava imóvel e calado ao lado dela. Muito, muito calado.

Se pretendia se manifestar em defesa dela — ou em defesa própria —, aquele seria um ótimo momento.

Uma veia começou a pulsar visivelmente na têmpora de Ron.

— Não faz o menor sentido você e Peter continuarem do tamanho que estão, Maria. Cássia e Cipriano estão numa ilha deserta, com quase nenhuma vegetação, e é *inverno*. Os dois perderiam peso. *Teriam* que perder peso. Se *não* perderem peso, nossa série vai perder toda a credibilidade.

— *Deuses dos Portões* é uma série de fantasia com deuses romanos, fendas para o submundo e, se o que eu ouvi for verdade, um Pégaso. — O grupo de mensagens do elenco vinha rindo daquele episódio fazia semanas, na verdade. — A história já não segue os moldes da realidade, e o elemento fantástico do programa dá a você bastante liberdade para justificar as escolhas criativas que quiser.

Como Ron ficou apenas encarando-a, com um semblante de quem não entendeu nada, ela percebeu que teria que sugerir caminhos possíveis, porque pelo visto ele não era muito bom em ter ideias próprias. Nossa, a série ia virar um *desastre* quando parasse de ser baseada nos livros, não ia?

Maria prosseguiu devagar, satisfeita por já ter refletido sobre aquilo:

— Netuno já colocou os dois nessa ilha com uma tempestade violenta para que pudessem guardar o portão do submundo. Por que ele não poderia intervir de novo e garantir que não morressem de fome nem deixassem o portão sem vigilância? Cipriano e Cássia poderiam encontrar uma fruta encantada que os mantivesse alimentados durante todo o inverno. Uma maçã, talvez, levando em consideração a importância simbólica das maçãs nas mitologias romana e nórdica.

Pode falar quando quiser, Reedton. Fique à vontade.

Mas ela sabia. Sabia.

Ele não ia defendê-la. Não ia nem se defender. Se fosse ser salvo, seria por ela.

— Vou tentar me fazer entender aqui, Ron — disse Maria, erguendo o queixo. — Como acabei de explicar, você tem opções, mas forçar a minha perda de peso não é uma delas, nem nunca será. Se tentar controlar a minha alimentação, eu vou embora. E, só para deixar bem claro, se tentar controlar a alimentação do Peter, independentemente do que decidir fazer em relação a mim, eu também vou embora.

Nesse instante, Ron — todo narinas dilatadas, rosto vermelho e privilégio branco masculino — finalmente se virou para o homem sentado imóvel e em silêncio ao lado dela.

Ao lado dela, mas não com ela. Exatamente como tinha prometido.

— Me diz que você não concorda com a Maria, Peter. — Ron apontou o dedo na direção dela, o gesto quase violento. — Você sabe que ela está errada.

Naquele estacionamento, Peter tinha dito que o capitalismo selvagem não permitia solidariedade, mas estava enganado. Solidariedade era exatamente o que Ron queria. A certeza de que os dois homens daquela conversa continuariam unidos contra as exigências histéricas da mulher que tremia de frio no sofá de Peter.

Finalmente, Peter falou, a voz baixa, mas firme:

— Eu respeito a opinião e as decisões de Maria, mas são dela. Não minhas.

A boa notícia era que ela não precisava mais se preocupar com a possibilidade de estar se derretendo por Peter.

— Ótimo — disse Ron, alongando os ombros. O rubor de raiva não tinha desaparecido, provavelmente porque ele sabia que estava prestes a perder aquela batalha, mas seu ego ferido não o permitia admitir. — Vou conversar sobre isso com o R. J. e volto a falar com os dois em breve.

Peter inclinou o queixo, concordando, e Maria imitou o gesto.

— Mais uma coisa, Maria. — Os lábios do *showrunner* se curvaram, mas não em um sorriso. — Vou tentar *me* fazer entender aqui também. Você tem razão ao dizer que seria difícil substituí-la agora, mas entre uma temporada e outra... seria muito, muito mais fácil.

Então, o sujeito desligou na cara dos dois, porque, assim como Peter, precisava dar a última palavra.

Maria respirou fundo uma vez. E outra.

Toda a adrenalina começou a se dissipar, deixando-a exausta e tão desanimada que ela quase chorou. Mas não fez isso. Não havia motivo. E não havia ninguém naquele quarto em quem confiasse a ponto de se permitir aquele nível de vulnerabilidade.

— Eles vão ceder. — Ela se levantou sem olhar para Peter. — E, como ameacei sair se qualquer um de nós perdesse peso, você está seguro também.

Quando deu o primeiro passo em direção à porta, Peter a segurou pelo braço.

— Pensa bem, Maria. Ele tem razão. Podem te substituir entre uma temporada e outra com muita facilidade, e isso seria uma perda enorme para todo mundo. Se você ligar de volta para Ron agora, talvez...

Ela parou de ouvir.

A voz de Peter soava preocupada, com um tom que sugeria bom senso e a intenção de persuadi-la. Maria sentiu a pele do rosto formigar sob a intensidade do olhar dele, mas não se virou. Não o olhou nos olhos.

Ela não queria saber de mais nada que envolvesse Ron e Peter naquela noite.

Com um gesto firme, sacudiu o braço e se desvencilhou do toque dele.

— Enquanto minha popularidade estiver alta e eu estiver trazendo esse tanto de publicidade positiva para a série, eles não vão me demitir. E, mesmo que demitam, eu ficarei bem. Encontro outros papéis ou volto para casa e para o teatro. Na pior das hipóteses, trabalharia com meus pais na linha de produção, e ainda assim estaria feliz.

— Por algum motivo, eu... não achei que você faria mesmo isso — confessou ele, em um sussurro surpreso e rouco. — Mas você não estava blefando. Estava falando sério. Você realmente poderia... abrir mão disso tudo e ficar bem.

Pelo visto, ele não tinha acreditado nas várias vezes em que ela já havia dito aquilo. Fantástico.

— Sim. Isso mesmo.

— Eu não consigo... — falou Peter, enquanto Maria abria a porta. — Não consigo compreender.

A voz dele soava meio... perdida. No entanto, fazer com que Peter se encontrasse não era responsabilidade dela.

— Eu sei — disse Maria, com frieza, e então saiu e fechou a porta.

Daquela vez, a última palavra tinha sido dela.

8

Os *showrunners* cederam.

Nem Ron nem R. J. tiveram a elegância de reconhecer a mudança de posicionamento cara a cara, nem por ligação. Em vez disso, enviaram um e-mail extremamente lacônico para informar Peter, Maria e Ramón sobre a mudança de planos e mandaram o novo roteiro da próxima cena por uma entrega expressa.

Cipriano e Cássia, à beira do desespero com a chegada do inverno e a escassez crescente de suprimentos, dividiriam uma maçã mágica. Um presente de Netuno, deixado bem na beira do portão para o Tártaro.

Era basicamente o que Maria tinha sugerido, embora os *showrunners* não tivessem reconhecido isso de forma explícita.

Peter não conseguia acreditar. Uma maldita *maçã mágica* e um pouco de computação gráfica, e de repente ele não precisaria passar fome nem destruir o próprio corpo. Nem ela.

Maria tinha vencido uma aposta bem arriscada e feito aquilo parecer... fácil.

No entanto, é claro que aquela facilidade só era possível porque para ela os riscos na verdade não eram *tão* altos assim. Não como eram para ele. Como ela já dissera, podia abrir mão daquele papel, ou até da carreira, e ficar bem. Peter, não.

E Maria não entendia isso.

Era evidente, pelo menos para quem a observava com tanta atenção quanto ele. Maria ainda ria e conversava com Peter, ainda fazia questão de incluí-lo nas conversas e nas atividades em grupo, mas, quando olhava para ele, uma parte do calor daqueles olhos castanhos tão expressivos tinha arrefecido. Alguns laços de confiança que vinham se formando entre os dois tinham sido rompidos.

Peter nunca achou que sentiria falta de ouvir Maria o chamando de "caga-botas", mas sentia. Aquele palavrão sueco não saía dos lábios dela desde a noite da ligação com Ron.

Era irônico, porque ele nunca tinha se sentido tanto um "caga-botas" quanto naquela noite. Na noite em que ficou sentado ao lado dela durante aquela reunião horrível e viu as mãos de Maria pálidas e trêmulas de frio, os lábios tingidos de azul — tudo porque ele tinha se apressado a obedecer à ordem de Ron e insistira para que ela fizesse o mesmo. Em que a ouviu salvar não só a própria pele, mas também a dele. Em que a deixou para trás para preservar o próprio futuro profissional, exatamente como tinha dito a ela que faria.

Ele tinha os seus motivos, mas mesmo assim era um *skitstövel.*

Os dois continuavam amigos, e Peter valorizava isso, provavelmente mais do que ela imaginava. Além disso, qualquer indício de que Maria poderia sentir algo além de amizade por ele havia desaparecido.

Aquilo deixara um vazio dentro dele, um lugar que ele nem tinha percebido que estava preenchido — talvez por ter sido a primeira vez que isso acontecia.

Outra expressão bizarra e hilária que Maria o ensinara a reconhecer naquele verão: *Nu har du verkligen skitit i det blå skåpet.* "Agora você cagou no armário azul."

Basicamente, a frase queria dizer: "Você ferrou com tudo."

Ele tinha protegido os próprios interesses, e isso não era exatamente o mesmo que ferrar com tudo.

Mas, ainda assim, por algum motivo, parecia que tinha pisado na bola. E feio.

Em meados de janeiro, uma tempestade de inverno absurdamente poderosa avançava em direção à ilha.

No dia anterior à chegada da tormenta, o próprio Atlântico parecia vivo e furioso, se contorcendo e revirando em ondas nauseantes, impulsionado por ventos que rugiam sem trégua. As ondas colossais se chocavam com tanta violência contra os penhascos que qualquer pessoa que estivesse lá em cima saía encharcada por causa dos respingos. O impacto de cada batida era algo elementar e assustador.

Peter sabia. Estava lá, assustado.

Não por si mesmo. Por Maria.

— Ação! — gritou Ramón, severo e com a testa franzida.

Seguindo a deixa, lá ia ela de novo, vagando perto da beirada do penhasco com as mãos no rosto, o cabelo loiro encharcado e embaraçado, os soluços de choro abafados pela chuva e pelos uivos do vento.

Darrell, posicionado ao lado de Peter com o capuz do casaco bem fechado, quase cobrindo todo o rosto, estava, pela primeira vez, sério. Mal deu para ouvir o "merda" que ele deixou escapar baixinho, e Peter nunca tinha apreciado tanto aquele homem. Até Jeanine assistia à cena com a cara fechada, uma das mãos enluvadas tapando a boca e a outra agarrada ao braço de Darrell.

Ninguém estava satisfeito com a situação, embora Maria parecesse a mais tranquila de todos. Ao que parecia, ela considerava aquelas condições horríveis de filmagem uma *aventura*. O que normalmente seria muito fofo, se ela não estivesse correndo risco de *morte*.

Peter não entendia as linhas de raciocínio dela. Nem um pouco.

Dieta? De jeito nenhum. Encarar o Anjo da Morte de perto? Sem problema!

Até o dono do hotel tinha manifestado sua desaprovação. Naquela manhã, quando o grupo estava saindo para o dia de gravação, Conor havia perguntado onde iam filmar, em um tom receoso que dizia: *Por que estão saindo para gravar, seus malucos? Perderam completamente o juízo?*

Quando soube qual seria a cena de Maria, por algum motivo desconhecido, Conor se virara na mesma hora para Peter e o encarara fixamente, como se esperasse por... alguma coisa, com sulcos de preocupação e desaprovação vincando a testa sardenta.

Então, como Peter não respondera, Conor tinha virado o corpo e concentrado o mesmo olhar furioso em Ramón e Nava.

Para ser justo, o diretor e a produtora de linha também não queriam continuar filmando, mas o pedido deles por um adiamento na produção havia sido recusado de forma imediata e categórica, pois o mau tempo ajudaria a reduzir os custos de pós-produção do programa, que já estava acima do orçamento.

Em uma ironia cruel do destino, o roteiro daquela semana já previa uma tempestade atlântica ameaçadora chegando à costa, uma punição de Netuno pela recusa de Cipriano e Cássia em fazer a exaustiva travessia até os penhascos durante os meses mais rigorosos do inverno. Os vikings náufragos tinham deixado o portão para o Tártaro sem vigilância por tempo demais, e o deus do mar queria impor a eles um custo pessoal e incontestável por essa negligência.

O vento destruiria parte da casa deles, e Cássia entraria em desespero. Enquanto Cipriano dormia um sono inquieto após uma noite miserável em claro, ela iria sozinha até o portão, sem querer arriscar a vida dele também, e suplicaria por misericórdia. E, quando a tempestade não cedesse, Cássia cogitaria acabar com o próprio sofrimento de uma vez por todas, saltando daqueles penhascos implacáveis.

Cipriano acordaria e descobriria que ela havia desaparecido. Entraria em pânico, correria atrás dela e a convenceria a se afastar da beira mortífera. Então eles se abraçariam e se beijariam pela primeira vez, para o espanto dos dois.

Era uma ótima cena, repleta de intensidade e drama. Peter vinha esperando por ela havia semanas, e não só porque teria a chance de beijar Maria de novo sem precisar se justificar para si mesmo.

A tempestade, porém, seria criada na pós-produção e seria fruto do trabalho técnico da equipe de efeitos visuais, não de uma Mãe Natureza extremamente furiosa. Não era para ser real. E não era para ser perigosa para o elenco nem para a equipe.

Acima de tudo, Maria não deveria estar tão perto da beirada de um maldito penhasco quando uma rajada de vento a oitenta quilômetros por hora poderia fazer com que ela caísse por quase cem metros até atingir o oceano agitado e impiedoso. Caso de alguma forma ela não morresse com o impacto ou afogada — e que fique claro: ela *com certeza* morreria com o impacto ou afogada —, as ondas violentas esmagariam o corpo dela contra os rochedos e o despedaçariam.

Um instante de descuido, um passo em falso e... adeus, Maria.

A tempestade nem tinha chegado oficialmente ainda, o que talvez fosse o mais apavorante de tudo. As previsões indicavam chuva torrencial e rajadas de até cento e cinquenta quilômetros por hora no dia seguinte, e Fionn tinha explicado o que esperar depois: alagamentos, estradas destruídas, muros de pedra derrubados e talvez queda do serviço de telefone ou da energia elétrica.

Ainda assim, a gravação marcada para o dia seguinte estava de pé. Ao contrário do que estava acontecendo naquele momento, Peter e Maria estariam em cena juntos. Cássia ficaria perto da beirada do penhasco por muito, muito tempo, enquanto Cipriano implorava a ela que ficasse com ele, que permanecesse viva.

Com uma equipe maior, um orçamento mais generoso para as externas e outros *showrunners*, haveria várias pessoas encarregadas de garantir a segurança de todos. Acontece que a equipe deles era pequena, o orçamento era apertado, e os *showrunners* estavam cortando todos os gastos que podiam para economizar tempo e dinheiro.

Peter nem conseguia imaginar o que Ron e R. J. vinham dizendo às autoridades competentes para permitir que filmassem ali.

Perto do fim da tomada, uma rajada particularmente brutal de vento fez Maria cambalear, e ela tropeçou para o lado, chegando mais perto da beirada. A equipe arquejou de medo.

Peter sentiu um gosto metálico na boca. Medo e sangue.

O susto aterrorizante o fez prender a respiração, e pareceu que seu coração só voltou a bater quando Maria recuperou o equilíbrio e se afastou discretamente do precipício.

— Corta! — rosnou Ramón, e avançou na direção dela, o maxilar tão rígido quanto as pedras da ilha. — Sai daí agora, Maria. Essa foi a última maldita tomada do dia.

Porra, ainda bem. Peter talvez não aguentasse mais uma rodada.

Considerando como a equipe adorava Maria, talvez ninguém aguentasse.

— Amanhã, será que é melhor eu estar presa a uma guia ou algo assim? — perguntou ela a Nava, que estava mais pálida do que Peter jamais vira. — Não sei bem qual é o protocolo nesses casos.

As duas passaram por ele, mas ainda assim Peter não conseguia se mexer, nem para ouvir a resposta da produtora. Suas pernas tremiam, e não era por causa do vento. Ele não parava de engolir em seco, nem de passar as mãos trêmulas pelos cabelos.

No fim, foi Darrell quem o pôs em movimento e o tirou do set. A mão do assistente de produção em seu ombro era firme, mas carinhosa, e os olhos dele transpareciam mais compreensão do que Peter gostaria de ver.

Na caminhada difícil de volta à van, Ramón continuou resmungando baixinho. Peter não conseguiu entender a maior parte, exceto por um trecho específico: segurança e saúde no trabalho.

E foi aí que ele soube o que precisava fazer.

Quando chegaram ao hotel, os demais se arrastavam para seus quartos e um banho quente, mas Peter permaneceu perto da recepção. Depois que o corredor ficou vazio, ele se inclinou na direção de Conor. O proprietário ergueu os olhos do monitor do computador e até se sobressaltou um pouco ao ver o hóspede encharcado parado diante dele.

— Desculpa. Não quis te assustar — sussurrou Peter, lembrando-se do tom carinhoso e zombeteiro na voz do homem quando se dirigia à *Maria-Querida*. Sim, Conor com certeza era a pessoa certa para a missão. — Preciso de um favor enorme.

— Diga — respondeu Conor baixinho, e Peter contou o que era.

Naquela noite, o clima estava mudando de feio para terrível, por isso Peter fez uma consulta on-line com a médica da região. A constatação de que a saúde dele não estava nada boa levou um tempo surpreendentemente curto. Ou talvez surpreendente fosse se ele tivesse recebido outro resultado.

— Foi ótimo Conor ter mandado você falar comigo — disse a dra. Fitzgerald com entusiasmo, fazendo algumas anotações rápidas no tablet. — Caso contrário, as consequências poderiam ter sido desastrosas. Até fatais.

Será que ele deveria tossir de novo? Não era exatamente necessário, mas... ele era ou não um ator comprometido com o próprio papel?

Depois de outro acesso de tosse, Peter assentiu para a médica.

— Agradeço muito pela sua ajuda e por seu tempo.

— Pelo que entendi, vou precisar compartilhar minhas conclusões com seu diretor e com sua produtora. — A médica recompôs o rosto redondo e expressivo para transmitir a devida seriedade. — Por que você não chama os dois? Ou melhor, mande uma mensagem, para não se exaurir.

Bastou uma mensagem para Ramón e Nava aparecerem à porta dele logo depois.

Peter os recebeu com um sorriso cansado e acenou em direção ao sofá.

— Obrigado por virem.

Ele levou a boca à dobra do braço. *Cof, cof, cof.*

— Mais cedo, quando chegamos da gravação, pedi ao hotel que entrasse em contato com a médica de plantão na ilha, e ela queria conversar com vocês sobre o meu estado.

— Sinto muito, Peter — disse Nava, a testa franzida. — Eu não fazia ideia de que você estava doente. Por que foi ao set hoje à tarde, se não estava se sentindo bem?

Ramón examinou Peter de cima a baixo, fez uma pausa, então baixou os olhos para o tapete bem peludo.

— Ah, com certeza ele teve os motivos dele, Nava.

— Mas…

— De qualquer forma, acho melhor a gente ouvir o que a médica tem a dizer. Você não quer arriscar a saúde de um membro do elenco, quer?

— Claro que não — respondeu Nava, agitada, e passou a mão pela cabeça raspada. — É por isso que ficamos tão irritados quando nos obrigaram a…

No meio da frase, ela entendeu.

E mordeu o lábio.

— Ah. Sim. Tem razão, Ramón. Com certeza a gente deve ouvir a doutora que fez a gentileza de abrir uma brecha em sua agenda ocupada para ajudar nosso astro com a saúde em risco.

— Primeiro passo rumo à canonização: completo — murmurou a dra. Fitzgerald.

Sem mais delongas, Ramón e Nava se acomodaram no sofá do quarto de Peter e posicionaram o celular dele para que a médica pudesse vê-los.

— É difícil dar um diagnóstico definitivo sem examinar Peter pessoalmente, mas todos os sintomas que ele me descreveu correspondem a um caso de gripe. Grave o bastante para tirá-lo da ativa por alguns dias, mas não tão grave a ponto de exigir atendimento médico mais intensivo. — A médica pronunciava cada frase bem devagar, palavra por palavra. — Não vejo motivo para que alguém com esses sintomas não possa se recuperar no hotel. A menos que a saúde de Peter piore de forma muito repentina e acentuada, a minha recomendação é apenas repouso. Beber bastante líquido, se alimentar bem e tomar antitérmicos caso a febre aumente. Quando a tempestade tiver passado, se os sintomas não tiverem diminuído, terei o prazer de atendê-lo pessoalmente. Caso contrário, daqui a... — ela deu uma batidinha no queixo, pensativa — uns três dias, digamos, ele deve estar ótimo.

— Que... excelente notícia — disse Nava, dando uma tossidinha também. — Que ele vai melhorar logo, quero dizer. Infelizmente, todas as cenas restantes desse episódio envolvem Peter, então vamos ter que interromper as gravações até ele se recuperar. Mas é claro que jamais arriscaríamos a saúde das nossas estrelas fazendo com que gravassem nesse estado.

— Não. De forma alguma — concordou a dra. Fitzgerald, em um tom calmo. — Ainda bem que vocês não precisam fazer isso.

— Obrigado, doutora — disse Ramón, baixinho e com sinceridade, e soltou um longo suspiro. — *Muito* obrigado.

— Foi um prazer — respondeu ela, com um sorrisinho malicioso. — Pode acreditar.

Depois de uma despedida animada — e da garantia de que a produção receberia a fatura em breve —, a médica encerrou a chamada.

O silêncio na suíte de repente ficou muito, muito pesado.

Peter deu um espirro forte e seco no lenço em sua mão.

— Reedton — disse Ramón ao se levantar e se espreguiçar com um bocejo satisfatório. — Nem sei dizer como fiquei feliz por você ter procurado ajuda médica.

Peter afundou o corpo na cadeira e respondeu com um murmúrio rouco:

— Tudo pela saúde e pela segurança da equipe.

— Sem dúvida. — Assim que se levantou do sofá, Nava foi até ele, se abaixou e deu um beijo em seu rosto. — Vamos ver como você vai estar se sentindo amanhã. Tomara que consiga tomar café da manhã com a gente que nem nos outros dias, mesmo que piore de repente logo depois.

— Ah… — *Cof, cof, cof.* — Aliás, ouvi uns boatos estranhos hoje mais cedo. Assim… pela internet. Não lembro exatamente onde.

De braços cruzados, Ramón ergueu a sobrancelha.

— É mesmo?

— Parece que um blog de entretenimento recebeu uma denúncia anônima sobre as condições de filmagem aqui na ilha e talvez entre em contato com o sindicato dos atores. — Peter deu de ombros, confuso. — O mais esquisito é que a denúncia foi feita de Boston. Como a pessoa que denunciou saberia de qualquer coisa sobre a nossa produção, do outro lado do oceano?

— Nossa, que mistério — disse Nava, após uma pausa. — Acho que um pouco mais de supervisão no set para ajudar a garantir a segurança do elenco e da equipe não faria mal a ninguém. Mesmo que mais atrasos e custos de produção irritem os *showrunners*.

— Se eles ficarem irritados, não vai ser culpa de ninguém aqui na ilha. Isso está claro. — Ao passar pela cadeira, a caminho da porta, Ramón bagunçou os cabelos de Peter com carinho. — Aproveite o descanso mais do que merecido, garoto.

Garoto. Como se Peter tivesse dezesseis anos, e não trinta e seis.

Talvez ele estivesse *mesmo* com febre, ironicamente, porque de repente se sentiu muito… aquecido.

Depois que os dois saíram, Peter ligou para a recepção e pediu serviço de quarto para o jantar. Afinal, não convinha sair e passar uma impressão errada sobre seu estado de saúde, certo?

Naquela noite, pela primeira vez desde novembro, ele pegou rápido no sono.

E sonhou com Maria.

Ela o chamava de caga-botas.

Foi a melhor noite de sono que teve em muito tempo.

9

Peter Reedton era um *knäppgök*.

Na tarde anterior, todas as cenas dele já tinham sido gravadas. Ele podia ter voltado para o hotel. Se sentado diante da lareira. Lido na cama. Tomado um banho bem longo e quente. Cortado as unhas dos pés. Aprendido a dançar merengue vendo vídeos no YouTube. Qualquer coisa, mesmo. Literalmente qualquer coisa em vez de passar várias horas desnecessárias ao ar livre, no meio do vento e da chuva congelantes.

Mas nãããããão.

Em vez disso, Peter foi assistir à gravação da cena dela nos penhascos. E agora, pelo que Nava contara na noite anterior, durante o jantar, ele estava doente por pura idiotice. Por causa de um vírus ou bactéria — ou talvez um fungo? Ah, ou uma ameba! —, mas, sem dúvida, por idiotice. E era por isso que Maria estava assumindo a responsabilidade pela saúde dele a partir daquele momento. O homem claramente não imprimia confiança para cuidar do assunto como se devia.

Quando o jantar terminou, já era tarde demais para brigar com ele. Se Peter tivesse ido dormir cedo, como era de esperar que fizesse — e como ela faria questão que acontecesse naquela noite —, Maria só teria atrapalhado seu descanso tão necessário. Mas agora era manhã, mesmo com aquele breu apocalíptico do lado de fora das janelas, e ela pretendia dar um sermão nele antes de tomar um café da manhã tardio no restaurante do hotel.

Esperava que Peter não estivesse cochilando, porque ela precisava explicar sem mais delongas que estava assumindo a autoridade sobre o sistema imunológico dele e a respectiva proteção de seu estado de saúde. Ele poderia cochilar depois, quando ela já o tivesse convencido a recuperar a saúde à força.

Forçando-o a cochilar, por exemplo.

E se isso não fizesse muito sentido... quem se importava? Também não fazia o menor sentido passar o dia inteiro fora, no meio de uma tempestade dos infernos, sem nenhum motivo.

Se alguém já havia cagado em um *blå skåpet*, aquele proverbial armário azul, essa pessoa sem dúvida era Peter.

A batida de Maria na porta do quarto dele teria acordado até os mortos — e, segundo Conor, Peter já estava quase nesse estado.

Ela ficou surpresa com a rapidez com que ele atendeu.

Curiosamente, não parecia semimorto. E, quando Maria passou o braço ao redor da cintura dele e o arrastou de volta para a cama, não sentiu a pele de Peter nem um pouco mais quente do que o normal. Peter também não parecia cambaleante nem terrivelmente debilitado como as descrições de Conor e Nava a fizeram crer.

Peter afastou o rosto do dela e tossiu quando Maria o fez sentar na cama. Ela parou, se agachou e ficou ouvindo enquanto ele tossia e tossia. Depois se levantou e continuou observando-o por um bom tempo. Atentamente.

Aquela tosse... ela reconhecia aquela tosse.

Tinha ouvido aquele mesmo som no fim de novembro, quando Cipriano adoecera gravemente por causa da fome e do frio implacável no abrigo improvisado deles e Cássia cuidara dele com uma ternura relutante. O viking enorme tossira, ofegara e gemera, enquanto a assegurava com a voz rouca que estava bem e que ela não precisava se preocupar.

A tosse atual de Peter tinha o mesmo som, o mesmo ritmo.

Talvez a tosse real dele fosse idêntica à falsa.

Ou talvez...

— Me mostre. — Maria inclinou o corpo até ele não ter escolha a não ser encará-la e o fitou, determinada. — Me mostre os remédios que você está tomando. Não dá para ir à farmácia com esse clima lá fora, então vou pegar com quem está no hotel tudo de que você precisar, e não quero pegar coisa repetida.

Se Peter estivesse fingindo, se a tivesse feito perder uma noite de sono com uma preocupação infundada com a saúde dele, ela iria providenciar um alce para pisoteá-lo toda vez que ele fosse à Suécia divulgar a série.

— Hum... — Peter abaixou a cabeça por um instante e franziu a testa... que estava fria ao toque de Maria, como ela suspeitava. — Esqueci onde eu coloquei eles. Maria, obrigado por vir checar como estou, mas acho que seria melhor você voltar mais tarde. Aí te conto o que estou toman...

— Não precisa. Eu mesma procuro.

Ela se virou e começou a vasculhar o quarto. Nada de remédio nem de lenços de papel amassados na mesa de cabeceira. Com meia dúzia de passos, Maria chegou ao banheiro, onde... de novo, não encontrou nada que indicasse que alguém estivesse doente naquele quarto. Nem mesmo um termômetro. O mesmo valia para a mesinha de centro e o cantinho onde ficavam a cafeteira e o frigobar.

Maria girou mais uma vez e andou até a cama, onde Peter estava se encolhendo todo. E com razão.

Ela cravou o dedo no peito perfeitamente saudável dele.

— *Fingido.*

O rugido do vento, o leve chacoalhar das janelas e o impacto quase violento da chuva sem fim contra o vidro foram os únicos sons no quarto por muito, muito tempo.

— Deixa isso pra lá, Maria. — Ele suspirou e afastou com delicadeza o dedo acusador dela. — Não quero que você se envolva nessa história.

— Que eu me envolva em... quê? — Ela franziu o cenho, os punhos cerrados apoiados na cintura. — Por que está fingindo que está doente? Não quis gravar a nossa cena hoje, com o tempo assim?

Mas Peter não era assim, era? A saúde, o corpo e a conveniência do homem não significavam nada para ele. Não quando colocados na balança com as ordens dos *showrunners* e seu desejo de sucesso profissional. Então, se aquela farsa maldita não tinha a ver com conforto ou segurança, por que ele faria algo tão dissimulado, tão sonso?

Fy fan. Fy fan.

Finalmente ela entendeu. Entendeu direitinho o que ele estava fazendo e por quê.

A fonte da denúncia anônima sobre as condições de gravação na ilha — sobre as quais vários veículos de imprensa já haviam enviado e-mails ao agente dela, pedindo um comentário — também não era mais um mistério.

Maria preferia confrontos diretos e não estava nem aí para os riscos.

Peter, por outro lado, preferia minimizar qualquer ameaça ao próprio futuro, então foi isso que fez. Porém, ainda assim ele tinha assumido um risco, mesmo que controlado.

E fizera aquilo por ela.

Maria não sabia se Peter havia percebido, mas ela vira a expressão dele depois de seu breve escorregão no penhasco na véspera, vira que ele ficou branco que nem um fantasma e que seu corpo estava paralisado de pavor quando a gravação terminou.

Nunca mais queria ver aquela expressão no rosto dele. Doeu testemunhar aquilo, foi quase tão doloroso quanto parecia ter sido para Peter assistir àquela quase tragédia.

Então, sim, Maria sabia que Peter se importava com a segurança dela, que se importava com ela. O que ela não sabia até ali era que ele se importava o suficiente para tomar uma *atitude*. Não da maneira como ela faria, mas do jeito dele: absurdamente cauteloso, porém eficaz.

Ele garantira que a próxima cena nos penhascos não envolveria rajadas de cento e cinquenta quilômetros por hora. Garantira que o set teria mais fiscalização dali em diante para que ela não fosse posta em risco de novo. E não queria que ela soubesse o que ele fizera, porque a ignorância dela significava que poderia negar qualquer envolvimento se tudo desse errado, apesar das precauções.

Até as mentiras dele eram uma tentativa de protegê-la.

— Hum... — Peter ficou brincando com os pelinhos do edredom. — Se não estou parecendo doente agora é porque... Bem, a médica disse que o meu estado de saúde pode, hum, variar, então...

Peter interrompeu o próprio raciocínio, ainda tentando inventar uma explicação. Ele umedeceu os lábios e já ia começar a dizer mais alguma coisa, sem dúvida mais uma mentira, mas Maria não se importava com o que poderia ser. Não se importava se ele jamais dissesse a verdade, porque agora ela entendia.

— Vem cá, *skitstövel* — disse ela.

Então ela se abaixou de novo, segurou o rosto barbudo dele com as duas mãos e o beijou. Com vontade.

Como os lábios de Peter já estavam entreabertos, ela provocou a língua dele com a dela, depois foi mais fundo, reconquistando aquele território depois de uma ausência longa demais. Ele reagiu feito um homem faminto diante de um banquete, e um gemido grave vibrou em seu peito quando tomou controle do beijo... e dela.

Em questão de segundos, Peter já estava de pé, mas só para colocar Maria de costas na cama e logo se enfiar entre as pernas dela, prendendo-a no lugar com seu corpo grande. Ele diminuiu a pressão sobre os lábios dela só para passar a boca ao longo de seu maxilar e pescoço, mordendo, chupando, deixando um rastro quente e Maria ofegante.

Peter enfiou as mãos quentes por baixo do suéter dela, abriu o sutiã e envolveu os seios fartos. Maria passou as pernas ao redor dos quadris dele e deslizou as mãos por dentro dos jeans e da cueca boxer de tecido macio para apertar a bunda dele com vontade.

Pelos deuses, como ela adorava aquele corpo. Nenhum homem jamais a deixara tão sedenta por olhar, tocar, tomar para si.

Peter levantou o suéter de Maria até o pescoço e abaixou a cabeça para chupar um dos mamilos, enquanto beliscava, torcia e esfregava o outro. Naquele momento, ela deu por encerrada a fase das preliminares.

Desabotoar o jeans de Peter levou só um segundo, e logo os dedos dela estavam no zíper.

Naquele instante, todo o corpo dele estremeceu contra o dela. Estremeceu e estacou.

— Não — disse Peter, rouco, e afastou a boca do seio dela. — Não.

Com os nós dos dedos já pressionando a ereção impressionante dele, Maria parou de abrir o zíper na mesma hora.

— Peter?

— A gente não vai fazer isso. — Com o rosto vermelho, os olhos ainda devorando cada centímetro da pele exposta dela, ele puxou o suéter de Maria para baixo com cuidado. — A gente não *pode* fazer isso.

Ela afastou as mãos do corpo dele e as espalmou no colchão enquanto Peter saía de cima dela. A mandíbula dele estava tensionada. As narinas, dilatadas. A respiração, entrecortada. Ele se sentou na beirada da cama, a calça jeans ainda desabotoada, e apertou o edredom com tanta força que os nós de seus dedos ficaram esbranquiçados. Seus olhos encaravam o outro lado do quarto, impassíveis.

Maria se sentia perdida, frustrada e confusa.

— Achei que... — Depois de uma pausa, ela se sentou. — Você não quer transar comigo?

Ele parecia querer, pelo menos seu corpo estava dando sinais de estar a fim. Para ser sincera, ela estava surpresa que o zíper da calça dele ainda estivesse aguentando tanta pressão. Mas desejo não era consentimento, e uma ereção, também não.

A risada amarga de Peter sacudiu a cama, mas ele não se virou para ela.

— Não precisa ser sério, Peter, nem público. — A mente de Maria, enevoada pelo desejo, tentava compreender os possíveis motivos dele e ainda encontrar as palavras certas em um idioma que não era sua língua materna. — Podemos ser colegas de elenco com benefícios secretos, se você quiser.

Ela estava, enfim, se rendendo. Ardia de desejo por Peter desde o primeiro momento, e agora também o *conhecia*. Gostava dele. Confiava nele, pelo menos um pouco. O bastante para oferecer aquela parte de si mesma, mesmo que ele não pudesse oferecer tudo de que ela precisava em troca.

Quando tudo terminasse, talvez seu coração rachasse na superfície, mas ela faria o possível para manter o núcleo intacto. E talvez fracassasse. Talvez se apegasse demais. Era um risco que estava disposta a correr, contanto que ela tivesse Peter.

— Porra, Maria. — Ele passou as mãos pelo rosto, então as deixou cair e se virou na direção dela. — Você sabe que eu te quero. Eu não conseguiria esconder nem se tentasse.

Sem pensar, ela baixou os olhos para o colo dele.

O riso que Peter não conseguiu conter — não mais amargurado, apenas resignado — soou cansado.

— E, só pra deixar claro, eu *tentei*. A vontade de transar com você não é o problema aqui. Nem o meu... hum, afeto. Ou o fato de eu te achar charmosa, inteligente, engraçada, talentosa. Ou o quanto eu... *gosto* de você.

Maria passou a mão distraidamente pelo próprio peito, que parecia estar... derretendo, de alguma forma?

— Tudo bem. — Depois de tantos elogios, agora ela *realmente* não entendia o que estava acontecendo. — Então qual *é* o problema?

Os olhos escuros dele estavam sérios e fixados nela.

— Se a gente começar algo assim e a coisa desandar, não vamos ter para onde fugir. Nenhum lugar onde lamber as feridas até superar o que quer que aconteça. Em vez disso, seríamos obrigados a olhar um para a cara do outro todo dia, toda semana, por mais magoados ou irritados que estivéssemos. Seria péssimo para nós dois e para todo mundo da equipe, que teria que aguentar o constrangimento e a tensão com a gente.

Ele não estava errado, mas será que não valia a pena arriscar?

Maria abriu a boca para fazer exatamente essa pergunta, mas Peter ainda não tinha terminado.

— Maria, pode ser que a gente passe anos juntos nessa ilha. *Anos*. Somos os únicos atores no set, e nós dois sabemos que você é o centro de tudo aqui. Foi você que fez da gente uma equipe. Aliás, você fez da gente uma *família*, e é você que mantém essa família unida. Mas se as coisas entre nós azedarem, a comunidade que você criou, toda a camaradagem que você cultivou, pode desaparecer... — Ele estalou os dedos. — Assim.

Peter nunca tinha falado tanto com ela.

Engraçado. Depois de meses desejando que ele se expressasse mais, que compartilhasse melhor seus sentimentos e pensamentos, Maria agora queria que ele simplesmente calasse a boca. Porque as palavras estavam doendo.

— Seria insuportável. — Cacete, o homem ainda estava *falando*. — E nosso trabalho também sofreria. Você sabe que sim. Toda a tensão fora das câmeras ia contaminar as cenas, e eu teria estragado a oportunidade da minha vida pelo quê? Por sexo?

Por mim, quis dizer Maria. *Você teria arriscado tudo por mim.*

Em vez disso, ela engoliu em seco e argumentou com o óbvio:

— Peter, você já colocou sua carreira em risco por mim. Hoje, inclusive.

— Foi uma questão de vida ou morte. — Ele balançou a cabeça com firmeza, descartando o único argumento válido que Maria ainda tinha. — O estado do meu pênis não é.

Se a questão fosse só seu pênis, ele não estaria tão preocupado.

Mas aquilo não importava muito, não é mesmo? Peter tinha dito não.

E, apesar da ardência em seus olhos, estava tudo bem. Peter e ela podiam até ter transado, mas nunca tinham se amado. E, pelo visto, nunca aconteceria.

Tudo bem, também. Ou pelo menos ficaria, assim que aquele aperto idiota que ela estava sentindo no peito passasse.

Afinal, ainda o teria como um amigo querido e colega de trabalho. E nada do que Peter havia dito mudava o que fizera por ela naquele dia. Para um homem como ele, colocar a carreira em risco — mesmo que fosse um risco pequeno — era uma prova de quanto ele realmente se importava com ela.

Portanto, Maria facilitaria as coisas para ele. Facilitaria as coisas para ambos.

— Então tá bem — disse ela. — Amigos?

Com a mão firme, estendeu o braço na direção de Peter, mas, como ele era um belo de um *skitstövel*, não apertou a mão dela. Em vez disso, levou a mão de Maria aos lábios e roçou um beijo nos nós dos dedos antes de soltá-la.

Maria sentiu a pele em brasa com aquele contato leve, quase inexistente.

Ela precisava sair dali o mais rápido possível.

O sorriso discreto nos lábios dele era agridoce.

— Bons amigos.

— Melhores amigos — confirmou ela, com um sorriso que esticou seu rosto até doer, e se levantou da cama de um pulo.

Maria já estava prestes a sair do quarto quando a foto no porta-retratos prateado em cima da mesa de cabeceira dele atraiu sua atenção. Incapaz de se conter, ela parou para observar a única decoração no quarto.

As cores da imagem tinham desbotado um pouco, o que era normal, já que ela devia ter mais de vinte anos.

Na foto, o menino de uns onze ou doze anos, claramente Peter, posava ao lado de uma mulher muito parecida com ele. Alta, grande, forte, cabelo castanho ondulado, olhos escuros com um ar de sabedoria e um sorriso que carregava tanto alegria genuína quanto cautela.

Ao fundo, cintilava um espelho d'água muito azul, e as folhas de outono nas árvores ao redor pareciam se agitar sob uma brisa invisível. O braço da mulher estava apoiado nos ombros dele.

E Peter, com um sorriso incrivelmente parecido, se aconchegava ao lado dela.

Só podia ser uma coisa.

— É você com a sua mãe.

Qualquer sinal de suavidade na expressão dele, por mais conflitante que fosse, desapareceu no mesmo instante. Peter confirmou com um grunhido, os lábios franzidos com força.

— Nem preciso perguntar se você também é adotado. — Talvez uma dose de ironia ajudasse a relaxar aquele maxilar tenso. — Ela é linda.

Não era delicada nem etérea, mas definitivamente marcante. Se Maria tinha entendido bem a explicação de Nava algumas semanas antes, *bela* seria a forma certa de descrever.

Peter soltou outro som rouco e baixo de concordância enquanto fitava o próprio eu do passado, ao lado da mãe.

Quando ele enfim usou palavras para responder, seu tom foi seco, sem inflexão e sem ênfase:

— Era.

Merda. Maria tinha torcido para que fosse apenas uma foto querida entre tantas outras ao longo da vida dos dois, e não uma lembrança de alguém que havia partido cedo demais.

— Peter, eu… — começou Maria.

— Ela morreu no ano seguinte.

Cada palavra cuidadosamente impassível pesava sobre o coração de Maria como uma bigorna. Ela mordeu o lábio.

— Sinto muito.

O que mais poderia dizer, afinal? A dor da perda, da morte, não pode ser amenizada com palavras banais. Só o tempo e o amor fazem isso. Peter já tivera bastante do primeiro, mas não permitia que ela oferecesse o segundo.

— Tá tudo bem — disse Peter, meio blasé.

Não foi só um corte grosseiro ou uma mentira descarada. Era um muro impenetrável que se erguera entre os dois em um piscar de olhos; um muro alto, sólido e absolutamente desnecessário.

Se ele não queria falar sobre a própria infância, ela compreendia *totalmente* e não forçaria a barra.

— Entendi. — Em um movimento decidido, Maria deu as costas para a foto. Para ele. — Bem, é melhor eu ir, meu amigo. Hora do café da manhã. E, claro, eu não deveria ficar muito tempo no seu quarto. Vai que pego a doença *terrível* que você tem, né?

Depois de piscar com uma leveza ensaiada para ele, Maria seguiu a passos leves em direção à porta e acenou com entusiasmo antes de sair.

— Até logo… — começou a dizer Peter, mas a porta se fechou antes que ele pudesse terminar a frase.

Já no corredor, Maria continuou sorrindo até o sorriso deixar de ser forçado, então pôde cumprimentar Conor, Fionn e o resto da equipe com a alegria que todos mereciam receber dela.

Sinceramente, não sabia por que se sentia tão estranha. Pensando bem, estava tudo em ordem. Nada de concreto tinha mudado entre Peter e ela. Nem bons amigos compartilhavam tudo, e nem a amizade mais próxima e a atração mútua garantiam uma relação romântica ou sexual.

Peter *era* um bom amigo, e bons amigos não surgem todo dia na vida de alguém. Isso por si só já era algo a ser valorizado. *Nej*, a ser cultivado. Além disso, da próxima vez que alguém tentador sugerisse um casinho passageiro, Maria já saberia que não deveria recusar — o que era, sem dúvida, uma lição valiosa.

Como ele mesmo dissera, ainda tinham anos pela frente.

Ela aproveitaria esses anos ao máximo. De várias maneiras divertidas.

E, se agora tinha uma nova listinha de palavras que queria ver Peter engolir, isso não dizia respeito a mais ninguém além dela.

Transcrição do Painel da *Convenção dos Portões*

Moderador: Maria e Peter, vocês foram os últimos a entrar no elenco de *Deuses dos Portões*, mas já conseguiram causar um belo impacto na segunda temporada da série. Viraram os favoritos dos fãs rapidinho, e fico feliz por terem conseguido estar aqui com a gente hoje.

Maria: É muita gentileza sua dizer isso. Muito obrigada.

Peter: Se somos os favoritos dos fãs, esse mérito é todo da Maria. Ninguém resiste aos encantos nórdicos dela.

Moderador: Vocês se deram bem desde o começo? Porque, caso contrário, ficarem presos em uma ilha poderia ter sido... *constrangedor.*

Maria: [*risos*] Sim. Muito constrangedor.

Peter: Extremamente constrangedor.

Maria: Vou ser sincera e dizer que gostei do Peter desde o primeiro momento em que coloquei os olhos nele.

Peter: Digo o mesmo.

Maria: E o lado bom de gravarmos juntos numa ilha é que nos dá bastante tempo para resolver qualquer desentendimento que possa surgir.

Peter: Exato. Por exemplo, desentendimentos sobre o número apropriado de vezes que um ator pode ameaçar o outro com um pote de arenque em conserva. Só para constar: esse número é zero.

Maria: Para de me chamar de Píppi, que eu paro de te ameaçar com arenque, seu *skitstövel.*

Moderador: O que isso quer dizer?

Maria: Quer dizer que Peter merece engolir um punhado de alcaçuz salgado.

Peter: Mesmo depois de *Os Homens que Não Amavam as Mulheres,* acho que as pessoas ainda não perceberam a quantidade assustadora de violência contida sob essa fachada de afabilidade dos suecos.

Moderador: Hummm...

Peter: É só perguntar aos noruegueses. Eles sabem tudo sobre serem atacados pelos suecos sem provocação.

Moderador: Vamos...

Peter: Os dinamarqueses também.

Moderador: ... passar para...

Peter: A Islândia se mudou para o outro lado do oceano só para fugir deles.

Moderador: ... o nosso próximo...

Peter: Os finlandeses vêm se encolhendo de medo há séculos. Eles se escondem nas saunas.

Moderador: ... participante do painel, pode ser?

Peter: É possível um país inteiro fazer terapia de controle da raiva? Porque...

Maria: Eu deveria ter te sequestrado, te jogado num barco, te largado na água na frente da McBravinha e assistido a ela acabar com você na porrada, Reedton.

Peter: E ainda tem a história do cocô. Outra coisa que ninguém parece saber sobre os suecos é a obsessão cega deles com...

Maria: Pode continuar, *skitstövel*. Continue falando e boa sorte para conseguir tirar uma coisinha do seu armário azul.

Moderador: O armário azul... dele?

Peter: Quem sabe sabe.

Maria: E vai por mim, ele *sabe*. Por experiência muito pessoal... e muito fedida.

Moderador: Eu... acho que vamos passar o microfone para Marcus Caster-Rupp agora. O que você pode nos contar sobre a terceira temporada?

Marcus: Acho que os fãs vão ficar encantados com a minha nova rotina de cuidados capilares!

Alex: Que tal falarmos de barbas? Especificamente, de quem teve a barba mais cheia e mais bem cuidada ao longo da segunda temporada. Porque claramente fui eu, e quero o reconhecimento de todos.

Moderador: [*murmurando*] Pelo amor de Deus.

10

— Agora que já discutimos a ordem dos acontecimentos, gostaria de voltar ao início da cena, se vocês dois não se importarem.

Quando Peter e Maria assentiram, Delia, a coordenadora de intimidade da série, continuou:

— Depois de trazer à tona anos de desejo reprimido...

Seis. Seis anos de desejo reprimido.

Não que Peter estivesse contando.

— ... Cipriano vai empurrar Cássia contra a parede e arrancar a túnica dela, deixando-a nua da cintura para cima. Em seguida, ele vai enfiar a coxa entre as pernas dela e beijá-la com paixão, enquanto aperta os seios dela.

Nitrogênio líquido, pensou ele. *O Polo Norte. Wisconsin em janeiro. Câmaras frigoríficas.*

Delia tirou os olhos das anotações.

— Em outras palavras, o encontro vai começar de forma quase violenta e vai se transformando em uma relação sexual mais suave. Alguma parte dessa cena preocupa vocês?

Pensando melhor, ele definitivamente deveria ter se masturbado antes de ir para o set.

Era só coreografia, dissera a si mesmo ao ler o roteiro. Uma simples sequência de movimentos roteirizados nos mínimos detalhes, acompanhada pela demonstração das emoções pertinentes. O que Maria e ele gravariam naquela semana poderia até excitar o público, mas, no fim das contas, era apenas trabalho. Apenas mais uma cena, como a de uma batalha ou todas aquelas horas colhendo algas na beira do mar.

Não era romântico. Não era íntimo. Não dizia respeito aos dois, e sim aos personagens, e não havia com o que se preocupar. *Ele* não tinha com o que se preocupar.

No entanto, na prática, agora que haviam chegado a essa cena — literalmente um clímax — entre Cássia e Cipriano, a cena que os fãs aguardavam desde o primeiro episódio e que decerto daria origem a milhares de fanfics explícitas e escandalosas no AO3 (a maior plataforma de fics da série) e a uma avalanche de fanarts de conteúdo adulto... muita coisa o incomodava.

Primeiro, havia a agressividade sexual de Cipriano no início do encontro, algo que Cássia aceitaria de bom grado. Mas Maria não era Cássia, e ele se recusava a machucá-la ou assustá-la, mesmo que sem querer. Como Delia enfatizara diversas vezes, embora a cena expressasse as preferências sexuais dos personagens, e não deles como atores, o conforto e a segurança de Maria continuavam sendo importantes. O mesmo valia para ele, é claro, mas depois de seis malditos anos de desejo latente por ela, Peter achava que Maria podia fazer praticamente qualquer coisa com ele e ainda assim o agradaria.

Mais do que agradaria. Seria como uma bênção, como oxigênio para um homem que vinha sufocando aos poucos.

Em segundo lugar, Maria com certeza se jogaria no papel com o mesmo entusiasmo de sempre... só que usando bem menos roupa para bloquear a visão dele e impedir que suas peles se tocassem. Tirando algumas barreiras estratégicas para garantir o pudor, passariam a maior parte da cena completamente nus, e isso levaria quase uma semana de filmagem, pois ângulos e iluminação precisavam ser ajustados a todo momento, o que fazia com que até cenas de sexo curtas levassem uma eternidade. E aquela *não* era uma cena curta.

Talvez mesmo assim a situação não seria um problema... se Peter tivesse se envolvido com outra mulher desde que conhecera

Maria. Mesmo sabendo que ela havia ficado com outras pessoas entre uma temporada e outra, como os sites de fofoca adoravam noticiar. A constatação doía — é claro que doía... muito... na verdade, meio que o *queimava* por dentro —, mas Maria havia se oferecido a ele, que recusara. E ele sabia que era um cretino, mas não a ponto de esperar que a mulher permanecesse celibatária por mais de meia década só para poupar os sentimentos de um homem que se negara a transar com ela.

Ao longo do tempo, Peter também tinha esperado encontrar consolo nos braços de outra pessoa. Acontece que, desde aquele fatídico dia na sauna em Los Angeles, até flertar com alguém parecia ser uma traição a Maria, por algum motivo idiota. Agora, depois de seis anos intermináveis com apenas o consolo duvidoso da própria mão esquerda, ele se tornara praticamente uma bola de fogo prestes a explodir, só que mais quente e menos controlado. Merda, se só com aquela conversa técnica ele já estava ficando excitado, a cena em si ia matar todo mundo com o cataclismo provocado por sua ereção.

E em terceiro lugar... Porra. Ele tentava não pensar naquilo. Vinha tentando não pensar naquilo havia semanas. Talvez meses. Mas não conseguia mais evitar.

Aquela era a última cena dele com Maria. Para sempre.

Na semana anterior, tinham filmado suas mortes separadamente, porque é lógico que Ron e R. J. não suportavam a ideia de dar um final esperançoso para ninguém.

Depois do sexo entre Cipriano e Cássia, o rugido triunfante dos mortos-vivos indicaria que o portão deles havia sido atacado e que o destino que lhes cabia os aguardava. Ambos sabiam que não sobreviveriam à batalha que estava por vir, não como meros humanos, então Cipriano mandaria Cássia embora para tentar protegê-la, embora ela se recusasse a deixá-lo em um primeiro momento. Mas quando ele lhe dissesse que poderia estar grávida, que talvez carregasse o filho dele, o legado dos dois no mundo dos vivos e a única prova de que aquele amor havia existido, Cássia concordaria em partir, aos prantos.

Ele a ajudaria a subir no frágil curragh, o barco delicado de lona que haviam construído com muita paciência ao longo de anos de isolamento, desejo reprimido e um anseio torturante, e empurraria a embarcação o mais longe que conseguisse no mar revolto antes de seguir em direção ao portão. Em direção aos penhascos.

Era ali que, na cena que haviam filmado na terça-feira, Cipriano testemunharia, desesperado, a mulher que amava com todas as forças ser engolida pelas ondas furiosas poucos minutos depois de zarpar, sem nem conseguir se afastar da costa.

Então seria o momento de ele enfrentar os mortos-vivos do Tártaro e levar uma surra. Ou, mais precisamente, ser decapitado por alguma criatura medonha — o pessoal dos efeitos visuais ia se esbaldar com aquilo — enquanto gritava o nome de Cássia com seu último suspiro.

Tinha sido deprimente pra cacete, porém, por mais sombrios que fossem, os arcos narrativos dos personagens deles faziam sentido, o que era mais do que podia dizer de muitos dos seus colegas de trabalho.

Maria havia voltado para aquele tanque de água enorme na Bélgica para gravar a cena da morte de sua personagem enquanto Peter continuava na ilha. Mas, como em produções como aquela nem sempre as coisas eram gravadas na ordem certa, os dois ainda tinham essa última cena juntos. A única cena de amor, depois de todo aquele tempo.

Depois disso, ele iria embora da ilha para sempre. Deixaria Maria para sempre.

Interpretar o desespero de Cipriano ao ver Cássia partir, ao vê-la morrer, não fora um desafio. Peter estava basicamente experimentando uma interpretação por imersão.

Era por isso que, sim, toda aquela situação era difícil de engolir.

O que, aliás, seria exatamente o que Cássia faria quando se ajoelhasse diante de Cipriano.

Ele passou as mãos pelo rosto. *Profissionalismo, Peter. Seja profissional.*

— Maria? — Pelo visto Delia queria uma resposta em voz alta à pergunta que fizera, o que era justo. — Alguma parte do começo da cena te incomoda?

Maria se sobressaltou um pouco e hesitou por um instante.

— Ah — disse ela, como se tivesse sido pega de surpresa, mas depois pareceu lembrar onde estava. — Não, por mim tudo bem.

O rabo de cavalo de Delia balançou quando ela inclinou a cabeça.

— Tem certeza? Porque você tem o direito de impor limites físicos. Em cenas como essa, o consentimento mútuo é essencial.

— Certeza absoluta. — Aos poucos, um sorriso malicioso surgiu no rosto corado de Maria. — Na verdade, estou ansiosa para ver Peter me jogando de um lado para o outro.

Ele engasgou com a própria saliva e deu um gole em seu copo de água com gelo. Maria se inclinou e deu uns tapinhas nas costas dele.

— Considero uma oportunidade única observar como um ator experiente conduz cenas desse tipo — acrescentou ela, com um tom curioso e sério.

Depois que Peter parou de tossir, Delia se voltou para ele.

— E você, Peter? Está confortável?

Não, em nenhum sentido. Mas compartilharia apenas um dos motivos com uma quase desconhecida.

— Só não quero fazer nada que possa assustar ou machucar Maria. — Ele fez uma pausa. — Na verdade, deixa eu reformular. Eu *não vou* fazer nada que possa assustar ou machucar ela, independentemente do que Ron e R. J. queiram. Essa é a minha prioridade e minha única preocupação.

Delia lhe lançou um olhar de aprovação calorosa e se inclinou para dar uma palmadinha demorada no braço dele.

— Muito bem colocado, Peter. Esse tipo de atitude é mais raro do que eu gostaria e exatamente o que eu esperava ouvir.

Por algum motivo, Maria agora estava olhando feio para ele, o que não fazia o menor sentido. Por que a declaração de que ele considerava a segurança dela mais importante do que as exigências dos *showrunners* a irritaria? Maria não deveria estar lançando para ele olhares derretidos de admiração também?

Embora, é claro, ele não tivesse dito aquilo para agradá-la. Depois daquela cena, teria que conviver consigo mesmo. Não suportaria assustá-la ou machucá-la, e ponto-final.

— Não se preocupa, Peter. — Ela voltou a sorrir, mas seu maxilar continuava tensionado. — Tenho plena confiança de que você não vai me machucar desse jeito.

Ele franziu a testa. Havia algo na formulação daquela frase que...

— Vamos falar sobre o que vocês vão vestir. — Delia virou a tela do tablet para que os dois pudessem ver. — Ambos os personagens devem parecer nus para o público. A pós-produção pode resolver muita coisa, mas tentamos facilitar ao máximo o trabalho deles, sem abrir mão do conforto e da segurança de vocês. Para essa cena, eu sugeriria que ambos usassem tapa-sexos adesivos como esses aqui, que aderem ao corpo e possuem o mesmo tom de pele. Maria, você usaria um protetor de silicone por baixo para que não houvesse contato genital direto, nem através do tecido. E, na parte de cima, adesivos cobrindo os mamilos.

Ah, céus. Peter já sabia o que Maria ia dizer sobre os adesivos nos mamilos.

Ele enfiou os dedos nos cabelos e puxou algumas mechas com força.

— Ah, eu não preciso desses adesivos na parte de cima — declarou Maria com leveza, como era de esperar. — Não me importo que vejam meus mamilos. Afinal, Peter não vai usar adesivos, vai? — Ela fez uma pausa. — Na tela, quero dizer. O que ele faz nas horas vagas, na vida pessoal dele, não me diz respeito.

Peter ergueu discretamente o dedo do meio de modo que só Maria conseguisse ver.

Ao ouvir o risinho abafado dela, ele se pegou reprimindo um sorriso genuíno pela primeira vez naquele dia.

— Tem certeza, Maria? — Delia franziu a testa, digitando uma anotação. — Você pode mudar de ideia a qualquer momento durante as gravações.

— Bom saber, mas não acho que isso vai acontecer. — Maria prendeu a mecha solta de cabelo loiro atrás da orelha. — Pode me explicar melhor como são presos esses tapa-sexos adesivos?

Ele também estava curioso.

— Pois é, o adesivo, hum... não causa problemas?

— Você quer dizer na hora de remover o tapa-sexo? — A julgar pelo sorriso amplo, Delia o considerava um aluno exemplar por ter feito essa pergunta. — Era a minha próxima observação. Antes de colar, é melhor depilar ou raspar a virilha para não arrancar nenhum pelo nem sentir desconforto na hora de tirar. O mesmo vale para o seu protetor genital, Maria.

Ele fez uma careta, depois outra, pois sabia o que Maria...

— Isso não vai dar certo comigo — disse ela, tranquila, mas firme. — Eu não me depilo. E você, Peter?

Ele sentiu a ponta das orelhas esquentarem.

— Hum, também não — respondeu ele, embora estivesse disposto a fazer isso pela cena.

Maria, por outro lado, não parecia estar.

— Então qual é a outra opção? — Maria tamborilou com os dedos na superfície da pequena mesa de reunião que Darrell havia conseguido enfiar dentro de um trailer da produção. — Uma tanga da cor da nossa pele?

— Para você, sim. Também é uma opção para o Peter. — A coordenadora de intimidade pigarreou discretamente. — Mas ele também poderia usar um...

— *Porta-pau!* — Maria se virou para ele, com o rosto iluminado de entusiasmo. — É assim que se chama, não é?

Naquele momento, Peter invejou Cipriano, cujo sofrimento extremo já tinha chegado ao fim e que jamais precisaria ouvir Cássia pronunciar a palavra *pau* com aquela língua ágil.

— Acho que sim. — Não achava, tinha certeza. — Pelo menos, é o termo não oficial.

— Isso mesmo. — Delia soltou um suspiro quase inaudível. — A escolha, obviamente, é de vocês. O que for mais confortável para os dois.

Sinceramente, ele preferia não arrancar os pelos pubianos nem conviver com uma virilha áspera, e tampouco queria passar uma semana com algo enfiado no rego, então...

— Se a Maria estiver de acordo, eu escolho, hum... — *Porta-pau, porta-pau, porta-pau, porta-pau.* — A segunda opção.

Ele supunha que enfiar o próprio pênis e os testículos em um saquinho de pano com uma cordinha para ajustar não doeria mais do que aquela conversa.

— Ah, um homem sábio fazendo uma escolha sábia. — Maria se voltou para Delia. — E eu fico de boa com a tanga. Ou sem nada, se for o caso.

— Então será a tanga. — Delia soltou outro suspiro quase imperceptível e fez mais uma anotação. — Tá bem, agora vamos falar sobre o que acontece quando Cipriano e Cássia vão para a cama. Primeiro, ele se ajoelha no chão e faz sexo oral nela, mantendo contato visual. Vamos mapear essa sequência passo a passo e determinar com antecedência exatamente quanto tempo o contato visual vai durar e onde ele vai tocar você durante o ato.

Peter fechou os olhos devagar e pediu ao deus do desejo reprimido por clemência.

— Achei que ele fosse abrir minhas pernas com as mãos, mas acho que também poderia estar segurando minha bunda ou brincando com meus seios — sugeriu Maria, pensativa. — O que você acha, Peter?

Puta merda. Antes da próxima conversa com Delia, ele ia bater punheta até deixar o pau em carne viva.

Com muito custo, Peter conseguiu dizer:

— Não acho nada.

Nada que pudesse compartilhar, pelo menos. Então, tecnicamente, nem estava mentindo.

Grupo de mensagens de *Deuses dos Portões*:
Três anos antes

Alex: Maria e Peter

Maria: Oi.

Peter: ???

Alex: É melhor vocês se prepararem

Marcus: Cara, eu não faço ideia do que você está fazendo e já perdi a conta de quantas vezes te falei isso, mas: você tem noção de que isso pode ser interpretado como uma ameaça, né?

Alex: É melhor não chorarem

Carah: Que porra de espírito de Natal é esse, Alex?

Alex: É melhor não fazerem beicinho

Peter: Eu não faço beicinho

Peter: Fico introspectivo de um jeito bem viril

Alex: Vou te dizer por quê

Maria: Sim, um pouco mais de contexto seria muito bem-vindo nesse momento

Maria: Seu esquisito

Alex: O CUPIDO ESTÁ CHEGANDO NA CIDADE

Alex: E com CIDADE quero dizer essa ilha minúscula de vocês no meio do nada

Peter: Você vai ter uma cena com a gente?

Maria: Estava doida para termos companhia em algum momento!

Alex: Você já teve o resto

Alex: Agora chegou a hora de ter o melhor

Alex: O MELHOR = EU

Alex: Óbvio

Peter: Eu sou... o resto, nesse caso?

Peter: Porque, se for isso, não estou dizendo que estou fazendo beicinho

Peter: Mas admito que talvez haja uma dose de introspecção viril em andamento

Alex: O Cupido vai derrubar vocês com seu charme inigualável, aparência estonteante e aquela tanguinha ultracurta que o pessoal do figurino me dá

Alex: E umas flechas bem fálicas

Alex: ::erguendo as sobrancelhas sugestivamente::

Maria: Vamos combinar uma coisa

Maria: Se você conseguir me conquistar, eu sou sua

Peter: ...

Marcus: Maria, por favor, não bota pilha

Peter: Não faria mais sentido gravar as cenas do Cupido no estúdio, com fundo verde, e ajeitar o resto na pós-produção?

Peter: Porque viagem é um negócio caro, e essa temporada já estourou o orçamento, então

Maria: MAS

Maria: Só se você conseguir *ficar calado* uma noite inteira, Alex, porque prefiro não ter que dormir com tampão de ouvido

Alex: NÃO É JUSTO, NÓS DOIS SABEMOS QUE EU NÃO CONSIGO!

Maria: E sabemos também que não sentimos esse tipo de coisa um pelo outro

Alex: Eu não fico introspectivo de um jeito viril

Alex: Eu faço BEICINHO, porra

Alex: ::fazendo beicinho::

Peter: Enfim, a Maria tem razão. Vai ser ótimo ter companhia

Peter: Fico muito feliz de saber que você vai estar aqui com a gente, cara. Não vejo a hora

Carah: Esquece a nossa série, *isso* aqui é que é ENTRETENIMENTO

Maria: ???

Peter: ???

Alex: ::ainda fazendo beicinho::

Marcus: ...

Marcus: Tudo bem, a gente pode ouvir Mötley Crüe no caminho para o estúdio se você *parar de fazer beicinho*

Alex: MELHOR DIA DA MINHA VIDA!!!

Marcus: Só para constar, eu não fico contemplativo, seja de um jeito viril ou não, nem faço beicinho

Marcus: Eu suspiro

Marcus: ::suspiro::

Alex: NÃO SUSPIRA, SENÃO VOU CANTAR QUANDO COMEÇAR A TOCAR DR. FEELGOOD

Alex: Na verdade, eu vou cantar de qualquer jeito

Marcus: ::outro suspiro::

11

— Corta! — exclamou Ramón, então olhou para o celular. — Bom trabalho. Vamos fazer uma pausa de meia hora enquanto Ron e R. J. dão uma olhada em algumas partes do material de hoje. E, para a próxima tomada, a menos que eles sugiram algo diferente, vamos começar do ponto em que Cipriano vira Cássia de costas e beija o pescoço dela. Tudo bem?

Peter assentiu, então, com todo o cuidado do mundo, retirou os quadris do encaixe das coxas de Maria sem deslocar o travesseiro colocado entre elas. O bendito travesseiro que havia evitado um desastre total e uma vergonha épica de sua parte enquanto se esfregavam um no outro como se não houvesse amanhã, embora só tivessem se passado dois dias até agora. Dois dias de tortura gloriosa, tudo registrado pelas câmeras.

Ele agradeceu baixinho e vestiu o roupão que Jeanine lhe entregou, calçou os chinelos e desviou o olhar para qualquer lugar que não fosse o corpo reluzente e quase nu de Maria, que estava se levantando e colocando o roupão e calçando chinelos.

Não olhe para os seios expostos dela. Não *olhe, Reedton.*

Como se aqueles seios já não estivessem gravados na retina dele provavelmente para sempre.

Em vários momentos, a cena exigira que ele encarasse aqueles peitos estupendos, que os envolvesse com as mãos enquanto cintilavam à luz do fogo, cobertos pelo spray de glicerina com água de rosas usado para simular o suor pós-sexo.

Depois de seis anos, pareciam estar um pouco mais cheios do que antes, um pouco mais baixos sobre as costelas dela e mais deslumbrantes do que nunca.

Vê-los de novo era uma bênção. Assim como ver o restante daquele corpo longo e curvilíneo.

Naquela primeira noite juntos — a última noite juntos —, ele não sabia que seria a única vez que dividiria a cama com Maria. Ele não sabia que precisava ir devagar e aproveitar a visão dela deitada sob seu corpo, os cabelos emaranhados no punho dele, o rosto ruborizado, o corpo nu e entregue.

Graças ao seu recente e rigoroso cronograma de masturbação, Peter vinha conseguindo manter o profissionalismo no set, mas isso não queria dizer que não admirava Maria nos momentos em que o roteiro exigia que ele olhasse para ela, que a tocasse. Não queria dizer que não podia recorrer à própria paixão e ternura para alimentar as de Cipriano e encontrar uma alegria pesarosa nisso.

E, como a gravação daquela cena estava se arrastando por uma longa semana — e ele não estava tomado por uma névoa de luxúria insana como estivera naquela única noite juntos —, Peter teve tempo de sobra para guardar na memória cada segundo que estava passando nos braços de Maria. E foi o que fez, agradecido.

Mas vê-la de novo, quase nua e sem pudor, não era só uma bênção; era também um tormento.

Durante seis anos, Peter não tivera Maria em sua cama. E, depois daquela semana, nunca mais teria.

A menos que ela ainda o quisesse.

Porque, sim, a participação dos dois na série estava chegando ao fim, e a dor de encarar esse fato o deixava abalado toda vez que pensava no assunto. E, afinal, nenhum papel futuro lhe ofereceria tanto tempo ao lado dela quanto aquele. Por outro lado, assim que gravassem a última cena, estariam livres. *Ele* estaria livre.

Daquele momento em diante, o relacionamento deles não prejudicaria mais o clima de camaradagem no set nem colocaria sua carreira em risco. O que significava que, se Maria o desejasse da mesma forma como ele a desejava — e às vezes ele quase achava que sim —, poderiam ficar juntos. Finalmente. De todas as formas descritas nas fanfics safadas do AO3, e também como um casal de verdade.

Mas ainda não. Não até as gravações terminarem de vez. E, como ainda não haviam terminado, o que ele precisava mesmo era de um lanche e de um pouco de água antes da próxima tomada.

O ar do começo da primavera seguia gelado, tanto dentro quanto fora da casinha de pedra de Cipriano e Cássia, por isso Peter pegou algumas coisas na mesa de lanches e se retirou para seu assento de sempre no trailer de Jeanine. Maria o acompanhou, fechando a porta com um baque abafado.

— É a primeira vez que Ron e R. J. assistem de fato ao material antes de encerrarmos, não é? — disse Maria. Ela se jogou na cadeira de encosto vazado diante da bancada de Jeanine e começou a descascar uma banana. — Estou curiosa para saber o que eles vão dizer.

— Levando em consideração que já passamos quase dois dias inteiros gravando essa cena, duvido que eles queiram fazer alguma mudança significativa. Ainda mais agora que o orçamento estourou de novo. Refazer tudo custaria tempo e dinheiro. — Ele mastigou e engoliu o pedaço da barra de cereal antes de continuar: — Além disso, como diria Carah, nós somos do caralho...

— Literalmente — disse Maria, dando uma mordida bem sugestiva na banana.

— ... então tenho certeza de que nossas atuações estão espetaculares.

Depois de assistir a alguns minutos da gravação bruta no dia anterior, Peter já sabia que a atuação dela ficaria alojada na cabeça dele provavelmente para sempre. A cena já tinha despejado os antigos inquilinos, aumentado o termostato para se equiparar à temperatura do sol e organizado uma orgia de boas-vindas em menos de vinte e quatro horas.

Assim que o episódio fosse ao ar, ele esperava uma avalanche de novos e-mails de Alex, que havia criado, com muita empolgação, um alerta infernal no Google só para torturá-lo.

O colega de elenco adorava encaminhar para Peter fanfics com classificação E (de *explícitas*) protagonizadas por Cipriano e Cássia — ou, pior ainda, por Peter e Maria. Alex chamava essas de RPF, ou seja, *real-person fiction*, ou fanfic sobre pessoas reais. Aparentemente, havia um monte por aí.

Ou seja, Alex lhe mandava muitos links do AO3, mas não só isso. Também enviava links de vídeos no YouTube com compilações dos momentos mais eróticos de quase beijo entre Cássia e Cipriano, ao som de músicas bem sugestivas. E gifs dos dois se comendo com os olhos, tanto na série quanto em entrevistas e painéis de convenções. E ainda um link para o site onde uma fã que shippava o casal *Cassiano* postara uma série de fotos artisticamente ambiciosas e iluminadas de forma impecável nas quais as *action figures* dos personagens faziam coisas que o fabricante provavelmente não aprovava e que resultariam em vários membros de vinil deslocados.

Se Peter não gostasse tanto de Alex, já teria matado o cara há tempos.

Dito isso, nunca pediu a ele que parasse.

Maria terminou de comer a banana e respondeu:

— É claro que as nossas atuações são espetaculares. Citando mais uma vez a própria Carah: "Somos uns profissionais do cacete."

Ele deu uma risadinha.

— Mas isso não significa que Ron e R. J. não vão encontrar alguma coisa para criticar — disse Maria, e os músculos de seu pescoço longo e pálido ondularam quando ela tomou um gole de água. — Você sabe que eles viraram uns cretinos detalhistas desde aquela história da perda de peso na nossa primeira temporada juntos.

Os *showrunners* não haviam direcionado suas farpas veladas a ele. Só a ela. E, embora isso fosse bom para a carreira de Peter, fazia com que ele se sentisse enojado. Um *cúmplice*.

Peter se obrigou a olhá-la nos olhos.

— Sinto muito.

Ela deu de ombros graciosamente.

— Antes eu do que você. Sendo bem sincera, não dou a mínima se eles gostam de mim ou não.

Peter ficou calado, sem vontade de contrariar as implicações da frase dela. Mesmo que, na verdade, ele também não ligasse se Ron e R. J. gostavam dele, nem nunca ligara. Só se importava com o risco de ser demitido ou de prejudicar o futuro de sua carreira. Mas talvez isso fosse só uma variante da mesma culpa.

A porta do trailer se abriu com um estrondo, e os dois se sobressaltaram com a invasão inesperada.

Ramón e Nava entraram batendo o pé, suas expressões carregadas. Então, fecharam a porta, passaram o trinco e ficaram se encarando em silêncio, de lábios franzidos, como se um estivesse tentando forçar o outro a falar primeiro.

Quando Maria resmungou alto, todos se viraram para ela.

Ela se recostou na cadeira, esticou as pernas e entrelaçou as mãos em cima da barriga.

— Imagino que tenham vindo compartilhar os elogios dos nossos *showrunners*? Ou vieram me oferecer um aumento retroativo como reconhecimento pelo meu esforço e meu talento cênico inigualáveis?

— Maria... — Nava, pelo visto, perdeu o duelo de olhares com Ramón, pois foi quem se pronunciou primeiro. — Não sei se você vai querer que o Peter esteja presente nessa conversa, pois isso também diz respeito a ele, mas...

— Não existe nada que Ron ou R. J. digam que possa me envergonhar, Nava. Nada sobre a minha atuação. Nada sobre a minha personalidade. Nada sobre o meu corpo. — Maria descartou a preocupação deles com um gesto desdenhoso. — Pode falar. Não me incomoda que o Peter ouça a crítica deles.

A produtora passou a mão pela cabeça raspada.

— Tudo bem. Se tem tanta certeza...

— Só para deixar claro, nem eu nem Nava concordamos com o que eles disseram — comentou Ramón, as marcas de expressão ao redor da boca se aprofundando. — Vamos apoiar qualquer resposta que você decida dar.

— Desde que não envolva guerra nuclear — acrescentou Nava com um sorrisinho murcho.

Merda. O que é que Ron e R. J. tinham *dito*?

Peter apertou a própria nuca, a ansiedade revirando seu estômago.

— Amo vocês dois, mas podem parar de enrolar — disse Maria, com o olhar mais atento. — Aliás, deixa pra lá. Aposto cem euros que sei exatamente o que eles falaram.

De repente, ele também soube. Era a única explicação possível, levando em consideração quem Ron e R. J. eram, como viam o corpo das mulheres, o que acreditavam ser verdade quando se tratava das vulnerabilidades femininas mais profundas... e os meios que usariam para humilhar Maria.

Ou melhor, para *tentar* humilhá-la, porque mesmo depois de seis anos eles não tinham conseguido diminuí-la nem apagar seu brilho. Nem um pouco.

— Eles acham que o público da série não considera mulheres com pelo no corpo sensuais e atraentes, então querem que eu me depile e grave de novo a parte da cena em que estou nua. — Maria caiu na risada, e o som não foi cortante nem amargurado, e sim de uma diversão genuína. — Porque é claro que uma donzela viking da Idade Média naufragada em uma ilha deserta daria prioridade à depilação.

— Bem... — A boca de Ramón tremeu, e ele quase não conseguiu reprimir o sorriso. — A boa notícia é que não aceitei a aposta que você acabou de propor.

Lá estava. A última cartada de Ron e R. J. para dobrar Maria, e fazer isso dizendo a ela — meu Deus, pensando bem, também dava vontade de rir — que ela não era sexy o suficiente. A derradeira tentativa de vingança por Maria ter frustrado os planos deles de vê-la passar fome. A derradeira tentativa de controlar o corpo dela.

Depois de seis anos trabalhando com ela, será que aqueles dois não tinham aprendido nada?

— Talvez Cássia tenha dado uma passadinha no spa da vila antes do sexo — sugeriu Nava, o sarcasmo óbvio em cada sílaba.

— Sem dúvida — disse Maria, ainda sorrindo, batucando o queixo com o dedo indicador comprido. — Se Cássia pedisse com jeitinho, aposto que Vênus também enfeitaria a *snippa* dela. Tenho certeza de que lantejoulas agradariam ao público.

Aquela palavra em sueco ele não conhecia, mas tinha um palpite *muito* bom sobre o que significava.

Depois de uma risada abafada, Nava voltou ao tom sério.

— O que quer que a gente diga a eles?

— Vocês já sabem — respondeu Maria, lançando um olhar contrito à produtora e ao diretor. — Eles não vão gostar, e lamento que vocês tenham que lidar com isso.

— Se você estiver satisfeita com a sua decisão, nós também estamos — disse Ramón, nada preocupado com a possibilidade de enfrentar a ira dos *showrunners*. — Vai ser um prazer dizer que você recusou o pedido deles.

Só que não era bem um pedido. Era uma ordem. Todos sabiam disso.

Dito isso, Ron e R. J. já não tinham muito poder sobre ela. Na verdade, Peter não sabia dizer se *algum dia* tiveram.

— Se eles quiserem me demitir, encontrar uma dublê de corpo de última hora, levá-la até uma ilha isolada na Irlanda, lhe ensinar a coreografia e refilmar uma parte significativa de uma cena crucial com ela, que fiquem à vontade — disse Maria, inclinando a cabeça e fingindo estar pensativa. — Mas como estão atrasados e estouraram o orçamento, como sempre, e essa é a última cena de toda a série que envolve minha personagem, fazer tudo isso por causa de uma depilação anacrônica nas axilas parece um pouco contraproducente, não acham?

Era só pelo. Ia crescer de novo. Literalmente todos os outros atores que ele conhecera em seus vinte anos em Hollywood sacariam rapidamente a lâmina de barbear naquela situação, e a maioria das mulheres já estaria depilada de qualquer forma, sem precisar de instruções para isso. Mas o corpo de Maria pertencia somente a Maria.

Claro que os riscos agora eram muito menores do que em sua primeira temporada juntos, mas...

Peter pigarreou.

— Se a Píppi for embora, eu vou junto.

Ramón e Nava se viraram para ele ao mesmo tempo. O calor nos olhos dos dois irradiou por todo o peito dele. E o sorriso de Maria...

Porra, o sorriso de Maria.

— Sério? — Um pote de *sill* apareceu de repente e ela o sacudiu a um centímetro do nariz dele. — Você vai estragar esse lindo gesto de solidariedade me chamando de Píppi, seu babaca?

Ele se remexeu, desconfortável, e não por causa do arenque.

— Nós dois sabemos que já é tarde demais para nos demitirem, então é mais um gesto vazio do que bonito.

Sim, os *showrunners* ainda podiam tentar queimá-lo no mercado, mas Peter agora tinha anos de um trabalho de prestígio como protagonista, era respeitado pela crítica e ainda tinha alguns prêmios e muitos, *muitos* fãs. A carreira dele podia não ser à prova de balas, mas aguentaria uns golpes.

Ele também desconfiava de que aquele episódio todo seria o menor dos problemas de Ron e R. J. quando a desastrosa temporada final de *Deuses dos Portões* fosse ao ar. Quando a reputação da dupla de *showrunners* afundasse, o prestígio deles na indústria afundaria junto, o que significava que o risco para a reputação de Peter era mínimo.

Além do mais, quando se tratava de uma mulher como Maria, um homem inteligente manteria o proverbial "armário azul" o mais imaculado possível.

— Para mim não é vazio, Peter — disse ela, o tom doce e sincero. — Obrigada.

As orelhas de Peter pareciam estar pegando fogo, e aquela queimação no peito só podia ser "azia".

Ramón deu um tapinha nos ombros dos dois atores.

— Vou falar com Ron e R. J. Pode ser que eles demorem um pouco para engolir o orgulho e admitir a derrota, então se aqueçam e relaxem até voltarmos.

Quando Nava e ele saíram, uma leve ruga surgiu entre as sobrancelhas de Maria.

— Espero que isso não te custe nenhum papel no futuro.

O pote de arenque dela tinha sumido, escondido em… algum lugar. O que era um feito e tanto, considerando o que ela estava — ou, mais precisamente, *não* estava — vestindo.

— Vou ficar bem — disse ele, dispensando a preocupação com um gesto. — Falando em papéis futuros, o que você tem em vista?

Como um bom amigo, ele deveria ter perguntado aquilo muito tempo antes. A verdade, porém, era que ainda não tinha conseguido criar a coragem necessária, pois saber disso tornaria a separação iminente mais real, seu tempo juntos mais finito.

Por outro lado, ela também não tinha perguntado nada a ele. Hummm. Interessante.

— Tenho algumas propostas e possíveis testes esperando por mim em Los Angeles — respondeu Maria, usando a unha do polegar para raspar uma manchinha da bancada de Jeanine, os olhos fixos na tarefa. — Ainda estou analisando e decidindo qual será meu próximo passo.

Que baita resposta vaga, ainda mais vindo da Baronesa da Franqueza.

— Imagino que vá visitar sua família em breve. Sei que está com saudade.

Peter esperava que a visita não se prolongasse muito, porque tinha planos de aproveitar a breve pausa entre projetos, enquanto os dois estivessem em Los Angeles, para seduzi-la. Também queria mostrar a ela a casa que comprara com o cachê de *Deuses dos Portões*, seu maior orgulho. O bem que reafirmava tudo que conquistara — e também tudo que deixara para trás para sempre.

Mas ele sabia esperar. Já tinha esperado por anos. E, agora que Maria moraria na Califórnia, teriam tempo de sobra para se entenderem.

Ela assentiu.

— Se a gravação não atrasar, vou para Estocolmo nesse fim de semana.

Tão cedo. *Tão cedo*. Que droga.

Que se danasse a paciência. Ele não estava pronto para se separar dela. Ainda não.

— Entendi.

Se ele viajasse para a Suécia enquanto Maria estivesse visitando a família e passasse alguns dias com ela por lá, será que ela aceitaria bem a presença dele? Ou consideraria uma invasão?

— E você? — perguntou Maria, finalmente encarando Peter. — Já tem alguma coisa engatilhada?

— Estou mais ou menos na mesma que você — respondeu ele, dando de ombros. — Tenho alguns trabalhos pequenos marcados, mas ainda não decidi o meu próximo grande projeto. Achei melhor esperar até a gente terminar as gravações.

Maria soltou um "hum" evasivo e completou:

— Entendi.

O olhar dela estava atento, mas de um jeito estranho, e Peter não estava conseguindo decifrar sua expressão.

É claro que poderia simplesmente perguntar.

— Maria, você parece...

Justo nesse momento, a porta do trailer se abriu de novo. Dessa vez, sem nenhum sinal de raiva.

— Acontece que eles não tiveram tempo de se entregar à mesquinharia. Estão ocupados demais lidando com todas as outras coisas que estão dando errado — disse Nava, antes mesmo de entrar com o corpo inteiro. — Maria, você está liberada. Eles estão putos, óbvio, mas no momento não há muito o que possam fazer a respeito. Peter, tomamos a decisão executiva de não mencionar sua disposição de largar tudo a menos que fosse necessário, e não foi. Seu nome nem chegou a ser citado, então pode relaxar também.

Talvez fosse covardia, mas ele não conseguiu evitar o pequeno suspiro de alívio.

Os lábios de Maria se curvaram em um sorriso de triunfo, e ela ergueu a mão espalmada para cumprimentar Nava e Ramón, que retribuíram com entusiasmo.

Então, se inclinou na direção de Peter e ergueu a mão de novo, mas não para receber um toquinho dessa vez, e sim para entrelaçar os dedos com os dele, os cotovelos dobrados, como se estivessem selando um voto sagrado com um aperto cerimonial.

— É assim que funciona a solidariedade, Peter — disse Maria, dando uma piscadinha. — Bem-vindo ao socialismo sem amarras, seu *skitstövel*.

Ele bufou. E, em perfeita sintonia, os dois sorriram um para o outro.

Caixa de entrada do e-mail de Peter

De: AlexanderOMaioral@umail.com
Para: PeterReedton@umail.com
Assunto: Sua seleção mensal de RPFs safadas estrelando VOCÊ MESMO!

Para o meu viking náufrago favorito, que ironicamente inspirou muitas shippadas ardentes!

O baú do tesouro de RPF deste mês está especialmente lotado de safadezas deliciosas. Deve ser porque a série está chegando ao fim, então os fãs perceberam que a fonte de inspiração está prestes a secar e decidiram aproveitar enquanto podem. (Não importa quanto crédito você esteja me dando por *não* desenvolver a metáfora de "secar"... NÃO É O BASTANTE.)

Alguns destaques do mês: no primeiro link, você e Maria acabam encharcados e congelando depois de filmar uma cena na praia e, para se aquecerem, precisam — do que será? — tirar a roupa e ficar de conchinha para compartilhar calor corporal. Como colegas de trabalho costumam fazer. Depois, vocês se esbaldam em cima de várias superfícies do quarto de hotel, incluindo algumas que claramente não suportam a "LUXÚRIA VIKING SELVAGEM" de vocês, sem falar na sua "DETERMINAÇÃO DE SAQUEAR" (aspas reais). Nenhum de vocês dois é pequeno, e a maioria das mesinhas de centro não foi feita para esse tipo de ação. É um princípio básico da física.

O segundo link é de uma história em que vocês são pegos por uma nevasca inesperada enquanto exploram uma locação para uma cena futura. Aí vocês se refugiam em uma cabana convenientemente próxima e, para se aquecerem — me interrompa se estiver difícil de acompanhar, é uma trama bem intrincada —, precisam, veja só, tirar a roupa e ficar de conchinha para compartilhar calor corporal. Da forma mais profissional possível. Então vocês profanam várias superfícies da cabana, inclusive umas que com certeza causariam muitas farpas com a força da "PAIXÃO REPRIMIDA E DESESPERADA" e do "ATO DE FINALMENTE REIVINDICAR SUA MULHER" (aspas reais). Acho que ficar se esfregando em paredes de pedra não seria bom para as costas da Maria, só para constar.

O último link é meu favorito do mês. É um ménage entre você, Maria e o golfinho, a McBravinha, e se passa inteiramente debaixo da água, porque vocês dois são uma espécie de atores sereios ou algo assim? Não está muito claro. Enfim, a McBravinha te dá uma "barbatanada" em certo momento e, aparentemente inspirado pela amante marinha, você emite sons de assobio e trinado quando goza. De nada!

Bem, por hoje é só. Links abaixo da assinatura, como sempre.

Divirta-se!
Alex

Obs.: Você sabe que eu mando esses links para Maria também, né? Ela pediu, depois que soube que eu estava mandando para você. Mais uma vez, só para constar.

12

Maria não via a hora de fingir logo um orgasmo, principalmente porque assim poderia voltar para seu quarto de hotel e se presentear com um orgasmo de verdade. E talvez até chorar um pouco.

Na última tomada do dia — do episódio, da temporada, da série inteira —, Ramón havia pedido a Maria e Peter que simulassem sexo mais uma vez. Ele queria filmar de novo o fim da tão aguardada cena de amor entre os personagens deles, começando no momento em que Peter transaria com ela...

Não, não Peter. *Cipriano.*

Cipriano transaria com *Cássia* até fazê-la gozar mais uma vez, antes de chegar ao próprio clímax. Então eles se abraçariam, ofegantes. Poucos instantes depois, fariam contato visual e sorririam um para o outro, com alegria, alívio, prazer e amor.

Então, o rugido dos mortos-vivos sacudiria o pequeno lar deles, e os dois perceberiam que estavam fodidos, literal e metaforicamente. E se separariam para sempre.

Fim.

Antes daquela semana, Maria nunca havia simulado um orgasmo, mas aquilo não foi um problema. Era uma interpretação fácil, ainda mais depois da décima vez. Só que ela parecia não conseguir controlar nem o corpo nem as emoções, apesar das câmeras, da equipe e da própria determinação de esconder tanto sua solidão quanto seu desejo.

Por isso, permaneceu deitada embaixo do corpo de Peter, as pernas abertas envolvendo os quadris dele, praticamente nua. Maria o observou se esforçar intensamente acima dela, enquanto o travesseiro entre as coxas absorvia a maior parte da força de cada investida — mas não toda... Que os deuses a ajudassem.

O travesseiro, porém, não impedia que o ventre dela se esfregasse no dele, nem evitava que seus mamilos rijos tocassem aquele peitoral. Não a protegia da doçura selvagem do beijo de Peter, da voracidade possessiva da língua dele em sua boca, enquanto os dois gemiam e arfavam nos lábios um do outro. Não impedia que os dedos dele se cravassem na coxa dela ao empurrá-la mais para cima, nem que usasse a outra mão para acariciar seu rosto com uma ternura capaz de partir o coração de Maria se ela não tomasse cuidado.

Peter estava encharcado de suor. Ela também. Suor de verdade, não apenas glicerina.

O coração dele batia disparado contra o dela, suas pupilas estavam dilatadas, e as bochechas, vermelhas e quentes. Quando se posicionaram para aquela tomada, e Maria abriu as pernas e o recebeu entre elas uma última vez, as narinas de Peter se alargaram, e ela teve quase certeza de que ele sentiu como a tinha excitado. Como a tinha deixado molhada.

Tangas protetoras só absorviam umidade até certo ponto. E entre uma tomada e outra, embora ele sempre se virasse de imediato e vestisse o roupão, profissional como sempre, aquele porta-pau não escondia completamente a reação do corpo dele ao que estavam fazendo.

Nem todos os gemidos dela eram falsos. As lágrimas nos olhos também não eram.

Maria piscou várias vezes, e Peter franziu a testa de leve. Em um gesto fora do roteiro, ele afastou a boca da dela e espalhou beijos por seu rosto até alcançar o ouvido, então sussurrou tão baixo que ela percebeu o som mais como uma vibração do que uma palavra propriamente dita. Tão baixo que nem o microfone profissional captaria.

Ele disse o nome dela.

Não Cássia. Maria.

Era um gesto de conforto, e uma pergunta. Queria saber se ela estava bem.

A resposta era não.

Mas Maria afrouxou os dedos cravados no ombro de Peter, afundou a mão em seus cabelos e puxou de volta a boca dele para a sua, porque era isso. Aquela era a última cena deles juntos, e ela queria beijá-lo pelo maior tempo possível, porque talvez nunca mais acontecesse. Talvez ficassem semanas ou meses sem se ver. Anos, quem sabe.

Talvez o resto da vida.

Ele retribuiu o beijo, mas seus lábios haviam ficado gentis demais, a ponto de ser *intolerável*.

Então, ela encerrou a cena. Gemeu, arfou e estremeceu contra ele em um orgasmo fingido, e Peter a acompanhou segundos depois.

Eles fizeram contato visual. Os olhos de Maria estavam secos, porque ela era uma profissional de verdade.

Ambos sorriram.

Nava, fora de quadro, deixou escapar um gritinho esquisito em uma tentativa de imitar um rugido — na pós-produção colocariam um som bem mais assustador —, e Cássia e Cipriano se afastaram rapidamente, vestiram as roupas que estavam próximas, disseram suas falas finais e se prepararam para encarar o futuro.

Um futuro separados.

— Corta — falou Ramón, e tinha acabado.

Estava feito.

Roupões. Pantufas. Tapinhas nas costas de todos, parabéns e comemorações.

Maria sorriu e gargalhou ao retribuir os abraços. Foi a melhor atuação da vida dela.

Por fim, conseguiu se esgueirar até a porta sem ser notada... ou foi o que pensou.

Um segundo antes, ela tinha certeza de que Peter estava do outro lado do set, conversando com Darrell, mas de repente ele estava ali. Bem na frente dela, segurando seu braço com a mão grande e quente, o toque firme, mas cuidadoso. Examinava o rosto dela com aqueles olhos castanhos intensos e atentos. Peter se inclinou e encostou a boca na orelha dela mais uma vez.

— Te vejo de noite, Maria — disse, baixinho.

Em seguida, soltou o braço dela e voltou para o outro lado do set.

Não lhe pareceu um comentário qualquer, pareceu uma promessa.

E, de repente, Maria já não estava mais com vontade de chorar.

No entanto, ainda precisava de um orgasmo. Mais do que nunca.

— Você vai pegar o avião logo cedo amanhã, né? — perguntou Ramón, tomando um gole de vinho. — Já arrumou as malas?

Os olhos de Maria estavam concentrados em outro ponto, e ela mal o ouviu.

O interesse muito além do profissional de Delia por Peter tinha ficado evidente desde o primeiro encontro deles no trailer de produção. Mas, por ser uma mulher realmente atenta às relações de poder e às questões de consentimento, Delia tinha esperado até o fim das gravações para tomar alguma atitude.

Eles haviam filmado a última tomada no início daquela tarde, e agora a coordenadora de intimidade parecia empenhada em coordenar um pouco de intimidade com Peter.

Desde o momento em que ele pisou na festa — uma comemoração entre elenco e equipe pelas conquistas profissionais e pela família que haviam formado juntos naquela ilha —, Delia vinha rondando Peter. Tocava o ombro dele. Pousava a mão no braço dele. Esticava-se toda para sussurrar algo no…

Bem, não no ouvido. Ela era muito baixa para isso. Só conseguia chegar mais ou menos na altura da clavícula.

— Maria? — insistiu Ramón, de algum lugar próximo. — Tudo pronto para o voo amanhã?

Maria não era uma mulher ciumenta. Não sentiu aquele tipo de emoção nem quando descobriu a vida dupla do seu ex-namorado em Londres, com uma esposa grávida e uma hipoteca. Tristeza, sim. Raiva, com certeza. Mágoa e amargura, sem dúvida.

Mas ciúme? Não, nunca. Nem uma vez na vida. Até aquele momento.

Maria constatou que não era uma emoção confortável. Na verdade, causava o mesmo enjoo que ela sentira ao comer a alga dulse naquelas tomadas intermináveis, tanto tempo atrás. E, como não tinha nenhum baldinho por perto, achou melhor engolir em seco e aguentar.

Quem poderia culpar Delia por querer Peter? Ninguém. Ela mesma desejava o homem havia mais de cinco anos. Depois de passar a última semana cercada pelo perfume amadeirado dele, envolta em seus braços fortes, aberta sob suas mãos largas e coxas pesadas, levada à beira da loucura pela boca talentosa de Peter, Maria entendia exatamente por que Delia estava suspirando por ele.

Na verdade, deveria elogiar o ótimo gosto da mulher.

Pensando bem, era bom para ele. Não era como se Maria tivesse ficado sem sexo desde a única noite que passaram juntos, embora tivesse beirado o celibato nos últimos anos mais do que gostaria de admitir. Não podia, em sã consciência, condená-lo por querer passar uma noite — ou uma vida inteira — nos braços de Delia. *Não* faria isso.

Tudo bem que ela achava que talvez, quando as gravações terminassem, os dois finalmente…

Mas o que ela achava não importava. Não interessava o que a fizera adiar decisões e compromissos até depois do fim das gravações. Nem quanto estava perto de vomitar o excelente jantar dentro de um vaso decorativo convenientemente próximo.

Se conseguisse parar de olhar para os dois, talvez tivesse sucesso em conter a náusea.

— Desculpa. Estava tentando lembrar se já marquei o táxi até o aeroporto. — Maria se virou de novo para Ramón, com um sorriso alegre e autodepreciativo. — Tirando o pequeno detalhe de ainda não ter colocado um único item na mala, estou prontíssima. E você? Vai embora amanhã também?

— Hum... não. — Um sorriso satisfeito suavizou o rosto bronzeado dele. — Nava e eu pretendemos ficar mais duas semanas depois que todo mundo for embora. A filha dela vem visitar a gente aqui, e nós três vamos fazer uma viagem pela Irlanda.

Maria o encarou, boquiaberta.

Fy fan. Como não tinha percebido *aquilo*?

Ela balançou a cabeça, surpresa e encantada, e puxou o diretor para um abraço de parabéns.

— Seu safado dissimulado. Eu não fazia ideia. Mesmo.

Ele abriu um sorriso de orelha a orelha.

— Que bom. Esse era o objetivo.

Do outro lado do salão de jantar, Darrell passava o dedo pelo braço nu de Jeanine enquanto o casal de longa data bebia vinho e conversava com Conor — que, naquele exato momento, foi envolvido pelo abraço de Fionn, que saiu da cozinha e abraçou o marido por trás. Diante da mesa ainda parcialmente posta, a operadora de câmera e a diretora de fotografia estavam sentadas perigosamente perto uma da outra, sussurrando e brincando com os dedos.

Maria fez questão de manter Peter e Delia apenas na visão periférica. Não precisava olhar diretamente para os dois de novo, nem para confirmar a nova teoria que acabara de formular.

— Ramón. — Talvez não fosse a pergunta mais delicada, mas precisava ser feita. — Todo mundo nessa sala está transando, menos eu?

Pego de surpresa, ele soltou uma gargalhada, com a expressão de alegria mais escancarada que ela já vira no rosto dele.

— Agora que você falou... somos um grupo bem íntimo mesmo.

Enquanto Ramón falava, Darrell atraía Jeanine para um canto escuro, provavelmente para fazer alguma coisa que Maria não experimentava há muitos e muitos meses, mesmo que tivesse passado esse tempo cheia de desejo reprimido.

— Nem brinca — murmurou Maria.

— Achei que você e Peter... — Ramón deixou a frase no ar, com a sobrancelha erguida de forma sugestiva.

Ela fez que não com a cabeça, e o diretor a encarou, surpreso.

— Ouvi vocês rindo lá do quarto — disse Nava, surgindo ao lado dele e se aconchegando ao seu corpo, e Ramón colocou o braço nos ombros dela. — O que é tão engraçado, amor?

— Seu timing foi impecável, *mi cielo*, como sempre. — Com o olhar terno, ele acariciou os cabelos curtos e arrepiados de Nava. — Maria e eu estávamos comentando sobre a quantidade de casais que se formaram numa equipe tão pequena. Nós dois, é claro, mas também...

— Peraí. — A voz de Peter soou de repente no ouvido de Maria, e o calor do corpo dele às suas costas quase derreteu sua coluna. — Vocês são um casal? Como é que eu não sabia disso?

— Ao que parece, Ramón e Nava são mestres em manter segredos!

Quando Maria virou o rosto, a boca de Peter estava tão próxima da dela que um simples balanço do corpo seria o bastante para que os dois se beijassem. O que, Maria lembrou a si mesma, seria um tanto constrangedor, já que ele parecia prestes a ficar com Delia.

— Se serve de consolo, eu também não fazia ideia.

A qualquer momento, Peter daria um passo para trás. A... qualquer... momento...

Só que ele não deu. Não se afastou nem um milímetro. E, quando seus olhos encontraram os dela, estavam perversos e ardentes.

Maria sentiu a garganta tão seca que chegava a doer para engolir.

— Cadê a Delia? Vocês vão embora juntos hoje?

— Hum... não. — Peter franziu a testa. — Delia voltou para a pousada faz alguns minutos. Ela não se despediu de você?

Maria balançou a cabeça, e ele se aproximou ainda mais. Chegou tão perto que o abdômen dele roçou as costas dela, fazendo com que Maria arquejasse. Bem baixinho. Esperava que ele não tivesse notado.

— Uma pena que ela tenha ido embora tão cedo. — Se o nariz dela crescesse como o do Pinóquio a cada mentira, já estaria imenso. — Vão se encontrar de novo antes de você pegar o seu voo?

O vinco entre as sobrancelhas dele se aprofundou.

— Não. Por quê?

Nossa, a sensação na barriga dela estava bem melhor. *Incrivelmente* melhor.

— Bem. — Ramón pigarreou alto e esperou até que os dois se voltassem para ele. — Agora que você confirmou o paradeiro da Delia, Nava e eu queríamos agradecer aos dois por fazerem do nosso set um lugar tão acolhedor e solidário ao longo desses anos.

A risadinha cética de Peter soou bem perto do ouvido dela, e a vibração era delicada.

— Quem estava no comando eram vocês. Agradeçam a si mesmos.

Maria se virou para ele de novo, sorrindo.

— Era isso que eu ia dizer.

— E, se nós dois concordamos em alguma coisa, é porque é verdade.

O sorriso afetuoso dele fez a barriga dela se contrair de prazer. O que ainda era melhor do que o enjoo. Muito melhor.

— Exato — concordou Maria, assentindo com firmeza.

Peter pousou a mão quente e calejada no ombro dela, em um gesto silencioso de aprovação… e a deixou ali. Se demorou. Se aconchegou à curva do músculo, o polegar massageando a nuca de Maria com delicadeza.

Aquilo era… diferente. Peter costumava evitar qualquer contato físico com ela fora das câmeras, a não ser por um *high-five* aqui e ali.

Ela é que não ia reclamar da novidade.

Dessa vez, foi Nava quem pigarreou. Duas vezes.

Quando Peter e Maria se viraram para ela, Nava mordeu o lábio por um instante antes de continuar:

— Enfim. Como o Ramón estava dizendo, somos muito gratos a vocês. Teoricamente, a gente estava no comando, mas vocês dois deram o tom. Nem nos nossos melhores sonhos teríamos conseguido atores tão bons quanto vocês, mas, mais importante do que isso, não poderíamos ter desejado colegas de trabalho e amigos melhores.

Merda, Maria sentiria tanta falta daquele grupo da ilha... e lamentaria a ausência deles como se fossem da sua família.

— Ah, Nava. — Maria deu um abraço apertado na amiga. — Fico muito honrada. E, se o Ramón se comportar mal, é só me avisar. Roubei o machado da Cássia do set mais cedo, então consigo providenciar facilmente uma vingança sangrenta.

— Vou sentir sua falta, sua megera assassina — sussurrou Nava no ombro dela, a voz embargada. — Vamos manter contato, por favor.

— Olha quem fala. Eu vi você fugindo com a espada de heroína da Cássia. — Maria balançou a amiga de um lado para o outro. — Se acha que vai se livrar de mim, está muito enganada.

— Ei. Também quero participar — disse Ramón, com a voz um tanto rouca. — Do abraço, não do roubo, só pra deixar claro.

Ele envolveu as duas em um abraço apertado. Peter entrou na roda, e todos acabaram dando uma choradinha. Até Peter, embora tentasse olhar para o teto e piscar várias vezes para conter a emoção.

— O Peter... roubou aquela calça de couro rasgada dele. — O nariz de Maria começava a escorrer, e ela o enxugou na camisa social dele com discrição. — A essa altura, já virou uma tanga. Só posso presumir que ele pretende entrar para um grupo de strippers masculinos.

— O fim de um dedo-duro é sempre trágico, Píppi — disse ele, com um grunhido de dor e a voz abafada pelo pescoço dela, onde tinha enterrado o rosto em algum momento.

Mais uma vez: nada a reclamar.

Nava soltou uma risada.

— Ramón pegou uma pedra da parede original que vocês dois construíram. Tem o formato de um coração, porque ele é todo sentimental, mas finge que não.

— Mentira. Tenho um coração de pedra, duro e frio — protestou Ramón.

— Você é um manteiga derretida — disse Nava, e depois de um último abraço sufocante, ela se afastou e encarou Maria, sorrindo e com lágrimas nos olhos. — Aposto que ele vai fazer uma colagem com os momentos nossos na ilha. Vai criar uma playlist e obrigar todo mundo a ouvir enquanto ele observa a reação por chamada de vídeo. E, quando começar a tocar "Good Riddance (Time of Your Life)", do Green Day, vai chorar abraçado ao travesseiro.

Maria balançou a cabeça.

— Esses velhos…

Depois de dar um beijo estalado na bochecha de Ramón, ela se viu, de alguma forma, mais uma vez nos braços de Peter. Ele a abraçou por trás, um braço envolvendo o colo dela e o outro, a barriga, o corpo colado ao dela.

— Hum… acho que… — Nava olhou para Ramón contendo um sorrisinho, e ele deixou escapar um som esquisito ao rir pelo nariz. — É melhor a gente… ir. Mas, por favor, não se esqueçam de se despedir antes de pegarem a balsa amanhã cedo. Não importa o horário.

Se o membro cada vez mais duro de Peter não estivesse pressionando a parte de cima da bunda dela, Maria provavelmente teria começado a lacrimejar outra vez. No entanto, ao senti-lo excitado daquele jeito, ficava muito difícil se concentrar na tristeza genuína que sentia.

Mesmo assim, ela soprou um beijo para a amiga querida.

— Pode deixar.

Então, Maria e Peter finalmente ficaram sozinhos, e ele pegou na mão dela e a puxou para o corredor, onde os outros convidados não podiam vê-los.

A mão grande dele envolveu a parte de trás da cabeça de Maria bem no momento em que os ombros dela tocaram a parede. Antes que pudesse respirar de novo, Peter já havia encaixado a coxa entre as pernas dela, segurado seu quadril com a outra mão e se inclinado para sussurrar em seu ouvido:

— Já se passaram seis anos. Não aguento mais esperar. — Os lábios dele eram macios, e o hálito, quente. — Maria, se você me quiser, nem que seja um pouquinho, deixa eu te levar pra cama hoje. Por favor.

Ela poderia cavalgar aquela coxa grossa e se esfregar nela até gozar. Não ia demorar, não depois do jeito como ele a encostara na parede, a cercara e a reivindicara como sua com as mãos firmes e precisas. Mas ela precisava pensar antes. Pensar bem.

Sexo. Ele estava pedindo sexo. Não um compromisso. Não um relacionamento romântico.

E, como uma tola, ela estava prestes a aceitar, pois também o queria, e não era pouco. Mesmo que aquilo provavelmente fosse um erro, e com certeza acabasse com o limite que Maria estabelecera havia tanto tempo, aquela barreira firme que separava casos breves de amantes que pudessem lhe oferecer o tipo de futuro que ela queria. Não que nos últimos tempos tivesse se deparado com alguém promissor àquele ponto.

Sexo com Peter não seria breve, e também não teria como ser algo puramente casual para ela, não depois de tantos anos de amizade íntima. A conexão entre os dois já tinha deixado de ser apenas física havia muito tempo. Com exceção da própria família, não havia homem no planeta em quem ela confiasse mais.

Com o corpo, pelo menos. E com a amizade.

Já o coração...

Bem, isso só o tempo diria, não é mesmo?

Talvez Peter fosse capaz de oferecer o que ela queria em um relacionamento. Talvez, não. Talvez nem *quisesse* um relacionamento romântico com ela.

Mas Maria lhe daria a oportunidade de mostrar a ela a partir daquela noite. Daquele momento.

— Maria.

A boca de Peter desceu pelo pescoço dela, deixando-a em brasa, e Maria sentiu o corpo incendiar como palha seca. Deixou a cabeça tombar para trás, se apoiando na parede, nas mãos dele, se perdendo em pensamentos a cada movimento da língua dele.

— Diz que sim. Diz que posso ter você.

Só havia uma resposta possível, mas...

— Ainda preciso arrumar as malas, e a balsa vai sair amanhã cedinho. — Ela estava tão ofegante que era quase constrangedor. — Não vamos ter muito tempo.

A risada repentina dele fez cócegas em sua clavícula.

— Isso não vai ser um problema. Pelo menos não para mim.

— Isso deveria... — Pelos deuses, ela não conseguia pensar com a boca de Peter colada à sua pele. Maria o afastou de leve, só alguns milímetros, e fechou os olhos para conseguir se concentrar. — Isso deveria me convencer a dizer sim? Porque, se for o caso, tenho más notícias para você.

— Maria. Meu bem. — Os olhos dele estavam pesados. A expressão intensa. Determinada. — Você acha mesmo que eu te deixaria insatisfeita?

A mão de Peter escorregou por baixo da barra do vestido dela, deixando um rastro de calor abrasador por onde os dedos subiam devagar por sua coxa, e Maria entreabriu os lábios quando ele apertou levemente sua boceta.

— Vou fazer você gozar mais de dez vezes antes de te penetrar — sussurrou ele, com um tom obsceno. — Depois, você vai gozar no meu pau.

Ela acreditava nele. O que Peter prometia, Peter cumpria. E prazer não seria exceção.

A menos que ele estivesse planejando lhe dar o primeiro orgasmo ali mesmo no corredor, eles precisavam se mover.

— Nossos colegas de trabalho estão logo ali — sussurrou ela, fechando os olhos quando ele pressionou a palma contra seu clitóris e começou a esfregar devagar. — Eu não me importo, mas...

Ele passou os dentes de leve pela curva do ombro de Maria, que arqueou o corpo e se esfregou ainda mais na mão firme e cuidadosa.

— Estou pouco me fodendo pra isso.

Maria não conseguiu conter uma gargalhada.

— Espero sinceramente que você *me f*...

Mas, antes que conseguisse terminar a frase, um grito agudo irrompeu da sala de jantar — seria Jeanine? —, e Peter se sobressaltou de tal forma que bateu com a cabeça no queixo dela.

— *Skit!*

Maria se afastou instintivamente e levou a mão à parte inferior do rosto, checando, com cuidado, se tinha trincado algum dente ou causado qualquer outro dano.

Sentiu só um gosto de sangue na boca, por causa da mordida na língua. Nada sério.

Mas o momento tinha passado. Esperava que não para sempre, mas...

Fy fan!

13

— O quê? O que foi que você disse? — gritou Jeanine outra vez, antes mesmo de os ouvidos de Maria pararem de zumbir depois do primeiro berro.

— Merda... Ai, meu bem, desculpa — disse Peter, segurando o rosto de Maria com carinho, seus olhos percorrendo cada centímetro em busca de um machucado. — Você está bem?

Não muito. Ela ainda estava bem excitada, e seu queixo e sua língua doíam, mas aquilo era o de menos, principalmente em comparação com o que quer que tivesse feito a maquiadora e a cabeleireira deles gritar como uma banshee sendo depilada pela primeira vez.

Maria podia até não saber qual era a sensação, mas já tinha visto *O Virgem de 40 Anos*, então conseguia imaginar.

— Estou bem, agora a Jeanine eu já não sei — respondeu Maria, e se afastou com Peter da parede.

Quando voltaram à sala de jantar para descobrir o que tinha acontecido, Jeanine ainda estava em pé ao lado de Darrell, de olhos arregalados e boquiaberta.

Ela não parava de gritar, com os braços abertos e olhando fixamente para ele.

— Você tem *quarenta e nove anos*, cacete? Como isso é possível? Você nem usa *hidratante*, pelo amor de Deus!

— É... — começou ele, hesitante.

— Você anda sacrificando bodes? Ou tomando banho com sangue de alguma virgem fodida?

— Isso foi meio contraditório — murmurou Peter, a testa franzida, observando o casal.

Maria assentiu.

— E boa sorte tentando encontrar uma virgem por aqui.

Jeanine segurou o suéter de Darrell com força e deu uma sacudida nele.

— Você me deixou achando que tinha vinte e poucos anos *esse tempo todo*?

— Está... brava comigo? — Agora ele parecia ansioso. — Eu nunca disse que tinha vinte e poucos anos, querida, mas me desculpa se...

— Brava? — Jeanine franziu os lábios. — *Brava* não é a palavra certa para definir como estou me sentindo.

Ah, não. Pobre Darrell... Sinceramente, Maria esperava mais de Jeanine do que aquela hipocrisia escancarada.

O assistente de produção grande e musculoso murchava a cada segundo, o corpo encolhido de preocupação e já demonstrando certa tristeza.

— E qual... é a palavra para como você está se sentindo, então?

— Estupefata. Confusa. — Jeanine pousou as mãos no peito dele, o acariciando um pouco. — *Impressionada.*

Ao que parecia, agora era a vez de Darrell imitar um bacalhau espantado.

Em seguida, Jeanine se ajoelhou, e todo mundo na sala soltou um arquejo coletivo.

— Darrell Watkins, você é o único homem que me venceu no meu próprio jogo. — Ela segurou as mãos dele. — Eu te amava quando achava que você estava na casa dos vinte anos e te amo ainda mais agora que sei que é um velhote.

Graças aos deuses, eles não iam precisar assistir a Darrell ter seu coração partido em público. Na verdade, um sorriso lento e radiante começava a crescer naquele rosto inexplicavelmente jovial.

— Você continua sendo mais velha do que eu, Neens — disse ele, carinhoso. — Se eu sou um velhote, você já está com um pé na cova e o outro numa casca de banana.

Ela revirou os olhos.

— Cala a boca, vovô. Estou tentando te pedir em casamento.

Mais arquejos. À mesa, Ramón pegou um guardanapo para enxugar as lágrimas enquanto Nava dava tapinhas nas costas dele e lançava um olhar satisfeito na direção de Maria. *Eu te disse*, os lábios dela articularam, sem emitir som. *O homem é um manteiga derretida.*

Eu acreditei em você, respondeu Maria do mesmo jeito.

Darrell sorria para Jeanine, com os olhos marejados.

— Perdão pela interrupção, minha bela guardiã das catacumbas. Por favor, prossiga.

— Quer se casar comigo? — perguntou Jeanine. — Pense que esse lance à la Paul Rudd que está acontecendo com você talvez não dure para sempre, e eu sou um excelente partido em qualquer idade.

Ele não hesitou. Nem por um instante.

— Sim. *Sim.* — Darrell também se ajoelhou, puxou Jeanine para um abraço e deu um beijo muito apaixonado na futura esposa. Quando se afastou depois de um bom tempo, acrescentou, ofegante: — Eu te amo tanto, meu bem.

Mais beijos com muita língua se seguiram, acompanhados de aplausos entusiasmados e alguns assobios da turma reunida. Depois começaram os brindes com champanhe para o casal feliz e uma fila para lhes desejar felicidades, e todo mundo que estava à frente de Peter e Maria ficou particularmente falante.

Tudo lindo, é claro, e Maria jamais teria desejado perder um momento especial como aquele, mas, quando enfim estava pronta para ir embora da festa outra vez, seu celular indicou que ela tinha menos de cinco horas para fazer as malas e tirar um cochilo antes de ir para o aeroporto.

Porra.

Ou melhor: nada de porra para ela.

— Peter… — Do lado de fora da suíte, ela se virou para ele, sorrindo com pesar. — Sinto muito mesmo, mas…

— Já está tarde. Eu sei. — Ele passou a mão pelos cabelos, os lábios franzidos com força. — Meu voo para Los Angeles é mais para o fim do dia, mas você vai embora logo de manhã e precisa de tempo para arrumar tudo.

— Pois é. — Maria estendeu o braço e tocou o rosto dele com a ponta do dedo para tentar suavizar o vinco profundo entre as sobrancelhas. — Gostaria de não precisar.

O vinco não se desfez.

— Tudo bem.

Peter pegou o dedo dela e deu um beijo na ponta sensível, e apesar da frustração óbvia, que deixava a voz dele mais rouca, o gesto não poderia ter sido mais delicado. Depois, ele puxou Maria para um abraço, envolvendo-a em um misto de calor, cheiro de cedro e conforto. Uma das mãos largas fazia movimentos lentos nas costas dela, enquanto a outra acariciava seu cabelo com ternura.

Aquilo tudo era uma bobagem. Ela provavelmente o veria em breve em Los Angeles, a não ser que decidisse ficar de vez na Suécia quando fosse para casa. E com certeza eles teriam outra chance de se encontrar na próxima turnê de entrevistas ou convenção, não importava onde ela escolhesse morar.

Ainda assim, seus olhos se encheram de lágrimas bobas, e Maria enterrou o rosto no pescoço dele e apertou suas costas com força, incapaz de invocar a leveza de sempre.

Quando o celular de Peter apitou, ele o ignorou, mas na segunda vez deu um suspiro, tirou a mão das costas dela e sacou o aparelho do bolso. Ele olhou para a tela por um milésimo de segundo, e logo resmungou e guardou o celular.

A expressão no rosto dele... Maria não conseguiu decifrar o misto de sentimentos ali.

Ela sabia que estaria se intrometendo se perguntasse, mas não estava nem aí.

— Quem era? — Maria pousou a mão no ombro dele e encostou o rosto ali. — Seu agente?

Ele demorou a responder, mas ela estava disposta a esperar.

— Meu pai — disse Peter por fim.

Ah. Fazia sentido, embora Maria nunca tivesse imaginado que os dois fossem próximos. Em parte, porque Peter nunca falava do pai. Nunca.

Ela arriscou um palpite.

— Ele quer saber que horas é o seu voo amanhã?

— Não. Ele não sabe nada da minha agenda de gravações. — Outra longa pausa. — Às vezes ele manda fotos da corrida mais recente para todo mundo do grupo de corrida dele. Não sei por que estou nesse grupo, mas estou, então acabo recebendo também. Pelo visto, ele correu uma meia maratona hoje.

Até onde Maria sabia, só havia uma maneira de curar um ataque agudo de curiosidade: descobrir absolutamente tudo que conseguisse.

— Posso ver?

Sem dizer mais nada, Peter pegou o celular, tocou algumas vezes na tela e o estendeu para ela. Com o braço ainda em volta da cintura dele, Maria se demorou um instante examinando as duas fotos que ele tinha recebido.

Na primeira, um grupinho de homens mais velhos sorria, todos vestindo camisetas impecáveis com o mesmo logotipo. Deviam ser os integrantes do grupo de corrida, registrando o momento antes da prova. A segunda foto era individual, tirada quando um homem suado e corado, entre sessenta e setenta e poucos anos, cruzava a linha de chegada.

Ela voltou à foto anterior e procurou o mesmo homem. Aquele era, ao que tudo indicava, o pai de Peter, embora parecesse improvável à primeira vista.

Magro e musculoso, como a maioria dos atletas de resistência, ele não parecia ser muito alto. Na verdade, era o mais baixo do grupo. Ao lado do pai, Peter devia parecer um gigante: mais alto, mais largo, mais imponente. Com feições mais delicadas.

Maior do que a vida. Mais forte do que tudo.

Ao que parecia, Peter também herdara as cores da mãe, pois Daniel era uma aquarela ao lado do filho, que estava mais para óleo sobre tela. Seu cabelo, bem escorrido e loiro-areia nas partes em que não estava grisalho, tinha um corte reto na altura do queixo e ao redor das orelhas, em vez das ondas desordenadas cor de café até os ombros do filho. Seus olhos azul-claros fitavam a câmera com uma simpatia indefinida, e não eram do mesmo brilho feroz e concentrado que os de Peter, que tinham íris quase pretas e exalavam cautela.

O tempo generoso que passavam ao ar livre tinha dado um belo bronzeado a ambos. Fora isso, não havia muito mais em comum entre os dois, pelo menos não à primeira vista.

Uma exploração mais profunda das semelhanças e diferenças entre pai e filho teria que ficar para outro dia, quando Maria tivesse tempo para se dedicar à tarefa, pois o passado de Peter parecia ser um assunto delicado para ele.

O mesmo também poderia ser dito sobre ela, na verdade. Tirando os pais e os irmãos, Maria conseguia contar nos dedos de uma das mãos as pessoas que conheciam a história completa de sua infância.

Um dia, talvez, os dois se abririam mais. Mas não naquele momento.

— Tem certeza de que vocês não são gêmeos? — Ela devolveu o celular e deu um tapinha no peito dele. — São muito parecidos.

A tensão crescente no corpo de Peter se dissolveu em um instante, e ele riu, guardando o celular outra vez.

— Se eu ganhasse um dólar cada vez que escuto isso...

— Você teria apenas um dólar? — brincou Maria, e voltou a passar os braços ao redor dele e se aninhou bem junto ao seu corpo.

— Exato. — Ela sentiu alguma coisa macia roçar o topo de sua cabeça, e Peter falou contra os cabelos dela: — Maria, tenho um teste daqui a dois dias, mas depois disso, se você quiser...

Como ele deixou a frase no ar, Maria esperou alguns segundos antes de lhe dar um empurrãozinho verbal.

— Se eu quiser... o quê?

O corpo de Peter se enrijeceu sutilmente junto ao dela.

— Eu poderia visitar você e sua família na Suécia. Se você quiser. Se não quiser, tudo bem também.

Maria sentiu o coração dar um pulinho de felicidade.

Pelo que ela sabia da vida, ninguém se oferecia por livre e espontânea vontade para gastar dinheiro em uma passagem transatlântica apenas para ter uma ou duas noites de sexo casual. E, mesmo que isso acontecesse, com certeza essa pessoa não se ofereceria por livre e espontânea vontade para conhecer a família de um casinho passageiro.

A oferta não era tudo de que ela precisava, mas era um começo.

— Claro que eu quero, seu *knäppgök*. — A ardência das lágrimas iminentes tinha passado completamente, e ela levantou a cabeça do ombro dele com um sorriso. — O quarto de hóspedes é pequeno, mas é todo seu, se quiser. Qualquer coisa, tem um hotel ótimo não muito longe da nossa casa, se preferir mais privac...

Os celulares dos dois apitaram exatamente ao mesmo tempo.

— De novo? — disse Peter, soltando um grunhido.

— Se serve de consolo, duvido que seja seu pai dessa vez. — Ela fez uma pausa. — A não ser que ele tenha hackeado seu celular e conseguido meu número também. Nesse caso, eu topo receber mais atualizações do grupo de corrida dele.

— Uma criança tem mais chance de hackear meu celular do que meu pai — disse ele, irônico.

Sem mais delongas, os dois tiraram os aparelhos do bolso e olharam as telas.

— Ron e R. J. — Peter soltou outro grunhido. — Mas que inferno, o que é agora?

Ela nem queria olhar. Já não tinha sofrido o bastante?

— Juro, Peter, se for mais uma crítica ao meu corpo e ao quanto ele atrai ou não homens mais jovens para a audiência, vou me sentar ao lado deles em cada maldito painel e cerimônia de premiação, usar um vestido de alcinha e deixar os braços erguidos o tempo todo, só de pirraça.

Depois de ler a mensagem por alguns segundos, Peter desfez a cara feia.

— Calma, Píppi. Ainda não está na hora de consultar *A arte da guerra do sovaco*.

Ah, agora ela estava curiosa de novo. Curiosa o bastante para ameaçá-lo com um pote de arenque em conserva por alguns segundos antes de ler a mensagem também.

— Eles... — Ela passou os olhos pela mensagem, e então voltou ao início. — Querem que a gente faça uma maratona de entrevistas de última hora juntos? Começando em Los Angeles, com mais paradas a definir?

— Pelo visto, sim. — Peter deu de ombros com um ar displicente, mas o sorriso em seu rosto barbado desmentia qualquer tentativa de fingir indiferença. — Em tese, porque somos os únicos atores principais do elenco que já terminaram as gravações, mas isso não explica a necessidade urgente de uma boa divulgação, né?

— Hummm. — Maria tamborilou com os dedos no queixo, ostentando um ar pensativo e tentando conter um sorriso. — É tudo muito misterioso, Peter.

— Com certeza não tem nada a ver com aqueles roteiros que vazaram.

— Aqueles roteiros horríveis que vazaram — corrigiu ela, com primor.

— Aqueles roteiros horríveis que vazaram *genuinamente* — rebateu ele.

Ela reconheceu o argumento com o dedo em riste.

— E essa nossa súbita maratona de entrevistas não tem nenhuma relação com o fato de que eles já estão apanhando na internet dos fãs antes mesmo de terminarem a filmagem da última temporada.

— Eles com certeza não mandariam dois dos atores mais populares para combater os boatos maldosos da internet. — Peter lançou um sorrisinho travesso para ela. — Ainda mais considerando que os dois nunca reconheceram a popularidade de um desses atores, porque são uns bostinhas mesquinhos.

Ela quase se engasgou.

— Peter! Quantas taças de vinho você tomou hoje?

Em todos os anos que passaram juntos, ele nunca bebera uma gota de álcool. Por outro lado, nunca tinha criticado os *showrunners* de forma tão escancarada. Nem uma vez sequer.

— Nenhuma. — Ele ergueu as sobrancelhas. — Estou bêbado de poder. De poder e de liberdade.

Ah. Agora ela entendia.

— Eles precisam de você. Mais do que você precisa deles. Pelo menos por enquanto.

— Isso faz parte da equação. — Peter inclinou a cabeça, sério. — Mas não é só isso.

— E o que mais?

Os nós dos dedos dele acariciaram de leve a curva do rosto de Maria, deixando um rastro quente por onde passavam.

— Finalmente estou livre para ficar com você, Maria. Depois de seis anos.

Eles não estavam se tocando em nenhum outro lugar do corpo, mas não importava. Nossa... aquelas mãos fortes e cuidadosas eram capazes de convencê-la a cometer qualquer loucura. Parte dela já tinha se dado conta disso na primeira noite em que passaram juntos.

Não era de espantar que tivesse fugido.

Mas, se agora pretendia deixar que Peter a alcançasse, se queria que ele a enxergasse de verdade, se estava disposta a correr o risco de fazer papel de boba e partir o próprio coração... sim. Ele definitivamente precisava ir à Suécia conhecer a família dela, e já passava da hora de ela conhecer melhor a dele também.

Na verdade, ela teve uma ideia brilhante de como fazer isso acontecer.

Quando deu um passinho para trás, viu Peter franzir o cenho. Ela ergueu o dedo em um pedido silencioso de paciência, então se curvou sobre o celular, digitou uma resposta para Ron e R. J. e enviou.

O telefone de Peter vibrou na mesma hora.

— O que foi que você...? — Ele parou, a testa ainda franzida. — Ah.

Ela abriu um sorriso largo.

— Eu sou bem esperta, né?

— É, sim. — Outra pausa, mais longa dessa vez. Com os olhos ainda cravados na tela do celular, Peter continuou: — Maria, não acho que Ron e R. J. vão pagar pra gente visitar a cidade natal um do outro como parte dessa maratona de entrevistas, mesmo que a gente grave um material complementar enquanto estiver lá. E, embora eu adore a ideia de conhecer a Suécia, não sei se uma viagem para o Wisconsin...

Pela segunda vez em dez minutos, os dois celulares vibraram.

Peter deixou escapar um suspiro e desistiu do que quer que tivesse planejado dizer.

A nova mensagem dos *showrunners* era curta. Ron e R. J. pareciam querer resolver o assunto rápido e estavam tão desesperados por uma publicidade boa que se dispuseram a aceitar a sugestão de Maria. Mais ou menos.

— Então quer dizer que vamos pra Suécia e pro Wisconsin depois da nossa passagem por Los Angeles — anunciou Maria, e dava para ouvir o tom de satisfação levemente presunçosa em cada palavra. — Para filmar um material extra e dar mais entrevistas.

A expressão dele foi se suavizando aos poucos.

— Algo que ambos alegam ter sido a intenção deles desde o começo, embora só tenham mencionado Los Angeles na mensagem anterior.

— Pura coincidência, com certeza — disse ela.

Peter deu uma risadinha, então ficou só... olhando para ela.

O momento se esticou como um elástico, tenso e a ponto de se romper.

— Mais cedo, eu não tinha certeza de quando veria você de novo, e agora estão pedindo, *ordenando*, na verdade, que a gente passe pelo menos duas semanas juntos. Dia e noite. — Ele se aproximou mais e a imprensou contra a porta da suíte. Usando a ponta do polegar, traçou o contorno do lábio inferior dela, e então a curva suave do maxilar. — Em Los Angeles, vamos dividir o mesmo quarto de hotel. Você viu isso?

A pergunta pareceu retórica, o que era bom, pois Maria não conseguia encontrar palavras. Nem no idioma dele, nem no dela. Não com aqueles olhos escuros consumindo-a, intensos e cheios de desejo, e com as mãos dele deslizando por sua pele com tanta leveza e firmeza ao mesmo tempo que a faziam pegar fogo por dentro.

— Passei anos sonhando com isso — confessou ele, acariciando o lóbulo da orelha dela com a ponta do dedo, e Maria precisou se apoiar na porta para não desmoronar. — Espero que esteja pronta.

Aquilo soava como um desafio.

E, como sempre, ela faria seu melhor para vencer.

— O que você quer, Peter? — perguntou Maria, e o examinou lentamente dos pés à cabeça, deixando o olhar se demorar entre as pernas dele até ver seu membro se enrijecer sob a calça jeans, pressionando com força o tecido. — Me conta. Em detalhes.

Peter esperou que os olhos de Maria voltassem a encontrar os dele, então enrolou lentamente os cabelos dela na mão. Com um leve puxão, uma onda de calor percorreu o corpo de Maria, descendo até seu ponto mais sensível entre as pernas, já trêmulas.

— Quero minhas mãos em você. Meu nome na sua boca, minha língua no seu clitóris. Meu pau enterrado fundo na sua boceta quando você gozar tão gostoso que vai lacrimejar. — Os lábios dele se curvaram, e não era um sorriso gentil. Era o sorriso duro de um viking. Um conquistador pronto para saquear. — Quero tudo de você. Não faz ideia de quanto.

Ao longo dos anos, Maria já tinha desconfiado que Peter ainda a desejava na cama. Principalmente porque aquela única noite juntos ainda assombrava suas lembranças, seus sonhos, suas fantasias — há tanto, tanto tempo —, e ela supunha que devia acontecer o mesmo com ele.

Sexo tão bom assim merece um repeteco. Nem que seja mentalmente.

Mas a intensidade do desejo dele ainda a surpreendia.

E Peter tinha razão: ela não fazia ideia. Nunca teria concebido a possibilidade de que ele — ou qualquer outro homem — a quisesse tanto e ainda assim se controlasse por tanto tempo. A força de vontade dele era... admirável.

Fy fan, só de pensar nisso ela já apertou as coxas uma contra a outra.

— Vai me deixar te mostrar, Maria? — disse Peter, e continuou encarando-a enquanto puxava com mais firmeza o cabelo dela, fazendo-a gemer. De prazer, não de dor, porque ele era cuidadoso. Muito, *muito* cuidadoso. — Quando você voltar para Los Angeles, para mim, vai me deixar tocar em você quando eu quiser, do jeito que eu quiser?

Responder exigiu toda a concentração que ainda lhe restava, mas Maria se recusava a ceder tanto terreno em um campo de batalha tão importante.

Com uma leve pressão da ponta dos dedos, ela percorreu o comprimento da ereção de Peter sob a calça, e ele permaneceu imóvel. Quando finalmente conseguiu puxar ar para os pulmões sedentos por oxigênio, o som da respiração trêmula e aguda soou doloroso.

Peter exalava um cheiro delicioso, uma mistura de madeira e suor. Maria sabia que, se lambesse o pescoço dele, o sal faria sua língua mordida arder.

Quando chegassem àquela suíte de hotel em Los Angeles, ela pretendia devorá-lo.

— Da próxima vez que eu te vir, você vai poder me tocar do jeito que quiser, quando quiser. Quanto quiser. — Ela abriu um sorriso devagar. — Mas só se eu puder fazer o mesmo.

A mão dele ainda segurava o rabo de cavalo dela com extremo cuidado, mas a outra agarrava o batente da porta, e os nós dos dedos estavam pálidos de tanta força que faziam, a ponto de Maria se perguntar se ele não ia acabar fissurando a madeira.

O cabelo dela podia estar enrolado na mão dele, ele podia estar acima dela, o rosto tenso de desejo, mas era ela quem o tinha exatamente onde queria: com o maxilar tensionado, o rosto ruborizado de luxúria e a pulsação disparada na base do pescoço.

Consumido de desejo. Por ela.

Infelizmente, Maria não tinha tempo de supervisionar uma reforma no hotel provocada por tanta tensão sexual mal resolvida sendo liberada de uma vez só, por isso aquele delicioso embate precisava chegar ao fim.

— Dito isso — acrescentou ela —, se você me fizer cócegas, vou enfiar alcaçuz salgado na sua boca até você vomitar. Não me teste, *skitstövel*. Todos aqueles invernos longos e escuros da Suécia me tornaram fria e implacável.

A tensão se quebrou de repente, como Maria tinha planejado.

Peter soltou o cabelo dela e a envolveu em um abraço, deixando escapar uma risada rouca.

— Achei que os suecos fossem obcecados com... Como é mesmo a palavra? *Hygge*?

— Isso é mais a praia dos dinamarqueses e noruegueses. — Ela ergueu a sobrancelha. — Mas, caso queira experimentar um pouco do conforto escandinavo, posso providenciar.

— Como?

— Depois que você vomitar, eu te enrolo num cobertor. — O tom dela era pura ironia. — Aposto que vai ser bem aconchegante.

Peter afundou o queixo no ombro dela, rindo de novo, e a abraçou mais apertado.

— Você é ruim como o diabo, e vai voltar para Los Angeles em duas semanas. Me recuso a sentir sua falta, Ivarsson.

Maria deixou as mãos deslizarem pelas costas de Peter até se deterem naquela bunda linda. Ela sentiu o membro dele se sacudir com um espasmo contra seu ventre.

— Eu também não vou sentir loucamente sua falta.

Ela precisava soltar Peter e aquela ereção. A qualquer momento. Embora, para ser justa, ele também não parecesse querer se afastar. E Maria tinha a nítida sensação de que, depois que se despedisse de vez, não teria mais vontade de rir.

— Acho que a gente deveria selar nosso pacto de não sentir saudade com um beijo. — Ele ergueu a cabeça e coçou a barba, pensativo. — É assim que os suecos fazem, não é?

— Nosso cotidiano gira em torno do sistema métrico, sungas e beijos como forma de afirmar que não vamos sentir saudade uns dos outros. — Com um ar altivo, ela completou: — Beijos *de língua*, como os franceses, obviamente.

Ele quase conseguiu conter o riso.

— Porque vocês são europeus.

— Porque somos europeus.

— Nesse caso — disse ele, os olhos cintilando com intensidade novamente —, me considere o mais novo membro da União Europeia.

Então, a boca dele encontrou a dela, e Maria perdeu a noção do tempo. Na verdade, perdeu a noção de tudo, menos de Peter. No fim das contas, ela se atrasou tanto que ele precisou ajudá-la a arrumar as malas, e conseguiu embarcar na balsa no último segundo. Não houve nem tempo para um abraço de despedida no cais.

Mas, enquanto conseguiu ver o horizonte, lá estava ele. Imóvel. Paciente de um jeito que só agora ela começava a entender. Atento.

Esperando.

Classificação: Explícito
Fandoms: Deuses dos portões — E. Wade, Deuses dos Portões (TV)
Relacionamentos: Cássia/Cipriano
Tags adicionais: Universo Alternativo — Moderno, Conteúdo sexual explícito, *Fluff* e *Hot*, Sim, estou comparando fanboys metidos a mortos-vivos malignos do Tártaro e não me arrependo, dito isso, o que eu sei sobre apps, startups ou games? nadinha, sem pesquisa, só na base da intuição, o slow burn TERMINA AQUI E AGORA
Palavras: 12.733 Capítulos: 1/1 Comentários: 101 Curtidas: 513 Favoritos: 75

Andar 39
CupidoSoltinho

Resumo:

Quando Cássia se torna a mais nova estagiária na startup Deus dos Jogos Celestes, ela acha que vai buscar café para Júpiter, programar uns códigos ou talvez criar algumas planilhas. Não esperava ficar encarregada de defender o novo projeto da empresa contra fanboys furiosos. Nem ser isolada no andar 39 com seu colega irritante, o outro estagiário, Cipriano. E com certeza não esperava transar com Cipriano em cima de uma pilha de porta-copos com o logo da empresa, mas é obrigada a admitir: aquilo é bem melhor do que preencher planilhas.

Observações:

Não se preocupem. Nenhum brinde de startup falida foi ferido na produção dessa fic.

Às oito em ponto, meu namorado Erik e eu chegamos à sede da Deus dos Jogos Celestes, ansiosos para receber nossas primeiras tarefas como os mais novos estagiários da empresa. Em poucos minutos, no entanto, fica claro que houve um engano, e Júpiter — o chefão em pessoa, que, sinceramente, parece um grande babaca — só quer um de nós. Não os dois.

Ele se vira para o cara corpulento e barbudo que está trabalhando no computador no canto. Aquele que não disse uma palavra até agora, embora eu possa jurar que senti seus olhos escuros cravados em mim pelo menos uma vez.

— Qual dos dois, estagiário insignificante? — pergunta Júpiter, com um sorriso presunçoso. — Qual deles você vai salvar?

Ao que parece, o Barbudo Corpulento também é estagiário, mas por algum motivo é ele quem vai decidir qual de nós terá um futuro profissional ali. Meu palpite é que Júpiter quer mexer com a mente do cara e forçá-lo a magoar alguém, porque o CEO parece exatamente esse tipo de pessoa.

— Ela — responde o Barbudo Corpulento decreta, sem emoção, antes de voltar sua atenção ao monitor.

Mas quem recebeu outra proposta de estágio em uma empresa concorrente fui eu, não Erik. Ele é quem deveria ficar, não eu.

— Mas... — começo a dizer.

— Ela — repete ele, sem me deixar terminar ou sequer levantar os olhos, porque pelo visto o estagiário também é um babaca.

E é isso. Erik é escoltado para fora logo em seguida, com o rosto vermelho e me fuzilando com o olhar, mesmo que eu não tenha tido absolutamente nada a ver com a decisão. Ótimo.

Aí vem a próxima bomba.

— Cipriano, você e... — diz Júpiter, olhando para sua assistente administrativa exausta, que articula para ele com os lábios: "Cassie." Meu nome não é exatamente esse, deixo passar. — Lassie vão monitorar as reações on-line ao nosso novo projeto, *A Ilha*. Vocês dois estarão no front contra os fãs que estão irritados porque o herói preferido deles no filme virou mulher no nosso jogo.

Ele faz uma pausa, com uma expressão de sofrimento.

— Não culpo os fãs, mas foi a única forma de Juno me perdoar.

O que a diretora financeira da empresa tem a ver com isso? Ela é aquela mulher que parece estar tentando colocar fogo em Júpiter só com o poder da mente?

— Enfim — continua Júpiter. — Vocês estão designados para o Andar 39.

Ouço diversos arquejos pelo escritório, e cochichos. Só consigo entender algumas palavras: *sede da startup fracassada. Abandonado. Andar fantasma.*

— Eles não vão sobreviver — murmura o homem de bigode hipster.

A voz de Júpiter ressoa com arrogância autoritária:

— Vocês vão trabalhar lá. Comer lá. Dormir lá. Até termos certeza de que o jogo está seguro, não sairão daquele andar. Começando... agora.

Ele faz um gesto impetuoso em direção à porta.

A ordem é draconiana e definitivamente contrária às normas de segurança no trabalho, mas... o setor de videogames é uma indústria implacável, dominada por homens. Se eu me demitir agora, a notícia vai se espalhar e ninguém mais vai querer me contratar.

Fraca, vão dizer. *Não aguentou o tranco.*

Então, pego a minha bolsa, recebo um notebook das mãos da assistente administrativa e sigo em direção à porta, acompanhada em silêncio por um Cipriano carrancudo, carregando o próprio computador.

Somos levados de elevador até o Andar 39, onde um conjunto de portas de vidro fumê nos aguarda, levando a escritórios escuros. Há um papel amarelado colado no vidro, as bordas enroladas, com os seguintes dizeres que não compreendo: *Hora do Elefante!*

As portas são destrancadas para nós com uma chave enferrujada. Mais além, há apenas escuridão. Mesas e baias abandonadas. Portas pouco visíveis que se perdem nas sombras.

Aquilo ali no canto é uma... máquina de algodão-doce? Acho que logo vamos descobrir.

Assim que entramos, as portas de vidro se fecham, e ouvimos a fechadura girar.

— Então… — Acendo as luzes e me viro para o Barbudo Corpulento. — Meu nome é Cássia. O seu é Cipriano?

Ele apenas resmunga e se afasta, porque é claro que é isso que eu mereço.

Nossa, que babaca.

14

A repórter se inclinou para a frente na poltrona, com um sorriso travesso no rosto.

— Como todos os seus fãs sabem, vocês dois são grandes amigos fora das telas, além de colegas de elenco. Eles postam compilações de entrevistas de vocês no YouTube e criam gifs no Twitter com momentos carinhosos entre vocês. Não só na série, mas na vida real também. Vocês até ganharam um nome de casal: Marter, uma junção de Maria com Peter.

Ah, a introdução de uma das muitas perguntas inevitáveis de coletivas de imprensa. Peter conhecia esse preâmbulo muito bem.

A qualquer momento, a repórter deixaria de rodeios e perguntaria de forma direta: *Vocês já namoraram?*

Era uma pergunta clássica das entrevistas, entre algumas outras: o que mais admiravam um no outro? Gostariam de voltar a trabalhar juntos? Como foi filmar por tanto tempo em um lugar tão isolado? Pretendem retornar à ilha em algum momento? Quais os momentos favoritos deles como Cássia e Cipriano?

Àquela altura, Maria e Peter já tinham respostas prontas para quase todas as perguntas possíveis. A parte difícil era fazer aquelas respostas parecerem espontâneas e inéditas toda vez, e não engessadas e batidas.

Maria, óbvio, era melhor naquilo do que ele. Mas Peter havia melhorado com o tempo. E os dois se tornaram especialistas na fina arte de se entreter mutuamente durante as entrevistas, com provocações incessantes e brigas encenadas.

Os repórteres podiam até não obter todas as respostas, mas saíam com bons cortes e tiradas. Sem falar no enorme número de acessos às redes sociais deles, pois o público *amava* as entrevistas conjuntas de Peter e Maria.

Peter também gostava bastante delas, embora jamais admitisse. Assim como jamais admitiria que às vezes havia assistido àquelas entrevistas no YouTube durante as pausas mais longas nas gravações, quando ficavam tanto tempo afastados que ele literalmente sentia uma dor física de saudade do rosto de Maria e da voz dela.

Maria o encarou e ergueu a sobrancelha, se perguntando se ele queria responder à pergunta sobre namoro. Peter inclinou de leve a cabeça na direção dela em resposta, e ela voltou a atenção para a entrevistadora. Com a expressão tranquila, Maria deu um gole na garrafinha de água e remexeu o quadril em uma tentativa inútil de encontrar uma posição mais confortável no sofá duro do hotel. Ela ainda estava com o corpo travado depois da longa viagem de avião.

A cada rebolada daquelas — e ela já havia feito aquilo muitas, *muitas* vezes —, sua coxa macia e quente roçava na dele. Sua coxa macia, quente e quase toda despida, já que Maria escolhera usar um vestido curtinho e solto naquele dia, o que ele só podia presumir ser uma tentativa deliberada de destruir o pouco de sanidade que lhe restava.

Ela havia colocado o vestido depois de invadir a suíte do hotel, correr para o chuveiro mais cedo naquela mesma manhã e gritar do banheiro sobre o voo atrasado e o trânsito caótico. A maquiadora e o restante da equipe chegaram enquanto ela ainda estava se secando, então não houve nem tempo para um beijo antes da chegada da primeira repórter, que dirá para transar.

A previsão de chegada do voo de Maria na noite anterior era tarde, e Peter tinha feito planos. Planos muito detalhados, em que os dois estavam muito nus. Planos que, claramente, não tinham se concretizado. Por isso ele já chegara ali fervendo de frustração e tesão reprimido, e aí…

Pelo amor de Deus.

Rebola. Rebola. Rebolarebolarebola.

O vestido de Maria foi subindo aos poucos, revelando uma extensão cada vez maior da pele clara e cheia de dobrinhas, e Peter sentiu vontade de arrancar os próprios cabelos.

Cacete, ela precisava *parar de se remexer daquele jeito.*

Com toda aquela inquietação de Maria, agora era ele quem não conseguia encontrar uma posição minimamente confortável no sofá minúsculo. Ficaria muito óbvio se ele puxasse uma almofada para cobrir o colo?

Sim. Provavelmente.

Ainda bem que a câmera estava posicionada para filmá-los apenas da cintura para cima, porque os dois estavam formando uma dupla e tanto. Àquela altura, o cinegrafista provavelmente conseguia ver cada detalhe da calcinha de Maria, e Peter podia muito bem ser o garoto-propaganda de uma coleção especial de cuecas para realçar "volume". Ele controlou o ímpeto de franzir o cenho, se ajeitou no assento, juntou as mãos no colo em uma posição estratégica e torceu para que a braguilha da calça fosse resistente.

Um segundo depois, Peter viu o canto da boca larga e coberta de gloss de Maria tremer, e então ele entendeu.

Ela estava fazendo de propósito.

Aquela monstrinha sueca, linda, maravilhosa e diabólica.

— E isso me leva à próxima pergunta, que todos os nossos telespectadores estão doidos para saber — disse a repórter, alternando o olhar entre ele e Maria. — Vocês dois já namoraram?

Não era culpa da repórter, na verdade. Os telespectadores dela provavelmente *queriam* saber. Assim como os leitores e espectadores de todos os outros veículos que cobriam *Deuses dos Portões*. Peter e Maria tinham que responder à mesma pergunta a cada dez ou quinze minutos por hora, e era provável que o restante do dia continuaria sendo assim.

Na verdade, para ser mais exato, eles estavam respondendo àquela pergunta *havia anos*. A resposta nunca mudava e, pelo menos por enquanto, era totalmente verdadeira.

Eles já tinham transado, sim, mas nunca namorado.

— Nunca namoramos — respondeu Maria, com um sorriso fácil e radiante. — Mas, como você disse, somos grandes amigos há muito tempo. Gosto demais do Peter.

Como ele sabia depois de muita experiência, *aquela* era a parte da entrevista que os fãs iriam dissecar com mais entusiasmo. Postariam capturas de tela do rosto dela e do dele, alegando que haviam detectado uma microexpressão reveladora em reação à pergunta. Apontariam o exato momento do vídeo em que um dos integrantes do casal favorito deixou escapar os verdadeiros sentimentos pelo outro e criariam gifs comemorativos. Depois, escreveriam fanfics muito criativas e *extremamente* pornográficas sobre o que Maria e ele teriam feito logo depois do fim da entrevista.

Ou seja: devorado um ao outro.

— Se bem que... — acrescentou Maria, tocando o queixo de leve com a ponta do dedo. — Será que é possível ser amiga de verdade de alguém que você basicamente carregou nas costas durante cinco temporadas inteiras de uma série de sucesso? Às vezes eu me pergunto isso.

Víbora.

— Imagino que queira dizer *fisicamente*, porque no que se refere à atuação... — provocou Peter, e apontou para Maria com o polegar, fez uma careta para a entrevistadora e movimentou a boca, formando a palavra *tadinha*.

Ah, ela ia pagar por aquela provocação ao considerável talento dramático dele. Mais cedo ou mais tarde.

A repórter riu.

— Você já visitou Maria na Suécia, Peter? Quem sabe assistiu a alguma das peças de teatro dela, durante a entressafra das gravações?

— Nunca, infelizmente.

Ao se recostar nas almofadas do sofá capitonê, Peter cutucou as costelas de Maria, exatamente no ponto que já sabia ser o mais sensível. Ela soltou um gritinho e se afastou de repente, e ele fingiu não ter percebido.

— Mas em breve vamos para lá dar algumas entrevistas e gravar conteúdos extras da temporada final.

Dali a exatos dois dias, na verdade. Ele gostaria de dizer que não estava nervoso com a perspectiva de conhecer a família dela, mas isso seria uma mentira das grandes.

— Maria já me falou muito sobre a terra natal dela, claro — disse ele, coçando a barba com um ar pensativo. — Estou ansioso pelo meu pisoteamento cerimonial por um alce vingativo. Maria diz que é assim que eles costumam recepcionar convidados de honra. E, se não me engano, vamos encerrar a visita usando várias peças de compensado para montar móveis levemente tortos usando apenas uma chave Allen, enquanto cantamos a coletânea *ABBA Gold* do início ao fim.

— É a lei — disse Maria, com um aceno solene. — Se não montar uma estante da IKEA, nada de passagem de volta. Só permitem exceções se duas testemunhas confirmarem que você cantou "Fernando" a plenos pulmões, bêbado de aquavit.

— E eu não bebo, então... — Ele abriu as mãos e soltou um suspiro dramático. — Desejem-me sorte montando meu Löpblåsvädersson. Tenho quase certeza de que a Píppi Loira aqui não vai ajudar muito.

— Cala a boca, *skitstövel*. — Quando Maria beliscou o braço dele, Peter a encarou com uma expressão de choque e indignação. — Peter inventou essa palavra, Tonya. Por favor, ignore.

A repórter deu uma risadinha.

— Eu até traduziria o termo que ela acabou de usar, mas prefiro não ser censurada. Se estiverem curiosos, uma busca rápida no Google resolve, já que todo fã de verdade do casal Marter conhece o apelido carinhoso de Maria para Peter.

— Não é um apelido carinhoso — contestou Maria, com um brilho travesso nos olhos castanhos. — É uma *condenação*. Declaro aqui, diante de você e do mundo inteiro, que Peter Reedton é o tipo de homem que cagaria dentro de uma bota. E talvez dentro de um armário azul também.

Ele passou a mão pela boca e tentou disfarçar o sorriso.

— E lá se vão os meus cuidados para não sermos censurados — disse a repórter, que ao que tudo indicava se chamava Tonya, com a testa franzida.

Maria deu de ombros, sem parecer preocupada.

— Não me importo de ser censurada. Não se for para espalhar a verdade sobre a tendência incontrolável do Peter de cagar em botas.

A outra mulher esfregou as têmporas.

— Uma última pergunta.

Maria e ele sabiam o que viria a seguir. Peter abaixou a mão discretamente e cutucou a lateral daquela coxa tentadora e exposta. Era o sinal dos dois para quando ele queria que ela respondesse. O que aconteceu, porém, foi que ele, recuou num pulo e tossiu logo depois, porque o cotovelo surpreendentemente pontudo dela acertou sua barriga.

Era uma recusa.

— Desculpa mesmo, Peter. — A expressão de arrependimento inocente de Maria merecia um prêmio de atuação. — Deve ser o *jet lag* me deixando desajeitada.

Ela deu um tapinha carinhoso no braço dele e se recostou para observar o sofrimento alheio.

— Você mencionou a temporada final. — Tonya fez uma pausa dramática, e Peter conteve um suspiro. — Todos aqueles roteiros vazados causaram um baita alvoroço entre os fãs de *Portões*. Podem comentar se são roteiros reais?

Maria, que parecia disposta a abordar *aquela* parte da pergunta — ou seja, a parte fácil —, fez que não com a cabeça.

— Não podemos. Sinto muito.

— Nesse caso, podem contar um pouco mais sobre a última temporada e o que acontece com o personagem de vocês? — A repórter fez um gesto vago com a mão. — Sei que não podem dar spoilers, mas talvez possam compartilhar as impressões que tiveram no geral, sem entrar em detalhes.

Por menos que Peter quisesse responder, era melhor que *ele* lidasse com aquela pergunta. Apesar de seu charme natural, Maria não era nada diplomática. Odiava falsidade, sabia usar as palavras como lâminas e nutria um ódio profundo pelos *showrunners* e pelos roteiros da temporada final, que praticamente dizimavam os arcos narrativos dos protagonistas.

A raiva e o desprezo dela não eram novidade, e Peter já sabia havia muito o que ela pensava de Ron, de R. J. e do futuro da série.

Certa noite, duas temporadas antes, depois de gravar uma cena bem difícil e de encarar mais uma discussão horrível com Ron, Maria tinha se jogado no sofá da suíte dele. Como se falasse de um assunto qualquer, contou que estava pensando em se demitir. E teria feio isso se os laços que a prendiam à pequena equipe da ilha, a ele e à personagem não fossem tão fortes.

— Às vezes, eu queria não gostar tanto de todo mundo — disse ela, reclinando a cabeça na almofada e encarando o teto, com a luz da lareira refletindo nos cabelos. — Mas nem isso seria suficiente para me manter aqui, Peter... tirando um outro motivo.

Parte dele quis sacudi-la. Depois de tudo aquilo, Maria ainda não percebia o imenso privilégio que era trabalhar em uma série como aquela? Ainda não entendia quantos atores passavam a carreira inteira tentando, sem nunca conseguir, um papel como o de Cássia? Não sabia que quase todo barista de qualquer café de Hollywood em que ela já tivesse entrado era um aspirante a ator, batalhando por qualquer papelzinho em um piloto de série fadado ao fracasso?

Ele quase disse tudo isso. Porque ela ainda não entendia. Porque queria ir embora.

Porque queria ir embora, para longe *dele*.

Mas então ele tinha olhado para Maria. Tinha *olhado* de verdade.

Viu as ruguinhas nos cantos dos olhos. Ela estava prestes a fazer trinta anos, e já dava para notar. De forma sutil. Inconfundível. Gloriosa. Maria sempre fora linda, mas de alguma forma ficava ainda mais bonita com o tempo. E Peter desconfiava que seria assim até o último dia da vida dela.

No entanto, a luz tremeluzente não apenas revelava aquelas dobrinhas lindas, como também destacava as olheiras e os ombros caídos. Ela parecia... cansada. Esgotada, de um jeito que ele nunca tinha visto.

A leveza e a alegria naturais dela não eram forçadas. Peter sabia disso. Mas Maria também não era só aquela leveza e aquela alegria. Por mais que a confiança e o talento a ajudassem a se manter à tona no mar revolto, aquilo não queria dizer que ela não estivesse nadando com esforço. Não queria dizer que, às vezes, não precisasse de uma boia.

Ele precisava ajudá-la a continuar flutuando. Faria qualquer coisa, *qualquer coisa*, para manter Maria na série. Com ele.

Por isso, Peter se conteve. E, quando falou, foi com uma voz mansa e suave, sem o menor vestígio das emoções que haviam feito seu coração disparar — medo, raiva, mágoa, frustração — quando Maria anunciara que queria pular do barco.

— Qual é o outro motivo que está te prendendo aqui?

A risada dela saiu um pouco trêmula, mas foi sincera.

— Rancor — respondeu Maria. — Óbvio.

Peter a encarou, confuso, e ela riu de novo.

— Ah, Peter. — Ela pousou a mão sobre a dele, no sofá, e a apertou. — Nós dois sabemos que essa série está, como vocês dizem no seu país, saindo dos trilhos. Já não existem mais livros para adaptar, ou seja, dois dos homens mais chatos, arrogantes e tacanhos que já conheci vão ficar no controle total dos enredos.

Peter já desconfiava que era por isso que as últimas gravações andavam tão caóticas. Os livros de E. Wade não garantiam mais as orientações para o rumo do roteiro e dos personagens, e os *showrunners* estavam perdidos.

Quando Maria tirou a mão da dele, Peter teve que se controlar para não puxá-la de volta.

— *Deuses dos Portões* vai naufragar, assim como Ron e R. J. — disse ela, com um sorriso cansado, cintilante e cruel. — E, quando eles destruírem as próprias carreiras com essas merdas incompetentes e misóginas de moleques metidos a rebeldes, eu quero estar na primeira fileira.

Ah. *Rancor.* Agora fazia sentido.

Ela franziu o nariz e ficou um tempo olhando para o fogo.

— Espera. Será que eu quis dizer metido a rebelde ou metido a fodão? Sempre confundo essas palavras.

— Acho que as duas servem — respondeu ele, com ironia.

Ela riu de novo e começou a falar sobre a cena do dia seguinte, e o momento passou.

Tirando alguns comentários aqui e ali no grupo do elenco, Maria nunca mais tocou no assunto, mas Peter sabia que ela tinha falado sério. Cada palavra fora sincera.

Portanto... sim. Provavelmente era melhor que ele respondesse a todas as perguntas sobre a última temporada, como já vinha fazendo nas entrevistas anteriores, pois a opinião dela sobre a série e os roteiros não tinha melhorado nem um *pouco* nos últimos dois anos.

Lá vamos nós outra vez, pensou ele.

— Essa última temporada tem algumas das cenas de ação mais caras e espetaculares já filmadas para a televisão, e eu não tenho nem palavras para elogiar o talento e o empenho da equipe de *Deuses dos Portões* durante as gravações dessas cenas. — Pronto. Era sincero o suficiente. — E acho que os fãs do ship Cassiano vão ficar bem... contentes com certos desdobramentos no relacionamento deles.

Pronto. Uma insinuação inofensiva, uma piscadinha marota e... fim. O tempo de Tonya havia chegado ao fim, e ainda bem, porque as perguntas complementares sobre a temporada final eram sempre as *piores*.

A assessora de imprensa conduziu a repórter para fora da sala e, logo em seguida, trouxe o jornalista da próxima rodada.

Um sujeito de óculos, camiseta estampada e tênis barulhento. Um blogueiro, talvez? Ou alguém de um portal exclusivamente digital?

— Oi. — O rapaz, que parecia ter uns vinte e poucos anos, trocou um aperto de mão com os dois e se acomodou na cadeira. — Meu nome é Carl Li. Eu cuido do blog *Gays dos portões*. É um prazer conhecer vocês.

— O prazer é todo nosso — disse Maria, com um sorriso caloroso. — Já entrei no seu blog e admiro a sensibilidade dos seus posts, até as críticas à série. Representatividade importa e, quando ela é nociva, precisa ser denunciada.

As pontas das orelhas de Carl ficaram vermelhas.

— Muito obrigado, srta. Ivarsson.

— Pode me chamar de Maria — disse ela, e ele retribuiu com um sorriso radiante.

Peter tinha quase certeza de que Carl agora mataria por Maria, se necessário. Ou, pelo menos, arranjaria um álibi sólido enquanto ela cometia o crime.

— Hum… — O blogueiro lançou um olhar para seu bloquinho de anotações. — Tenho muitas perguntas. Espero que a gente consiga dar conta da maioria.

Peter tomou um pouco de água com gelo e esperou.

— Como já devem ter visto, vocês ficaram em primeiro e segundo lugar na nossa enquete mais recente com os leitores. — Quando Maria olhou para ele sem entender, Carl se apressou em explicar: — Foi só uma brincadeira, uma pausa divertida na nossa cobertura mais séria. A pergunta era: "Se tivesse que escolher um desses atores, qual você gostaria que guardasse o *seu* portão especial?"

— Meu portão é realmente muito especial — murmurou Maria. — Todo mundo diz isso.

Peter se engasgou com a água, e ela deu uns tapinhas nas suas costas enquanto ele tossia e tentava não pensar nas possíveis implicações daquela afirmação.

Peter, no entanto, não podia discordar. O portão especial dela era, de longe, o melhor por onde ele já tinha passado.

Pelo visto, Carl não ouvira a observação de Maria, pois ainda estava falando quando Peter conseguiu recuperar o fôlego e limpar a mente.

— ... o quase consenso nos comentários foi que não fazia diferença se vocês eram hétero ou não — disse o blogueiro, encarando-os por cima dos óculos, e abriu um sorrisinho cúmplice que realçou as covinhas em suas bochechas. — Porque vocês já são um casal e estão fora do mercado de qualquer forma.

Lá vinha, então. Aquela pergunta era tão inevitável quanto a morte, os impostos e o assassinato de personagens femininas em filmes de ação.

— Vocês estão namorando? Se não, já namoraram no passado?

Naquele momento delicado, enquanto Peter tentava reunir forças para responder com simpatia e desenvoltura, Maria — maldita seja — *rebolou.*

A coxa dela roçou na dele, e o vestido subiu de novo, a ponto de ele ver com facilidade aquela constelação de sardas que havia lambido tempos atrás, pouco antes de lamber o portão muito especial e muito molhado dela.

Peter guardava aquelas sardas com carinho na memória. Com carinho *demais*. Com tanto carinho que, naquele exato momento, o pau dele tentou com todas as forças se fundir ao zíper da calça jeans.

E foi bom nesse momento que Peter teve certeza: não sairia vivo daquela entrevista.

O legista declararia morte por maratona de imprensa. No enterro, o pai comentaria que a morte trágica do filho poderia ter sido evitada se ele tivesse feito faculdade de administração, como era esperado, em vez de virar ator. À beira da cova, seus colegas de elenco jogariam rosas sobre o caixão, conteriam as lágrimas e diriam uns aos outros:

— Ele está em um lugar melhor agora.

E estariam cobertos de razão.

Conversa com Maria: Dois anos antes

Peter: O que houve?

Maria: ???

Maria: Nada

Maria: Está tudo bem

Peter: Que mentira

Peter: Você estava esquisita o dia todo

Peter: Acho que não te vi sorrir nem uma vez

Peter: Estava sem o seu brilho de sempre

Maria: Meu... brilho de sempre?

Peter: Fiz alguma coisa que te incomodou ou te deixou desconfortável?

Peter: Ou foi outra pessoa que disse ou fez alguma coisa?

Peter: Se fui eu, peço desculpas. Se foi outra pessoa, me diz quem foi, que eu resolvo

Maria: ...

Maria: Quando alguém me incomoda, sou mais do que capaz de lidar com isso sozinha

Maria: Mas agradeço a oferta

Maria: Ninguém me incomodou nem me deixou desconfortável, Peter. Nem você, nem ninguém

Maria: A cena de hoje só foi difícil de gravar

Maria: Cássia contando para Cipriano como os pais dela morreram durante a Peste foi...

Maria: ...

Peter: Emocionalmente intenso?

Maria: Sim.

Peter: Ok. Então o que posso fazer para te ajudar a esquecer a cena?

Maria: Já disse que está tudo bem, Peter

Maria: Vou só ficar aqui no meu quarto lendo perto da lareira, e amanhã já serei eu mesma de novo, que aparentemente é um eu cheio de brilho (!)

Peter: Não

Maria: Não?

Peter: Você tá me devendo, Ivarsson

Maria: Não estou, não, Reedton

Peter: Você mugiu ou não mugiu para mim ontem quando eu estava bebendo uma garrafa de água na maior inocência, fazendo com que eu me assustasse e espirrasse a dita-cuja em cima do pobre Ramón e da Jeanine?

Maria: Talvez

Maria: Se eu fiz mesmo uma coisa dessas, com certeza foi muito divertido de assistir

Peter: Pague suas dívidas, Píppi

Maria: O que você quer, *skitstövel*?

Peter: Peraí, já volto

Maria: Você não pode me ouvir nem me ver, mas estou suspirando alto e sem paciência

Maria: ...

Maria: Peter?

Maria: Peter, você dormiu, foi abduzido por alienígenas ou...

Peter: Pode tirar o cavalinho da chuva, Ivarsson

Maria: Falando nisso, você também tem medo de cavalos, ou só de vacas?

Peter: Estou ignorando educadamente essa provocação

Peter: Enfim, a Nava e o Ramón estarão no meu quarto em dez minutos, e você também

Peter: Vamos todos ver aquele remake de Tarzan, assim você pode admirar o Alexander Skarsgard sem camisa até não aguentar mais

Maria: É *Skarsgård*, não *Skarsgard*

Peter: Tanto faz. Vem pra cá objetificar seu conterrâneo de vogais estranhas entre amigos

Maria: Não sei, não, Peter

Peter: ...

Peter: Peraí, já volto

Maria: DE NOVO?

Maria: ...

Maria: Nossa, você cansa a minha imensa beleza

Peter: Pronto, o Conor e o Fionn também estão vindo

Maria: ...

Peter: Fionn vai fazer pipoca com caramelo e trazer pra todo mundo

Peter: Com uma tigela especial só pra você

Peter: A proposta está irresistível, Píppi. Como você pode negar?

Maria: ...

Maria: Droga, Reedton, você sabe que pipoca com caramelo é meu ponto fraco

Peter: É claro que eu sei

Peter: Então você vem pra cá?

Maria: Vou

Maria: Mas se nos sentarmos um do lado do outro, acho bom você não monopolizar a minha manta de novo, SENÃO...

Peter: Como uma boa socialista, você devia estar disposta a compartilhar a riqueza cobertorial

Maria: Ah, mas fui influenciada por meu parceiro de cena capitalista

Maria: Agora não vejo mais necessidade de resolver a desigualdade das mantas, por mais discrepante que seja

Maria: *Wall Street: Manta e Cobiça*, certo?

Peter: Só traz essa sua bunda fantástica pra cá antes que eu lhe dê umas palmadas

Maria: ...

Peter: ...

Maria: ...

Peter: Por favor, esquece o que eu acabei de dizer. Foi inapropriado.

Maria: ...

Maria: Vou tentar.

Maria: ...

Maria: Talvez eu peça para o Conor trazer uma manta pra você também. Assim a gente não precisa dividir.

Peter: Acho que é uma boa ideia.

Maria: É.

Peter: ...

Peter: É.

15

— Sim, eu diria que pareço bem carinhosa.

Maria se inclinou para checar o tablet do blogueiro, onde um gif particularmente popular, em que ela sorria para Peter durante um painel de alguma convenção, se repetia sem parar.

— Ele *é* uma boa pessoa, se desconsiderarmos as várias formas como, na verdade, é uma péssima pessoa.

Apesar de todas as maratonas de imprensa de *Deuses dos Portões* que os dois haviam enfrentado, nunca tinham sido convidados a assistir e comentar gifs que teoricamente revelavam sua devoção eterna um pelo outro. Pelo menos até aquele momento especial, na última entrevista do dia.

Até para ela aquilo era constrangedor. Peter parecia prestes a explodir, apesar do sorriso rígido que se abria em meio à barba escura. Pelo ronco audível de sua barriga, os wraps de frango com molho Caesar que haviam devorado durante o almoço apressado já eram uma lembrança distante. E Peter não parava de esfregar a testa em um gesto aparentemente inconsciente, o que a fez deduzir que ele devia estar com uma baita dor de cabeça também.

Sem falar no pobre pênis do homem, que já devia estar doendo muito, muito mesmo.

No fim da tarde, em um ato de boa vontade, ela havia parado de rebolar no sofá, com medo que a cabeça dele — qualquer uma das duas — explodisse.

— *Eu* sou uma péssima pessoa? — O cutucão que ele deu nas costelas dela foi, no mínimo, apático. — Qual de nós dois ameaçou a equipe inteira dizendo que ia bater em todo mundo com potes de arenque em conserva? Porque posso garantir, Píppi, que, se eu fosse escolher um alimento em conserva para fins de espancamento, encontraria algo menos fedido.

Ela só tinha ameaçado *Peter* com o *sill*, e os dois sabiam disso. Ameaças de violência com auxílio de peixes em conserva eram a sua linguagem do amor.

Não que... ela o amasse. Claro que não.

Peter se virou para ela com a testa franzida.

— E onde você guarda esses potes, afinal? Eles aparecem da porr... Digo, do nada.

— Assim?

Sem hesitar, Maria tirou um pote do esconderijo de sempre e, para sua imensa satisfação, todos na sala se sobressaltaram.

Ela sacudiu o *sill* a um milímetro do nariz de Peter.

— Eu poderia te contar, *skitstövel*, mas depois teria que te matar com uma vidrada na cabeça desse pote bem pesado e cheio de arenques deliciosos, é claro, conforme manda a antiga tradição sueca.

Que mentira descarada. Ela jamais contaria a Peter onde guardava o pote, pois se divertia muito aterrorizando o homem.

— E depois eu comeria os arenques. Teriam gosto de vitória. — Maria sorriu devagar. Com deleite. — E de assassinato. Um assassinato delicioso à base de peixe.

Do outro lado da sala, atrás da câmera, a assessora de imprensa encarava Maria. Irritada.

Maria acenou para ela.

Deu certo. Peter começou a rir. Os sulcos fundos entre as sobrancelhas dele sumiram, e se ela estava vendo corretamente a hora no relógio ao fundo...

— Acho que nosso tempo acabou — disse a assessora ao blogueiro, e começou a conduzi-lo até a porta da suíte do hotel com gentileza, mas ainda firme. — Muito obrigada por ter vindo. Você deve receber as imagens até o fim da semana. Se não receber, entre em contato com a gente, que enviamos pra você.

Depois de uma edição estratégica, sem dúvida. Ou talvez não, já que os fãs de "Marter" adoravam quando Peter e ela improvisavam, o que a equipe de imprensa, muito competente, já devia ter notado.

— *Eu* que agradeço — conseguiu dizer o blogueiro. — Foi um prazer conhecer vocês!

Então, ele foi embora. Em questão de minutos — durante os quais Peter devorou um ou dois wraps esquecidos e escovou os dentes antes de voltar para o sofá pequeno —, a equipe muito pequena e eficiente também foi embora, junto à assessora, sempre paciente. A câmera e algumas outras peças de equipamento permaneceram no lugar, prontas para a maratona de entrevistas do dia seguinte.

A porta bateu com força depois da saída do operador de boom, deixando a suíte em silêncio absoluto.

Peter não disse nada. Maria também não. Simplesmente desabaram no sofá meio murcho enquanto reuniam forças para falar ou se mover.

Talvez ele ainda estivesse com fome, com dor de cabeça e, sem dúvida, exausto, já que conversar alegremente com desconhecidos nunca havia sido algo fácil para ele. E, embora fosse uma criatura mais sociável do que Peter, Maria havia passado a noite anterior no aeroporto de Estocolmo, esperando sem um pingo de paciência por um voo que atrasou três vezes, depois voara quase até o outro lado do mundo e correra até o hotel, onde tivera apenas dez minutos para tomar banho, se vestir e se preparar para um dia inteiro de entrevistas.

Fy fan, estava exausta.

E excitada também. Mas, principalmente, exausta.

Passara o dia inteiro rebolando o corpo de propósito no assento para deixar Peter subindo pelas paredes, com a clara intenção de se jogar em cima dele como uma jogadora de rúgbi no minuto em que estivessem a sós, mas agora...

Uma soneca parecia uma ótima ideia.

Peter meio que tombou de lado para encará-la, então examinou-a por um bom tempo, a expressão cautelosa, o olhar subindo das sapatilhas confortáveis até o rabo de cavalo alto dela, então parando novamente nas pernas despidas.

O indicador dele roçou a bainha do vestido.

— Você me provocou o dia inteiro.

— Provoquei

Não havia por que negar. Ela queria que Peter soubesse. Tinha esperança de que ele percebesse que aquele rebolar contínuo era intencional, uma provocação dirigida só a ele, e que ficasse ainda mais excitado. E, nossa, toda aquela provocação a deixara quente e trêmula por horas.

Peter pousou a mão na perna direita dela e deixou o polegar escorregar por baixo da bainha do vestido, desenhando arcos lentos sobre a pele sensível da parte interna da coxa. Maria arquejou. Seus ossos pareciam estar derretendo.

A vontade de tirar um cochilo desapareceu na mesma hora.

Agora que estavam a sós, a inquietação de Peter também parecia ter desaparecido, assim como a dor de cabeça e qualquer traço de fome. Era um homem com todo o tempo do mundo. Toda a paciência.

Ele ficou observando a própria mão tocá-la, em silêncio.

O arco minúsculo que ele desenhava em sua pele com o polegar não se ampliava. Não subia. Mas cada roçar de dedo provocava arrepios e a deixava com mais calor, que se infiltrava sob a pele e subia até se alojar entre as pernas dela.

A coxa de Maria começou a tremer.

O ritmo do polegar não se alterou. O rosto de Peter continuou rígido e imóvel, concentrado no que fazia.

Depois de mais um minuto, a outra mão segurou o joelho esquerdo de Maria. Enquanto abria só um pouquinho a perna dela, seus olhos se encontraram por um breve instante.

— Vai me deixar te provocar também? — murmurou Peter, com um tom grave e contido, só para ela.

Maria fechou os olhos.

— Vou.

Quando o polegar dele parou, Maria conseguiu abrir os olhos. Peter sustentou o olhar dela, os olhos escuros e implacáveis.

— Vai mesmo?

— Por favor — sussurrou Maria.

Ele tensionou o maxilar.

— Então se abre pra mim.

Ela afastou as pernas, e ele soltou o ar lentamente. Sem dizer mais nada, tirou a calcinha e os sapatos dela com uma eficiência impessoal, então se levantou e a posicionou no sofá exatamente do jeito que queria, com as mãos firmes, quentes e decididas.

Em instantes, Maria se viu aconchegada no canto do sofá de dois lugares, o pé esquerdo no chão, enquanto Peter levantava com todo cuidado o pé direito dela e o apoiava no assento, o joelho de Maria flexionado e escorado nas almofadas do encosto.

Foi daquele jeito que ela esperou por ele: esparramada, ruborizada e toda aberta para recebê-lo.

Por um momento, Peter ficou só olhando, o pomo de adão se movendo quando engoliu em seco.

Depois, se ajoelhou diante de Maria.

Ele deslizou uma das mãos pela perna esquerda dela em um movimento lento e torturante, indo do tornozelo à panturrilha, chegando ao joelho e, por fim, mais acima. Na parte superior da coxa, no entanto, parou. Ficou passando o polegar por um ponto que Maria não conseguia ver.

— Sardas — murmurou Peter, e ergueu os olhos. — Levanta esse vestido, Maria.

Ela obedeceu, centímetro por centímetro, sem desviar os olhos do rosto dele nem por um segundo.

Quando o vento gelado do ar-condicionado do hotel atingiu a boceta de Maria, uma cor forte se espalhou pelas maçãs do rosto de Peter, e seu peito subiu e desceu. Uma, duas vezes.

Ela não parou de subir o vestido até estar nua da cintura para baixo. Então, abriu ainda mais a perna esquerda e sorriu para ele. Um sorriso felino, provocante e satisfeito.

— *Merda.* — Peter inclinou a cabeça para trás e fechou os olhos com força. — Você é a mais… *Meu Deus.* Como consegue? Como é que consegue me tirar do eixo desse jeito?

Era mútuo. Pelos deuses, ele também era capaz de tirá-la do eixo com facilidade. Uma facilidade assustadora.

Peter continuava com os olhos fechados, o rosto contraído, e de repente a paciência de Maria se esgotou. Ela enfiou a mão entre as pernas e começou a se tocar. Se ele não ia satisfazê-la, ela mesma daria conta daquilo. Com prazer.

Estava muito molhada. Tão escorregadia que seus dedos deslizaram pelo clitóris sem esforço algum, e ela arfou ao sentir o choque de prazer.

Então, sentiu sua mão sendo afastada de repente.

E substituída pela de Peter. Ao que parecia, ele também havia perdido a paciência, porque não se demorou em provocações. Antes que a pulsação seguinte latejasse nos ouvidos de Maria, dois dedos longos e grossos a penetraram fundo. Seu corpo não ofereceu qualquer resistência.

Ele usou o polegar para pressionar o clitóris.

— Vai, cavalga. Fode a minha mão.

Aquilo seria, literalmente, um prazer para ela.

Enquanto Peter a observava, com o rosto vermelho, as narinas dilatadas e o maxilar tensionado, Maria rebolou nos dedos dele, que se dobravam e giravam dentro dela. Sentiu a pressão já conhecida se acumular entre as pernas num tempo tão curto que chegou a ficar surpresa. Maria começou a estremecer e cravou as unhas no estofado escorregadio enquanto se esfregava naquele polegar firme e implacável.

Seu gemido ecoou pelo quarto, e agora Peter também respirava com dificuldade, dando palmadinhas de leve na parte interna da coxa de Maria sempre que ela tentava fechar os olhos, forçando-a a manter seu olhar tomado pelo desejo fixo no dele.

— Peter — pediu ela em um arquejo. — Eu preciso...

Ele enfiou um terceiro dedo dentro dela e fez círculos com o polegar no clitóris enquanto se abaixava para mordiscar a parte interna em sua coxa — e pronto. Era tudo de que Maria precisava.

Ela arqueou as costas e gozou com um grito entrecortado, o corpo se contraindo e pulsando ao redor dos dedos dele. Peter a observava com atenção ao conduzi-la pelo orgasmo, estimulando o clitóris com uma pressão leve, enquanto Maria tremia contra a mão dele e deixava escapar mais sons engasgados de prazer.

Foi um orgasmo mais longo e mais intenso do que ela esperava. Quando terminou, exausta e suada, desabou no canto do sofá.

Provavelmente um minuto inteiro se passou até que Maria se desse conta de que os dedos de Peter ainda estavam dentro dela.

Assim que Maria ergueu a cabeça, ele abaixou a dele.

A língua de Peter... *skit*... era macia e implacável. Ele roçou o nariz em sua boceta, lambeu os lábios inchados, e deslizou a ponta da língua sobre o clitóris pulsante com tanta delicadeza que Maria quase chorou.

Ela levou as mãos ao cabelo dele, entrelaçou os dedos nos fios e até esqueceu quem era. Esqueceu o mundo fora daquela suíte de hotel. Esqueceu tudo, exceto a exploração cuidadosa da boca de Peter e o desejo renovado que fazia seu corpo se mover, inquieto, sob os lábios dele.

Peter era paciente. Muito paciente. Mas, assim que Maria demonstrou que aguentava mais pressão, ele atendeu.

Ele enfiou o rosto entre as pernas dela e a *devorou*, a boca e a língua vorazes. Lambeu da fenda até o clitóris, então a penetrou o mais fundo que conseguiu com a língua. A barba dele roçava a parte interna das coxas dela e provocava uma sensação deliciosa na pele já sensível.

Em seguida, ele voltou a penetrá-la com os dedos.

Aqueles dedos que voltaram a se curvar dentro de Maria e acariciá-la, fazendo-a emitir sons descontrolados e se esfregar no rosto dele com um desespero crescente.

— É isso que você quer, Maria? — perguntou Peter, as palavras saindo abafadas contra a pele dela.

Ela torceu os dedos no cabelo dele e gemeu, desorientada.

— Então toma — disse ele, e chupou seu clitóris.

Ela se viu lançada em um novo orgasmo, contraindo-se nos dedos e na boca de Peter com uma intensidade quase dolorosa. Com os olhos tão cerrados que chegou a ver estrelas e a boca aberta, Maria ofegou e gozou com uma intensidade que nem imaginava ser possível.

— Peter — suplicou ela. Pelo quê, não sabia. — *Peter*.

Ele não parou de chupá-la, e, com os dedos ainda penetrando-a, ela continuou gozando com pequenos espasmos e contrações. Quando começaram a ficar mais brandos, Peter recuou e ficou apenas acariciando de leve o clitóris com a língua até Maria se contorcer e estremecer pela última vez.

Ela sentiu o rosto úmido. Não sabia dizer se era suor ou lágrimas.

Quando Peter finalmente ergueu a cabeça, sua aparência estava uma bagunça. Cabelos desgrenhados, a barba encharcada, o rosto vermelho, os olhos tomados pelo desejo.

— Pelos deuses, *sötnos*. — Maria esticou o braço, agarrou os ombros dele e tentou puxá-lo para cima de si. — A gente pode tirar a roupa da próxima vez. Só entra em mim logo.

— Não vou durar muito — disse ele, rouco, já abrindo o zíper da calça jeans e puxando a cueca para baixo enquanto enfiava a mão no bolso para pegar um preservativo. — Desculpa.

Maria dispensou o problema com um gesto de mão.

— Gozar de novo provavelmente me mataria, então não precisa durar muito.

Com muito custo, ela conseguiu se apoiar nos cotovelos para conseguir admirar melhor a vista. *Fy fan*, como aquele homem era gostoso... Ombros largos e uma barriga generosa, força envolta em maciez, com a ereção mais grossa e dura que ela já tinha visto.

E era dela. Ela queria aquilo. Não se importava nem um pouco se teria outro orgasmo ou não.

Assim que pôs a camisinha, Peter ergueu Maria do sofá.

— Quero você por cima dessa vez — resmungou ele. — Na próxima eu fico.

Ótimo. Maria queria aquele corpo enorme por cima do dela tanto quanto queria montar naquele pau até ouvir Peter gritar seu nome.

Ele se sentou e segurou a cintura dela, puxando-a mais para perto.

— Vem cá.

Ela se deixou levar com entusiasmo e montou no colo dele, mas, antes que pudesse se erguer para encaixá-lo dentro de si, Peter passou as mãos pelo cabelo dela. Então, inclinou a cabeça de Maria com delicadeza até suas testas se encostarem e fechou os olhos.

Ela ficou imóvel.

— Peter?

A ereção pressionava a barriga dele e a dela, quente e insistente, e Peter arfava, seu corpo grande tremendo enquanto ele tentava se conter.

Ainda assim, ele deslizou o nariz pelo dela em um gesto carinhoso. Beijou sua têmpora, a face, o canto da boca. Esfregou a barba úmida no pescoço dela até arrancar um gemido.

O maxilar rígido relaxou com o som, e ele abriu os olhos. Estavam semicerrados, as pupilas dilatadas de desejo. Ardentes.

E também *gentis*.

Maria precisou engolir em seco para desfazer o nó de emoção que apertou subitamente sua garganta.

Então Peter segurou seu rosto e encostou os lábios nos dela, em um beijo lento e terno. Como se ele já não tivesse o gosto dela na boca, como se não estivesse trêmulo de desejo.

Ele explorou a boca de Maria com delicadeza, como quem saboreia algo delicioso. E, quando deslizou a língua para dentro, acariciou a dela em movimentos suaves e brincalhões, deixando-a zonza.

Aquele beijo não exigia nada, mas oferecia tudo.

Foi o beijo mais doce da vida de Maria.

Ela apertou os ombros dele e se entregou. Mergulhou no momento. Deixou que a doçura a envolvesse e confiou que Peter a manteria segura.

Quando o beijo terminou, Maria sorriu para ele com um carinho desavergonhado. Encostou o nariz no dele. Depois, se ergueu, posicionou-o com uma das mãos e sentou em seu pênis.

O gemido que Peter deixou escapar parecia ter vindo do centro da Terra, e suas mãos grandes agarraram a cintura dela com uma força quase dolorosa. Mas ele não se mexeu. Nem um milímetro.

— Tá tudo bem, *sötnos*. — Deliciando-se com o prazer do corpo dele preenchendo-a, Maria rebolou uma vez. Duas. — Pode se soltar agora.

— Não posso. Se mexe você. — Ele abaixou a cabeça e a enterrou na curva do pescoço dela, a respiração quente no pescoço de Maria. — Não quero te machucar.

Ela segurou o queixo dele e o obrigou a encará-la para que visse a certeza em seu rosto.

— Você não vai me machucar. Pode me comer com a força que quiser.

A veia na têmpora dele pulsava de forma alarmante, mas ainda assim Peter não se mexeu.

— Vai, Peter — sussurrou ela, então recuou por quase todo o comprimento do pênis dele, até quase se separarem. — Já sou bem crescidinha. Pode me pegar com vontade.

Ele, enfim, perdeu o controle.

Suas narinas se dilataram, as mãos apertaram o traseiro dela com uma possessividade que deixaria marcas, e ele a puxou de volta para baixo com um grunhido.

Antes que Maria tivesse tempo de gemer de prazer, Peter já estava arremetendo os quadris, fodendo-a com uma força tão feroz que tudo que ela conseguiu fazer foi se agarrar a ele. Cada estocada parecia um raio. Era exatamente essa a sensação. Era eletrizante. Energia se acumulando.

Maria ouviu ao longe a própria respiração ofegante. Ela arqueou as costas, apertando os ombros dele, e abriu ainda mais as pernas, até sentir as coxas doerem com o esforço.

Queria que Peter a penetrasse tão fundo a ponto de ela ainda senti-lo dentro de si dali a um mês. Tão fundo que ele nunca fosse embora.

— Mudei... de ideia. — As palavras dele, muito roucas, mal pareciam humanas. — A primeira vez... dentro de você de novo. Você vai... gozar... no meu... pau.

Ele lambeu o polegar e começou a acariciar o clitóris dela. A cada estocada, a ponta áspera do dedo a massageava. De novo, e de novo, e de novo, sem trégua.

Peter a preenchia, grosso e quente por baixo e ao redor dela, sua pegada implacável, seu polegar absurdamente habilidoso, e Maria deixou os olhos se fecharem enquanto ondas de prazer se avolumavam dentro dela.

Estava ofegante. Gemendo. A mão que apertava sua bunda se afastou e logo segurou sua nuca, com firmeza. Com esse apoio, Peter a puxou para si — tão perto que os seios de Maria roçavam o peitoral dele a cada estocada, tão perto que Maria quase não conseguia respirar — e a beijou com luxúria e voracidade.

Os lábios de Peter conquistavam território, a língua pedia passagem. Quando Maria cedeu, ele sugou a língua dela para dentro da própria boca e sentiu gosto de suor, hortelã e gozo.

Então, Peter enrolou o rabo de cavalo dela na mão e puxou com força.

Sem avisar, Maria se pegou gozando mais uma vez, o corpo tomado por espasmos de prazer, se contraindo com força ao redor do pênis de Peter, que engoliu o grito que escapou dos lábios dela.

— *Porra*... — gemeu ele dentro da boca dela. — Ainda bem.

Enquanto ela ainda estremecia com o orgasmo, Peter deu uma última estocada violenta, afastou a boca da dela e soltou um gemido alto e rouco quando finalmente gozou, a mesma palavra arranhando a garganta dele várias vezes enquanto desmoronava nos braços de Maria.

Uma única palavra. O nome dela.

Soou como uma prece.

Mais tarde naquela noite, depois de jantarem, fazerem amor pela segunda vez e tomarem banho juntos, Maria puxou as cobertas da cama sobre os dois e desabou no peito dele.

Peter ofegou por um momento.

— Cacete, mulher.

— Você é forte. — Ela deu uma palmadinha no peitoral largo dele, depois ficou brincando com os pelos escuros. — Aguenta firme, *skitstövel*.

Peter balançou a cabeça, então se virou um pouco para alcançar o abajur e apagou a luz ao lado da cama.

— Crueldade, teu nome é Maria.

Eles não tinham conversado, de fato, sobre dormirem na mesma cama. Só... ficaram ali. Mesmo Maria ainda não tendo passado uma noite inteira com um interesse romântico desde que descobrira a vida paralela do ex em Londres.

Era tolice, pensou ela. Até ter certeza de que Peter seria capaz de se comprometer do jeito que ela precisava, deveria manter uma distância emocional saudável dele. Manter o sexo num nível puramente físico. Observar, esperar, avaliar.

Mas, no fim das contas, não tinha sido exatamente uma decisão consciente, e sim puro instinto. Um impulso visceral de se aconchegar no calor de Peter e permitir que ele a visse vulnerável enquanto dormia, uma certeza repentina de que afastá-lo seria *errado*. Obedecendo a essa convicção involuntária, Maria o seguiu até o quarto, até a cama dele, sem uma palavra de protesto.

E aquele era o álibi dos tolos: fazer uma escolha perigosa e declarar que havia sido inconsciente. Inevitável. Fora do próprio controle. Então, o que ela poderia fazer, certo? O que poderia fazer, além de se abrir para aquela pessoa cujas intenções não conhecia por completo, por mais que gostasse dele?

O que poderia fazer além de oferecer a Peter mais um pedaço de seu coração que ele poderia partir?

Maria mudou de posição, inquieta, e se afastou escorregando do peito dele até o outro lado da cama enorme, onde o próprio travesseiro a esperava, confortável e frio.

O braço forte de Peter envolveu a cintura dela e puxou-a de volta.

— Aonde você pensa que vai? — disse ele, então se virou de lado e lhe deu um abraço apertado. — Eu estava brincando, meu bem. Gosto de ter você esparramada em cima de mim. Você sabe disso, não sabe?

Ele jogou a coxa pesada por cima das pernas dela, de modo que Maria não conseguisse se afastar. A não ser se pedisse a ele que a soltasse.

Mas não pediu.

— Eu sei — disse, com a cabeça no peito dele, logo acima do coração.

Um coração que batia com força, o ritmo regular. Ao ouvir aquele som, a respiração dela foi se acalmando, e o gosto metálico na boca se dissolveu até voltar a ser só menta.

— Como foi que você me chamou mais cedo? — perguntou ele, sonolento. — Não era caga-botas. Era algo tipo "suti-no"?

Pelos deuses, ela já tinha se exposto demais naquele dia.

— *Sötnos.*

— Conhecendo os suecos, aposto que tem alguma coisa a ver com cocô também.

Maria sentiu uma leve pressão no topo da cabeça. Um beijo.

— O que significa?

Ela mordeu o lábio, mas respondeu:

— Literalmente? Nariz doce.

— Nariz... doce? — Maria sentiu o corpo dele estremecer com o riso. — Que porra é essa, Píppi?

Por mais que odiasse se explicar, ela não poderia ignorar o insulto à sua língua materna.

— Até parece que os apelidos carinhosos que vocês usam aqui nos Estados Unidos fazem mais sentido, Reedton. Adultos se chamam de "bebê". Pais chamam os filhos de "ervilhinha" ou de "abóbora", sendo que crianças humanas, até onde eu sei, não são leguminosas.

Ele ficou em silêncio por um bom tempo, o riso já esquecido.

— É um apelido carinhoso? — perguntou baixinho, puxando-a mais para perto. — Qual seria o equivalente mais próximo em inglês?

Ela responderia com honestidade, e então daria o assunto por encerrado.

O coração dele ainda batia forte e regular. Já o dela tinha disparado de um jeito desagradável.

— "Meu amor" — respondeu Maria, curta e grossa. — Aliás, me ocorreu uma coisa mais cedo.

Depois de uma longa pausa, ele soltou o ar devagar e afastou o cabelo dela do rosto com um carinho.

— Que coisa?

Pronto. Ele tinha deixado o assunto morrer.

Maria sentiu o coração começar a desacelerar e buscou bem no fundo um sorriso genuíno. Um comentário divertido para fazer.

E ali estava, o humor. Seu companheiro fiel, tanto na alegria quanto na tristeza, independentemente de quem entrasse ou saísse da vida dela.

— A gente... — Maria deu uma risadinha, sem precisar fingir. Era só uma mudança de foco. — A gente basicamente acabou de viver aquela fanfic bem explícita que o Alex mandou na semana passada. Tipo, quase igual. Lembra? Aquela em que nós dois encerrávamos uma entrevista conjunta transando em literalmente todas as superfícies planas do quarto de hotel, inclusive na tábua de passar roupa dentro do armário? Que por algum motivo não quebrou com o peso dos dois, mesmo enquanto você me comia por trás?

Maria tinha aplaudido a imaginação da autora, embora a noção de física deixasse a desejar.

— Se eu me lembro? — Peter deu uma risadinha. — Tenho essa fanfic salva nos meus favoritos. Eu a considero uma fonte importante de inspiração para o nosso desempenho sexual de hoje. Tirando a parte da tábua de passar. Não queria ter que explicar para a equipe da limpeza do hotel como ela havia quebrado ao meio e cravado no meu saco. Além disso, ninguém devia ser obrigado a limpar sangue de saco, então eu só estava tentando ser gentil.

— Muito generoso da sua parte — disse ela, rindo.

— Também achei. — Ele deu um bocejo tão grande que a mandíbula estalou. — Dorme um pouco, Píppi. Você ainda tem que tirar uma diferença de nove horas de fuso.

Peter tinha razão. Se ela não ia sair da cama dele, não adiantava ficar se torturando com essa possibilidade. Precisava descansar. Ele também. Então, depois de um peteleco preguiçoso nele por ter dito "Píppi", Maria fechou os olhos e deixou o corpo relaxar colado no de Peter.

— Boa noite, *skitstövel* — disse ela.

— Boa noite, *sötnos*. — Ele deu uma risadinha sonolenta e abaixou a cabeça para beijar o nariz dela. — Olha só! É doce mesmo.

— Sua pronúncia é péssima — resmungou Maria contra o peito dele, para não surtar ou cair no choro, e Peter riu de novo.

Os dois ficaram aconchegados um ao outro por alguns minutos, as pernas peludas dele raspando de leve nas dela, as barrigas macias pressionadas uma contra a outra, o cheiro de cedro garantindo um conforto inexplicável.

Maria estava quase dormindo quando algo lhe ocorreu.

— Peter?

— Hã? — respondeu ele depois de alguns segundos, a voz rouca de exaustão.

— Alex nunca pode saber que nos inspiramos na fanfic que ele mandou.

Se ficasse sabendo, só os deuses sabiam o que o homem exigiria deles da próxima vez.

Se existia um sentimento chamado "pavor sonolento", foi o que ela ouviu na voz de Peter.

— Nunca. A gente nunca vai contar. — Quando ele estremeceu, o movimento sacudiu Maria de um jeito gostoso. — Ele deixaria esse poder subir à cabeça.

Ela ergueu o punho, e Peter deu um soquinho para selar o pacto. Depois disso, ele deixou a mão descer pelas costas dela e ficar ali, espalmada na bunda dela, aparentemente com a intenção de passar a noite toda naquele exato lugar.

— Boa noite — murmurou ele.

Aquela mão quente e enorme na bunda dela era uma delícia. Tão delicioso que Maria se remexeu um pouco, e acabou se esfregando nele, acariciando o corpo inteiro dele com o dela. Seus seios contra o peito dele. As pernas entrelaçadas. A vagina deslizando sobre a pele coberta por pelos.

Aquilo era ainda melhor.

Jet lag era uma coisa estranha. Segundos antes, ela estava exausta, quase dormindo. Mas na Suécia já eram nove da manhã, e o corpo de Maria ainda não tinha entendido que deixara os pinheiros para trás e se mudara para uma terra de palmeiras e sol escaldante.

A diferença de fuso podia até explicar como ela havia voltado a se sentir desperta e cheia de tesão, mas não explicava o volume crescente do membro de Peter pressionando sua coxa.

Maria deixou escapar um murmúrio satisfeito e envolveu a ereção dele. Ela começou a acariciá-lo de cima até embaixo, apertando bem de leve a base da cabeça do pênis, do jeitinho que o tinha feito gemer mais cedo.

E agora de novo, ao que tudo indicava.

Maria não resistiu e comentou:

— Já que estamos falando de poder…

— Meu bem… — gemeu Peter, e fechou a mão por cima da dela e ajudou a apertar com mais força, os quadris começando a se mover em um vai e vem preguiçoso. — Tenha piedade. Amanhã temos mais um dia cheio de entrevistas. Estou cansado. E, ao contrário da minha coestrela sueca e jovem, sou um homem velho.

Ela mordeu o peito dele, bem acima do coração. Não sangrou, mas deve ter doído. E ia deixar marca.

— Você é o *meu* velho.

Peter tinha incentivado as mordidas antes, e ela havia obedecido, mas não naquela parte do corpo. Não até aquele momento. Aquele impulso possessivo não era um bom sinal, e Maria sabia disso, mas estava excitada demais para se importar. Ainda mais quando o peito dele vibrou de um jeito tão delicioso sob o corpo dela.

— É. — O som saiu quase como um grunhido, firme e grave. — Seu.

Peter se ajeitou um pouco, encaixou a coxa entre as dela e foi subindo, pressionando com mais força, até conseguir se esfregar ritmicamente no clitóris dela. Maria fechou os olhos, gemeu e tentou se aproximar ainda mais. Pelos deuses, como ela amava aquele corpo poderoso.

Depois de alguns minutos montada na coxa dele, ela já estava quase gozando, e sentia o membro de Peter latejando em sua mão, a cabeça úmida. Os dois ofegavam, suados outra vez.

— Se você sair da minha cama no meio da noite de novo, juro por Deus que vou atrás de todas as fábricas de arenque da Suécia e tacar fogo em cada uma delas — falou Peter, e então rolou por cima dela para provar que não estava tão velho nem tão cansado assim.

Classificação: Explícito
Fandoms: Deuses dos Portões RPF
Relacionamentos: Maria Ivarsson/Peter Reedton
Tags adicionais: RPF de atores — livre, Conteúdo sexual explícito, Obscenidade, Pornografia com sentimentos, Dor/Conforto, Quando digo que não pesquisei como funcionam as maratonas de imprensa, quero dizer que não me importei com isso, "Anyway Here's Wonderwall"
Dados: Palavras: 6.560 Capítulos: 3/3 Comentários: 21 Curtidas: 97 Favoritos: 8

Uma Última Pergunta
Marter pela causa

Resumo:

Depois que um entrevistador magoa os sentimentos de Maria, anos de desejo reprimido vêm à tona, e Peter faz uma última pergunta à mulher que ama.

Observações:

Só para enfatizar: isso é RPF. Se você não sabe o que significa, dê uma passadinha no Google antes de ler.

Eu não pesquisei como funcionam as maratonas de imprensa, mas fiz uma busca por imagens de quartos de hotel luxuosos para fazer um inventário de todas as superfícies planas que existem neles. Prioridades!

— O cara não tinha o direito de me perguntar aquilo — diz Maria, fungando. — Obrigada por ter quebrado o nariz dele por mim.

Ele faria qualquer coisa por ela. Qualquer coisa mesmo. Enfiar um soco na cara de um jornalista babaca não era nada. Tudo bem que podia lhe arranjar uma dor de cabeça jurídica, mas ele é um astro. Tem gente para cuidar disso.

Ele a abraça mais apertado e diz:

— Foi um prazer.

Ela fica completamente imóvel.

— Sabia que... tenho pensado no seu prazer, Peter — sussurra ela. — Muito. Há anos.

É isso. Chegou o momento, enfim.

— Então acho que preciso te fazer uma pergunta, Maria — diz ele.

Ela arregala os olhos, cheia de expectativa, e o encara.

— Onde quer que eu te coma primeiro? — pergunta ele com um grunhido.

— Em qualquer lugar — sussurra ela. — Em todos os lugares.

Os dois estão perto do armário, e ele procura desesperadamente a superfície plana mais próxima enquanto arranca as roupas do corpo. Botões voam para todos os lados, mas ele não liga. Pode comprar um milhão de camisas novas, se quiser. Ela tira o vestido pela cabeça, e ali está. Nua.

— Você é ainda mais linda do que eu imaginava — diz ele, gemendo.

— Você é tão forte e duro — murmura ela. — Por favor, me fode, Peter. Eu preciso de você.

Ele não consegue mais esperar. E não vai esperar.

Peter tira a tábua de passar de dentro do armário, e aquilo vai ter que servir.

— Vira de costas e se inclina pra frente — ordena ele, e ela logo obedece.

— Será que a tábua vai aguentar? — pergunta ela, gemendo quando ele posiciona o pau.

Peter responde com um grunhido:

— Vou fazer com que ela aguente. Além do mais, é meu pau que vai sustentar a maior parte do seu peso.

Então, ele finalmente a penetra, e as questões práticas deixam de importar. Nada mais importa, a não ser transar com Maria e encontrar a próxima superfície plana onde possa comê-la de novo.

Aquela mesinha estilo Chippendale deve servir.

16

— Tecnicamente, acho que todos os peixes comprados aqui na Suécia são Swedish Fish — disse Peter a Maria, empurrando o carrinho de compras na frente da vitrine do balcão refrigerado de frutos do mar. — Assim como todas as massagens são, por definição, massagens suecas.

Maria não conseguiu conter a risadinha e o empurrou gentilmente para a seção de comidas prontas, a mão quente em suas costas.

— Há quanto tempo você estava esperando pra soltar essa pérola?

— Desde três segundos e meio depois que descobri que vinha pra cá.

Ele não deveria estar achando tanta graça assim da própria piadinha, mas um dia longo de viagem intercontinental o deixara meio grogue, assim como o terror visceral que sentira com toda a expectativa de encontrar pela primeira vez os pais de Maria no aeroporto. Por sorte, até então, Stina e Olle pareciam simpáticos. Eram de estatura mediana, vários centímetros mais baixos que a filha. Os dois tinham cabelo grisalho e usavam roupas casuais de cores neutras. Eram bastante discretos, na verdade, para pessoas que haviam criado uma mulher como Maria, embora fossem inegavelmente carinhosos com ela.

No mercado, Olle apoiou o braço nos ombros da filha de forma afetuosa e lançou um olhar curioso para Peter.

— Não sei se entendi o que você quis dizer.

— *Swedish Fish?* — perguntou Stina, erguendo os olhos para ele e franzindo as sobrancelhas ralas. — Não entendi.

Maria mordeu o lábio inferior e não se ofereceu para ajudar. Na verdade, se havia alguém ali que era um caga-botas, era ela.

— Hum...

Peter parou o carrinho diante do balcão de frios e se preparou para dar uma explicação. Porque as melhores piadas *precisam* ser explicadas, certo? Certo.

— Então, é que tem uma bala que é vendida nos Estados Unidos... embora eu nem tenha certeza de que é fabricada lá, na verdade. Talvez venha daqui, da Suécia, ou de algum outro lugar da Europa? Preciso pesquisar isso.

Stina e Olle o encararam em silêncio, e Maria mantinha os dois lábios comprimidos entre os dentes e os olhos fixos no piso de cerâmica.

— Ela se chama Swedish Fish, Peixe Sueco, só que não é um peixe. — Peter tamborilou os dedos na alça do carrinho. — Bem, na verdade é, de certo modo, mas não do tipo que vive no mar. É de goma.

Peter ouviu um som abafado vindo da direção de Maria.

Stina franziu a testa para ele e esticou o braço para pegar um papelzinho com senha de uma daquelas maquininhas vermelhas no topo da bancada.

— De goma? Então é um peixe de água doce que tem uma textura ruim?

Peter, que estava com o cotovelo apoiado no carrinho, fechou os olhos e massageou as têmporas. Talvez devesse ter sugerido um cochilo antes de irem ao supermercado, em vez de concordar em parar no caminho do aeroporto de Arlanda para casa. No entanto, os pais de Maria haviam insistido para que ele escolhesse itens de café da manhã de que gostasse, e Peter estava tentando ser o mais simpático e prestativo possível, por isso estava ali. Com *jet lag*, sentindo frio — já que aparentemente a primavera ainda não tinha dado as caras em Estocolmo — e tentando explicar o que eram balas de goma para dois suecos confusos, de óculos e com quase setenta anos.

Tanto esforço para causar uma primeira boa impressão, e nada. Merda.

Ele tentou de novo:

— Não estou explicando direito. Me desculpem. O que eu queria dizer é...

— Peter. — Quando ele abriu os olhos, Stina deu um tapinha em seu braço e lhe ofereceu um sorriso doce e maternal. — Eu é que deveria pedir desculpas, não você. Olle e eu estávamos só... — Ela se virou para Maria: — Qual é a expressão?

— Acho que "te sacaneando", *mamma* — respondeu Maria. — Tipo: "Olle e eu estávamos só te sacaneando."

Ele abriu a boca e logo voltou a fechá-la.

— Obrigada. — Stina assentiu e se virou para ele. — Olle e eu estávamos te sacaneando. Que nem quando avisamos que criticar Alexander Skarsgård em público pode te levar a vários anos de trabalho forçado servindo almôndegas na lanchonete de uma filial da IKEA. Na verdade, isso só acontece com reincidentes. Na primeira vez, a pessoa só é obrigada a montar estantes de mostruário por um mês ou dois.

— A história da manada selvagem de cavalinhos Dala à solta nos arredores de Estocolmo também é brincadeira — acrescentou Olle. — Eles ficam mais no sul da Suécia.

Naquele momento, Maria se afastou deles e escondeu o rosto nas mãos, mas Peter conseguiu ouvir a risada escandalosa da mulher em algum corredor refrigerado ali por perto. Ela estava se acabando de rir.

— Ah — disse Peter, educado. — Entendi.

Com a maior discrição possível, ele tirou do bolso o celular com o chip barato que havia comprado no aeroporto assim que desembarcou e fez duas buscas rápidas no Google.

Os cavalinhos Dala eram, ao que tudo indicava, figuras decorativas de madeira originárias da região sueca de Dalarna, entalhadas à mão e pintadas com cores características. E, de acordo com os resultados das buscas, criticar Alexander Skarsgård ainda era uma atividade legal e não punida com trabalho forçado nas minas da IKEA.

Muito bem, agora ele acreditava que Stina e Olle eram realmente os pais de Maria.

— Vocês *ainda* estão me sacaneando — observou ele, com calma.

Talvez devesse se sentir mal por admitir isso em voz alta, mas Maria lhe garantira durante o voo que os suecos não eram como os estadunidenses e não se ofendiam nem com palavrões ditos em público. Embora, pensando bem, talvez fosse bom dar uma pesquisada nisso também.

— Estamos — assentiu Olle com uma expressão solene, a própria imagem da dignidade.

Já Stina deixou o sorriso maternal se transformar em uma expressão maliciosa. Ela talvez não compartilhasse os genes de Maria, mas Peter reconheceria aquele sorrisinho presunçoso em qualquer lugar.

— *Ja* — disse ela. Então, segurou-o pela nuca, puxou-o para baixo e deu um beijo estalado em seu rosto. — Bem-vindo à Suécia, *skitstövel.*

Alguém estava dizendo... alguma coisa.

Peter não conseguia se concentrar. Ainda estava atordoado por conta do *jet lag* e do longo voo em um avião lotado. Sem falar no cansaço acumulado após vários dias de sexo constante sempre que surgia uma oportunidade. E ainda tinha a confusão mental pós-cochilo curto e suado que tirara na cama de hóspedes estreita demais, ao lado de um radiador que despejava ar tropical e coberto por um edredom sufocante de tão pesado, tudo isso para não correr o risco de expor toda a família de Maria a um nu frontal depois do banho glorioso que ele tomou.

Peter esfregou a testa, percebendo seus pensamentos saindo dos trilhos.

Que história era aquela de não ter roupa de cama, afinal? Os suecos não acreditavam em lençóis? Eles não conheciam um meio-termo entre o calor desgraçado que exige que você durma pelado e o frio congelante que exige um edredom que usam na Antártica?

Se soubesse, teria levado um pijama. Ou comprado um *para* a viagem. Ou então teria se acostumado a dormir de cueca em vez de completamente nu.

O que levantava outras dúvidas: Maria estava nua naquele exato momento? A cama dela era maior que a dele? Será que ela queria companhia? E será que o colchão dela também rangia? Porque, se não...

Alguém pigarreou, e Peter ergueu a cabeça, piscando, cansado.

Ah, sim. Enquanto Maria tirava seu cochilo, ele havia descido cambaleando as escadas e se vira cercado por todo o restante do clã Ivarsson. A maioria deles estava envolvida no preparo do jantar, e Peter tinha se oferecido para ajudar, mas os protestos indignados foram tão enfáticos que ele não teve como insistir. Agora, estava sentado à grande mesa de jantar com Vincent, o irmão de Maria, que aparentemente fora eleito o representante diplomático para se relacionar com a Soberana Nação Sonolenta de Peter Reedton.

E Vincent estava com uma cara de quem espera resposta a uma pergunta que Peter não tinha ouvido.

— Desculpe. O *jet lag* é cruel — disse Peter, se endireitando na cadeira e procurando reorganizar os pensamentos dispersos. — Pode repetir o que acabou de dizer?

— O que achou do ICA? — perguntou Vincent, sem demonstrar aborrecimento. — É muito diferente dos supermercados dos Estados Unidos?

Peter demorou um tempinho para responder, enquanto avaliava, ainda sonolento, o nível adequado de sinceridade para sua resposta.

Em circunstâncias normais, passar uma semana inteira hospedado na casa de completos estranhos — como Maria enfim o havia convencido a fazer — exigiria certo grau de diplomacia e conversas leves, por medo de ofender os anfitriões. Afinal, eles poderiam cuspir na comida que servissem sempre que bem entendessem.

Além disso, ele não queria que a família de Maria o detestasse. Eles eram um grupo muito unido, talvez mais do que Peter havia imaginado, e se não gostassem dele...

Bem, se tivesse que enfrentá-los, tinha quase certeza de que não sairia vitorioso. Pelo menos, não ainda. Por isso estava se esforçando ao máximo para não ser rabugento, calado demais ou... ser ele mesmo de forma geral.

Dito isso, aquela era a família de Maria, por isso ele supunha que não se ofenderiam com facilidade. Além do mais, os pais dela haviam passado todo o trajeto do mercado até a casa de dois andares pintada de amarelo nos arredores de Estocolmo servindo-o de mais um punhado de absurdos sobre a Suécia.

Por exemplo: segundo Stina, sessenta por cento dos suecos se identificavam como ABBAsexuais, incluindo ela e o marido.

Depois daquela declaração, Olle lançou um olhar à esposa e pousou a mão em seu joelho.

— *Knowing me, knowing you*, ser ABBAsexual é o melhor que podemos fazer. Não é, *älskling*? — comentou ele, fazendo um trocadilho com o nome de uma música do ABBA.

Sim, eles eram uns fanfarrões, mas talvez os irmãos de Maria não fossem assim.

Vincent, que estava na casa dos 30 e era o mais velho dos irmãos, ainda o observava, o cabelo loiro preso em um coque e a cabeça inclinada. Ainda esperando pela resposta a uma pergunta totalmente inofensiva.

Ah, que se danasse. Tirando algumas aparições na TV e entrevistas, Maria e ele passariam muito tempo com a família dela, e Peter não queria precisar fingir durante sete dias.

— As filas do caixa me deixaram em pânico, cara.

Quando viu Stina pegando os talheres, ele se levantou parcialmente da cadeira para ajudar, mas ela fez sinal para que se sentasse de novo. Relutante, Peter se virou outra vez para Vincent.

— Não me importo de embalar minhas próprias compras, mas não estava preparado para a *pressão*. Quando finalmente consegui guardar tudo nas sacolas, duas famílias já estavam esperando eu terminar, a funcionária do caixa tinha parado de passar os itens e me olhava com um misto de desprezo e pena, e meio que entrei em pânico e joguei um presunto inteiro em cima dos ovos.

— Jogou mesmo — confirmou Stina do outro lado da cozinha.

Olle assentiu, os lábios franzidos.

— Em algum lugar, uma galinha sentiu uma perturbação na Força. Daqui a um século, os historiadores vão rastrear a origem da Grande Rebelião das Galinhas até esse exato incidente e culpar você pelo massacre.

Agora ele sabia quem era o dono dos livros de ficção científica empilhados na mesinha de centro.

— Sem aqueles ovos, todos nós vamos morrer de fome — disse Stina, balançando a cabeça enquanto tirava uma pilha de pratos do armário pintado de branco. — É uma pena. Até gosto de um ou dois de vocês. Principalmente do Filip, se tiver que escolher.

Filip resfolegou e continuou mexendo o molho na panela.

Astrid, a irmã mais nova de Maria, sorriu para Peter enquanto arrumava a mesa.

— A mamãe e o papai não te ajudaram a embalar as compras? Até parece.

— Maria e eles se sentaram no banco para assistir e choraram de rir.

— Isso é bem a cara deles. São uns monstros, né? — Ela terminou de distribuir os últimos talheres e se endireitou. — Pode ficar tranquilo, Peter. Se eu estivesse lá, não teria rido com eles.

— Obrigado, Astrid.

Apesar dos protestos de Stina, ele se levantou, pegou os pratos da mão dela e colocou um diante de cada cadeira.

— Então você teria me ajudado?

— *Nej* — disse ela. — Teria filmado tudo de pertinho para poder me sentar num banco e rir sempre que quisesse.

Ela lançou uma piscadinha para ele antes de voltar para a cozinha, e Peter se pegou rindo tão descontroladamente quanto Maria e os pais dela mais cedo naquele dia.

Foi nesse momento que a própria Maria desceu a escada com passinhos leves, tão revigorada e cheia de energia quanto alguém que tivesse passado o dia todo relaxando num spa. O que era quase uma ofensa a Peter.

— Pelos deuses, eu precisava dessa soneca. — O selinho que ela lhe deu terminou antes que ele pudesse reagir, e Maria seguiu saltitando até a cozinha. — Como posso ajudar?

Ele ainda daria um jeito de conseguir um beijo mais longo e mais caprichado dela naquela noite. E mais do que um beijo, se descobrisse como.

— Está com uma aparência bem melhor, *älskling* — comentou Stina, e fez um carinho no rosto da filha. — Pode terminar o molho de mostarda enquanto eu cuido do repolho?

Maria se encaixou com naturalidade no caos organizado da família e ocupou seu lugar diante da bancada. Debaixo das mangas curtas da camiseta, seus tríceps se retesaram enquanto ela misturava com vigor o óleo a uma tigelinha de molho amarelo, e *meu Deus*.

Aqueles halteres no quarto de hotel na Irlanda foram obviamente usados. Nada que ele já não soubesse; afinal, Maria já tinha demonstrado sua força inúmeras vezes, mas...

Ela era tão arredondada, tão macia, que às vezes ele se esquecia.

Peter se reclinou na cadeira e ficou observando-a, fascinado.

Quando Filip levou a travessa fumegante até a mesa, esbarrou de leve no ombro de Peter em um gesto camarada. Peter se sobressaltou um pouco, despertando do transe em que Maria o havia colocado.

Até então, o segundo irmão mais velho tinha permanecido na cozinha a noite toda, então eles não haviam conversado muito. Mas, pelo que Peter notara, o restante da família estava se revezando para verificar como ele estava, lançando olhares atenciosos em sua direção e tocando de leve seu braço ou suas costas quando passavam por ele. Não o obrigavam a falar, apenas deixavam claro com gestos que estavam ali e que o bem-estar dele importava a todos.

Aquele casulo discreto de amor e proteção não se parecia com nada que Peter já tivesse visto. Pelo menos, não fora da pseudofamília que Maria havia criado na ilha.

Como teria sido crescer em uma casa como aquela?

Que pessoa *ele* teria se tornado?

Depois de pousar a travessa, Filip abriu um sorriso doce e sincero para Peter.

— Não se preocupe com a fila do mercado. Todo mundo passa sufoco no começo. Na primeira vez que tentei embalar minhas compras sozinho, uma senhora perdeu a paciência, me empurrou com o andador e terminou de ensacar minhas compras. Acho que ela ainda roubou um pacote de panquecas congeladas.

— Ela não anotou o número dela na sua nota fiscal? — perguntou Astrid, com um sorrisinho, jogando os cabelos castanhos e compridos para trás.

— Anotou, sim. — Filip franziu o cenho e ajeitou os óculos de armação grossa. — Mas, mesmo querendo as minhas panquecas de volta, não liguei. Espero que não tenha magoado os sentimentos dela.

— Se estiver tentando descobrir quem é o bonzinho da família, Peter, é esse aí — disse Vincent, que se levantou, foi até a cozinha, tirou da geladeira jarras com rolha cheias de água com gás e as levou para a mesa. — O Filip é quem salva a família quando o assunto é decência humana.

Peter tinha suas dúvidas.

Várias vezes no mercado, observou os pais de Maria ajudando discretamente outros clientes que não conseguiam alcançar as prateleiras mais altas ou o fundo dos congeladores. A mãe de Maria insistiu em comprar tudo que parecesse bom ou interessante para Peter, embora ele planejasse reembolsá-los de algum modo, e, na fila do balcão de frios, uma criança aos berros deixou de lado fosse lá o que a aborrecia quando Stina se agachou e brincou com ela. A mãe do menino quase chorou de gratidão. Na saída, Olle recolheu os carrinhos espalhados pelo estacionamento e os levou até o abrigo coberto mais próximo.

As ações deles não eram grandiosas. Apenas atentas. Apenas gentis.

Astrid tinha lavado uma quantidade incontável de louça, carregado qualquer panela ou travessa que considerasse pesada demais para a mãe e convencido Stina a se sentar e deixar Olle ou Filip continuarem o preparo da comida em vários momentos da tarde, já que Stina aparentemente sentia dores nas costas. Vincent trabalhava para uma ONG ambiental e, assim que Filip chegou, puxou o irmão de lado para uma conversa intensa e sussurrada. Em determinado momento, enxugou as lágrimas de Filip e o abraçou por um bom tempo.

— Problemas com a namorada — murmurara para Peter ao voltar à mesa.

Depois disso, Filip passou alguns minutos no banheiro. Quando reapareceu, estava com o rosto lavado, um sorriso determinado e só dirigiu palavras gentis à visita.

Ninguém precisava contar a Peter sobre a bondade natural de Maria, é claro.

E ele não pretendia ser o único folgado e egoísta do grupo, então ignorou todos os apelos de Stina e ajudou a servir o restante da comida. No fim, a mesa quase cedeu sob o peso dos pratos que a família de Maria havia comprado e preparado: salmão defumado com ervas e molho de mostarda. O presunto destruidor de ovos. Batatinhas cozidas. Vagens salteadas na manteiga. Um prato adocicado de repolho-roxo com maçã. O inevitável pote de arenque. Algum tipo não identificado de patê. Almôndegas, porque é claro que tinha que ter almôndegas. Molho escuro. Geleia de lingonberry. Um enorme cilindro curvo de uma linguiça branca chamada *falukorv*, fatiada ao meio e recheada com mostarda e queijo. Uma baguete tostada e manteiga.

Pouco antes de todos se sentarem para comer, Filip puxou Maria para um abraço, exatamente como os outros irmãos haviam feito ao chegar, e como os pais dela tinham feito assim que a viram no aeroporto. Assim como o restante da família, ele lhe deu um abraço apertado e disse algo carinhoso. Algo que terminava com *jag älskar dig*, uma das poucas frases em sueco que Peter reconhecia.

Eu te amo.

Maria retribuiu as palavras, com o rosto encostado no ombro do irmão, e Peter não sabia se já a tinha visto tão serena e feliz.

Embora desejasse aquilo para ela — desejasse a felicidade dela com uma intensidade que jamais havia sentido, nem com a ex-noiva —, a generosidade escancarada do amor daquela família lhe causava um aperto no peito, e por mais de um motivo.

Maria gostava dele. Sem dúvida. Também tinha uma carreira em ascensão e vários testes à sua espera em Los Angeles.

Mas, pela primeira vez, Peter se perguntou se tudo aquilo... se ele próprio... seria o bastante para mantê-la ao seu lado.

17

Pensando bem, aquela longa e deliciosa soneca à tarde tinha sido uma péssima ideia.

O restante da família já tinha ido dormir, ali mesmo na casa dos pais dela, ou nas próprias casas. Peter também havia desaparecido escada acima, e o jorro de água nos canos indicava que estava tomando um banho para dormir. Em uns dois minutos ele desceria, daria um beijo nela e então subiria de novo para apagar as olheiras que sombreavam aqueles olhos lindos.

Maria sabia que também deveria dormir, é claro. Os assessores de imprensa de *Deuses dos Portões* haviam agendado para o dia seguinte várias entrevistas com veículos de notícias locais e nacionais para Peter e ela, além de uma longa sessão de fotos que os levaria a vários pontos icônicos de Estocolmo. Ia ser exaustivo. Quanto mais descansada estivesse, melhor.

No entanto, ela se sentia tão desperta que era como se tivesse tomado toda a reserva sueca de energéticos e depois entrado em uma das poucas unidades do Starbucks para injetar café espresso na veia. Estava longe de qualquer possibilidade de ter sono. Naquele momento, nem tinha certeza se conseguiria dormir algum dia.

Se fosse irremediavelmente egoísta, convenceria Peter a abrir mão do descanso de que precisava e conversar com ela. Não porque sentia falta de companhia em geral, mas porque tinha sentido falta *dele* o dia todo, mesmo que Peter estivesse o tempo todo a poucos metros de distância. Mas não pediria a ele que abrisse mão de ainda mais sono só para lhe fazer companhia, não quando o homem já estava claramente exausto. Por mais que quisesse tê-lo só para si por algumas horas.

Dividir a atenção entre ele e a família não tinha sido fácil naquele dia, por mais que quisesse que Peter gostasse deles e vice-versa. Sentira falta do tempo a sós com ele, da privacidade que haviam sacrificado ao ficar na casa dos pais dela, do frisson de saber que, mesmo cercados por outras pessoas, em algum momento estariam sozinhos em uma cama e transariam loucamente.

A cama de infância dela, infelizmente, não era muito propícia para uma trepada frenética. Mal comportava uma pessoa, e, ainda por cima, seu quarto ficava ao lado do dos pais. Isso já tinha sido motivo de muito desconforto para Maria na adolescência, já que Stina e Olle ainda levavam uma vida bem ativa, tanto dentro quanto fora do quarto. Ainda assim, Maria preferia não seguir o exemplo dos dois nesse quesito específico, e definitivamente não pretendia transar com Peter em um lugar onde os pais poderiam fazer comentários em tempo real, caso desejassem.

A cama de Peter dividia a parede com o antigo quarto de Filip, e o irmão estava hospedado ali até encontrar um apartamento longe da casa em que morara com a ex. A cama de hóspedes era do mesmo tamanho da dela, e a estrutura antiga provavelmente não aguentaria os dois.

Ou seja, Peter e ela estavam fodidos — e, ao mesmo tempo, não estavam. E continuariam naquela seca até irem para o Wisconsin na semana seguinte, onde se hospedariam em um hotel. Peter havia rejeitado a ideia de ficar na casa do pai com uma convicção tão inabalável que Maria nem chegou a pedir uma explicação.

Muito bem, então. Ela não conseguia dormir e não podia transar, mas ainda podia se entreter. Maria se levantou do seu canto favorito do sofá — o mais distante da TV e mais próximo das janelas —, foi até as estantes embutidas e contemplou suas opções.

Livros de ficção científica. Livros de culinária. Romances policiais. Ou... álbuns de fotos da infância.

A nostalgia venceu.

O álbum que tirou da estante já estava um pouco gasto nas bordas, algumas das fotos já haviam perdido a qualidade, e aquilo só fazia com que ela o valorizasse ainda mais. Aquelas marcas de uso e as páginas ligeiramente dobradas significavam que o álbum tinha sido amado, folheado por ela e pela família diversas vezes ao longo das últimas duas décadas.

Aquele álbum guardava todo mundo de quem Maria realmente precisava, todos que ela amava.

Embora... talvez aquilo já não fosse totalmente verdade.

Maria sentiu uma mão grande e quente pousar em seu quadril.

— O que é isso?

Para um homem tão grande, Peter era capaz de se mover com extrema discrição. Sem se virar, Maria se permitiu recostar o corpo no dele, confiando que ele a seguraria. Peter a abraçou e apoiou o queixo áspero no ombro dela. A cada inspiração, Maria inalava o sabonete com perfume de capim-limão que toda a família usava e que, no caso de Peter, se misturava ao aroma de qualquer que fosse o produto que o deixava com aquele delicioso cheiro amadeirado.

A combinação inesperada era boa. Parecia *certa.*

Maria desejou acreditar em presságios.

Peter estava descalço, com uma calça folgada que roçava os tornozelos, e Maria sentiu no braço a frieza e a maciez do tecido da camiseta de manga comprida. O equivalente a um pijama, embora Maria desconfiasse que ele não tivesse pijamas. Então aquilo era claramente um abraço de boa-noite, e não um convite para dividir a infância dela — que dirá a dos irmãos — com ele.

— Está indo dormir? — Maria abaixou a cabeça e beijou uma cicatriz minúscula no antebraço dele, lembrança de uma lasca de calcário afiada demais da cena em que Cássia e Cipriano construíram a casa deles. — Quer alguma coisa? Mais um travesseiro, uma luz de cabeceira?

Ela podia jurar tê-lo ouvido murmurar algo como: "Alguma roupa de cama seria ótimo."

Mas, quando se virou nos braços dele para encará-lo, Peter apenas negou com a cabeça.

— Não estou indo dormir ainda, e não preciso de nada. Mas quero uma coisa.

— Desconfiei. — Ela arqueou a sobrancelha e cutucou a ereção crescente dele com a barriga. — Embora eu aprecie seu entusiasmo, já pensei na logística e...

— Quero saber o que tem nas mãos e um tempo a sós com você, Maria. Só isso. — O abdômen dele vibrou com a risada baixa, e seu rosto se franziu sob a barba. — Bem, não *só* isso, mas fiquei pensando na logística também. Por enquanto, vamos ver se conseguimos encontrar uma poltrona que aguente os dois e...

Ele interrompeu o próprio raciocínio e mudou de posição.

— Ora, ora, Peter Reedton. Meu estoico e silencioso colega de elenco. — Maria inclinou o rosto para trás, ainda nos braços dele, e ergueu o queixo até conseguir ver sua expressão com nitidez. — Você quer bater papo, né? Conversar e se sentar agarradinho comigo. Que fofo.

A cara feia que Peter fez poderia ter incinerado o álbum ainda apoiado no peito dele, entre as mãos de Maria. Mas era tarde demais. Agora ela sabia o segredinho do ator durão: ele gostava de ficar de conchinha.

Maria enfiou o álbum debaixo do braço, se desvencilhou do abraço, pegou a mão dele e o levou até a chaise longue. Era outro cantinho preferido dela na casa, ideal para a leitura. Grande, bem macio e forrado com um tecido aveludado de um tom de verde-azulado, o móvel ficava virado para o pequeno jardim dos fundos, tinha braços arredondados confortáveis e parecia uma poltrona rechonchuda alongando as pernas.

Depois de dar uma boa olhada no móvel, Peter fechou os olhos e soltou um gemido.

Bem, depois daquele som de lamento, ela também já estava imaginando as possibilidades, que pareciam deliciosas e numerosas. Mas...

— Nem pensar. Sim, transar na chaise seria incrível, mas a porta não tranca e o Filip tem o sono leve. — Segurando sua mão, Maria o guiou em direção ao móvel tentador. — Senta.

O grunhido que Peter deixou escapar em resposta saiu carregado de indignação, mas ele ajoelhou na chaise e se ajeitou até que as almofadas do encosto o acomodassem e ele pudesse esticar as pernas fortes sobre o longo assento. Então, abriu as pernas o máximo que os braços acolchoados da poltrona permitiam e deu uns tapinhas no espaço que havia criado à sua frente.

O encaixe era apertado, mas, depois de se contorcer um pouco, Maria conseguiu se espremer entre os joelhos levemente erguidos de Peter e se recostar contra o peito e a barriga dele. Os braços dele formaram um círculo delicado ao redor dos ombros dela, e seu queixo se aninhou na lateral do rosto dela.

O corpo dele a cercava, a segurava com firmeza e a envolvia em força, maciez e calor, sem exigir nada em troca.

Naquele fim de noite, na quietude da casa onde ela crescera, os dois podiam muito bem ser as únicas pessoas acordadas no mundo. Maria virou a cabeça e plantou um beijo no queixo barbado dele, e o murmúrio que Peter deixou escapar soou... satisfeito.

Quando ele falou, seu tom era áspero, mas bem-humorado.

— Você sabe que a gente vai precisar de um guindaste para conseguir sair dessa poltrona, né?

— Vale a pena — disse Maria, e apoiou o álbum grosso em cima da barriga. — Respondendo à sua pergunta, meu pai montou esse álbum quando Vincent foi para a universidade. *Pappa* estava lidando com a síndrome do ninho vazio, mesmo que a gente ainda estivesse por perto, então reuniu fotos que mostravam como todo mundo passou a fazer parte da família, até mais ou menos o primeiro ano depois que a gente chegou.

Ao longo dos anos, Maria já tinha visto cada membro da família folhear aquelas páginas. O álbum servia como uma espécie de ponto de referência para todos, mesmo à medida que ela e os irmãos se espalhavam pelo mundo — para depois, inevitavelmente, voltarem para casa por um tempo, e então se dispersarem de novo.

— Me mostra — pediu Peter. Ele pegou o álbum e o segurou na vertical. — Me conta sobre a sua família.

Apesar do pedido tranquilo, Maria sentiu um novo tipo de tensão reverberar pelo corpo dele, que já não se mostravam tão relaxado, e sim ligeiramente apreensivo, e sentiu vontade de perguntar o que o preocupava. No entanto, optou por não fazer aquilo; não queria que nada atrapalhasse a conversa que estavam prestes a ter. Porque Peter precisava saber. Ele precisava entender o que estava em jogo para ela naquele relacionamento que estavam construindo, porque, para ele, não parecia haver tanto em jogo assim. Não com Peter morando em Los Angeles havia anos e, pelo que ela entendera, não tendo nenhuma dificuldade em ficar longe do pai, com quem tinha uma relação meio estremecida.

Por isso, em vez de pressioná-lo por respostas, ela simplesmente virou a primeira página.

Era a mãe dela, com cachos ruivos e esvoaçantes, por volta dos trinta anos, grávida, com um sorriso no rosto e a mão na barriga, enquanto o marido loiro a abraçava pelos ombros e sorria para ela. Com a outra mão, ela segurava a dele.

— *Mamma* e *pappa* só se conheceram quando já estavam quase com trinta anos. Ele tinha vindo do interior para procurar emprego na cidade, e os dois se conheceram na linha de produção da nossa indústria farmacêutica local. Eles se casaram dois anos depois no cartório sem saber que ela já estava grávida do Vincent. — Com o dedo, ela seguiu a linha entrelaçada das mãos dos dois sob a película de plástico. — A gravidez foi tranquila, mas o parto teve complicações, e os médicos aconselharam que não tivessem mais filhos. *Pappa* ficou particularmente arrasado, porque sempre quis ter uma família grande.

Olle era filho único de pais que haviam morrido quando ele tinha vinte e poucos anos, atropelados por um motorista imprudente em uma faixa de pedestres, e ansiava por barulho, bagunça, conexão. Na verdade, ele *precisava* daquilo. De uma família grande para amar e criar com a mulher amada, independentemente de como aquela família seria formada.

— Então, nada de gravidez — comentou Peter, tamborilando o polegar na borda da página plastificada. — Mas isso não significava que não podiam ter mais filhos.

Ela sorriu.

— Exatamente.

Em silêncio, eles foram passando as fotos, que mostravam Vincent indo de um recém-nascido vermelho e chorão a um bebê rechonchudo que mordia chaves de plástico, depois em um garotinho de olhos brilhantes que já se sustentava de pé.

Mais uma virada de página, e lá estava Filip com um ano e meio de idade, cabelo preto bagunçado e arrepiado, olhos castanhos e desconfiados. Recém-chegado da Coreia do Sul, onde passara toda a primeira infância em um orfanato.

— Meus pais estavam esperando na saída do aeroporto quando o Filip chegou, e foi amor à primeira vista — contou ela.

— Acredito piamente nisso. — Peter tocou o rostinho pequeno e solene do irmão dela. — Quem não se apaixonaria? Nem sou muito chegado a crianças, mas esse garotinho é uma graça. Só de olhar já me dá vontade de pegá-lo no colo e dar sorvete para ele até que abra um sorriso.

Ela teve que rir.

— Foi mais ou menos o que eles fizeram. Como Vincent vive dizendo, dá para ver as bochechas dele ficando cada vez mais gordinhas em cada foto.

Parte do motivo era a comida, mas não era só isso. As bochechas ficavam mais cheias quando ele sorria. E, depois de alguns meses, quando já estava adaptado e tinha passado a confiar na nova família, Filip começou a sorrir o tempo todo. Um sorriso doce e contido que, mais de trinta anos depois, seguia praticamente idêntico.

Maria passou mais algumas páginas, se deleitando em rever a alegria cada vez mais óbvia do irmão, aquele brilho feliz de quem finalmente tinha encontrado seu lugar no mundo.

— Olha só. É verdade mesmo, dá pra acompanhar pelas bochechas — comentou Peter, achando graça. — No final, o rosto dele ficou parecendo uma luazinha cheia.

Parecia mesmo.

— Quando Filip espichou na adolescência e as bochechas sumiram, minha mãe ficou arrasada.

— Imagino. — Peter virou a página seguinte e ficou contemplando por um tempinho a foto de um bebê dormindo, com uma quantidade surpreendente de cabelos castanhos e usando um macacãozinho verde com pés. — Essa é a Astrid, né? Por que ela vem antes? Você é mais velha.

— Ela foi adotada recém-nascida. Eu, não. Ou seja, ela entrou na família antes de mim.

Aquilo era algo que Maria tinha se esforçado ao máximo para não invejar ao longo da infância e, até certo ponto, tinha conseguido. Os últimos resquícios de mágoa e ressentimento desapareceram de vez quando Astrid ficou mais velha, e Maria finalmente entendeu que havia muitas maneiras de se sentir deslocada, e nem todas envolviam a própria família.

A maior parte das primeiras fotos de Astrid mostrava a menina brincando ao sol, porque, segundo os pais, ela sempre odiou ficar presa dentro de casa. Ninguém se surpreendeu quando ela virou guia de trilha depois de dois anos infelizes como cabeleireira.

— A Astrid já nasceu uma gata-do-mato — dizia Stina quando elas eram crianças, e logo em seguida despenteava o cabelo da filha adolescente até fazê-la soltar um grito de protesto e sair correndo, geralmente em direção à casa na árvore.

Algumas páginas adiante, Peter fez uma pausa.

— Peraí. Por que sua irmã tem menos fotos que seus irmãos?

— Muitas fotos foram tiradas antes da transição da Astrid, então a deixam desconfortável.

Embora os suecos em geral não fossem tão ligados a roupas específicas para cada gênero quanto os estadunidenses, algumas peças e penteados antigos da irmã gritavam sua identidade de gênero presumida pela sociedade.

— *Pappa* só colocou no álbum as fotos que ela aprovou.

— Entendi. — Peter assentiu, totalmente impassível, como ela esperava e desejava que ele reagisse. — Faz sentido.

Maria tentou não enrijecer em antecipação ao que ele veria em seguida. Ao que ela teria que explicar. E ao que aquilo revelaria sobre ela.

Não que sentisse vergonha, não mais. Nem que colocasse a culpa em algo intrinsecamente errado nela mesma. Na verdade, não havia ninguém para culpar. Com o tempo, ela passara a acreditar de verdade naquilo.

Mas o sofrimento não precisava de culpados. E Maria não costumava expor as próprias vulnerabilidades ao escrutínio alheio. Tirando sua família e duas ou três amigas de infância, só seu ex, Hugo, sabia a história completa de como ela tinha se tornado uma Ivarsson.

E saber daquilo não o impedira de magoá-la ainda mais.

Quando Maria passou para a página seguinte, Peter ficou em silêncio por um instante.

— Aqui está você.

Sim, ali estava ela. De jeans e camiseta. Já alta para a idade, o corpo robusto, o cabelo loiro preso em tranças bem-feitas, coladas às orelhas. Sem expressão. Com um olhar firme e frio.

— Meu amor... — Através do plástico que cobria a foto, o dedo indicador de Peter acariciou a bochecha da menina. — Eu não sabia que você já era tão crescida quando foi adotada.

— Oito anos. — Não havia necessidade de se prolongar. O básico já bastava. — Meus pais biológicos morreram em um incêndio horrível numa boate de Estocolmo quando eu tinha quatro anos. Era o aniversário de casamento deles, e eu estava em casa com a babá.

O dedo dele estacou na página.

— Maria...

Não, ela ainda não tinha terminado. Ainda mais depois daquele murmúrio, gentil demais.

— Não havia testamento indicando com quem eu deveria ficar, e os dois eram filhos únicos de pais também filhos únicos, ou seja, não havia muitas opções.

As lembranças daqueles meses no limbo ficavam enterradas tão fundo em sua mente que nem ela conseguia acessá-las, só supor que sentira medo. Uma tristeza absurda. A mais absoluta confusão diante do que tinha acontecido com a sua família e com a vida segura que ela conhecera até então.

— Acabei passando dois anos com uma parente distante da minha mãe biológica.

Depois de alguns meses, ela havia se adaptado. Tinha parado de ter pesadelos toda noite. Adorava o apartamento pequeno em que moravam, com vista para um pátio cheio de árvores. Havia aprendido a amar Inga, que usava o cabelo grosso preso em um coque grisalho.

Daquilo ela se lembrava. Embora não tão bem quanto do que veio depois.

— A filha adulta dela ficou muito doente. Câncer. Minha guardiã... — Não mãe, embora Maria tivesse começado a chamar Inga de *mamma* naquele último ano que passaram juntas. — Ela era a única cuidadora da filha e não conseguia dar conta das necessidades dela e de criar uma criança pequena ao mesmo tempo. Ainda mais com os próprios problemas de saúde.

Inga estava na casa dos sessenta anos na época, havia fumado praticamente a vida inteira e sua tosse costumava manter Maria acordada até tarde da noite. Anos mais tarde, quando procurou pela antiga guardiã na internet, encontrou os obituários das duas. A mãe tinha morrido apenas três meses depois da filha.

Os braços de Peter se retesaram ao redor dela, mas sua voz permaneceu tão aveludada quanto o tecido que forrava a chaise.

— Ela abriu mão de você?

— Abriu. — Se a resposta saiu um pouco brusca, paciência. Ele teria que entender. — Voltei pra adoção e fui mandada para outra casa alguns meses depois. Um casal de trinta e poucos anos. Fiquei com eles por mais de um ano. Ela fazia faxina em escritórios, e ele trabalhava com manutenção em prédios residenciais. Ele foi demitido, e ela descobriu que estava grávida. Como até ali achavam que não podiam ter filhos, os dois foram pegos de surpresa.

E ficaram encantados, apesar das dificuldades financeiras. Radiantes por finalmente terem um filho biológico... embora até gostassem de Maria.

Mas não o bastante para ficar com ela.

Maria explicou a Peter da mesma forma que explicara a si mesma tantas vezes, deitada na cama, ainda uma criança desamparada tentando chorar baixinho para que ninguém ouvisse:

— Eles não tinham condições de sustentar dois filhos. Mesmo antes de ele perder o emprego, era um sufoco pagar o aluguel. Então, sem a renda dele e com um bebê a caminho, não tinham muita escolha.

Algumas vezes, ao longo daquele ano no apartamento deles, Maria tinha entreouvido os dois tendo discussões acaloradas aos sussurros sobre como juntar dinheiro para conseguir comprar macarrão, alguma fruta em promoção naquela semana e, quem sabe, uma roupa que coubesse nela.

A decisão de devolvê-la aos cuidados do Estado fazia sentido. Fez sentido até para ela na época. Os dois estavam em uma situação difícil, sem boas opções, e tinham feito uma escolha. Aquilo não os tornava pessoas ruins.

Ainda assim, quando a chamaram para aquela cozinha minúscula e atulhada e contaram a grande novidade e o que aquilo significava para o futuro dela, Maria tinha ficado sinceramente aliviada por nunca ter chamado os dois de *mamma* e *pappa*, como eles haviam sugerido, nem entregado seu coração como havia feito com Inga, mesmo que aquele distanciamento emocional às vezes tivesse magoado o casal.

Talvez aquilo tivesse sido rancoroso da parte dela, mas talvez o rancor fosse tudo que ela tinha, o que a fizera continuar a seguir em frente depois que eles a deixaram — ir à escola, sorrir e tentar fazer amigos, mesmo pulando de casa em casa, sem durar muito tempo em nenhuma delas.

— Então eles devolveram você. — O peito de Peter se expandiu em um suspiro lento, e a expiração ainda mais lenta acariciou o rosto de Maria. — Ok.

As palavras ainda eram suaves, mas ele estava tão rouco que parecia ter feito um gargarejo com pedras, e as pernas que a ladeavam podiam muito bem ser de pedra também. Seu polegar continuava acariciando de leve o rosto da menina perdida, arrasada e desconfiada que Maria já não era mais havia muito, muito tempo.

— E *está* ok — disse Maria, dando um tapinha na mão inquieta dele.

O silêncio que se seguiu àquela frase tranquilizadora foi absoluto e tão pesado que poderia ter atravessado a chaise, as tábuas do assoalho e aberto um buraco até o centro da Terra.

Peter começou a ranger o maxilar de um jeito estranho que ela nunca tinha ouvido.

— Mas não se preocupa. — Maria logo completou: — Alguns meses depois, meus pais me adotaram e não brincaram em serviço. Fizeram tudo que podiam para tornar a adoção permanente e oficial o mais rápido possível.

Agora, adulta, ela entendia o motivo. Stina e Olle queriam deixar claro de todas as maneiras possíveis, tanto para ela quanto para as autoridades, que aquela adoção era para sempre. Que *eles* seriam para sempre. A nova família nunca a abandonaria, sempre iria querê-la e amá-la, sempre iria escolhê-la.

Maria também entendia o tamanho do risco que tinham assumido, porque, antes de a adoção ser oficializada, ela falava com os pais e os irmãos apenas quando estritamente necessário. Não confiava neles, não tinha a menor intenção de se sentir à vontade naquela casa e estava convicta de que não ia deixar ninguém se aproximar do seu coração.

Era educada e não reclamava, mas era tão fria e distante quanto o extremo norte da Lapônia. Uma estranha em todos os sentidos possíveis.

Quando a adotaram, os pais não a *conheciam*.

"Mas a gente já te amava", era a resposta que o pai sempre dava a Maria quando ela comentava aquilo. "Esse seu coração era grande demais para ficar escondido, por mais que você tentasse. E você tentou muito, *älskling*. Francamente, ficamos impressionados com seu nível de empenho. É uma pena que não existissem TED Talks naquela época, porque você podia muito bem ter dado uma palestra sobre como manter uma expressão impassível e um silêncio absoluto diante de subornos escancarados e demonstrações de afeto absurdamente efusivas."

Eles também tinham tentado a tática do sorvete com ela, mas não deu certo.

Aquilo, porém, foi o de menos. Céus, Astrid tinha grudado nela feito carrapato desde o começo. E, quando a irmã mais nova não estava agarrada na perna dela, Vincent e Filip a levavam à escola, ao cinema nos fins de semana, e a enchiam de uma quantidade absurda de doces. O pior de tudo era que os cinco Ivarsson tinham um faro absurdo para detectar quando as defesas de Maria estavam mais baixas e atacavam na hora, como leões farejando uma pobre gazela loira que só queria não ter o coração partido outra vez.

Eles perguntavam se Maria queria redecorar o quarto, porque Stina adorava montar móveis, costurar cortinas e aplicar papel de parede, ainda mais se tivesse companhia. Perguntavam se ela queria aprender a fazer a receita da mãe de Olle do rocambole de framboesa para que ele pudesse passar a tradição para a próxima geração de Ivarssons. Se ela topava deixar Vincent lhe ensinar uns golpes de defesa pessoal para que pudesse se proteger de qualquer um que implicasse com ela na escola. Se aceitava brincar de queimada com a Astrid no quintal. Se precisava de ajuda com a escola, porque Filip adoraria ajudá-la com qualquer matéria que tivesse dificuldade.

Eles tinham sido implacáveis. E, apesar do empenho de Maria e de uma teimosia considerável, ela não conseguiu resistir por mais do que alguns meses após a adoção ser oficializada.

Um dia, quando perguntaram se podiam abraçá-la, ela disse que sim e retribuiu o abraço.

Outro dia, voltou a rir com gosto.

Depois de um tempo, os pesadelos cessaram e Maria parou de acordar chorando.

Mais um tempo depois, passou a chamar Stina de *mamma* e Olle de *pappa*.

Até o dia em que, quando eles disseram que a amavam, Maria respondeu *jag älskar dig också*, e nem chegou a gaguejar.

Custou, mas ela finalmente acreditou neles quando disseram que não iam a lugar algum. E que ela também não iria, a não ser quando estivesse pronta. O que não tinha acontecido… até seis anos antes, quando Maria embarcou em um avião rumo a Los Angeles e se comprometeu a passar meses longe da família pela primeira vez desde que havia *ganhado* uma.

Seis anos antes, quando se viu na mesma sauna que o homem ao seu lado agora. O homem que, naquele momento, vibrava de emoção contida e a abraçava com um carinho imenso, carregado de tensão, na casa escura e silenciosa dos pais dela.

Toda aquela emoção e todo aquele cuidado eram por ela, sentidos e oferecidos em nome da menina que Maria fora um dia — e aquilo também parecia um abraço. Ambos eram bem-vindos, mas também desnecessários. Peter descobriria aquilo em breve.

— Vira a página, *sötnos* — disse ela, e plantou um beijo naquele rosto tenso. — Vamos ver o que aconteceu depois.

Peter ficou com o polegar sobre o rosto da criança por um instante, e então obedeceu.

A escolha de fotos feita por Olle dizia mais do que qualquer palavra. Na primeira página, Maria parecia fria, distante, perdida. Mas, algumas páginas depois, já sorria, posava sem jeito, gargalhava enquanto Vincent fazia cócegas nela, carregava Astrid nos ombros em uma festa de Midsommar, a celebração do solstício de verão, e apoiava a cabeça no ombro de Stina enquanto a mãe acariciava seus cabelos.

Nas fotos mais recentes, ela nunca estava sozinha.

Depois vinham as últimas fotos. Alguns meses depois da chegada de Maria, Filip prendeu a câmera de Stina a um tripé, programou o temporizador e correu de volta para tirar o primeiro retrato oficial da família Ivarsson. Um ano depois, fez a mesma coisa. Agora, o álbum reunia mais de vinte dessas fotos em grupo, tiradas sempre que todos estavam juntos.

Durante muito tempo, olhar aquelas fotos fazia Maria chorar. Agora, só a fazia sorrir.

Quando Peter chegou à última foto, fechou o álbum com muito cuidado e o colocou na mesinha ao lado da chaise.

— Da próxima vez, quero que você me conte as histórias por trás de cada foto. Mas, hoje à noite, tem outra coisa que eu preciso fazer.

— Ah, é?

Será que ele queria ir dormir agora?

Quando Maria virou a cabeça para Peter, não conseguiu interpretar sua expressão, mas o maxilar dele ainda tremia com a emoção que tinha deixado seu rosto ruborizado. Os músculos longos de suas pernas permaneciam tensos.

E ele lhe dera um abraço muito, muito apertado.

Mesmo depois de ver os retratos mais recentes da família, de ver como Maria tinha se tornado feliz e continuava feliz, o desconforto de Peter não diminuíra. Só… mudara. De um jeito que ela não compreendia.

Até que o abraço ao redor dos seus ombros afrouxou, mas não para soltá-la.

Em vez disso, Peter deslizou as mãos grandes pelo abdômen de Maria e segurou seus seios, acariciando os mamilos com os polegares até deixá-los duros e sensíveis, e usou o queixo para afastar o cabelo dela da orelha direita. A aspereza da barba e o calor da respiração incendiaram tudo entre as pernas de Maria.

— O chuveiro de hóspedes é bem espaçoso — murmurou ele, lambendo o lóbulo da orelha dela.

Ela pousou as mãos sobre as dele e soltou um suspiro trêmulo.

— Não espaçoso o suficiente para duas pessoas do nosso tamanho transarem.

— Hummm. — Os dentes dele se fecharam em torno do lóbulo, e ela estremeceu. — É espaçoso o suficiente para eu te fazer gozar com o chuveirinho.

Masturbações também não exigiam tanto espaço, apesar do volume cada vez mais evidente da ereção dele contra as costas dela. Claramente, ela não havia pensado muito sobre aquelas trepadas loucas, mas Peter, sim. Aquele tipo de iniciativa e de criatividade merecia uma recompensa, certo?

Quando ele beliscou de leve seus mamilos entre os nós dos dedos, Maria apertou as coxas cobertas pelas leggings uma contra a outra.

— Mas vamos ter que ficar bem quietinhos.

Porque a água abafaria um pouco o som, mas não o volume dos gemidos que os dois normalmente soltavam.

— Eu tapo a sua boca — disse ele.

Pelos deuses... por que aquilo só a deixou ainda mais excitada?

Como se para demonstrar, Peter cobriu os lábios entreabertos dela com uma das mãos e deixou a outra escorregar para baixo, passando pela barriga até chegar ao meio das pernas dela. Ele apertou a vulva, então pousou a mão espalmada ali. E, como prometido, o gemido que Maria deixou escapar foi baixo e abafado, só para ele.

— Levanta.

Depois de uma última passada do polegar firme sobre o tecido que cobria o clitóris dela, Peter a soltou e começou a manobrar o corpo para tirá-los da chaise.

Assim que conseguiram se desembaraçar, ele puxou a mão de Maria e a conduziu escada acima até o banheiro de hóspedes.

No fim das contas, o espaço foi mais do que suficiente para posicionar um chuveirinho sobre o clitóris de Maria e usá-lo em intensidades variadas, porque Peter adorava provocá-la ao máximo. Só que...

Ele não parecia estar relaxado naquele momento. A intensidade de sua expressão não diminuiu nem por um instante.

Nem quando ele desviava a água sempre que ela se aproximava do orgasmo, ou mudava a potência do chuveirinho até o jato ficar difuso e suave demais para fazer qualquer outra coisa que não provocá-la ainda mais. Nem quando, por fim, um jato firme e certeiro atingiu com precisão o lugar exato, e Peter finalmente — *finalmente* — manteve o chuveirinho ali até Maria arquear o corpo, gozar e gemer contra a palma firme da mão dele, quase relaxando todo o seu peso no braço que a segurava.

Nem quando ela o encurralou contra a parede, tapou a boca dele e segurou seu pênis do jeito que ele gostava, levando-o a um orgasmo rápido e intenso.

Nem mesmo depois, quando os dois ficaram abraçados, molhados, exaustos, largados sob o chuveiro... ou quando ele se ajoelhou diante da pia para secá-la com a própria toalha.

Os lábios de Peter permaneceram cerrados em uma linha tensa até o fim. Seu olhar estava fixo, sem desviar dela nem por um segundo. Pelo menos uma das mãos dele ficava sobre o corpo dela o tempo todo, até o momento em que se despediram para ir cada um para seu quarto. Na porta, Peter devorou a boca de Maria enquanto segurava o cabelo dela com as mãos firmes, até que a soltou de repente e se afastou como se estivesse fugindo.

Peter estava tentando provar alguma coisa. Aquilo Maria conseguia perceber.

Só queria entender o que era.

18

Os parâmetros dos Ivarsson eram altos pra cacete.

Na esperança de adiar o inevitável, Peter tinha sugerido que eles voassem até o aeroporto de Chicago, O'Hare, e fossem de carro até a cidade natal dele, em vez de pegar um voo até o pequeno aeroporto de Madison. Mas a viagem não podia durar para sempre, e a cada quilômetro a menos na estrada que os conduzia para a casa onde ele crescera, lar do único membro da família que lhe restava, suas mãos se cerravam com mais força no volante. Nem a conversa alegre e brincalhona de Maria no banco do carona conseguia distraí-lo por completo da sensação difusa de pavor martelando em suas têmporas.

— Então você não achou a seção Amerikansk do supermercado ICA, uma representação justa da culinária do seu país? — perguntou ela, alcançando os controles para deslizar ainda mais o banco para trás e esticar as pernas com um suspiro de alívio. — Porque, para mim, pareceu bem fiel.

Peter lançou um olhar enviesado para ela, deixando claro que sabia que ela o estava provocando e só permitia aquilo por pura benevolência. Ou pelo menos era o que pretendia transmitir. Com sorte, a ansiedade crescente ainda não havia arruinado sua capacidade de expressar emoções, porque precisaria recorrer a ela novamente quando ele... Não, ele queria pensar positivo... Quando *eles* conseguissem novos papéis em Hollywood.

Sua resposta foi mais seca do que Los Angeles em agosto.

— Maria, aquele corredor que mais parecia um deserto não tinha nada além de xarope de bordo genérico, carne desidratada, macarrão instantâneo e prateleiras infinitas de doces. Aliás, muitos dos quais eu nunca tinha visto na vida.

— Você se esqueceu de incluir todos os tipos de marshmallow.

O trânsito estava intenso, então ele não pôde olhar para ela, mas ouviu o sorriso que aqueceu a voz de Maria. Aquela voz inocente demais, cheia de presunção.

— Como se isso refutasse o meu argumento — disse ele com desprezo.

— Você nem tinha um argumento, até onde percebi. — Ela fingiu um bocejo alto e forçado, cobrindo a boca com a mão em um gesto irritantemente fofo que ele viu pelo canto do olho. — Só fez uma lista de produtos. Um dos quais, apesar de toda a sua indignação patriótica, você de fato comprou.

Com gosto. E mais de uma vez, porque a abstinência de doces podia acontecer com qualquer um, a qualquer momento.

Peter fungou e empinou o nariz, tentando conter o sorriso.

— Meu dever patriótico me obriga a comprar chocolate Reese's sempre que os encontro. É uma cláusula pouco conhecida do Juramento à Bandeira, e não invalida em nada meu argumento.

— Tá bem, então. Se a seção Amerikansk era imprecisa e inadequada, o que você acrescentaria? — perguntou Maria, de fato curiosa.

— Produtos não perecíveis? — Ele refletiu por um instante. — Fubá de milho para fazer *grits*, aquele creme de milho típico do Sul dos Estados Unidos. Barrinhas de granola e cereais. Biscoitos Graham. Molho de cranberry. Misturas para recheio de aves. Abóbora enlatada. Sem falar no tempero de torta de abóbora e…

A risada dela desmontou a expressão rígida de Peter, que se pegou sorrindo para o para-brisa.

— Você tá só listando ingredientes de pratos do Dia de Ação de Graças — apontou ela.

— Não me lembro de você reclamando dos banquetes do Fionn enquanto a gente gravava na ilha no fim de novembro.

Na verdade, ela praticamente lambeu o prato de purê de batata-doce até não sobrar nada. Certo ano, a equipe chegou a apelidá-la, entre risos, de "Quem vai ficar com Maria?" — em referência a uma cena icônica do filme *Quem Vai Ficar com Mary?* —, por causa da gororoba alaranjada que ela, sem perceber, tinha deixado endurecer no cabelo.

— Eu não tinha escolha, precisava comer bastante — disse ela, cutucando o braço dele. — Não queria ofender nem a cultura de vocês nem a comida do Fionn.

— Mentira. Você não queria era largar a coxa de peru temperada com ervas, sua sueca ingrata.

A gargalhada de Maria preencheu o carro, e Peter não conseguiu conter o próprio riso. Quando o silêncio voltou a reinar, os nós de seus dedos já não doíam tanto no volante, e seus ombros tinham relaxado.

Mesmo depois de tantos anos de convivência, Peter ainda não sabia se ela fazia aquilo de propósito. No começo, achava que não. Imaginava que todo aquele charme, todo aquele humor, tinham que ser naturais. Afinal, por que Maria faria esforço para deixar *Peter*, logo ele, mais à vontade?

Mas agora...

Peter pegou a mão dela no console do SUV e a levou aos lábios. Beijou a palma. Entrelaçou os dedos e pousou a mão dos dois na própria coxa.

Ia ficar tudo bem. E daí se os Reedton não eram exatamente os Ivarsson? E daí se o pai não sabia conversar com o próprio filho? E daí se Peter nunca descobrira como se fazer entender por aquele homem?

A falta de jeito dele quando estava com o pai não seria surpresa para ela, não depois de todo o trabalho que Maria havia tido para quebrar o gelo entre ele e a equipe, entre ele e os colegas de elenco. E aquilo também não seria o suficiente para afastá-la, caso ela ainda estivesse considerando se deveria voltar de vez para a Suécia.

Ou pelo menos era o que ele esperava.

Peter não havia abordado o assunto diretamente, ainda mais depois de Maria ter passado um tempo tão agradável com os pais e irmãos incríveis. Se ele dissesse bem naquele momento que queria que ela ficasse com ele, Maria poderia facilmente reunir uma porção de argumentos para explicar por que ele estava errado, por que ela precisava da família mais do que dele — e os argumentos de Maria eram sempre, sempre devastadores e convincentes.

Ela jogava para ganhar. Jogava para valer.

E, quando tomava uma decisão, não voltava atrás.

Por isso, não, não ia perguntar se ela ficaria com ele, porque tinha medo da resposta, medo do que Maria poderia fazer — e ela já o deixara uma vez. Ele não fazia ideia de como sobreviveria a uma repetição daquele abandono agora que a *conhecia* de verdade. Conhecia e…

Bem, aquilo não importava. O que importava era convencer Maria, sem usar palavras, de que o lugar dela era ao lado *dele*. De que ela *o* queria. De que não conseguia imaginar uma vida sem *ele*.

Era isso que tornava a visita à cidade natal dele tão incômoda e apavorante, certo?

Porque o pai dele, o homem responsável em parte por sua existência, praticamente vivera sem ele pelas últimas duas décadas. Se Maria enxergasse Peter pelos olhos do pai, talvez decidisse fazer o mesmo.

Aquilo o destruiria. Destruiria uma parte dele, pelo menos.

A parte que existia só por ela, e havia anos.

A parte que ele nunca tivera a intenção de expor de novo, mas que ali estava. E ali estava ele.

Inteiramente à mercê de Maria, que podia destruí-lo se fosse o caso.

Durante duas horas inteiras, a expressão Maria era de pura serenidade, a voz macia como manteiga fresca.

O que fez com que Peter lembrasse: enquanto estivessem por ali, precisava levá-la ao Culver's para comer um hambúrguer amanteigado, bolinha de queijo frita e um sundae com calda quente, feito com creme congelado. Do contrário, aquela visita seria um desperdício — independentemente das entrevistas gravadas.

Mas, por ora, era estranho ver Maria tão... comportada? Aquela seria a palavra certa? Cautelosa? Fosse o que fosse, ela estava deixando o pai expansivo de Peter conduzir quase toda a conversa e respondendo com amenidades polidas enquanto observava os dois com muita, muita atenção.

— É um prazer te conhecer, Daniel — murmurara ela quando Peter apresentou o pai. — Já ouvi falar muito de você.

Uma mentira deslavada. Ele quase não havia mencionado o pai para ela, e Maria nunca insistira em saber mais, nem durante a viagem de carro até Madison.

— Esse restaurante que você escolheu parece perfeito — dissera ela enquanto se afastavam da cidade rumo a um estábulo do século XIX reformado para aproveitar um tradicional jantar de peixe de sexta-feira, típico do Wisconsin. — Adoro peixe.

Ela nem olhara de esguelha para Peter nem tirara do nada um pote de arenque para sacudir na frente dele.

Esquisito demais.

— Que lago lindo! — exclamara Maria ao virarem numa curva no SUV, já que o Prius pequeno do pai de Peter não acomodava com conforto duas pessoas da altura de Peter e Maria. O lago Mendota surgiu à vista, azul, reluzente e tão familiar que deixara a garganta dele apertada. — Que legal que você mora perto do lago, Daniel.

O pai, então, lhe explicara o que era um istmo, prometera mostrar o lago Monona em outro momento da visita e contara a ela uma história envolvente, bem-humorada e um tanto abreviada de Madison e da universidade até chegarem ao restaurante.

— Parece uma delícia — comentara ela ao garçom depois de pedir o combo com bacalhau assado, bacalhau frito e peixe-branco frito. — Obrigada.

O que, claro, inspirara o pai a explicar as origens da tradição do jantar de peixe no Wisconsin, além de outras peculiaridades culinárias do estado. *Beer brats*, que eram salsichas cozidas na cerveja e depois grelhadas. Bolinhas de queijo. E também um folhado doce recheado delicioso, chamado *kringle* — embora Peter achasse que o doce era de origem escandinava. Assim como muitos dos primeiros colonos brancos do Wisconsin, o que talvez explicasse o carinho da região por — argh — arenque em conserva.

Felizmente, o pai não mencionara *aquele* detalhe.

Maria já tinha ouvido tudo aquilo antes. Naquela mesma manhã, inclusive, em um evento de imprensa em que ela havia provado várias iguarias regionais. Mas ela não o interrompera. Não parecera entediada. Apenas assentira com atenção.

Agora, enquanto os três davam as últimas garfadas no jantar, ela continuava ouvindo o pai dele falar sobre seu treinamento para um próximo triatlo, demonstrando total interesse e sem tentar mudar de assunto, embora Peter soubesse perfeitamente que ela gostava de se exercitar, mas achava conversas sobre a rotina de treino alheia *chatas pra cacete*.

Palavras dela.

— Fascinante — comentou ela, enquanto cobria o peixe de molho tártaro e dava uma boa garfada. — O senhor também corre maratonas?

O pai assentiu, o sorriso satisfeito acentuando as rugas ao redor da boca.

— Agora só me arrisco em meia maratona. Mas estudei na UW-Madison com uma bolsa de atletismo e, quando o Peter era pequeno, eu ainda corria maratonas com meu amigo Len. Até hoje, Len e eu gostamos de dar a volta no lago e…

O pai seguiu falando, e ela não o interrompeu. Também não perguntou se Peter havia entrado no time de corrida, fosse no colégio ou na faculdade. Sabia que não tinha sido o caso.

Em vez de praticar esportes ou participar do grêmio estudantil — como o pai, que também havia sido representante de turma —, Peter tinha se juntado ao clube de teatro. Porque sempre amara atuar, desde o começo, mas também porque, fora do palco, os outros participantes do clube deixavam que ele fosse taciturno e introspectivo. Aceitavam seu silêncio sem questionar, e sem ficar lhe lançando olhares de confusão e pena como o pai costumava fazer.

O pai sempre comprava ingressos para uma única apresentação de cada peça em que Peter atuava e sempre o parabenizava depois dos agradecimentos finais, mas nunca parecia gostar dos espetáculos, nem tinha muito a dizer depois.

Durante um tempo, Peter interpretara aquilo como uma desfeita proposital, um sinal do desprezo que o pai sentia por ele e por aquilo que ele fazia. Já adulto, porém, passou a acreditar que o pai simplesmente não sabia o que dizer. Não sabia o que deixaria o filho feliz. Que tipo de comentário poderia estabelecer um vínculo entre os dois, já que Peter era tão diferente do pai. Nem sociável, nem popular, nem interessado por esportes. Um sujeito quieto, criativo, às vezes mal-humorado.

Igualzinho à mãe.

Por isso, quando os pais se separaram dois anos antes da morte dela, Peter tinha ficado com a mãe. Depois do AVC devastador, depois do velório, ele podia até ter voltado para aquela casa estilo rancho da sua infância, mas o lugar nunca mais teve cara de lar. Não sem a mãe.

Peter abaixou a cabeça para o prato e comeu a salada de repolho, porque, tal como o pai, ele não sabia o que dizer, nunca soube. O que Peter tinha a dizer o pai geralmente não entendia, então era inútil. Sempre foi.

O joelho de Maria roçou o dele, mas Peter não ergueu os olhos.

— … tento manter as corridas com menos de uma hora para não precisar ficar carregando uma garrafinha de água — disse o pai, espremendo mais limão sobre o peixe que restara. — Você corre, Maria?

Peter precisava dar o braço a torcer. Ao menos o pai não era daqueles que achavam que pessoas gordas odiavam ou evitavam fazer exercício, ao contrário de muita gente que ele já conhecera.

— No geral, prefiro caminhar — disse ela, franzindo os lábios de um jeito muito bonitinho antes de beber um gole da água com gás pelo canudinho de papel. — Na academia, eu foco mais em treino de força ou uso o remo ergométrico.

Daí toda aquela força maravilhosa na parte de cima do corpo. Quando voltassem para o hotel, ele ia tirar a blusa dela e traçar um caminho com a língua até…

— A noiva de Peter preferia fazer esteira a correr ao ar livre, e eu nunca entendi isso — disse o pai, balançando a cabeça. — Por que não aproveitar o ar puro?

Uma pergunta mais pertinente: que merda era aquela? Por que ele estava falando justo de *Anne*?

Num momento brusco, Maria endireitou o corpo na cadeira, a coxa ficando rígida contra a de Peter. Ele pousou a mão na perna dela, em uma tentativa silenciosa de tranquilizá-la, mesmo que a própria tensão no maxilar tivesse feito uma dor aguda atravessar as suas têmporas.

Sem parecer perceber o desconforto instalado, o pai se recostou com tranquilidade no assento, claramente disposto a começar mais uma palestra.

— Eu sempre dizia para ela…

— *Ex*-noiva — interrompeu Peter, sem se desculpar, a raiva deixando as palavras duras como ferro. — Nosso noivado acabou há mais de dez anos, pai. Anne não tem lugar nessa mesa, nem faz parte dessa conversa.

E Maria não deveria ter descoberto a respeito dela daquele jeito, na frente do maldito *pai* dele. Mas… Droga, a culpa também era dele. Já deveria ter contado sobre o noivado fracassado anos antes e engolido o orgulho ferido e o impulso de guardar as coisas para si assim que começou a entender Maria e a confiar nela. Assim que ela se tornou a pessoa mais importante da vida dele.

Maria não se desvencilhou da mão dele, mas também não relaxou sob o toque.

Era justo. Que aquilo fosse, então, a penitência dele. Seu sofrimento como pedido de desculpa por um silêncio que se estendera por tempo demais. Iria contar a história da mulher que tinha partido seu coração diante do homem que fizera o mesmo, e torceria para que Maria o perdoasse.

— Eu só tive um relacionamento sério antes de conhecer você — disse ele, esperando Maria erguer os olhos e com a atenção fixada somente nela. — Anne, uma ortopedista de Los Angeles. Fomos noivos por alguns meses, pouco mais de dez anos atrás.

A expressão dela se tornara impenetrável — interessada, mas cautelosa. Ainda assim, Maria estava ouvindo em vez de se afastar dele, o que já era mais do que ele provavelmente merecia.

— Na época do noivado, fui escalado como protagonista do piloto de uma série de alto orçamento. Até o último momento, tudo indicava que o projeto ia ser aprovado, mas... — O gesto de desdém que fez com a mão dizia tudo. *Você sabe como são as coisas na nossa indústria.* — Antes de o projeto ser cancelado, acho que ela não compreendia quanto a vida de um ator pode ser instável. Se a série tivesse vingado, eu ficaria muito bem em termos de grana. Sem o papel, ainda conseguia pagar o aluguel e me alimentar, mas não sobrava quase nada para o casamento.

A coxa de Maria se contraiu, e ela franziu os lábios.

— Achei que médicos nos Estados Unidos ganhassem bem. Ela não podia pagar pelo casamento?

É claro que ela perguntaria aquilo. É claro que o defenderia.

Maria Ivarsson, cacete. O maior milagre da vida dele.

— Provavelmente. Mas ela não quis. Pelo menos, não sozinha. Um dia, Anne simplesmente... foi embora — contou Peter, o peito se expandindo e se contraindo com um suspiro silencioso. — Sem aviso. Sem bilhete. Sem explicação. Tive que descobrir o que tinha acontecido por conhecidos em comum.

Ao ouvir aquilo, Maria franziu o rosto. Talvez porque, como bem sabia, outra mulher também havia saído da cama dele sem dizer uma palavra. Seis anos antes, para ser mais exato.

As circunstâncias, claro, não eram as mesmas. Uma transa de uma noite só não impunha as mesmas obrigações que um noivado. Mas… ao menos agora ela tinha um pouco mais de contexto para o ressentimento dele quando a reencontrara naquele prédio comercial de Los Angeles no dia seguinte. Um motivo a mais para ele ter agido como um babaca naquele maldito estacionamento.

A amargura de Peter não se resumia a um ego masculino ferido. Ou melhor, não inteiramente. O sumiço de Maria, depois do sexo, havia tocado sem querer na mesma ferida antiga, que voltara a doer com tudo. Ele ficara magoado… e, logo depois, puto.

Era simples assim. E uma burrice também.

— Anne concluiu que a minha carreira e a minha vida eram instáveis demais para ela. Queria estabilidade — disse Peter.

Ele tinha oferecido seu coração, sua lealdade e seu futuro a Anne, mas não podia prometer o que esse futuro traria. Sempre soubera disso. Ela, não. Pelo menos, não até ser tarde demais.

— Anne queria a garantia de que ela não acabaria sustentando nós dois. Então terminou o noivado.

Um homem como ele não podia atender às necessidades dela. Peter era capaz de entender aquilo. Mas nunca a perdoara pela forma como ela tinha ido embora.

— Sinto muito, Peter — disse Maria, a voz baixa, a expressão antes neutra se suavizando com compaixão.

Peter sentiu a mão quente dela em sua coxa, apertando a mão dele com carinho.

Era um gesto de perdão e consolo, oferecido de forma privada, longe dos olhos do pai dele. Só para os dois. Peter deu um sorrisinho de agradecimento. De… alívio.

Falar sobre uma parte tão dolorosa do passado tinha doído, mas agora a história estava nas mãos capazes e gentis de Maria, que cuidaria bem daquela confidência. Cuidaria bem *dele*. Se dar conta daquilo foi como mergulhar em uma banheira quente depois de uma vida inteira se arrastando por águas rasas e geladas, cheias de pedras.

O pai pigarreou.

— Eu disse pro Peter escolher outro curso, com uma carreira mais estável, mas...

— Então, Daniel. — Dessa vez foi Maria que interrompeu o pai dele, o tom amável e absolutamente educado. — Você disse que estudou aqui em Madison? Que nem o Peter?

Depois de mais um aperto na mão dele, Maria se dedicou a servir mais água San Pellegrino no copo, e os dois voltaram a comer.

— Sim. Eu trabalhava lá também — respondeu o pai, recostando-se na cadeira, que rangeu. — Mas Peter e eu frequentávamos áreas diferentes do campus. Fiz faculdade de contabilidade e trabalhava na tesouraria, e o Peter se formou em teatro, então a gente quase não se encontrava, mesmo quando estávamos lá ao mesmo tempo. Principalmente porque ele preferiu morar no campus, e não em casa.

Outra escolha que o pai havia considerado inexplicável e contra a qual argumentara bastante, mesmo que ver o filho fosse fonte constante de consternação para ele.

Os dois sabiam daquilo, mas jamais admitiram em voz alta. Nem mesmo o pai, com toda a sua facilidade com as palavras.

Maria pousou o garfo no prato com tanto cuidado que nem fez barulho.

— Ele se formou *summa cum laude*, não foi?

O garfo de Peter parou no meio do caminho até a boca. Como ela sabia daquilo?

— Sim, e não me surpreendeu em nada. Peter sempre foi muito inteligente, e tudo que decide fazer ele faz bem. Poderia ter escolhido qualquer curso. Ser ótimo em qualquer trabalho — disse o pai.

As palavras quase soavam como um elogio. Quase… se não desse para ouvir o lamento por trás de cada sílaba.

— Mas assim que se formou, ele foi para Los Angeles, e pronto. Não voltou a morar aqui, nem quis fazer outra faculdade.

— Mas, por que ele voltaria? — questionou Maria, inclinando a cabeça. — Ele é um ator bem-sucedido há vinte anos, não é?

Quem não a conhecesse juraria que se tratava de uma pergunta inocente, fruto de uma dúvida genuína. Mas Peter conhecia aquele tom. Quando ergueu a cabeça do prato, reconheceu também a expressão no rosto de Maria. Talvez uma pessoa melhor a tivesse interrompido ali, mas…

Pois é. Ele era assim.

— Mais ou menos — disse o pai, franzindo a testa. — Como o Peter explicou, carreira de ator não tem renda garantida. Nos primeiros anos, ele precisou trabalhar na construção civil para conseguir se sustentar.

Era verdade. No início, os papéis que Peter conseguia eram pequenos demais e pagavam pouco. Os poucos papéis de galã que apareciam giravam em torno do porte físico dele, e não queria aqueles trabalhos a menos que oferecessem muito dinheiro ou muita visibilidade. O que nunca era o caso. Assim, continuou fazendo bicos por muito mais tempo do que gostaria.

— Ah. Então ele precisou complementar a renda de ator, como praticamente todo aspirante em Hollywood — disse Maria, dando de ombros em um gesto leve e elegante de descaso. — Quase todos esses aspirantes uma hora desistem e vão embora, ou então ficam, mas nunca têm sucesso. Seu filho é a exceção, Daniel. Um homem que venceu probabilidades absurdas e construiu uma carreira expressiva só com talento, determinação e muito trabalho.

Ouvir aquilo… Cacete, foi bom demais. Tão bom que por um instante Peter nem conseguiu respirar.

O pai hesitou por um momento, surpreso.

— Ele é muito talentoso, claro. Sempre disse ao Peter que ele já deveria estar ganhando prêmios muito antes de *Deuses dos Portões*.

O pai repetira aquilo com frequência ao longo dos anos. E talvez Peter teria ficado lisonjeado, se não fosse pelo fato de a frase soar menos como indignação em nome dele e mais como a insinuação de que os prêmios poderiam justificar sua escolha profissional.

O pai valorizava realizações concretas. Medalhas e troféus escolares. Diplomas. Certificados. Tempos de corrida. Casas caras. E, sim, salários e estatuetas, o que explicava por que o papel de Cipriano havia feito com que ele *mais ou menos* aceitasse a carreira do filho.

A importância de todos os anos de trabalho constante em Hollywood antes de *Deuses dos Portões*, a alegria de se destacar em algo que amava... esse tipo de coisa era difícil para o pai compreender. E, por isso, difícil de elogiar. Peter sabia — *sabia* — que poderia ter facilitado as coisas para Daniel. Poderia ter se esforçado mais para explicar melhor a carreira e os detalhes dela de um jeito que o pai conseguisse entender.

Mas o homem fora casado por quinze anos com a mãe de Peter antes de se separarem e, apesar de todo aquele tempo juntos, apesar de terem escolhido um ao outro e feito votos diante de um ministro da igreja e de dezenas de convidados, o pai nunca entendera a mulher com quem se casara, e nunca havia entendido por que ela havia ido embora. Se ela — a *esposa* dele, pelo amor de Deus — não tinha conseguido se fazer entender em todo aquele tempo, que chance Peter teria?

Havia uma desconexão fundamental em algum lugar ali. E não era culpa de ninguém. Peter entendia aquilo agora, de um jeito que dez anos antes não seria capaz. Assim como agora conseguia olhar para o pai e enxergar com nitidez que Daniel Reedton nunca havia se recuperado após a perda de sua amada Patty.

A leve curvatura nos ombros dele não aparecia nas fotos tiradas antes de ela arrumar as malas e se mudar para um apartamento do outro lado da cidade, e só piorara depois que ela morrera, depois que ele soube que ela nunca voltaria. O mesmo valia para as olheiras, para os vincos profundos na testa e para aquela expressão *perdida* e horrível que tomava conta do rosto do pai sempre que parava de falar tempo suficiente para as lembranças emergirem. Ou quando encontrava uma foto da ex-mulher por acaso, ou ouvia o nome da mulher com quem se casara aos vinte e três anos.

A mulher que o deixara aos trinta e oito anos.

A mulher que morrera aos quarenta anos.

Ele a amava. Não a compreendia, mas a amava.

Assim como amava Peter. Do fundo do coração. Sem entender quase nada, mas com sofrimento de sobra.

— Sim, Peter deveria ter uma estante cheia de prêmios desde o início da carreira. É o que ele merecia — argumentou Maria, fitando os olhos cansados do pai dele com firmeza, embora seu tom fosse gentil. — Mas, de certo modo, o que ele conseguiu *antes* de ser escalado para *Deuses dos Portões*, antes de receber a primeira estatueta, é mais extraordinário do que qualquer prêmio que ele possa ganhar. Espero que o senhor saiba disso.

Do outro lado da mesa, o pai se ajeitou na cadeira.

— É claro que sei.

— Que bom — disse Maria com naturalidade, e passou manteiga em um pedaço de pão de fermentação natural. — Porque seu filho merece isso também.

Vindo de Maria, que era conhecida por falar o que pensava, aquilo era uma repreensão muito gentil. E... *Cacete*, ele a amava por isso. Por tê-lo defendido com tanto cuidado, mesmo depois de descobrir, tarde demais, sobre a existência da ex-noiva. Por tentar construir uma ponte sobre o abismo entre ele e o único membro da família que lhe restava. Por oferecer o calor silencioso do próprio corpo encostado ao dele, o conforto de quem entende o silêncio e o respeita.

Ele amava Maria. Ponto-final.

Peter voltou a olhar para os ombros do pai, largos e curvados. Para os olhos encovados, a testa franzida. O corpo inteiro era como um registro silencioso do luto pela mulher que ele havia amado e perdido, marcado ali para sempre.

O pai nunca havia superado.

Nunca superaria.

Pela primeira vez, Peter achou que talvez, só talvez, tivesse começado a entender o pai. Mesmo que só um pouco.

Conversa com Maria: Um ano antes

Peter: Já chegou em casa ou ainda está a caminho?

Maria: Tenho uma conexão de duas horas em Copenhague

Maria: Tô na sala VIP comendo queijo

Maria: É queijo de aeroporto, mas ainda assim um bom prato

Peter: Por respeito a você, vou fingir que esse trocadilho horrível nunca existiu, Píppi

Peter: Teve algum problema no aeroporto de Los Angeles ou no voo? Vi que você ia pegar mau tempo

Maria: Um pouquinho de turbulência, nada de mais

Maria: Como as máscaras de oxigênio não caíram, deduzi que estava tudo bem

Peter: Você achou que talvez precisasse de uma máscara de oxigênio?

Maria: Em determinado momento, sim

Maria: Um dos compartimentos de bagagem abriu do nada, algumas malas voaram e a comissária do nosso setor deu de cara com a porta do banheiro. O nariz da coitada começou a sangrar. Ela não tinha conseguido se sentar e afivelar o cinto a tempo

Maria: Ninguém pôde tirar o cinto de segurança por um bom tempo

Peter: Isso é

Peter: ...

Maria: É o quê?

Peter: Porra, isso é assustador, Maria. Tem certeza de que está tudo bem?

Maria: Aham, não se preocupa

Maria: Fiquei um pouco assustada, mas estava com o presente de aniversário que você me deu no bolso, então estava protegida. ☺

Peter: O trevo de quatro folhas dentro da resina?

Maria: *Ja*

Peter: Mas você não é supersticiosa

Maria: Não, não como você

Maria: Mas

Maria: ...

Peter: Maria?

Maria: Era uma parte de você

Maria: Aí fiquei segurando e pensei em você

Maria: Você estava comigo

Maria: E você nunca deixaria que nada de ruim acontecesse comigo

Maria: Então fiquei bem

Peter: Maria.

Peter: ...

Peter: ...

Maria: Preciso ir pro portão, desculpa

Peter: O trevo ainda está no seu bolso, né?

Maria: Sempre

Peter: ...

Peter: Você *sempre* tá com ele no bolso?

Maria: Sim, ou na bolsa

Peter: ...

Maria: Agora preciso mesmo ir

Peter: Recortei uma foto sua de uma matéria de revista anos atrás

Peter: Você tá rindo numa praia

Peter: Absurdamente linda

Peter: Um raio de sol em forma humana

Peter: A foto fica na minha carteira, Maria.

Peter: Sempre.

Maria: ...

Peter: Vai me mandar mensagem quando pousar?

Maria: Vou

Peter: Vai pensar em mim se sentir medo?

Maria: Vou

Peter: Sempre?

Maria: Sempre.

19

Na noite seguinte, Maria lambeu seu sorvete de duas bolas sabor mocha macchiato e precisou esperar o cérebro descongelar antes de dar outra lambida. Ela andava em direção à margem do lago, com o braço de Peter em seus ombros, lado a lado, e ele não parecia estar sofrendo com o mesmo problema. O sorvete dele, enorme, sabor cookie de chocolate e menta, também comprado no prédio do Memorial Union da universidade, já estava quase no fim, e Peter estava encarando o restante do sorvete dela com uma atenção excessiva.

Se o homem tentasse alguma coisa, Maria estava disposta a arrancar o braço dele e usá-la como porrete até ele prometer nunca mais roubar sua comida.

Hum. Cérebro descongelado. Aparentemente, pensamentos violentos justificados a aqueciam.

Depois de afastar ainda mais o sorvete de Peter e dar outra lambida, ela pensou em como tinha sido o dia deles até então.

— Tenho uma pergunta, mas você provavelmente vai rir de mim — disse Maria.

Peter a encarou com a testa franzida, o retrato da indignação.

— Eu nunca faria isso.

— Já fez. Faz. E vai fazer de novo.

— Provavelmente — admitiu, deixando a expressão inocente de lado e abrindo um sorriso. — Então conta logo, assim podemos passar pra parte do deboche da nossa noite. É a minha favorita.

Ele fez uma pausa significativa, roçando o quadril no dela.

— Não — disse. — É a minha *segunda* parte favorita.

Para o alívio de Maria, na noite anterior os dois haviam feito ótimo uso do quarto de hotel que tinham só para eles e daquela cama ampla e gloriosamente silenciosa. Mais uma noite na casa dos pais, dormindo em camas separadas e se dando orgasmos apressados no chuveiro do quarto de hóspedes, e ela teria se atirado em cima de Peter e o devorado naquele colchão estreito como uma viking das antigas — que se danassem se Filip os escutasse.

Levando em consideração o quanto desejava aquele homem, Maria também não tinha a menor vontade de fingir, em público, que não eram um casal, e Peter concordara: não se importavam com o momento em que a mídia e/ou os fãs acabassem descobrindo que a natureza do relacionamento deles havia mudado.

Ela até torcia para que fosse *logo*, para todo mundo saber que Peter era dela.

— E a saída para comer creme gelado ontem à noite?

Agora Maria entendia por que laticínios eram o grande orgulho culinário do Wisconsin e aprovava com entusiasmo.

— Isso também não entra no ranking antes do deboche?

— Tudo bem, sua nórdica implicante. — Ele mordeu a ponta de baixo da casquinha. — Fica em terceiro lugar.

— *Nórdico* é muito genérico. Você deve estar querendo dizer *escandinava*.

Peter ergueu a sobrancelha e a encarou por um bom tempo.

— Aceito minha derrota.

— Tanto faz. — Nos últimos anos, Maria tinha aprendido a gostar daquela expressão. Combinava desprezo e escárnio casual de forma perfeita. — Enfim, eu queria perguntar sobre a degustação de comidas típicas de ontem.

O jornal tinha preparado a seleção, e a equipe estava animadíssima para filmar as reações de Maria aos pratos exóticos. Acabaram decepcionados, porque uma mulher criada em um país onde se comia, de bom grado, tanto *surströmming* quanto *lutfisk* — respectivamente, arenque fermentado em salmoura com um cheiro tão insuportável que a maioria das pessoas vomitava antes da primeira mordida, e bacalhau seco reconstituído em soda cáustica e água fria até virar uma geleia — não se deixaria abalar com as iguarias do Meio-Oeste dos Estados Unidos.

Um prato de forno de atum com macarrão, coberto por batata palha? Delícia.

Uma mistura indecifrável de ingredientes, com queijo em cima e pequenos bolinhos crocantes de batata, batizada de *hot dish*? Sem problema.

Uma suposta salada sem nenhum pedaço de alface, mas com pedaços de abacaxi, rodelinhas de laranja, coco, marshmallows e creme azedo? Claro. Por que não? Bem-vinda aos Estados Unidos!

Queijo misturado com chocolate? Bem... melhor não falar sobre isso. Ainda assim, nada ofensivo, de modo geral.

Curiosamente, o alimento que mais a intrigou talvez fosse o mais simples da seleção do jornal. O sabor era até bom, mas...

— Aquelas bolinhas de queijo deveriam mesmo chiar ao serem mordidas? — Maria não conseguiu conter um leve arrepio. — Porque o som é extremamente perturbador.

Peter parou de andar e lançou um olhar reprovador para ela.

— Sim, elas têm que chiar. É assim que você sabe que estão boas!

— Entendi — disse Maria, com o que considerou ser uma diplomacia exemplar. — Então eram bolinhas de queijo excelentes, sem dúvida. Muito... barulhentas.

Peter semicerrou os olhos.

— Não me venha com sarcasmo, Píppi.

— Imagina. — A lambida longa e preguiçosa que ela deu no sorvete era uma provocação, e os dois sabiam disso. — Quem *não* gostaria de comer um alimento que você come e parece que tem um bando de ratinhos aflitos soltos dentro da boca?

— Pelo amor de Deus, mulher. Não insulte essa joia da culinária do Wisconsin. — Sua tentativa de lançar um olhar feroz não convenceu, já que os lábios dele tremiam em uma tentativa de conter o riso. — E você vai gostar delas empanadas e fritas. Principalmente mergulhadas em molho ranch. Nada de chiado, só aquela delícia derretida.

— Se você diz, Peter. — Maria enfiou o que sobrara do sorvete na boca e engoliu. — Aliás, você tinha razão. A parte do deboche é divertida.

Quando ele literalmente rosnou, ela caiu na risada, puxou o braço dele e voltou a caminhar. Depois de resmungar um pouco sobre estrangeiros esnobes, Peter apoiou outra vez o braço nos ombros dela e puxou-a para mais perto.

Maria deixou o silêncio se estender, satisfeita com a paisagem e com o homem ao seu lado.

Depois de um jantar delicioso em um restaurante nepalês perto do campus da universidade, ele havia pegado a mão dela e a levara ao prédio do Memorial Union para comprarem sorvete, então seguiram até a margem do lago Mendota.

O sol começava a se pôr, tingindo o horizonte de rosa e laranja. Havia grupos de pessoas sentadas nos degraus que levavam à praia, de fone de ouvido, com suas mochilas e bolsas ao lado. Outras se espalhavam pelas incontáveis cadeiras coloridas em volta das mesas no terraço com vista para o lago, conversando, comendo e tomando cerveja.

O som distante de música ao vivo chegava até eles sempre que alguém abria a porta do prédio, mas Peter passou reto pelas portas, pelas pessoas, e a conduziu até um canto dos degraus onde a água do lago lambia a margem a poucos centímetros de distância.

Os dois se sentaram lado a lado, tão próximos que seus quadris e coxas se tocavam, quentes.

— Eu amo esse lugar — declarou Peter, de repente, os olhos fixos na água. — Sempre caminhava aqui com a minha mãe. Tem uma trilha ao redor do lago.

O tom de Maria era gentil quando ela falou:

— A gente podia fazer isso antes de ir embora.

— Podíamos, mesmo. — Os dedos de Peter brincavam com as pontas do cabelo dela, mas seu olhar ainda estava distante. — A gente vinha aqui quando eu ficava chateado. Ela sabia que o lago me fazia bem. — Peter fez um gesto vago. — Eu acho... A gente caminhava até eu me cansar, e mesmo que eu não dissesse o que tinha me deixado daquele jeito, ela me abraçava e me levava para tomar sorvete na volta para casa, mesmo que fosse inverno. De um jeito ou de outro, eu sempre me sentia melhor depois. Mais em paz.

Ela sabia tão pouco sobre o passado dele.

Tinha aquela lembrança que Peter acabara de compartilhar, claro. E sabia que a mãe dele havia morrido quando ele ainda era relativamente jovem. De algum jeito. Ele tinha contado aquilo, relutante, anos antes, e ela não pedira mais detalhes.

Na noite da véspera, o pai basicamente o obrigara a revelar o noivado desfeito, e o que Peter contara havia explicado muita coisa. Até então, Maria nunca tinha entendido de verdade a hostilidade evidente com que ele a tratara depois daquela primeira noite juntos. Tudo bem, talvez ela devesse ter deixado um bilhete, mas por que tanta raiva se ele nem a conhecia?

Na época, não fez sentido. Agora fazia.

Portanto, ela sabia algumas coisas. Pouquíssimas. De resto, o passado de Peter era um vácuo, escuro e sem contornos, e por respeito à natureza reservada dele, Maria nunca tentara desvendar aquele vazio.

Mas o momento havia chegado. Ela precisava saber. Precisava perguntar.

E se, ainda assim, Peter não estivesse disposto a responder, depois de todos aqueles anos, aquilo também lhe diria algo importante. Que ele não estava pronto para um relacionamento de verdade e talvez nunca estivesse. Que ela deveria desistir de vez e parar de entregar partes cada vez maiores do próprio coração.

Que talvez fosse hora de voltar para a família.

Tinham chegado a um ponto de virada. Para que lado iriam tombar — se iriam se afastar de vez ou se entregariam de vez ao amor —, ela não sabia dizer. Mas era hora de descobrir.

Maria deixou o silêncio se estender por mais um minuto, então perguntou:

— Como era a sua mãe?

Se Maria percebeu que Peter enrijeceu de imediato ao ouvir a pergunta, não demonstrou.

— Você e seu pai são muito diferentes um do outro — acrescentou ela, se aconchegando ainda mais ao lado dele.

Ao anoitecer, a brisa à beira do lago tinha ficado mais fria. Ele devia levá-la de volta ao hotel, onde os dois poderiam se aquecer. Ficar nus. Transar para afastar as lembranças do pai, da mãe e de tudo mais em que ele fazia o possível para não pensar nem falar a respeito.

— Não me diga — respondeu ele, em um tom tão irônico e seco que poderia ter evaporado o lago Mendota na mesma hora.

Quando Maria estremeceu um pouco com outra lufada de vento, ele envolveu com mais força os ombros dela, puxando-a mais para perto, e se preparou.

Falar da mãe era como engolir cacos de vidro. Mas ele amava Maria. *Amava*. E, se não contasse a ela agora, quando faria isso?

— Minha mãe era doce. — As palavras saíram ásperas, forçadas a deixarem as profundezas do coração machucado. — Tinha o melhor abraço do mundo.

Maria pegou a mão dele em um gesto tão delicado que o comoveu.

— O nome dela era Patricia. Patty. — Ele olhava fixamente para a água. — Era gentil. Criativa. Trabalhadora. Mais calada que eu e muito teimosa. Meu pai sempre dizia que ela era mais inteligente do que nós dois juntos, e tinha razão.

O que mais dizer?

— Ela *odiava* festas e falar em público. E amava a gente, mas também sempre passava muito tempo sozinha.

Deus, ele estava estragando tudo. Mas como descrever direito a mãe para alguém que não a conhecera e nunca a conheceria, quando todas as lembranças que ele tinha eram da época de criança? Quando quase nunca havia tentado colocar a mãe em palavras antes, nem nos próprios pensamentos?

— Ela era introvertida, então — concluiu Maria, entrelaçando os dedos nos dele de um jeito que o aquecia mais do que ele conseguia compreender, mais do que parecia ser possível. — Que nem você.

Peter assentiu, ainda sem saber o que precisava ser dito e o que podia continuar sendo só dele por enquanto. O que ele era capaz de dizer e o que ficaria preso na garganta.

— Ela trabalhava fazendo transcrição médica, e era boa nisso, embora achasse chato.

Em algumas noites, durante o jantar, a mãe mastigava em câmera lenta. Exausta, o olhar distante, sem nada para contar sobre o próprio dia.

— Quando eu nasci, ela ficou em casa por alguns anos, mas voltou a trabalhar quando entrei na escola.

Mesmo que aquilo estivesse matando alguma coisa dentro dela. Até uma criança era capaz de perceber. *Ele* percebia.

— Pensando melhor agora, minha mãe provavelmente estava deprimida, mas na época isso não foi diagnosticado. — Peter se sentiu subitamente inquieto, tirou o braço dos ombros de Maria, passou a mão pelo cabelo e segurou um punhado na nuca. — Talvez fosse só frustração com a vida mesmo. Ela não se interessava pelo trabalho. A maioria das amigas mais próximas dela tinha se mudado, e elas acabaram perdendo o contato. Minha mãe tinha uma prateleira cheia de guias de viagem, mas meu pai não via sentido em ir para outro país se a gente ainda não tinha conhecido todos os pontos turísticos dos arredores.

No fim das contas, acabavam indo toda hora para Wisconsin Dells. Sempre. Mesmo que a mãe odiasse parque aquático quase tanto quanto odiava falar em público.

— E quando ela estava mal, quando chorava e tentava explicar por que se sentia assim, meu pai não escutava de verdade. Em vez disso, ele a abraçava e listava todas as coisas boas da vida dela. — As palavras agora saíam com mais facilidade. Jorravam dele como uma enxurrada, sem filtro, sem controle, carregadas de uma feiura arrancada à força do fundo da alma. — Acho que era uma forma de convencer ela de que deveria estar feliz, porque meu pai não conseguia entender como alguém que levava praticamente a mesma vida que ele podia achar aquilo sufocante.

Transcrição médica é tão fácil para você, dizia o pai. *E na semana passada mesmo você almoçou com a Janelle, lembra? Se ficar entediada, pode redecorar a casa, e a gente pode ir para Dells no mês que vem se estiver precisando viajar. Está tudo bem, Patty. Por que está tão chateada?*

— Ele amava muito a minha mãe, Maria. É sério — acrescentou, ao ver o ceticismo escancarado no olhar dela. — Mas empatia exige imaginação, e meu pai nunca teve muito de nenhuma das duas coisas.

O breve aceno de Maria não foi exatamente de concordância, mas também não houve contestação.

— Meu pai foi promovido quando eu estava na terceira série. — Peter passou a mão pelo cabelo uma última vez. — Com o novo salário, ele passou a ganhar o bastante para sustentar nós três. Então minha mãe largou o emprego e usou o dinheiro que restava da herança dos pais para abrir uma empresa de decoração de interiores.

O sorriso de Maria se alargou, radiante de alívio.

— Que bom para ela.

— Minha mãe sempre teve um lado artístico. Criativo. Combinar tecidos, tintas e móveis era algo que satisfazia essa parte dela.

Alguns dos croquis da mãe estavam emoldurados nas paredes da casa de Peter em Los Angeles. Ele se lembrava vividamente de vê-la desenhando um deles, o mais bonito de todos, o que ele mais amava, sentada à mesa da cozinha.

— Se ela era boa fazendo transcrições, como decoradora era brilhante.

Maria inclinou um pouco a cabeça.

— E ela gostava?

— No primeiro ano, foi a época em que eu vi minha mãe mais feliz na vida. Estava sempre sorrindo. Cheia de energia.

Na época, ele pensara: *É como se tivessem aumentado o volume dela.*

Nos jantares da família, tarde da noite, ela de repente tinha várias histórias para contar, e, quando falava, sua voz saía carregada de riso, trêmula de irritação, transbordando de orgulho profissional. Seus olhos cintilavam, seu apetite era voraz. E, quando Peter contava alguma coisa da escola, parecia que ela escutava com mais atenção do que antes.

— Ela estava... — Qual era a palavra certa? — Ela estava *presente* em casa, mesmo trabalhando mais do que antes.

— E o que seu pai achava do novo negócio dela? — perguntou Maria, em um tom cuidadosamente parcial.

— Meu pai não entendia por que alguém deixaria um emprego fixo com salário estável para "ficar brincando com cortina e papel de parede", como ele dizia, mas não se opôs à decisão dela. Não... — Peter engoliu em seco e se obrigou a continuar: — Não até a economia afundar, no segundo ano do negócio, e ela não conseguir novos clientes.

— *Fy fan* — murmurou Maria entredentes.

— Minha mãe conseguiu se manter por um tempo, mas depois de alguns meses operando no vermelho... — Ele deu de ombros, como se o fim do negócio da mãe não fosse nada de mais. Como se não tivesse sido, de tantas formas dolorosas, o fim de absolutamente todo o resto também. — Para meu pai, só havia uma solução sensata.

— E essa solução era ela voltar pro emprego antigo.

Não foi uma pergunta. E ela estava certa, claro.

— Ele não a forçou, Maria. Mas meu pai tem um jeito de argumentar que torna impossível discordar dele, porque tudo que ele diz faz sentido. Você sai da conversa convencido de que o que ele faria no seu lugar é a única coisa sensata e segura a fazer... e que só um idiota escolheria outra opção.

Maria franziu o cenho, triste.

— Então ela voltou a trabalhar com transcrição médica.

— Voltou. — Ele esfregou o rosto com as mãos e soltou um suspiro. — Foi horrível.

Durante um tempo, a mãe tinha se tornado um fantasma rondando a vida deles. Triste. Inquieta. Carregando fardos emocionais que mais ninguém percebia.

Fria. Distante. Até com ele.

— Não dava mais para ignorar que era depressão. — Aquela era a boa notícia, se é que dava para chamar assim. — Ela finalmente teve um diagnóstico e começou a fazer terapia, a tomar medicação. Um dia, voltou do trabalho, arrumou a mala e perguntou onde eu queria ficar. Com quem eu queria morar.

— Você escolheu ficar com ela. — Outra afirmação.

— Meu pai sempre dizia que minha mãe e eu éramos farinha do mesmo saco. E ele não sabia lidar com nenhum de nós dois naquela época, ainda mais na minha fase insuportável da adolescência. — Ele deu uma risadinha, mas sem achar a menor graça de nada. — E, Maria, eu era um adolescente insuportável *na maior parte do tempo*.

O riso dela, por outro lado, saiu com um humor genuíno, e Peter se pegou sorrindo também.

— Acredito em você, *skitstövel* — disse ela, dando um tapinha no braço dele. — Como o seu pai reagiu quando vocês dois foram embora?

De repente, Peter teve a sensação de que nunca mais iria sorrir de novo.

— A saída da minha mãe de casa destruiu meu pai, Maria. Ele ficou desesperado para reconquistá-la. Dava presentes de aniversário, de aniversário de casamento. Pendurava uma meia de Natal para ela na lareira, caso ela resolvesse voltar. Ligava, implorava para que minha mãe conversasse com ele, para que dissesse o que ele precisava fazer para ela voltar para casa. Ela tentou, uma ou duas vezes. Tentou de verdade. Mas o que minha mãe dizia não fazia o menor sentido para ele, e, com o tempo, ela começou a ignorar as ligações.

— E você? — Maria franziu o cenho. — Ele não se importava que você também tivesse ido embora?

— Acho que se importava.

Nunca tinha sido fácil tentar entender a forma de pensar do pai, para dizer o mínimo.

— Acho que meu pai me via meio que como uma… extensão da minha mãe. Não como outra pessoa, de quem ele sentiria falta de forma independente.

A voz dela saiu rouca e cheia de raiva:

— Espero que vocês tenham sido mais felizes sem ele. Os dois.

— Talvez?

A vida deles foi tão tumultuada por tanto tempo que a felicidade era quase um detalhe.

— Minha mãe só aceitava do meu pai o dinheiro necessário para me sustentar. Não sei por quê. Acho que ela queria provar alguma coisa para si mesma, ou talvez para ele. A gente morava em um apartamento horrível, e ela ainda precisava trabalhar com transcrição. Mas tinha mais energia, e passávamos mais tempo juntos. Ela desenhando, e eu lendo. Ou a gente saía para caminhar, que nem eu falei.

Agora vinha o resto. A parte mais difícil de todas… Por isso ele nunca falava a respeito do assunto. Nunca tinha falado.

Peter apoiou os cotovelos nos joelhos, curvou o corpo para a frente e ficou olhando as ondinhas minúsculas quebrando na beira do lago, uma atrás da outra.

O mundo continuava girando, sempre, e ainda havia beleza nele. Mesmo quando ele não conseguia enxergar aquela beleza. Houve muitos anos em que ele não enxergava mesmo, a não ser quando estava no palco ou no set de gravação, onde podia ser outra pessoa. Alguém que oferecia e recebia amor sem complicações, que sabia reconhecer a resiliência dos vivos.

Por um tempo, Anne tinha reaberto o mundo para ele, mas tudo se fechara de novo quando ela foi embora.

Então, seis anos antes, ele havia entrado em uma sauna em Los Angeles e visto uma mulher com cabelos de sol, olhos de terra quente e toda a força e delicadeza pelas quais ele ansiava.

Quando Peter estendeu a mão sem se virar, Maria a segurou sem hesitar.

Ele respirou com dificuldade.

— Quase dois anos depois da separação dos meus pais, minha mãe teve um AVC fulminante no trabalho.

Os dedos longos dela acariciaram o dorso da mão dele, depois a palma.

— Sinto muito, Peter — sussurrou ela. — Sinto muito, muito mesmo, *sötnos*.

Ele pigarreou. Uma vez. E outra.

— Eu também.

Naquela noite, depois do ensaio da peça, sem saber o que acontecera, Peter tinha visto, surpreso, o pai entrar no estacionamento da escola e parar o carro, as mãos tremendo no volante… e foi isso. O fim da vida que ele e a mãe haviam construído aos poucos, pedra por pedra.

De volta à casa onde ele crescera, tudo era igual e nada era o mesmo. Ele continuava sendo um adolescente insuportável, e o pai continuava amoroso, confuso e completamente incapaz de lidar com o filho.

E agora também era incapaz de lidar com o próprio luto, que dirá com o de Peter.

— Eu voltei pra casa do meu pai. — Com um chute de leve, ele fez uma pedrinha pular na água. — E ele se encolhia toda vez que olhava para mim.

Maria resmungou algo em sueco. Devia ser um palavrão envolvendo cocô.

— Ele se lembrava dela toda vez que te via.

No começo, Peter tinha esperança de que aquilo passasse, mas o pai nunca conseguiu, de fato, superar a perda da esposa. Nunca conseguiu seguir em frente, nem que fosse apenas para passar a enxergar o filho como um ser independente. Uma pessoa completamente diferente, que precisava dele.

Ou, se não dele, de *alguém*. Qualquer um. Qualquer pessoa que pudesse ajudar Peter a lidar com a raiva, a dor e a solidão sufocantes. Com o vazio desolador e escancarado que só a mãe tinha conseguido preencher.

Mas o pai nunca encontrou essa pessoa. Nem nele mesmo, nem em mais ninguém.

E Peter não sabia pedir ajuda. Não quando mal falava, não tinha amigos, e a única pessoa que já o ajudara estava em uma urna decorativa sobre a lareira. Guardada, enfim, em um lugar seguro, onde o pai poderia vê-la sempre, e de onde nunca mais poderia abandoná-lo.

A não ser pelas interações que o pai considerava essenciais no dia a dia, os dois que não se falaram durante anos. O pai cuidava das refeições. Garantia que Peter pegasse o ônibus da escola no horário, fazia questão de ver todos os deveres de casa concluídos antes do jantar e mandava-o tomar banho e escovar os dentes.

E era só. Era isso.

— Quando meu pai olhava para mim, via minha mãe. Ele não suportava a minha presença. — Peter entrelaçou os dedos atrás da nuca e olhou para os próprios pés na escuridão crescente. — Mas também não suportava a ideia de me ver ir embora.

Maria soltou o ar devagar.

— Talvez ele não quisesse perder você também. Mesmo da forma limitada com que te encaixava na vida dele.

Sim. Afinal, Peter era a ligação mais forte do pai com Patty. A única que ainda existia no mundo fora daquela urna esmaltada.

— Meu pai queria que eu ficasse orbitando ao redor dele a uma distância segura, de onde ainda pudesse me vigiar e garantir que eu tomasse as decisões certas — disse Peter, com frieza.

Aquela conversa não poderia durar muito mais. Estava um gelo na beira do lago depois que as últimas cores do pôr do sol tinham se apagado e permitido que algumas estrelas corajosas tentassem fazer frente à poluição luminosa da cidade.

Peter sentia a garganta dolorida de tanto *falar*, e sua cabeça latejava com as muitas lembranças, com o esforço de encontrar as palavras certas para que Maria conseguisse entendê-lo de um jeito que nem ele se entendia fazia tempo. Não até finalmente tomar vergonha na cara e começar a fazer terapia depois da primeira temporada de *Portões*, quando se estabilizou financeiramente o bastante para conseguir bancar a ajuda de que precisava desde a adolescência.

Maria roçou os lábios em seu rosto, e, de repente, o frio da noite deu mais uma trégua.

— Meu pai só liberou o dinheiro da faculdade com a condição de que eu estudasse aqui.

Era verdade que a Wisconsin-Madison era uma universidade de renome mundial, mas Peter queria sair de Madison. Sair do Wisconsin. Ir para qualquer lugar onde pudesse deixar para trás o menino que tinha sido e a família que se despedaçara ao seu redor.

— E ele só concordou que eu morasse no alojamento depois que ameacei largar a faculdade de vez.

Aquela tinha sido sua primeira vitória real. O primeiro gostinho de independência. A primeira vez, em anos, que tinha morado em um lugar livre de fantasmas que ninguém nomeava ou mencionava.

Foi bom para *cacete*.

Maria suspirou.

— Quando você contou que ia se mudar para Los Angeles depois de formado, aposto que ele disse que outras profissões garantiriam um emprego mais estável e que você deveria ficar com ele enquanto se preparava para seguir um caminho mais sensato.

Peter teve que rir.

— Tem certeza de que não leu uma transcrição da conversa que tive com ele?

Desde o início, o pai não entendia por que Peter queria seguir a carreira de ator. Quando soube que o filho estava indo para Hollywood e talvez ficasse lá para sempre...

Naquele momento o pai olhou no fundo dos olhos dele. Em pânico. Com uma expressão de quem não compreendia, enquanto listava todos os motivos perfeitamente lógicos pelos quais acreditava que Peter estava acabando com a própria vida e desperdiçando o futuro.

A partida dele devastara o pai. Ou talvez houvesse uma palavra ainda mais forte para descrever o que acontecera, porque Peter jamais esqueceria a expressão dele.

— Foi como se eu tivesse dado um soco no estômago dele. — Ele finalmente desentrelaçou os dedos da nuca e baixou as mãos para o colo, mas só depois de pegar as duas mãos de Maria. — Mas eu não podia ficar, Maria. Eu queria atuar mais do que tudo na vida, e não dava para fazer isso em Madison. Não como uma profissão.

E ele queria ir embora. Sair de vez da sombra do luto do pai e do peso insuportável das próprias lembranças.

— Quando entrei no ônibus para a Califórnia, só conseguia pensar no dia em que a minha mãe abandonou meu pai.

Ele se perguntava como tinha sido para ela sair de casa, deixar o marido para trás, levando consigo apenas suas roupas, seus pertences e mais nada.

— E pensei que talvez eu estivesse sentindo a mesma coisa naquele momento. — Peter engoliu em seco. — Coloquei as malas no bagageiro do ônibus, subi os degraus e me sentei. Foi como se ela tivesse entrado ali comigo e se sentado ao meu lado. Eu não me sentia tão próximo da minha mãe havia anos.

Peter se abaixou e encostou a testa nas costas daquelas mãos fortes e tão familiares. As mesmas mãos que um dia tinham segurado com todo o cuidado ouriços-do-mar nas águas rasas de uma praia irlandesa. As mesmas que sangraram carregando pedras e reluziam com esmalte colorido nas convenções. As mesmas que tinham segurado o rosto dele na noite anterior enquanto ela o encarava com tanto *carinho*, com tanta ternura e familiaridade, como se enxergasse tudo que ele era por dentro, e mesmo assim continuasse gostando dele.

As mesmas mãos que agora guardavam o coração dele por inteiro; confuso, teimoso, apaixonado.

Estava na hora de encerrar aquela história para poder começar outra. Uma história que, Peter esperava, tivesse um final feliz, embora nunca tivesse se permitido acreditar naquilo. Nunca.

— Assim como minha mãe, fui em direção ao desconhecido. Assim como ela, eu tinha algo a provar... para meu pai, para mim mesmo, para o mundo. — Peter beijou os nós dos dedos de Maria. A ponta de cada um. As palmas das mãos, quando elas se abriram como uma flor sob o toque delicado do polegar dele. — Mas, diferente da minha mãe, eu tive tempo suficiente nesse mundo para encontrar a parceira de que eu precisava. Alguém que não está comigo só romanticamente, mas que é minha amiga também. Alguém que consegue me entender e que também me...

Ainda era cedo demais. Mesmo depois de todos aqueles anos juntos, ainda era cedo, e Peter não teria a ousadia de presumir o que ela sentia. Mesmo achando que sabia.

Ela, porém, não hesitou.

Porque ela era Maria, e ela era *tudo*. Não hesitou nem por um segundo.

— Que também ama você — completou ela, convicta e segura. — Alguém que consegue entender *e* amar você.

Maria o encarou, e Peter não conseguiu desviar o olhar.

Ela sorriu, e foi como se o sol tivesse voltado ao horizonte.

— Alguém como eu.

20

Maria não pretendia se comprometer tão cedo.

Durante aquela maratona de imprensa, ela planejava oferecer sexo e companhia a Peter, mas não o coração. Não até ter certeza de que ele enfim a colocaria — colocaria *os dois* — em primeiro lugar na vida, acima até do trabalho, e que seria capaz de dar o que ela realmente precisava, e não só o que parecia mais fácil para ele oferecer.

Se Peter conseguisse fazer aquilo, Maria aceitaria um dos papéis que estavam sendo oferecidos a ela em Hollywood e ficaria com ele em Los Angeles. Caso contrário... Bem, não queria nem pensar em outro cenário, mas sua outra vida sempre estaria à sua espera na Suécia — com a família, um trabalho gratificante e sexo sempre que a vontade surgisse.

Mas sem amor romântico. Sem Peter.

Até aquele momento, Maria não sabia o que fazer, porque, ao longo dos anos, Peter havia, *algumas vezes*, colocado a reputação profissional em risco por ela. Mas, quando falava do futuro, o trabalho ainda parecia ser o cerne de tudo para ele. O obstáculo central, fixo, em torno do qual todo o resto precisava girar, inclusive as pessoas de quem ele gostava.

No entanto, quanto mais Peter falava naquela noite, mais Maria sentia suas últimas dúvidas se dissiparem.

Ali estavam, enfim, as peças dos cantos do quebra-cabeça que ele era. E agora que Peter finalmente as entregara, montar o restante seria fácil.

É *claro* que ele quase instintivamente se movia para as margens de qualquer grupo, por mais que desejasse companhia e afeto.

Tinha sido colocado à margem até pelo próprio pai, cacete. Estava acostumado à solidão. Acostumado a não pertencer. Acostumado a ser incompreendido… então para que falar, afinal? Para que tentar fazer amigos?

Como se não bastasse, Daniel ainda cometera os mesmos erros uma segunda vez: priorizara as próprias necessidades, o próprio desejo de segurança, em vez de ajudar um membro da família a alcançar o que realmente queria. O que faria o filho feliz, como nada mais fizera desde o dia em que a mãe morreu.

Uma chance de sair da órbita do pai. Uma profissão que o realizasse.

Não era de estranhar que Peter tivesse se recusado a fazer qualquer coisa que pudesse colocar o papel de Cipriano em risco. Aquilo não era só uma maneira de, tanto tempo depois, esfregar sua vitória na cara de Anne, que não estivera disposta a arriscar um futuro ao lado dele, mas também a prova mais definitiva que ele poderia dar ao pai, e talvez até a si mesmo, de que não tinha cometido um erro ao embarcar naquele ônibus rumo a Los Angeles tantos anos antes. Era o papel de maior visibilidade de toda a carreira dele, um trabalho que oferecia estabilidade, uma renda generosa e uma fama inegável. Nem a ex-noiva, nem o homem que desejava com todas as forças convencer o filho a voltar para casa e ajudar a preencher o buraco imenso que a morte da esposa deixara em sua vida décadas antes poderiam negar.

Se o trabalho sempre tinha sido tudo para Peter, as revelações daquela noite explicavam o motivo.

Agora, no entanto, ele tinha amigos de verdade entre a equipe de *Portões*, pessoas que gostavam da companhia dele e fariam praticamente qualquer coisa por ele. Tinha o respeito da crítica, o carinho dos fãs e a segurança financeira que almejara a vida toda.

Tinha Maria. Pelos deuses, Peter tinha Maria.

E, com o tempo, teria também a família dela, que o adorava. Com a longa experiência que tinham no assunto, não demorariam a reconhecer mais uma alma perdida, solitária e transbordando de amor para dar. Alguém que ficara tempo demais sem ter onde depositar aquele amor e sem receber o afeto que tanto desejava.

Eles o adotariam. Emocionalmente, se não legalmente — e nem essa possibilidade Maria descartava. Afinal, Filip era advogado.

A vida de Peter mudara nos últimos seis anos, assim como ele. O trabalho sempre seria importante, porque ele amava atuar, mas já não era o centro de tudo. O mundo dele, e todas as possibilidades dentro daquele mundo, havia se expandido de forma espetacular desde aquela conversa horrível no estacionamento de Los Angeles, sob um sol escaldante.

Agora havia espaço para ela.

Maria podia ser o novo centro daquele mundo.

E ali estava ela. Sentada à beira do lago, em uma noite clara de primavera no Wisconsin, de mãos dadas com ele, ouvindo o sussurrar tranquilizador das ondas, o calor do corpo de Peter ao seu lado servindo de proteção contra qualquer frio que tentasse atingi-la.

Maria conhecia o passado de Peter, estivera ao lado dele em boa parte do presente e, com base nisso, era capaz de imaginar como seria o futuro. A partir daquela percepção, também sabia o que fazer. Finalmente.

Ela amava Peter. É claro que amava. Se tinha mesmo acreditado que podia entregar ao melhor amigo e seu colega mais confiável o próprio corpo e todo o tempo livre sem entregar também o coração... era uma *knäppgök* tanto quanto ele.

Felizmente para os dois, Maria agora confiava nele para cuidar de seu coração.

O que significava que não havia mais nada a esconder e tudo a compartilhar com ele.

Porque Peter também a amava, mesmo que ainda não tivesse admitido para si mesmo.

As dúvidas de Maria tinham acabado. Era hora de comemorar.

— Alguém como eu — repetiu ela. — Eu te amo, Peter. Você é o meu *skitstövel* que eu amo. Quer que eu procure uma casa em Hollywood ou prefere que eu fique com você?

Comemorações e logística não se excluíam, certo? Porque, em aproximadamente cinco dias, a maratona promocional deles estaria encerrada, e os dois voariam para Los Angeles, a cidade onde Maria pretendia se estabelecer pelo futuro próximo. Também era a cidade onde, no momento, ela não tinha onde ficar, já que até então não tinha feito sentido reservar um hotel ou assinar um contrato de aluguel se havia a possibilidade de voltar para a Suécia.

Se Peter não estivesse pronto para eles morarem juntos, tudo bem. Mas, de qualquer forma, ela precisava de um lar. Um que não ficasse perto de Estocolmo.

Com os lábios ainda pressionados nas mãos dela, Peter parecia ter congelado de vez, como o lago Mendota no inverno. Mas ele ainda piscava com rapidez, então Maria concluiu que a declaração de amor não o matara. O que, na opinião dela, era um bom presságio.

Alguns segundos depois, Peter soltou um arquejo sobre os nós dos dedos dela, puxando o ar com força... e foi aí que Maria percebeu que ele realmente tinha parado de respirar por um tempo.

Fy fan, que homem dramático.

Com cuidado, ele baixou as mãos deles até o colo e se virou para encará-la com uma expressão meio desconcentrada. Dizer que ele estava *de queixo caído* talvez fosse exagero, mas de *lábios entreabertos* definitivamente não fazia jus à cena.

Os idiomas conseguiam ser bem imprecisos, às vezes...

— Você... — Ele continuou com o olhar fixado nela. — Quer... morar comigo? Porque, hum, me ama e pretende se mudar para Los Angeles?

Com aquele tom de voz assustado, parecia mais que ele estava dizendo: "Você quer me cobrir de joias e depois me preparar um jantar chique antes de me proporcionar mil orgasmos? Orgasmos intensos, demorados, como se tivesse passado horas me torturando de desejo?"

Só que *ela* era as joias, o jantar... *e* os orgasmos demorados.

O que era muito lisonjeiro, diga-se de passagem.

Já que estavam tendo aquela conversa, era melhor pôr logo tudo em pratos limpos, porque sabe Deus quanto tempo Peter levaria para dizer o que sentia sem uma forcinha.

— Exato. — Maria se inclinou para a frente e deu um selinho nos lábios ainda um pouco entreabertos dele. — Você me ama?

Lá ia ele de novo. Congelado, a não ser pelos olhos, que ainda piscavam sem parar. Ou talvez aquilo fosse um tique? Bem, de todo modo, era prova de que o homem estava vivo.

Os lábios dele formaram a palavra "sim", embora nenhum som tivesse sido emitido.

Maria já sabia que aquela seria a resposta. Tinha absoluta certeza. Mas ao ver o "sim" ser formado em silêncio, pôde admitir que seu coração tinha disparado no intervalo angustiante entre a pergunta e a resposta, o sangue martelando tão forte nas têmporas que ela chegou a ver pontos de luz na escuridão.

No entanto, se recusava a acreditar que aquela inspiração profunda e irregular significava que estivera prendendo o fôlego até ouvir a confirmação.

Já sem correr o risco de desmaiar, esperou, sem reclamar, por uma afirmação mais audível. Depois de um tempo, Peter pigarreou, endireitou os ombros e encontrou o olhar dela com uma firmeza que beirava a ousadia. Porque, para ele, fazer aquela confissão exigia uma coragem imensa, e ela devia ter se lembrado disso.

Maria imaginava que Peter não havia tido muita prática com aquele tipo de declaração. Será que ele já dissera aquelas palavras a mais alguém além de Anne, desde a morte da mãe?

— É claro que eu te amo — disse ele enfim, com uma segurança admirável. — Não me diga que você não sabia quanto eu te amo, Maria. Quanto eu te amo há anos.

Seu tom era firme, mas as mãos tremiam nas dela. Por um instante, Maria se arrependeu da própria ousadia, embora tivesse conseguido ouvir exatamente as palavras de que precisava. As palavras que tanto queria escutar — mas não porque não soubesse que ele a amava, e sim porque precisava ter certeza de que ele estava disposto a *reconhecer* aqueles sentimentos para ela e para si mesmo.

Sentimentos não reconhecidos eram fáceis demais de ignorar, de deixar de lado em favor de algo mais importante. Para Maria, havia muito em jogo para fugir de perguntas difíceis.

Ela não atravessaria meio mundo, deixando seu país de origem e sua família, por um homem que não fosse capaz de dizer que a amava. Não importava quantos bons motivos ele tivesse para não dizer. Não importava quanto ele de fato a amasse. E também não importava quanto ela o amava e quanto o queria em sua vida.

A verdade é que, até aquela conversa, ainda restavam uma ou duas dúvidas.

Mas no momento não havia mais nenhuma. De verdade.

Peter lhe dera o que ela precisava, e, em troca, Maria daria a ele tudo que tinha.

Ela soltou com muita delicadeza as mãos do aperto quase doloroso de Peter e as levou ao rosto dele, sentindo a barba grossa nas palmas sensíveis, os olhos dele fixos nos dela, sua expressão cautelosa, mas cheia de esperança.

Maria acariciou o rosto dele com os polegares, devagar e com muita ternura.

Depois, se aproximou e o beijou. Com toques suaves em sua boca; toques úmidos, quentes, afetuosos. Pacientes, porque agora ela tinha todo o tempo do mundo para ele.

— *Jag. Älskar. Dig. Sötnos* — disse ela, pontuando cada palavra com um beijo.

— Não sei por quê — murmurou ele contra os lábios dela —, mas... cacete... obrigado!

Peter passou os braços ao redor de Maria e a puxou para o seu colo, abraçando-a com força e retribuindo o beijo com o mesmo cuidado deliberado. Ele explorou os cantos da boca dela, provou o lábio inferior, deixou a língua deslizar devagar, girando em torno da dela, provocando até deixá-la tonta com tanta doçura.

Era como um primeiro beijo.

Hum... não. O primeiro beijo dela tinha sido com Arne Gustafsson, no ensino fundamental. O garoto tinha comido salame com alho naquele dia, e a língua dele se mexia feito uma enguia. Peter, por outro lado, tinha gosto de menta e chocolate e cheiro de cedro. Além do mais, aquela língua ágil e habilidosa merecia ser eternizada em bronze, mas só depois que ela tivesse usufruído dela sob demanda pela vida inteira.

Ou seja, aquele em nada lembrava o *primeiro* beijo dela.

Mas era o primeiro beijo que parecia lhe oferecer um futuro... e já fazia muito, muito tempo que aquilo não acontecia.

Quando o beijo acabou, Peter passou a mão grande e quente ao redor da cintura dela e a ajudou a se levantar. Maria se virou na mesma hora e estendeu a própria mão, oferecendo ajuda. Peter aceitou e apoiou parte do peso nela ao se erguer. Porque confiava na força dela. Porque confiava o bastante nela para abrir mão de um pouco da própria independência e deixar que Maria o ajudasse.

Porque ele não estava mais sozinho, e nunca mais estaria.

Quando chegaram ao quarto de hotel, se jogaram nos braços um do outro assim que a porta se fechou com um baque. Os dois tiraram a roupa e se enfiaram embaixo das cobertas, mas não para transar. Pelo menos, não imediatamente.

Peter aconchegou Maria bem junto a si e passou as mãos pelas costas dela, pelas laterais do corpo, pelos braços. Por todas as partes que conseguia alcançar. E, a cada vez que Maria encostava a boca em seu ouvido e sussurrava mais alguma coisa de que gostava nele — a inteligência afiada, a sagacidade, o jeito protetor como ele a tratava, a teimosia, o talento inegável —, as mãos de Peter se detinham por um instante, então continuavam deslizando com lentidão pela pele dela, até deixá-la praticamente derretida de prazer.

— Pelos deuses, eu amo você — murmurou Maria, e beijou o lóbulo da orelha dele.

Quando Peter enterrou o rosto em seu pescoço, ela enfiou os dedos no cabelo dele, do jeito que sempre lhe dava arrepios. E, quando sentiu o pescoço úmido de lágrimas, Maria não disse nada.

Certas emoções precisavam ser confessadas.

Outras podiam continuar sendo só dela.

Mais tarde, quando Peter se apoiou nos braços, com a cabeça abaixada para conseguir encostar o rosto no dela enquanto a penetrava, ele disse as palavras sem que ninguém pedisse, a voz rouca, trêmula e carregada de sentimento.

— Porra, eu te amo, Maria. — Com a primeira arremetida forte, ele foi ainda mais fundo. Tão fundo que chegou a perder o ar por um instante... e ela também. — Mora comigo. Por favor.

— Tudo bem — concordou Maria, e passou as pernas ao redor da cintura dele.

Ele parou no meio do movimento.

— Merda, se eu soubesse que ia ser tão fácil...

— Continue, *skitstövel*. Como dizem nos dramas médicos do seu país: dez ml de pau, com urgência.

O tapa que deu na bunda de Peter provavelmente doeu mais na mão dela do que nele.

Mas funcionou. Peter voltou a se mexer. E a rir.

— Não é pouco pau, não? — Ele enfiou a mão entre os corpos dos dois e encontrou o clitóris dela, o sorriso escancarado. — Quer só a cabeça?

— Fique à vontade para aumentar a minha dose — falou ela.

E, pela primeira vez na vida, teve um homem em sua cama que a fez gozar depois de rirem até chorar.

Mas eram lágrimas boas.

As melhores que ela já experimentara.

Comentários do YouTube em "Mais entrevistas que saíram dos trilhos: ***Maria Ivarsson & Peter Reedton, Parte 2***"

BeaSensacional 2 anos antes

Eu... não entendi. Eles não estão namorando? Como assim eles não estão namorando? Sempre que ela vira o rosto, ele fica OLHANDO para ela com uma cara de pura adoração. Ainda mais logo depois que ela aparece com aquele peixe em conserva e sacode bem na cara dele, a, tipo, dois centímetros do nariz, sei lá por quê.

O que levanta uma outra questão importantíssima:
De onde saiu aquele peixe??? Porque ele surgiu do nada, e eu não entendo???

Deuses dos Portões Para Sempre 2 anos antes

Não estou dizendo que Peter Reedton queria pular da cadeira, arrastar Maria Ivarsson para o chão e fazer valer aquela barba toda. Só estou dizendo que com certeza isso aconteceu um milésimo de segundo depois que a câmera parou de gravar, porque aquele cara estava SEDENTO por um copão de sei-lá-o-quê sueco. Jesus.

DinoBebum 1 ano antes

Nunca quis tanto que alguém me chamasse de c*ga-botas com carinho.***
Continue vivendo meu sonho, Reedton!

***Claro que, antes desse vídeo, eu nem sabia que os suecos eram tão esquisitos a ponto de chamar os outros de c*ga-botas, mas enfim.

Ferromodelista de Reno 1 ano antes

Se você veio atrás de vídeos de descarrilamentos de verdade, procure em outro lugar. Decepcionante.

Dito isso: se aqueles dois não estão transando, eu como minha locomotiva Lionel Lines 1668E K-4 Torpedo. E realmente não quero comer minha locomotiva Lionel Lines 1668E K-4 Torpedo. Ela é muito valiosa. E não é comestível. Então isso já diz tudo.

21

— Ainda não consigo acreditar que você mora em um condomínio fechado — disse Maria, inclinando-se diante do espelho do banheiro da suíte e espalhando um pouco de pó no nariz. — É tão... excludente.

Bem, sim. Tanto na definição quanto na intenção.

Peter podia listar todos os motivos práticos que o levaram a se mudar para um condomínio-bairro com pouco menos de mil residências, cravado nas colinas no oeste do Vale de San Fernando, e por que tinha feito aquilo assim que recebeu seu primeiro cachê de *Deuses dos Portões*. Ele havia usado aquele pagamento como entrada na casa mais barata à venda na comunidade, e jamais se arrependera.

Aqueles três portões que desagradavam Maria impediam os carros do Google de circularem por ali e espalharem imagens da casa dele na internet, onde ficariam acessíveis a qualquer curioso — e nem todos eram inofensivos. Os seguranças também barravam os ônibus de turistas ávidos por celebridades, que viviam circulando à procura das casas dos vizinhos mais famosos de Peter.

Além disso, o lugar era idílico. Quase ao ponto do absurdo. Havia uma área verde preservada que ocupava todo o fundo da propriedade, e o terreno, no topo da colina, garantia vistas espetaculares do pôr do sol. Como o condomínio havia sido projetado nos anos 1950, os quintais pareciam florestas, com árvores enormes balançando suavemente ao vento, e cada casa era única; nada daquelas residências que pareciam ter sido construídas com o mesmo molde.

Não havia calçadas. Nem postes de luz. E se viam quase tantas pessoas a cavalo quanto em carros. A não ser por alguns helicópteros sobrevoando a região para buscar músicos, atletas, atores e seus convidados nas casas vizinhas, o silêncio reinava naquele canto do mundo.

Mas Peter era honesto o bastante para admitir a verdade, ao menos para si mesmo. Não foram só razões práticas que o levaram a escolher aquele condomínio, nem o que o motivara a dar tudo de si por cinco anos até quitar cada centavo da hipoteca.

Aqueles dois quilômetros quadrados de Los Angeles eram exclusivos. Muito exclusivos. Gente famosa morava ali. Gente *de sucesso*.

Toda vez que aqueles portões se abriam para deixar o SUV dele entrar, Peter tinha a sensação de estar diante de uma entidade onisciente e impiedosa que o julgava e ao fim o considerava digno. O coração dele se tornava mais leve do que uma pluma. Todos os riscos e esforços haviam valido a pena. E ninguém, absolutamente ninguém, poderia obrigá-lo a voltar para lugar, físico e metafórico, de onde tinha saído.

Aquela cancela erguida representava algo concreto: aquela comunidade era dele. A casa era dele. Aquela vida era dele.

Agora, Maria também era. Finalmente. Estava ali, na casa dele. E o amava. O compreendia. Ele nunca tinha se sentido tão feliz. Estava se esforçando muito, *muito* mesmo, para não entrar em pânico.

Mas ela não precisava ouvir tudo aquilo. Para Maria, os portões não eram um sinal de aprovação divina. Eram só... grandes pedaços de metal pintado.

Peter encontrou o olhar dela no espelho enquanto terminava de abotoar a camisa.

— Sou uma pessoa reservada, Píppi.

Talvez ela estivesse ocupada demais com os últimos preparativos para enfiar peixe em conserva no nariz dele, ou talvez aquele vestido indecente não tivesse bolsos adequados para arenques.

Uma pena.

— Deixa eu reformular — disse Maria, endireitando o corpo e ajeitando o caimento do vestido até ficar impecável. — Não acredito que você mora em um condomínio fechado cujo portão tem o formato de uma canga de boi gigante, como se todos fossem humildes agricultores de beterraba do século XIX. Mesmo tendo uma vizinha que é estrela de reality show e tem um campo de golfe no quintal. Mesmo sendo o mesmo homem que quase se mijava de medo toda vez que ouvia uma vaca mugindo na ilha.

Se Peter tentasse argumentar que o tal campo de golfe só tinha dois buracos, pois não havia espaço suficiente para mais, Maria riria dele sem piedade e com razão. Mesmo que a casa dele mal tivesse um acre de área e nenhum campo de golfe.

Quanto ao outro assunto, ele fez questão de se explicar.

— Aquelas vacas eram grandes e barulhentas de um jeito anormal, e os olhos delas eram enormes e malignos.

Ruminar e tramar assassinatos: era só o que aqueles bichos faziam, quando não estavam tirando uma soneca.

— Ficavam imaginando os pedaços do meu corpo pisoteado sendo digeridos nos quatro compartimentos dos estômagos delas.

Peter até tinha um pequeno celeiro na propriedade, mas uma vaca só colocaria os pés — ou cascos – ali passando por cima do cadáver dele. E, dadas as intenções claramente assassinas delas, aquilo bem que podia acontecer.

Diante do terror dele, Maria simplesmente caiu na gargalhada.

Muito bem. Hora de contra-atacar.

— Sei que os suecos gostam delas, querida, mas *beterraba*? — Mirando no efeito dramático, ele deu um peteleco na pontinha empoada do nariz dela. — Tem gosto de terra. De socialismo e de terra.

Como ele previa, as narinas de Maria se inflaram em um surto de indignação patriótica, e ela deu uma cotovelada nas costelas dele.

— Beterraba tem gosto de ensino superior gratuito e atendimento médico universal garantidos por políticas públicas voltadas ao bem comum. — Ela fez uma pausa. — Também tem gosto de terra. E de sangue.

— Arrá! — Peter se virou, erguendo um dedo acusador. — Eu sabia que você…

Mas ela ainda não tinha terminado.

— Sem falar no aumento da desigualdade econômica, apesar das políticas públicas majoritariamente de esquerda. — Ela franziu a testa. — O que é bem preocupante, para falar a verdade. Essas beterrabas precisam ser *mais* socialistas.

Cacete. Que mulher incrível.

— Uau — disse ele, abrindo um sorriso. — Que beterrabas complexas dos infernos, meu amor.

Ela deu uma risadinha.

— Enfim. Os portões são esquisitos, mas sua casa é linda.

O sorriso dele se alargou com aquela declaração tão decidida, típica de Maria.

Eles tinham chegado ao aeroporto de Los Angeles na noite anterior, exaustos da temporada em Madison, por isso Peter esperou até a manhã seguinte para fazer o grande tour pela propriedade. Com o coração disparado, conduziu Maria pela casa térrea de três quartos e dois banheiros, construída nos anos 1950 e reformada ao longo das décadas, sob o olhar severo da onipotente Associação Comunitária.

Diferente de outras propriedades da região, a casa não era espalhafatosa, nem por dentro, nem por fora. Da rua, via-se apenas a fachada de revestimento verde-acinzentado e detalhes brancos, emoldurada por alguns arbustos e flores. Por dentro, tudo tinha sido modernizado com bom gosto. O piso era de madeira, havia uma suíte confortável, um escritório pequeno e dois quartos de hóspedes. A sala ampla era integrada à cozinha, que contava com eletrodomésticos de ponta e bancadas de mármore; os banheiros, apesar de não serem enormes, eram modernos e impecáveis, com mais mármore e azulejos brancos.

Ao entrar no banheiro da suíte e dar de cara com a banheira de hidromassagem embutida e o boxe de vidro, Maria se virou para ele com um sorriso demorado e malicioso.

— Acho que a gente vai se divertir aqui, Peter.

Ele já considerava o tour um sucesso antes mesmo de mostrar a verdadeira joia da propriedade: o pátio dos fundos. Cercado pela mesma cerca branca de três ripas que todos os vizinhos tinham, posicionado no alto de uma colina com vista para as ondulações da paisagem ao redor, e contando ainda com um pátio coberto amplo e uma piscina charmosa, era o lugar favorito dele para relaxar.

Nos dias agradáveis, Peter abria a parede de portas de vidro que ligava a sala de jantar ao pátio e deixava o ar fresco invadir a casa enquanto cuidava das tarefas domésticas. E agora que não passaria mais a maior parte do ano filmando fora do país, talvez conseguisse enfim decorar a parte de dentro da casa e deixá-la tão bonita quanto a vista lá de fora.

Os desenhos da mãe seriam a sua inspiração.

Pouco antes da falência do estúdio de decoração dela, uma cliente — a última, como logo descobririam — pedira um quarto sereno, nos tons de azul e verde de um mar tropical calmo. Sentado à mesa da cozinha, Peter vira os dedos ágeis da mãe deslizando pelo bloco de papel: primeiro lápis, depois caneta e aquarela. As unhas dela estavam quebradas, e linhas fundas marcavam a testa entre as sobrancelhas espessas e escuras, mas os cantos da boca se curvavam em um leve sorriso enquanto ela trabalhava.

Criando beleza a partir do nada e a oferecendo aos outros. Incapaz de manter o que criava só para si.

— Está pronto, querido — dissera ela, naquele dia, e apoiou o papel na bancada laminada para secar. — O que acha? Será que ela vai gostar?

— Se não gostar, é uma idiota — respondera Peter.

Em vez de: "Está lindo, mãe. Você é tão talentosa, mais do que imagina, e eu nem sei como te dizer quanto te amo. Obrigado por me amar também, sempre, e por dizer isso mesmo quando eu não digo de volta."

Mas ele era tão jovem na época, um garoto rabugento e insuportável, e acreditava que os dois teriam todo o tempo do mundo. Que a mãe teria todo o tempo do mundo para continuar desenhando, criando beleza, e ele teria todo o tempo do mundo para dizer a ela que seus abraços o faziam acreditar, ainda que por um instante, que alguém podia amá-lo e que tudo ficaria bem. Talvez não tão cedo, mas um dia. Desde que a tivesse por perto.

A cliente adorara o novo quarto claro e tranquilo.

Então, sua mãe fechou a empresa e virara um fantasma.

Mas o que ela oferecera ao mundo ainda existia. Nele, e naquele último esboço que Peter tinha mandado emoldurar. Os últimos suspiros do sonho da mãe dele, intricadamente traçados, lindamente pintados e agora pendurados sobre a lareira, esperando que Peter os trouxesse de volta à vida.

Maria o ajudaria a fazer aquilo.

A mãe dele teria adorado Maria. Quem não adoraria?

— Que bom que você gostou da minha casa. — Era um eufemismo e tanto, mas Maria entenderia o que aquelas palavras significavam. — Porque agora ela também é sua.

Maria respondeu com um beijo no rosto dele, então esfregou a marca de batom que deixara na pele.

— A propósito, Peter — murmurou ela, os lábios mal se mexendo enquanto reaplicava o tom de um rosa mais escuro —, aquilo no seu quintal é um celeiro mesmo? Porque, se for, estou surpresa, dado o seu aparente pavor visceral de animais de fazenda homicidas.

Um dia, quando uma vaca do submundo, um gênio do crime, arquitetasse a morte horrenda de Peter, Maria se arrependeria de ter zombado das preocupações dele. Peter podia ser do Wisconsin, o estado natal dos adoradores de laticínios e de vacas, mas não era nenhum idiota.

— O celeiro já existia, e eu precisava ter um. Está no estatuto. A nossa associação comunitária é... um pouco intensa. — Ele tamborilou com os dedos no tampo de mármore e decidiu tentar ressaltar o lado bom da situação. — Mas temos acesso a um clube, quadras de tênis e de basquete. E tem churrasco coletivo toda semana no verão.

Maria lhe lançou um olhar de ceticismo divertido, pôs o batom de lado e arqueou a sobrancelha.

— Você já foi a algum desses churrascos? Mesmo quando estava na cidade e podia comparecer aos eventos da vizinhança?

Socializar em meio a uma multidão? Cercado de desconhecidos? Sem Maria por perto para guiá-lo?

Credo.

— Não — disse Peter, com firmeza.

Ela franziu os lábios.

— Outra pergunta: tem algum animal de verdade naquele celeiro?

Peter Reedton, fazendeiro aos fins de semana. Ele tentou se imaginar agachado ao lado do traseiro de uma vaca, os cascos letais do animal a poucos centímetros do seu crânio vulnerável, e Peter lá, puxando as partes sensíveis da pobre criatura para tirar um leite não pasteurizado e ainda morno do corpo dela.

Ele estremeceu.

— É claro que não.

— O que você guarda lá dentro, então, se não é gado?

— A minha dignidade.

Maria caiu na gargalhada, aquele riso escancarado e inconfundível que fazia o sol brilhar mais forte. O que era um baita feito na ensolarada Califórnia.

— Não vejo a hora de usar sua piscina. — Ao inclinar a cabeça, uma mecha de cabelo roçou o ombro dela. — Seus vizinhos conseguem ver essa parte do pátio?

Ah, Peter sabia aonde ela queria chegar com aquilo... e aprovava. Com alegria.

— Não — disse ele, considerando as inúmeras possibilidades maravilhosas.

— Então acho que não tem problema eu não ter colocado o biquíni na mala.

Peter daria tudo para ver aquele biquíni vermelho de novo, mas depois de seis anos era bem provável que ela nem tivesse mais a peça. Nesse caso...

— Nua está bom — disse ele. Então pensou um pouco e se corrigiu: — Não, nua está ótimo. Melhor que ótimo. Ideal.

Ela deu uma risadinha.

— Era meu sonho ter uma piscina no quintal quando era criança. Pelo menos nas duas semanas de verão em que o clima ficava quente o suficiente — acrescentou, sarcástica. — Se seus vizinhos não tivessem piscinas, tenho certeza de que todas as crianças por perto estariam pulando a cerca e se enfiando na sua.

Crianças. Sim.

Talvez não fosse o melhor momento do mundo para tocar em um assunto tão delicado, mas será que fazia mal testar um pouco a reação dela?

— Muita gente por aqui tem filhos. Caso seja algo que te interesse. — Ele procurou manter o tom neutro. — Tem uma escola primária comunitária, um parquinho perto do clube e um monte de crianças minúsculas em roupas de grife vendendo limonada nas calçadas. Limonada feita com limão-siciliano colhido do pé, na verdade.

Maria abriu a boca, fechou e franziu o cenho.

Merda.

Incapaz de aguentar o silêncio, Peter voltou a falar:

— Mas a maioria provavelmente deve usar espremedor elétrico, agora que parei para pensar. E adoçantes chiques ditos naturais no lugar do bom e velho açúcar, misturados com água de poços artesianos. Poços que foram abençoados em cerimônias realizadas por freiras fantasmas nos antigos mosteiros abandonados onde ficam esses poços.

Ah, o tagarelar nervoso, refúgio dos despreparados para conversas sérias.

Era aquilo que ele ganhava por abrir a boca. O silêncio era tão mais fácil…

Maria o encarou por uns dois segundos. Então, finalmente, falou, testando cada palavra com uma cautela que não era comum nela:

— Pensei que… Ou talvez estava torcendo? — Ela hesitou. — Dizer que estava torcendo é mais exato, eu acho. Enfim, eu meio que estava torcendo para que você já tivesse… superado a vontade de ter filhos?

— Ai, graças a Deus. — Peter soltou o ar, aliviado, e relaxou o corpo. — Eu também não quero ter filhos. Não tenho a menor vontade de assumir esse tipo de responsabilidade, ainda mais considerando quanto a nossa rotina pode ser caótica e imprevisível.

Nesses dias, tantos filmes e séries eram gravados fora de Hollywood… Criar uma estrutura estável para filhos de dois atores em plena atividade seria, na melhor das hipóteses, um baita desafio. Na pior, impossível. Como uma criança infeliz, Peter não estava disposto a contribuir para aquela estatística. De jeito nenhum.

Por Maria, talvez ele tivesse cogitado ceder naquele ponto, mas não teria ficado feliz com a decisão. Que puta sorte.

— Excelente. Que bom que resolvemos isso. Sem filhos. — Ela abriu um sorriso e voltou a encarar o espelho acima da pia dupla. — Nesse caso, essa casa tem espaço de sobra, e a gente não vai precisar se mudar. A não ser que sua associação comunitária extremamente intensa…

— *Um pouco* intensa.

— … resolva nos obrigar a cultivar beterraba. — Com a lateral da unha, ela limpou uma manchinha na parte de cima do rosto. Devia ser rímel. — Eu seria contra.

— Eu disse que a associação comunitária era *um pouco* intensa — reforçou ele, mais uma vez —, e se você disser o contrário para eles, vou te largar no meio de um bando de vacas assassinas e sair andando, não importa quanto você me implore para te salvar. Mas prometo que seu velório vai ser bonito. Isso se os membros do conselho não me matarem antes.

— Como é comum entre membros de associações comunitárias só *um pouco* intensas. — Ela o encarou com um ar de superioridade. — E só para sua informação, o coletivo de vacas é *rebanho*, não bando assassino…

— Foi o que eu disse.

— Tanto faz. — Maria lhe entregou o batom, o último item que precisava que Peter carregasse por ela naquela noite. — Estou pronta, *skitstövel*. Chega de retoques.

Peter vestiu o paletó do terno, guardou o batom no bolso interno e passou a escova na barba uma última vez. Então, lançou um olhar longo e atento à mulher parada na porta do banheiro.

Ele balançou a cabeça e cruzou os braços.

Qualquer esforço que fizesse em relação à própria aparência seria inútil. Não importava que a barba estivesse macia e brilhante sob a luz oblíqua que entrava pelas janelas do banheiro. Não importava que ele tivesse escolhido seu terno mais elegante, cinza-chumbo e perfeitamente ajustado, no closet que agora dividiam. E certamente não importava que ele tivesse lustrado os sapatos até atingirem um brilho impecável.

Poderia estar vestindo uma maldita fantasia de palhaço que ainda assim não faria diferença. Nenhum fotógrafo perderia tempo tirando fotos dele no leilão beneficente de Alex. Não com Maria por perto.

O azul-escuro do vestido deixava a pele dela luminosa, e a peça era quase tão linda quanto sua dona, com mangas ricamente bordadas, decote quadrado e profundo e um comprimento ousado, que flertava com aquelas coxas deliciosas. As tiras das sandálias rasteiras envolviam, possessivas e gentis, os tornozelos e panturrilhas dela. Com gestos rápidos, Maria prendeu o cabelo em um coque casual, bagunçado no limite do moderno, com mechas onduladas emoldurando o rosto maravilhoso.

Ele queria tirar aquele batom com beijos. Arrancar aquele vestido.

As sandálias podiam ficar onde estavam.

— *Fy fan*, Peter. — Os olhos de Maria o avaliaram da mesma forma, dos pés à cabeça. — Esquece o buffet. Eu preferia devorar *você* no jantar.

Caso ele já não tivesse captado o convite rouco naquele comentário, o olhar dela desceu até o volume sob a calça do terno, onde o pênis dele se enrijecia, cheio de esperança. Ele também estava fadado à decepção, porque eles precisavam sair.

— Daqui a mais ou menos umas quatro horas a gente volta a falar sobre isso, meu bem — disse ele.

Então, pegou a mão dela e a conduziu pela casa até a porta. Mas, antes que pudessem sair, Maria parou de repente e o puxou mais para junto de si.

Os olhos dela cintilavam com alegria e malícia.

— Só para você não achar que esqueci a referência à Píppi mais cedo…

E lá estava, ainda que com atraso. Um pote de arenque em conserva, chacoalhado tão perto do rosto de Peter que ele nem conseguia enxergar direito sem ficar vesgo.

Não deveria ser cientificamente possível. Será que materializar frutos do mar do nada era um poder secreto compartilhado por todos os suecos?

— Agora podemos ir — anunciou ela, saindo pela porta diante dele.

Peter a observou enquanto ela rebolava a bunda ao andar e deixou que aquilo acalmasse suas dúvidas quanto às leis da física.

Um minuto depois, enquanto a ajudava a subir no SUV, Maria soltou uma risadinha de repente.

— Ai, meu Deus, acabei de me dar conta de uma coisa.

Ele respondeu com um grunhido, porque, quando ela se sentou, aquele vestido... *aquele vestido...*

Puta merda.

Aquela bainha curta e fluida cobriria facilmente a cabeça dele caso se ajoelhasse aos pés dela em um corredor de hotel abandonado, afastasse aquelas coxas absolutamente incríveis e a lambesse até ela arfar, tremer e gozar na boca dele.

— Você mora em um condomínio fechado, Peter, onde consegue abrir os portões com um comando.

Esperando, ao que tudo indicava, que ele desviasse a atenção das pernas dela, Maria ficou em silêncio por um bom tempo, até Peter enfim voltar a encará-la.

— Sabe o que isso faz de você?

Ele não fazia ideia.

— Uma pessoa rica?

— Um deus dos portões — respondeu ela, e caiu na gargalhada até ele também começar a rir, sem conseguir se controlar. — Ah, *fy fan*, isso é *perfeito*.

Você também é, pensou Peter, e desejou pela milionésima vez conseguir banir o fio de medo entremeado a toda aquela felicidade. *Que os céus me ajudem. Você também é.*

22

Assim que Maria e Peter atravessaram o tapete vermelho e entraram no hotel sofisticado em Beverly Hills onde estava acontecendo o leilão beneficente de Alex, ela parou, levou a mão ao peito e respirou fundo.

— *Skit*, Peter. — Maria fechou os olhos por um momento, tentando se acalmar. — Meu coração ainda está disparado. Aquela era a Lauren com o Alex, não era? A acompanhante dele? Tem certeza de que ela está bem?

— Sim, era Lauren. Ele contou no grupo do elenco que viria com ela hoje à noite. — Peter estava com uma das mãos apoiada de um jeito protetor na parte inferior das costas de Maria e usou a outra para coçar a barba, em um gesto inquieto e nervoso. — Não tenho certeza, mas vi Lauren saindo com uma das organizadoras do evento logo depois, e parecia estar andando bem. Se tivesse se machucado de verdade, nós dois sabemos que o Alex teria surtado completamente.

— Em vez de só parcialmente.

A tentativa de sorriso dela se apagou no mesmo instante.

O grito de Alex pedindo ajuda para Lauren sem dúvida teria sido ouvido da casa de Stina e Olle, do outro lado do Atlântico, o que seria mais do que compreensível. Aquele invasor de aparência doentia, com cabelo escuro e ensebado, tinha surgido do nada. Balbuciara alguma coisa sobre direitos dos homens, forçando passagem pela multidão e saltando para o tapete vermelho, aparentemente com a intenção de atacar Alex. Em vez disso, acabou derrubando Lauren, que reagiu mais rápido do que o ator e impediu o invasor de alcançar seu alvo.

Maria e Peter tinham assistido à cena, do lugar onde estavam, horrorizados, distantes demais para que pudessem intervir. Não tinham conseguido proteger o amigo nem a acompanhante. Nem antes do ataque, nem antes de os seguranças arrastarem o agressor para fora.

Maria não conseguiu conter um suspiro choroso, e Peter puxou-a para os braços, uma das mãos grandes e quentes em sua nuca, a outra acariciando suas costas. Depois de um minuto, o coração dela já não latejava tão alto nos ouvidos. Quando ela tentou se afastar, porém, Peter não deixou.

Para falar a verdade, ela também não se esforçou muito.

— Você está com meu celular.

Porque os estilistas ainda não colocavam bolsos decentes nas roupas femininas, cacete, e Maria odiava a ideia de carregar uma bolsa a noite inteira.

— Pode mandar uma mensagem para ele e perguntar se Lauren se machucou?

— É claro. — A voz de Peter saiu grave e baixa, e ele continuou abraçado a ela, sem nem mexer no bolso. — Que merda, Maria. Graças a Deus você tá bem. Eu vi aquele desgraçado invadindo o tapete vermelho e não fazia ideia do que ia acontecer. Se ele estivesse armado e decidisse mirar em você...

Sua voz falhou, e ele se interrompeu. Os braços ao redor dela a apertaram um pouco além do confortável, e foi a vez de Maria fazer carinho nas costas dele, o que fez de bom grado, grata por ele também estar em segurança.

Outro grupo de convidados do leilão entrou, e Peter deu um último beijo suave na têmpora de Maria antes de se afastar um pouco, o rosto visivelmente mais calmo.

— Vou mandar a mensagem, aí a gente pega aqueles drinques de graça e gasta um monte de dinheiro com coisas que nunca compraríamos em dias normais. Particularmente, adoro dar lances por fotos autografadas do Alex, desenhar coisas horríveis, horríveis mesmo, no rosto dele com uma canetinha e depois mandar uma foto da profanação para ele enquanto ele reclama que sou um monstro que feriu profundamente sua alma. Isso, por sinal, é uma citação direta.

Os lábios de Peter se curvaram em um sorriso discreto, outro sinal de que enfim havia se acalmado.

— Hum. Maléfico *e* beneficente. Gostei. — Maria bateu com o dedo no queixo, pensativa. — Mas será que os drinques são mesmo de graça, se o ingresso do evento custa cento e cinquenta dólares?

Era mais uma pergunta filosófica do que uma reclamação. Ela tinha dinheiro para gastar. Os dois tinham. E a entidade beneficente que Alex havia escolhido — uma ONG da região que se dedicava à prevenção da violência doméstica e ao apoio à reconstrução da vida de sobreviventes — não podia ser mais alinhada aos valores dela.

— Tudo bem. — Ele soltou um suspiro exagerado, digitou a mensagem e guardou o celular no bolso. — Retiro o que disse. Não é um drinque de graça... é um drinque sem custo adicional.

Peter murmurou algo baixinho, muito parecido com "sua nórdica implicante". Quando ela o fuzilou com o olhar — porque aquilo era uma provocação escancarada, levando em consideração o que haviam discutido mais cedo sobre o termo "nórdico" —, ele sorriu com uma expressão inocente e lhe ofereceu o braço.

Eles entraram no salão de festas juntinhos. Ainda era cedo, e os dois teriam tempo de sobra para beber, beliscar uns canapés e dar uma olhada nos itens do leilão silencioso dispostos sobre mesas compridas ao fundo antes que leilão ao vivo começasse. Muitos convidados já tinham chegado e conversavam em pequenos grupos, usando roupas que variavam de vestidos de coquetel brilhantes a tops sem alça e jeans rasgados.

As pessoas de top provavelmente eram da música. Até Maria sabia daquilo.

— Ninguém me avisou que eu poderia vir de camiseta em vez de vestido — disse ela enquanto esperavam na fila do bar.

— Neste exato momento, eu adoraria estar anunciando silenciosamente que Agnetha e Anni-Frid foram roubadas para todo mundo que olhasse para os meus peitos.

Ele franziu os lábios.

— Isso tem alguma coisa a ver com o ABBA?

— Tem.

— Eu quero saber o que isso quer dizer?

— Provavelmente, não.

— Mas vou descobrir mesmo assim?

— O que você acha? — Ela abriu um sorriso radiante para ele.

Já na frente da fila, Peter deu um suspiro ainda mais exagerado e pediu um mojito sem álcool, enquanto Maria pediu uma taça de pinot noir. Quando atravessaram o salão em direção às mesas do leilão silencioso, o repertório dele sobre ABBA já tinha se expandido de forma considerável.

— ... embora elas não fossem as compositoras, foram as vozes e as performances das duas que levaram a banda ao sucesso, por isso merecem mais respeito da crítica do que costumam receber — concluiu Maria. — E nem vou falar sobre o fato de um Björn recém-divorciado ter feito a ex-mulher tristíssima cantar "The Winner Takes It All". Mesmo que ela pelo visto adore essa música... Muito escroto, como se diz por aqui.

Peter coçou o queixo barbudo.

— Você, hum, claramente tem sentimentos fortes a respeito disso tudo.

— Tenho os sentimentos *certos* a respeito disso tudo — afirmou Maria, e ele ergueu as mãos em rendição.

Quando chegaram à primeira mesa, ela deu uma risadinha ao ver os lances já feitos por duas noites em um resort cinco estrelas em San Diego e a chance de participar como figurante de uma série cult. O valor atual pelo item seguinte, uma experiência exclusiva de degustação de vinhos em Napa, quase a fez se engasgar com o crostini de figo, mel e queijo de cabra que um garçom lhe oferecera instantes antes.

Era uma bobagem, já que qualquer um dos dois estaria dentro de seu orçamento. Na verdade, até os dois juntos, e o dinheiro ainda iria para uma boa causa. Mas, por algum motivo, digitar o número do cartão de crédito em uma página de doação e dar exatamente o mesmo valor sem esperar nada em troca não parecia tão... excessivo?

Provavelmente aquilo se devia a suas sensibilidades suecas, assim como a antipatia instintiva dela por condomínios fechados. Paciência. Nos dois casos, poderia encontrar um meio-termo ou alguma solução criativa.

Mesmo achando ridículos aqueles portões que pareciam os uma canga de boi, ela os aceitaria se fizessem Peter feliz... e se pudesse se entreter zombando deles (e dele) sem piedade. A instituição de caridade aceitaria de bom grado o dinheiro dela, sem nenhuma contrapartida luxuosa. Mais tarde, naquela noite, ela acessaria o site da ONG.

Pronto. Tinha conseguido fazer as pazes com aquelas decisões.

— Vai dar um lance pela viagem a Napa? — perguntou Peter depois de engolir a última mordida do crostini.

— Se eu fosse tentar ganhar alguma coisa, seria isso. Mas não.

Na mesa seguinte, uma foto enorme de Alex, autografada e emoldurada, em que ele fazia uma expressão sexy e marota, ofuscava todos os outros itens. Maria tinha um palpite de quem ia levar aquela imagem e depois profaná-la.

— Prefiro só doar o dinheiro e deixar os itens para quem vai ter mais prazer em ganhar.

Peter respondeu com um resmungo, concentrado em preencher o formulário na frente da foto de Alex.

Enquanto ele esvaziava a conta bancária só para zoar o amigo e colega de elenco, Maria continuou passeando pelas mesas. Até ouvir uma voz muito conhecida, muito querida e muito barulhenta gritar seu nome do outro lado do salão.

— Maria! Vem aqui agora! — gritou de novo a voz antes que ela pudesse responder. — Peter, que porra você tá fazendo nessa mesa até agora?

Maria se virou e viu exatamente quem esperava que fosse: Carah, sua colega de elenco preferida depois de Peter. A mulher estava parada ao lado de uma das muitas mesas redondas na frente do salão, com a mão levantada para chamar a atenção dos dois. Depois de confirmar com Peter, que fez um gesto com a mão para que ela fosse até lá e continuou examinando os itens do leilão, Maria seguiu naquela direção.

Uma mulher muito bonita, de terno e gravata fina, conferiu a prancheta antes de deixá-la entrar no que parecia ser a área VIP. Mais ou menos um milissegundo depois, Maria teve que sustentar quase todo o peso de uma mulher adulta quando Carah se atirou nela.

— Meu Deus do céu, Maria, que saudade da porra que eu tava de você — declarou Carah. — Já faz *meses* desde a última maldita convenção.

— Eu sei — conseguiu dizer Maria, mesmo com os pulmões espremidos. *Skit.* Carah tinha um abraço de urso. — Também estava querendo muito falar com você. Tenho uma novidade.

Assim que conseguisse respirar de novo, Maria contaria que agora morava com Peter, o que provavelmente ia render outro abraço recheado de palavrões, já que ninguém do elenco sabia que eles estavam juntos.

— Aaaah. — Não sabia como era possível, mas Carah a apertou ainda mais. — Conta logo, sua megera dissimulada.

A primeira tentativa de se desvencilhar da amiga falhou. Mas, na segunda, ela ouviu mais vozes queridas e inconfundíveis. Então, usou um pouco mais de força na empreitada de se soltar do abraço de Carah, o que lhe rendeu um olhar de censura da amiga, mas também a liberdade para que Maria pudesse se virar e abraçar Nava e Ramón.

Era tão bom revê-los!

— Eu não sabia que vocês vinham!

— É uma causa importante, e não íamos perder a chance de ver como você e o Peter estão. Na última noite de vocês na Irlanda, Ramón e eu ficamos com a impressão de que vocês dois...

Nava olhou por cima do ombro de Maria e sorriu.

— Ah. Lá está ele. O homem em questão.

Os braços fortes de Peter envolveram Maria por trás, e ele apoiou o queixo no ombro dela.

— Bom ver vocês de novo, Nava. Ramón. Carah. Devo mandar uma mensagem convidando vocês para jantar na nossa casa.

Os olhos azuis de Carah brilharam de empolgação.

— *Nossa* casa? Peter Reedton, seu canalha, depois de todo esse tempo, finalmente agora você pode enfiar esse dedo podre na...

— Sim, Carah — interrompeu Peter, e deu um beijo no rosto de Maria. — Nós estamos juntos, e não vou enfiar nada na minha bunda.

Bem, aquilo era uma mentira deslavada, a não ser que ele estivesse falando que não enfiaria nada na bunda naquele *exato* momento, mas Maria gentilmente decidiu não comentar.

A parte verdadeira da declaração, como previsto, provocou uma nova rodada de abraços, mais palavrões e alguns olhares reprovadores das mesas vizinhas. Então, as luzes piscaram, sinal de que o momento mais formal da noite estava prestes a começar, e todos se soltaram e contornaram a mesa para encontrar um lugar vago.

Peter, coitado, deixou escapar um suspiro introvertido de alívio e desabou na cadeira ao lado da de Maria. Mas logo um sorriso largo se insinuou por entre a barba escura, e ele entrelaçou os dedos aos dela por cima da mesa, onde todo mundo podia ver.

— Mais tarde, você vai me contar absolutamente tudo — sussurrou Carah no ouvido de Maria. — E, quando eu digo tudo, é *tudo* mesmo.

* * *

Depois que Alex fez seu apelo emocionado e sincero para que todos apoiassem a instituição, o leilão ao vivo começou. Quando ele incentivou os presentes a gastarem bastante e aumentarem os lances, eles obedeceram. Se Maria já tinha achado os valores dos itens do leilão silencioso relevantes, aquilo não era nada comparado ao que as pessoas aparentemente estavam dispostas a pagar para participar da festa de encerramento da série com os *showrunners* de *Portões*, ou para arrematar um *carro*.

Nas palavras de Carah, "ele arrecadou uma fortuna do caralho para a instituição".

Depois, uma multidão de pessoas se reuniu para falar com Alex, o que significava que Lauren não conhecia ninguém à mesa. Então, depois de se servirem no buffet de jantar, Peter e Maria se apresentaram, confirmaram que ela não havia se machucado e puxaram conversa. Até Peter bateu papo, apesar da dificuldade em interagir com estranhos.

— É um prazer te conhecer, Lauren — disse ele com um sorriso e uma expressão simpática. — Ouvimos falar muito de você pelo Alex.

— Imagino que sim — disse Lauren, com ironia. — Espero que o seu plano de dados seja bem generoso.

Além de ter os olhos verdes mais lindos que Maria já vira, a acompanhante baixinha e rechonchuda de Alex era também inteligente e muito engraçada, embora de um jeito contido. Então, quando estavam quase terminando de comer, o astro da noite surgiu do nada à mesa, arrastou Lauren para fora do salão de festas e a levou... sabe-se lá para onde.

— Vai ser interessante acompanhar essa história — murmurou Nava, e não estava errada.

O celular de Ramón vibrou em cima da mesa. Um único olhar para a tela bastou para acabar com o humor dele. Ao encontrar o olhar inquisitivo de Nava, fez um aceno quase imperceptível.

Ela gemeu.

— De novo?

— Infelizmente, sim. — O diretor se recostou na cadeira, entrelaçou os dedos sobre a barriga e contou ao grupo reunido: — Era a minha ex-mulher, pela milésima vez nas últimas semanas. Assim que soube que estou num relacionamento sério com Nava, começaram as mensagens e ligações. O que eu não entendo, já que a gente se divorciou faz quase dez anos, e foi uma decisão mútua.

— A porra da mulher quer o que não pode ter — disse Carah, balançando a cabeça.

— Estamos esperando ela se cansar. — Nava deu uma palmadinha de consolo na coxa de Ramón. — Graças à deusa, não tenho esse mesmo problema. Dottie tem sido ótima. Apoia demais meu relacionamento com Ramón, principalmente quando se trata da Carlie.

— Eu teria esperado o mesmo da minha ex, mas... — Ele deu de ombros. — Como eu disse, não entendo... mas ouvi dizer que é um fenômeno bem comum.

Coitado dele. Maria nem conseguia imaginar como aquilo deveria ser frustrante, tanto para ele quanto para Nava. Dadas as circunstâncias do próprio término de Maria com seu único ex-namorado sério, ela tinha certeza absoluta de que jamais passaria por algo assim.

Ramón, querendo desviar o assunto dos próprios problemas, se virou para Peter.

— E você? Alguma ex saiu das catacumbas depois que você e a Maria ficaram juntos, querendo uma segunda chance?

Maria se controlou para não fazer uma careta e deu uma cutucada de leve na perna de Peter com a dela.

Sim, Ramón queria mudar de assunto, mas tinha sido uma pergunta desastrada do ex-diretor deles. Depois de tanto tempo, ele deveria saber que Peter não falava de assuntos sensíveis em público. Ou melhor, não falava nunca, de modo geral.

Mas, para a surpresa dela, Peter não pareceu incomodado com a pergunta.

— Minha única ex de verdade está casada com um cirurgião torácico agora, então a boa notícia é que é extremamente improvável que ela venha me procurar depois de me ver aos beijos com Maria numa foto de site de fofoca. — Ele virou a cabeça, olhou para Maria e... sorriu. Um sorriso de verdade, sem pose nem esforço, um sorriso de pura felicidade. — Não, retiro o que eu disse. Essa não é a boa notícia. A boa notícia... A melhor notícia... é que, se ela tivesse ficado comigo, eu não teria ficado com a Maria. Então ainda bem que ela me largou. Fico muito feliz.

Um coro de suspiros saudou aquela proclamação, e com razão. Vindo de um cara como Peter, era uma declaração de amor pública.

Maria retribuiu o sorriso, apertou os dedos dele e esfregou distraidamente o peito, que parecia ter... derretido, de algum jeito?

Nava se virou para ela.

— E você, Maria? Algum ex persistente?

Bem, aquilo acabou com o derretimento. Na mesma hora.

Depois de seis anos juntos, ela ainda não tinha contado a Peter sobre Hugo. Talvez tivesse sido melhor contar aquela história em particular, mas ele precisava saber, de um jeito ou de outro, mais cedo ou mais tarde. E ela não sentia mais vergonha, nem mágoa.

O comportamento de Hugo não dizia nada sobre o valor dela. Ou melhor, sobre alguma suposta falta de valor.

Como diria Carah: "Que se foda tudo. Desembucha, mulher."

Depois de um bom gole de vinho e uma respiração funda, Maria se preparou para dar a explicação mais curta possível. Hugo não merecera o tempo dela na época, e ela não estava disposta a desperdiçar nem mais um segundo com ele no momento.

— Assim como Peter, só tive um ex — contou. — Hugo. Ele era banqueiro em Estocolmo. Ficamos dois anos juntos e já estávamos começando a conversar sobre comprar um apartamento quando ele foi transferido para o escritório de Londres pela empresa onde trabalhava. Nosso relacionamento virou um namoro à distância.

Mais tarde, é claro, ela descobriu que a transferência não tinha sido uma imposição repentina, como Hugo sugerira. Ele tinha pedido. Pedido para se mudar, para outro país, para longe dela.

— Namoro à distância é… — Nava franziu o rosto em uma expressão solidária. — É difícil fazer dar certo. Falo por experiência própria.

Hum. Maria sempre desconfiou que os meses intermináveis que Nava passava filmando em locações acabaram minando o relacionamento com Dottie. Mas também sempre se perguntou se estaria projetando apenas a própria experiência na das duas.

As duas coisas podiam ser verdade. Provavelmente eram.

— Sinceramente, não vejo como *qualquer pessoa* conseguiria fazer dar certo — disse Maria. — Eu, pelo menos, não consegui.

E Hugo não tinha nem tentado. Ele não ficou nem um mês sem traí-la. Maria tinha certeza, por causa de uma única prova. Que, convenhamos, era uma prova e tanto.

— Vários meses depois que ele se mudou, mandou a mensagem errada para a pessoa errada — continuou ela, e lamentou que o celular estivesse no bolso do Peter, porque adoraria registrar a reação de todos ao que viria a seguir. — A mensagem era destinada ao consultório da obstetra, dra. Millicent Ivey, remarcando a ultrassonografia da esposa grávida.

Peter apertou a mão dela e franziu as sobrancelhas escuras de tal forma que ficaram parecendo uma lagarta peluda. Carah articulou um *filho da puta* com os lábios, e Ramón se recostou com tanta força na cadeira que ela arranhou o chão.

Tirando isso, eram todos silêncio absoluto e bocas escancaradas.

Fy fan. Ela deveria mesmo ter pegado o celular. Aquilo estava *impagável*.

E, para a surpresa de Maria, a história já não doía mais. Nem um pouquinho. Na verdade, tudo aquilo era meio que... engraçado?

Com um sopro de riso, ela girou o pulso no ar.

— Pode acontecer com qualquer um.

— Aconteceu com *você* — disse Peter, sem achar a menor graça.

Na verdade, ele a encarava com tanta intensidade que Maria quase achou que o homem estava tentando se comunicar por telepatia. Ou talvez usar telecinese, na esperança de transportá-la dali para algum lugar mais reservado usando apenas a energia fervilhante do cenho franzido.

Se fosse isso, boa sorte para ele. O traseiro dela ficaria colado naquela cadeira até o fim do jantar.

— Doeu. — Maria se dirigiu a ele, porque sabia o que havia por trás daquela carranca: preocupação. Por ela. — Mas minha família me ajudou a juntar os cacos. Alguns meses depois, resolvi mandar material para testes em Hollywood por impulso, achando que novos ares me fariam bem. Uma nova aventura.

Aos poucos, o rosto de Peter foi relaxando ao ver o sorriso de Maria e perceber o que ela estava dizendo com o olhar: "Depois eu conheci você. Depois você virou meu melhor amigo. Depois virou tudo para mim."

Os olhos escuros deixaram de faiscar de preocupação, e a expressão de Peter se tornou doce. Ele assentiu, e então um sorrisinho curvou seus lábios, discreto e gentil.

Ele não precisava tirá-la dali com o poder da mente.

A música que ecoava ao fundo era só deles, porque o mundo ao redor já tinha sumido. Assim, em um estalar de dedos.

— Sem Hugo, *sötnos*, não existiria um "nós". Essa é a única importância que ele tem para mim agora. — Ela ergueu as mãos entrelaçadas e beijou os nós dos dedos dele. — Então vamos atacar a fonte de chocolate na mesa de sobremesas, pedir mais uma rodada de bebidas sem custo adicional e descobrir se consigo convencer o DJ a tocar “Dancing Queen”.

Ele semicerrou os olhos outra vez ao ajudá-la a se levantar e garantiu:

— Ah, ele vai tocar.

— Senão o quê? Você vai matar o cara?

Mesmo que ela fosse uma sueca convicta, aquilo já parecia um pouco exagerado.

— A intenção era subornar, mas... — Ele deu de ombros. — Enfim. Já vi o mal na minha frente. Já olhei nos olhos de assassinos, aprendi seus segredos mais sórdidos, e agora posso usar isso em benefício próprio.

Maria parou.

— Você está falando das vacas irlandesas de novo, né?

— Estou falando de todas as vacas — corrigiu ele. — Agora prove seu chocolate ao leite derretido e aproveite os frutos da iniquidade.

No fim das contas, o DJ de fato tocou “Dancing Queen”. Foi necessário apenas uma nota de vinte dólares, e não um homicídio bovino. Com aquele homem ridículo que ela adorava ao seu lado, Maria dançou cercada de amigos, e não havia mais segredos. Nenhum passado escondido. Nada mais que ela precisasse guardar para si e esconder, fosse por vergonha, por orgulho ferido ou por uma mágoa persistente.

Ela se sentia leve a ponto de flutuar, suspensa na esteira das gargalhadas de Peter.

Se aquilo — e sua família na Suécia — era a recompensa por toda a dor, por todas as vezes que fora deixada de lado, por todos os momentos em que vira as pessoas que amava escolherem qualquer coisa, qualquer pessoa, menos ela, então era o bastante.

Mais do que o bastante.

Assim como Peter, era tudo.

Grupo de mensagens de *Deuses dos Portões*: Terça à noite

Carah: NÃO ACREDITO QUE VOCÊ DEU UM LANCE MAIOR QUE O MEU NAQUELE PACOTE TURÍSTICO PARA NAPA, SEU BABACA

Carah: Estou falando com o Peter, só pra deixar claro

Carah: Vocês todos também são babacas, mas ele é o babaca ESPECÍFICO nesse caso

Carah: Eu ia gravar o meu próximo vídeo de reação gastronômica lá

Carah: Aposto que fazem coisas bizarras com uvas, mas AGORA EU NUNCA VOU SABER, SEU CRETINO

Peter: Bobeou, dançou.

Carah: Eu NÃO bobeei porra nenhuma!!! Tive que fazer xixi, cacete!!!

Peter: Reformulando, então: mijou, dançou.

Peter: Maria, quer fazer uma degustação de vinhos em Napa? Ouvi dizer que fazem coisas bizarras com uvas por lá.

Maria: Tem idas ao spa nesse pacote?

Peter: Hum... não?

Maria: *Pode* ter spa nesse pacote?

Maria: Porque, assim, eu gosto de vinho, mas se é pra ir a um retiro chique, quero ser esfoliada, descamada e massageada até a alma, de preferência por um cara chamado Sven que me lembre a minha terra natal.

Peter: Frio e antissocial?

Maria: Haha, Peter.

Carah: Eu te avisei. ELE É UM BABACA.

Carah: De qualquer forma, acho que a gente perdeu o foco da questão mais importante aqui

Carah: Vide o grau de babaquice do Peter comigo e como isso deve ser punido

Maria: Peter, quantas pessoas podem ir à degustação em Napa?

Peter: ...

Maria: Você ficaria chateado se a gente tivesse companhia?

Peter: ...

Peter: Tudo bem.

Maria: Carah, considere-se convidada. Você pode se filmar degustando comidas bizarras à base de uva ou ser espancada comigo no spa. Você escolhe.

Carah: EU SOU UMA MULHER MODERNA, NÃO PRECISO ESCOLHER! POSSO TER TUDO!

Carah: Você é maravilhosa, Maria, obrigada

Carah: Obrigada também, Peter, EU ACHO

Mackenzie: Descobri o melhor spa de massagem felina recentemente, não foi, Bigodinho, não foi?

Mackenzie: Ah, Bigodinho, eu concordo. Eu também devia ganhar uma massagem, né?

Peter: ...

Maria: Quanto mais, melhor. Mas, Mac, você vai ter que usar alguma coisa que não esteja coberta de pelo de gato, pelo menos uma vez. Principalmente se o Alex for, porque você está acabando com aquele pobre homem alérgico.

Peter: Alex também vai?

Maria: Talvez. Se ele não se manifestar até amanhã, eu mando um e-mail e vejo se ele e a Lauren podem ir.

Asha: Ahhh, sinto muito, estou em Mykonos! Senão, eu ia com certeza!

Summer: Posso ir? Por favooooor? Eu também preciso ser espancada! Estou em déficit de espancamento!

Carah: Seria foda, Summer

Carah: Pode dividir o quarto comigo!

Summer: ☺

Maria: Uma pena que você não possa vir, Asha. E é claro, Summer. Eu adoraria te ver!

Maria: Muito, muito obrigada pelo fim de semana em grupo em Napa, Peter. Foi muito gentil da sua parte.

Peter: ...

Peter: Sim. Muito gentil.

Peter: Maria, só queria dizer que Benny e Björn eram verdadeiros gênios

Peter: Podiam muito bem ter sido os únicos membros do ABBA. Lendas.

Maria: RETIRA AGORA MESMO O QUE DISSE, SKITSTÖVEL

Peter: :-)

23

Dois meses depois, quando Peter e Maria chegaram à convenção de *Portões*, em São Francisco, o primeiro grande evento publicitário que frequentariam como casal oficial, os fãs de *Deuses dos Portões* simplesmente surtaram.

Claro, os dois já haviam sido vistos juntos antes da convenção. No leilão beneficente de Alex, Peter não tentou esconder o que sentia por Maria, e alguns figurões de Hollywood notaram. Mas o relacionamento dos dois só se tornou público durante a viagem a Napa, quando algum cretino na vinícola filmou os dois se beijando no canto que acreditavam ser reservado e o vídeo viralizou nas redes sociais. O frenesi on-line e os pedidos de entrevista começaram a chegar logo em seguida, e depois disso eles passaram a atrair certa atenção toda vez que saíam por Los Angeles.

O público sabia que eles estavam juntos, mas os fãs de *Deuses dos Portões* ainda não tinham visto o casal oficial de perto, ao vivo, até a convenção. Por isso, o relacionamento deles virou o assunto do evento. Por umas... quatro horas, talvez.

Na tarde e no início da noite daquela sexta-feira, enquanto os dois faziam o check-in no hotel, achavam o quarto e posavam juntos para fotos com fãs, Peter perdeu a conta de quantas pessoas o gravaram com o braço nos ombros de Maria, ou de quantas vezes algum sujeito barbudo vestido de viking com uma fantasia artisticamente rasgada gritou "finalmente!" ou "eu sabia!" para ele com a maior empolgação. Ou, em um momento especialmente memorável: "Saqueia tudo, seu sortudo da porra!"

Aquele cara fez Maria sorrir. Assim como todos os fãs usando camisetas com os dizeres "VIKING? NÃO, VI-QUEEN", ou "ESCUDEIRAS FAZEM *TUDO* USANDO COURO", ou a favorita de Peter: "SE O SEU ROMANCE SLOW BURN DURAR MAIS DE QUATRO ANOS, POR FAVOR, PROCURE UM MÉDICO", acompanhada de um desenho estilizado de Cássia e Cipriano com cara de sofrimento.

— Em vez de "um médico", não deveria ser um "roteirista melhor"? — murmurou Maria segundos antes de a câmera disparar, e a foto do fã flagrou o momento exato em que Peter se engasgava de tanto rir.

Era atenção demais. *Mesmo*. Até para os padrões de uma convenção.

Então, Alex perdeu completamente a cabeça na sessão de perguntas e respostas naquela primeira noite. A partir daí, a maioria dos fãs ficou ocupada demais procurando em dicionários informais o que significava *pegging*, ou analisando todas as fantasias sexuais veladas que Alex tinha sobre Lauren — e seus ataques igualmente transparentes aos roteiristas da série —, e não conseguiu continuar prestando atenção em Maria e Peter.

Normalmente, Peter daria graças a Deus, mas Alex havia se tornado um grande amigo e era um cara muito bom, mesmo que impulsivo. Por isso Peter e Maria tentaram ajudar na contenção de danos da melhor forma possível, mesmo antes de Alex sumir da convenção para ir atrás da ex-acompanhante que se demitiu... sabe-se lá onde. O desaparecimento dele foi motivo de mais uma comoção na manhã de sábado, quando os fãs se deram conta de que Alex não compareceria a mais nenhum painel ou sessão.

Então, mais tarde no sábado, Marcus, o sr. Sou Um Homem Extremamente Inteligente e Reflexivo Fingindo Ser Um Idiota Superficial por Algum Motivo que Prefiro Não Revelar Mesmo Depois de Seis Anos, resolveu falar tanto sobre sua dislexia quanto sobre o fato de soar como um acadêmico das letras clássicas toda vez que não estava interpretando um personagem. No caso, o personagem que criou para si mesmo: Marcus Caster-Rupp.

Foi tudo muito confuso e bombástico, e isso foi *antes* de Marcus atravessar a multidão de fãs atônitos para interromper a palestra da ex-namorada, April, declarar seu amor eterno e logo em seguida enfiar a língua na boca dela diante de uma plateia de estúdio ao vivo.

Tá bem, não era exatamente um estúdio. Era um salão de convenções.

De resto, era tudo cem por cento verídico.

Àquela altura, os fãs de *Portões* que tinham decidido não ir à convenção não paravam de postar vídeos chorando de arrependimento.

Na manhã de domingo, Peter já sabia que o público da última atração do evento, sua sessão conjunta de perguntas e respostas com Maria, se encaixaria em um dos dois extremos: ou os fãs entrariam no salão arrastando os pés, esgotados de tanto drama, ou irromperiam pela porta em estado de pura ansiedade, esperando, nervosos, pela próxima bomba.

Maria e ele, no entanto, eram os normais da vez e não tinham nenhuma bomba para soltar. Àquela altura, todos sabiam que os dois estavam juntos. Cada um aceitara papéis menores e de curta duração, e ambos haviam feito testes para outros projetos, mas estavam dispostos a esperar pela proposta certa antes de se comprometerem com algo maior. Especialmente porque, quanto mais esperassem, mais tempo teriam um com o outro. E eles não se cansavam disso.

Não se cansavam do tempo juntos. Do sexo. Das conversas. Da privacidade.

Cacete, ele amava aquela mulher. Só de imaginar uma vida sem ela...

Bem, Peter tentava não pensar naquilo. Nunca. Porque, quando estava sozinho e aqueles pensamentos — aqueles sussurros traiçoeiros que vinham de medos difíceis de calar — começavam a se infiltrar em seu cérebro, ele entrava em pânico. A pulsação latejava nos ouvidos, a respiração ficava superficial e acelerada, a pele úmida de suor, e ele se perguntava se estaria tendo um ataque cardíaco.

Mas não. Era um ataque de pânico. Já fazia anos que aquilo não acontecia, não desde a época das sessões semanais de terapia, mas Peter ainda reconhecia os sinais de alerta.

Depois de um desses episódios, sempre ficava tentando encontrar uma forma de manter Maria ainda mais perto dele. Mesmo depois de ela ter se mudado da Suécia por ele. Mesmo depois de já estarem morando juntos.

Sabia que ela não queria filhos. Nenhum dos dois queria. Mas será que Maria aceitaria se casar com ele? Peter vivia se perguntando isso, mas continuava em dúvida.

Se pedisse cedo demais, poderia assustá-la. Tarde demais, e Maria talvez começasse a duvidar da seriedade dos sentimentos dele e se afastasse para se proteger.

Outra coisa de que Peter tinha certeza era que, se algum dia fosse pedi-la em casamento, não faria aquilo na frente de uma plateia.

Ou seja: para a frustração geral da plateia em questão, não haveria nenhuma bomba na sessão de perguntas e respostas com Maria. Nenhuma. Zero. Nada.

Ou pelo menos era o que ele pensava *antes*.

Até receber a ligação do agente, trinta minutos antes da hora marcada para irem até os bastidores do salão onde eram aguardados. Não tiveram tempo de conversar sobre cada detalhe da proposta que acabara de receber, mas Peter conseguiu entender o essencial.

Para não atrapalhar a conversa, Maria tinha se isolado no quarto da suíte quando DeShaun ligara e, assim que a ligação terminou, ela saiu às pressas e se jogou no sofá ao lado de Peter, alegre e linda como sempre.

O joelho de Maria encostou no dele.

— O que o DeShaun disse? Algum teste novo, algum roteiro interessante?

No torpor em que ainda se encontrava, Peter quase não escutou a pergunta.

Finalmente. O próximo grande trabalho, dado a ele praticamente de bandeja. Ou, como Maria diria, sem esforço *adicional*.

Tudo porque ele, enfim, tinha provado seu valor para os chefões de Hollywood com *Deuses dos Portões* e mostrado o que conquistara e o que merecia.

Um papel de protagonista em uma série de grande prestígio. Um salário impressionante. Vários anos de trabalho garantido. Estabilidade de carreira suficiente para oferecer à mulher que amava um casamento.

— É — respondeu Peter, atordoado. — Eu... recebi uma proposta.

Maria deu um beijo estalado na bochecha dele.

— Parabéns, *sötnos*. Para qual papel?

— Eu não fiz teste para esse — disse ele, ainda atônito, e se virou para ela, eufórico. — Quer dizer, fiz teste para um papel menor na série, mas não foi o que me ofereceram. Acho que, entre o teste e *Deuses dos Portões*, devem ter pensado que já viram o suficiente para me escalar.

O sorriso radiante de Maria quase o cegou.

— Melhor ainda. Reconheceram o seu valor. Qual é o papel?

Aquele papel daria um futuro sólido a eles. Uma relação mais sólida também.

Quanto antes ele conseguisse explicar, mais cedo poderiam começar a comemorar.

— Maria, meu amor — disse ele, pegando as mãos dela —, se lembra do teste que fiz para o papel do serial killer em *FTI: Forensic Team Investigations*, aquela série sobre uma equipe de investigação forense?

Ela respondeu com um olhar bem irônico.

— Levando em consideração que é uma das maiores séries da TV e que existem, em média, mais de dez spin-offs em exibição pelo mundo, incluindo na Suécia, todos com gente de jaleco com os olhos grudados em microscópios, ampliando imagens de placas de carro no computador e virando alvo de assassinos sem querer… e que eu achei que, em algum momento, um desses assassinos podia acabar sendo você… sim. Sim, eu me lembro.

Peter poderia até se incomodar com a descrição que ela fez da série, mas a verdade era que Maria tinha razão, e os dois sabiam disso. O papel que lhe tinham oferecido não permitiria o tipo de profundidade e desenvolvimento de personagem que ele geralmente preferia, mas uma oportunidade como aquela… Ele seria um idiota se recusasse. E, no que dizia respeito à carreira, ele nunca, *nunca* era um idiota.

Cacete, ele não conseguia nem acreditar, mesmo depois de DeShaun ter confirmado a proposta cinco vezes durante a ligação.

— O teste foi para a série original, que se passa em Seattle. Acontece que o ator que faz o protagonista desde o começo quer voltar a fazer cinema e vai sair da série entre uma temporada e outra. Vão matar o personagem dele, então a equipe precisa de um novo chefe de perícia na história.

Ele esperou, e Maria não demorou a completar o raciocínio.

— Você, obviamente. O novo chefe de perícia — disse ela, toda animada, e plantou mais um beijo nele, dessa vez na boca. — Peter, que notícia *maravilhosa*. Quando começam as gravações?

— Acho que daqui a um mês? — Ele soltou as mãos dela e checou as anotações no celular. — As gravações são em Vancouver, ao que parece, então vou ter que chegar alguns dias antes para procurar um lugar para morar.

— Vancouver? — Maria ergueu as mãos por um instante, então as pousou com delicadeza no colo. — Eu… ouvi dizer que é uma cidade linda.

— Sim. Eu também. Quem sabe a gente pode ir para lá antes do início das gravações para conhecer um pouco a cidade.

Faltavam poucas anotações, que ele releu antes de deixar o celular de lado.

— A outra novidade é que eles querem um contrato de três anos.

Ela mordeu o lábio. Seu sorriso já tinha quase sumido.

— Ah. Tá.

Maria se levantou abruptamente do sofá e foi até a pia do banheiro encher o copo de água. Seu cenho estava franzido de preocupação, como era de esperar. Pelo menos a princípio, aquele papel ia trazer grandes mudanças para o dia a dia dos dois.

Mas ela não precisava se preocupar com nenhuma reviravolta a longo prazo. Peter havia acertado tudo durante a conversa com DeShaun. Por isso, se levantou e foi atrás dela no banheiro, onde terminou de contar o que ela precisava saber.

Ele apoiou as mãos nos dois lados do batente.

— Como a série já foi renovada por mais quatro anos, a gente não vai precisar ficar na expectativa toda temporada para saber se vai ser cancelada no meio do meu contrato.

Não haveria incerteza para nenhum dos dois. Apenas um contracheque generoso e recorrente, o sonho impossível de quase todo aspirante a ator em Hollywood. Um sonho que ele já tinha realizado uma vez. Poder realizá-lo pela segunda era um milagre.

— A gente vai saber exatamente onde vou estar durante os três anos, então vou alugar uma casa com bastante espaço para nós dois.

Será que o clima de lá era parecido com o da Suécia? Se sim, ele tentaria encontrar um cantinho que lembrasse a terra dela. Uma casinha com vista para as coníferas, talvez.

— Um lugar onde você fique confortável quando for me visitar.

— Você já… — Ela pareceu engolir com dificuldade e tomou mais um gole de água. — Já aceitou a proposta?

Peter fez que não com a cabeça.

— Não. DeShaun ainda está negociando algumas coisas, mas a proposta inicial foi mais do que justa, então ele acha que a gente já pode considerar aceitar. Mais tarde, ele vai me mandar o contrato e destacar os pontos que ainda estão em discussão.

— Então está praticamente certo. — Ela pousou o copo com certa força no tampo da pia. — Ok.

Com firmeza, mas sem rispidez, Maria o afastou da porta para poder pegar o crachá, a bolsa e calçar as sapatilhas de renda que estavam na entrada do quarto.

A proposta que ele tinha recebido naquele dia era o máximo de estabilidade que um ator poderia oferecer à sua parceira. Então por que Maria ainda estava emburrada?

— A gente pode revisar tudo juntos amanhã, quando voltar para casa — sugeriu ele, se aproximando de novo. — Só para garantir.

Será que aquilo bastaria para tranquilizá-la? Porque Peter queria que Maria estivesse ao lado dele desde o início desse projeto, sem nenhuma hesitação. Queria que os dois fossem um time inseparável, como ela mesma havia dito uma vez.

Na época, ele tinha zombado da ideia, da perspectiva de ter uma *parceira* de verdade, pois ainda era um idiota ressentido e com raiva do mundo. Agora, aquilo era tudo que desejava. A origem de toda a sua paz.

Por isso precisava de Maria ao seu lado. Queria que, até a data da mudança para Vancouver, eles estivessem tão unidos de corpo e alma que nem a menor distância conseguiria abalar o laço profundo que os mantinha juntos.

No entanto, talvez fosse *justamente* a distância entre eles que a preocupava tanto. A perspectiva de mais um relacionamento com um homem que ela precisaria pegar um avião para ver, um homem com oportunidade de sobra para fazer besteira, se quisesse. Depois do que tinha acontecido com o ex, Peter não podia culpá-la por ficar receosa.

— Ok — repetiu Maria, e estendeu o braço para a maçaneta.

— Você sabe que eu nunca... — Ele titubeou. Havia uma coisa que podia dizer para reafirmar sua lealdade de um jeito que ela não teria como duvidar, mas que custaria um pouco do próprio orgulho. — Maria. Depois que a gente... Desde o momento em que te conheci, eu não estive com mais ninguém. Não beijei mais ninguém desde que você entrou naquela sauna de biquíni vermelho e me tirou dos eixos.

Ela deixou a mão cair ao lado do corpo e o encarou, boquiaberta.

— Peter...

Ele inclinou a cabeça e tentou encontrar o olhar dela.

— Não espero que você diga o mesmo, meu bem. Eu fui o primeiro a não querer que nós tivéssemos uma relação apenas sexual enquanto a série ainda estava sendo gravada, então não posso, e não vou, te julgar por ter buscado o que precisava em outro lugar.

Ao ouvir aquilo, Maria ergueu a cabeça. O carinho era inconfundível nos olhos castanhos e cálidos, mesmo que seus lábios estivessem franzidos com força. Quando Peter se aproximou de novo, ela não o afastou.

Ele soltou um longo suspiro de alívio e segurou o rosto lindo e amado com as duas mãos.

— O que estou dizendo é que eu nunca, *nunca*, trairia você.

Ele acariciou o rosto dela com os polegares, e era tão macia... mas parecia mais fria do que o normal. Mais pálida.

— Mesmo que a gente estivesse filmando em continentes diferentes pelos próximos trinta anos.

— Trinta anos, é? — O riso de Maria saiu estranhamente trêmulo, e seus olhos estavam marejados. — Tudo isso?

— Trinta anos. Cem anos. Para sempre.

Era uma promessa.

— Ah, Peter... — Maria virou o rosto e beijou a palma da mão dele. — Eu sei que você não me trairia.

Ótimo. Porque ele jamais, *jamais*, magoaria Maria como aquele babaca do ex dela tinha feito.

— Então vamos encarar essa sessão e depois começar a comemorar a nossa boa notícia. — Peter encostou o nariz no dela, então levou os lábios à sua têmpora. — Eu te amo, Maria.

— Eu sei — disse ela, quando Peter pegou sua mão e os dois saíram para o corredor. — Eu também te amo.

A porta da suíte que os dois dividiam se fechou com um clique seco, e a mão de Maria na dele estava tão fria quanto o rosto. Talvez mais.

Peter estremeceu, mas continuou andando.

24

Maria preferia comer terra a aceitar a pena de estranhos e se recusava a revelar as suas vulnerabilidades a qualquer pessoa que já a tivesse magoado.

Por isso, não ia chorar diante de um salão lotado de fãs de *Portões*, e também não ia mais chorar na frente de Peter... não se conseguisse evitar.

Ele a amava. Só não o bastante.

Era um clichê, mas mesmo assim a deixava frágil, em frangalhos. Maria se sentia desmoronando, cada vez mais rápido, a cada minuto que passava.

Ainda assim, sorriu. Riu. Respondeu a perguntas. Brincou com Peter, porque era isso que o público queria. Era o que os espectadores esperavam e mereciam de alguém que haviam pagado para ver ao vivo. Ela podia estar até omitindo alguns fatos, mas precisava fazer aquilo por todos, inclusive por si mesma.

Maria recorreu a cada grama de garra e talento cênico que possuía para conseguir vender aquela mentira de forma convincente durante praticamente toda a sessão. No entanto, acabou revelando um fiapo da verdade no último instante, quando respondeu à última pergunta do último evento do último dia da convenção... e fez aquilo não só diante de uma multidão de desconhecidos, mas também diante de Peter.

Essa era a pior parte.

Ele talvez não a amasse o bastante, mas a *amava*. E ela o amava. E Peter merecia o máximo de cuidado da parte dela ao lidar com aquela situação. Ele tinha feito por merecer. Mesmo que a tivesse magoado, não fora de propósito, e ela não queria magoá-lo de volta. Ainda mais ali, em um cenário como aquele, porque Peter também tinha o próprio orgulho e as próprias feridas para lamber em particular. Era impossível esquecer aquilo, principalmente porque aquelas feridas eram justamente o que o levara a deixá-la para trás.

Dadas as circunstâncias, levando em consideração tudo que estava em jogo, um tema tão simples não deveria ter sido uma armadilha.

— Hum...

Enquanto o moderador dava uma olhada no tablet, Maria se distraiu examinando a camiseta dele com os dizeres "BACALHAUS DOS PORTÕES", que ela nunca tinha visto. Trazia o desenho de um peixe gigante desferindo um golpe de nadadeira na cara de Júpiter. Um primor. Se alguém do elenco merecia levar uma cacetada de um bacalhau vingativo, esse alguém era Ian.

— Última pergunta, Peter e Maria. Vem algum trabalho novo por aí? Algum papel novo sobre o qual queiram contar pra gente?

É claro que ele ia perguntar aquilo. Era a pergunta óbvia de encerramento, que sinalizava "muito bem, já estamos quase no fim, vamos finalizar com leveza", e Maria tinha uma resposta decorada, que revelava só o suficiente e escondia o que precisava continuar escondido.

Peter respondeu primeiro:

— Tenho alguns papéis menores em filmes que estão para estrear. Estou bem empolgado com *Planície Solitária*, um faroeste sombrio sobre caubóis do século XIX que não embranquece a história, já que muitos caubóis eram latinos ou negros, e também não ignora a existência de mulheres vaqueiras. O roteiro é espetacular. — Ele fez uma pausa e acrescentou: — Dito isso, espero que não me coloquem perto de nenhuma vaca de verdade, porque é um bicho assustador do cacete.

A plateia riu, achando que era piada. Mas não era, claro.

Quando Peter aceitou aquele papel, Maria tinha passado vários segundos olhando para ele, sem acreditar. Depois, mugiu alto, fazendo o homem dar um pulo, o que ela achou uma delícia. Vacas à parte, Peter havia ficado encantado com o roteiro. Tomara que conseguisse filmar sua participação entre as gravações dos episódios de *FTI*.

Não que ela fosse saber, porque, até lá, já estaria bem longe.

Pensar naquilo fez com que Maria precisasse virar a cadeira de costas para Peter, de costas para o público, e fingir de forma convincente — ou assim esperava — que o som horrível que emitiu tinha sido uma tosse engasgada, forte o bastante para deixar seus olhos marejados e justificar alguns goles de água antes de se virar de novo.

Peter pousou a mão quente nas costas dela e começou a fazer carinho enquanto continuava falando, e aquela tentativa de confortá-la por conta da tosse falsa só piorou as coisas. Muito.

Quando Maria enfim se virou de novo para a frente, ele estava encerrando a resposta com uma referência vaga à grande novidade:

— Em breve devo poder compartilhar mais detalhes sobre um novo papel na TV. Um papel importante. E você, Maria?

Peter se virou na cadeira para ver a resposta dela, e alguma coisa naquele instante a desestabilizou por completo. A ruguinha de preocupação enquanto ele abria a garrafinha de água e lhe entregava. O jeito como os joelhos dele encostaram nos dela — algo que podia parecer acidental, mas não era. Um último carinho em seu ombro, antes que ele se recostasse na cadeira para deixar os holofotes para ela.

A devoção escancarada que cintilava em seus olhos escuros. A postura orgulhosa, com peito estufado, ombros para trás e expressão tranquila, ao fitá-la ali, ao lado dele.

Maria não conseguia falar, tamanha a agonia que aquilo tudo provocava. Não conseguia pensar.

Merda.

Ela se virou de novo e fingiu outro acesso de tosse, ganhando mais alguns segundos, mas era agora ou nunca. Precisava retomar o controle *naquele exato momento*, para que pudessem voltar à suíte, ter a conversa horrível e dilacerante que os aguardava e acabar com pelo menos a primeira parte daquele sofrimento.

— Maria, meu amor — murmurou ele no ouvido dela, com a mão sobre o microfone preso à gola da camisa, a outra pousada nas costas dela de novo, firme e acolhedora —, está tudo bem?

Outra tosse úmida e violenta escapou dos pulmões dela com esforço.

— Eu... estou bem.

Não era mentira. Ela ia ficar bem. Um dia. Mas ia demorar.

Maria se recompôs o máximo possível, se virou outra vez para a frente e viu o salão lotado, com todas aquelas pessoas esperando por ela. Por algo que ela nem conseguia lembrar.

Maria olhou em volta, perdida.

— Maria? — O moderador lançou outro olhar discreto para a tela do tablet, provavelmente dando uma olhada na hora. — Tem algum projeto vindo por aí?

Era um empurrãozinho, tão suave quanto a mão de Peter acariciando as costas dela em círculos.

— Eu... — Ela não estava desmoronando. Já tenha desmoronado. — Não sei.

Peter franziu a testa e os lábios em uma linha rígida e lançou um olhar rápido para o moderador — um pedido silencioso para que ele encerrasse logo a sessão e deixasse Peter cuidar de Maria. Mas o outro homem já estava retomando a palavra, tentando ajudá-la com uma pergunta mais direcionada, para que ela pudesse dizer exatamente o que todos esperavam ouvir. O que *Peter* esperava ouvir. O que ela mesma teria dito duas horas antes, sem nem hesitar.

— Bem, todo mundo imagina que agora você vá ficar em Los Angeles, em vez de Estocolmo, não?

O moderador deu uma piscadinha para a plateia, que sorriu, animada com o casal feliz no palco. O casal feliz e comprometido, que não iria se separar de jeito nenhum.

Ela abriu a boca.

E, sabe-se lá por quê, *sabe-se lá por quê...* acabou dizendo a verdade:

— Eu... não sei.

Só que aquela não era a verdade, era?

Afinal, Maria já sabia que compraria uma passagem para Estocolmo assim que Peter e ela terminassem de cavar a cova do relacionamento deles e o enterrassem bem fundo sob a grama marrom e ressecada de Los Angeles em pleno verão.

Tão fundo que nunca mais viria à tona.

O restante foi um murmúrio confuso de vozes, aplausos e passos arrastados enquanto o moderador dizia alguma coisa que ela nem ouviu para encerrar a sessão. Mas Maria não prestou atenção em nada daquilo, porque a expressão no rosto de Peter...

A boca aberta de puro choque enquanto ele a encarava. A testa franzida em uma perplexidade absoluta e um olhar tão cheio de dor que era como se ela o tivesse esfaqueado no peito. Os olhos castanhos arregalados, com uma expressão arrasada, pareciam suplicar por alguma certeza, por algum sinal de que ela não tinha falado sério, que tinha entendido errado a pergunta ou se expressado mal.

Peter estava pálido como a morte.

Em seguida, aquela boca vulnerável e escancarada se fechou de repente, e o sentimento de ter sido traído ficou claro no contorno rígido do maxilar. Um rubor intenso coloriu o rosto dele.

E Peter se fechou em si mesmo.

Então ele se levantou, impassível, todas as emoções trancadas e escondidas em segurança. Com um olhar duro, ordenou que Maria o seguisse, como se ela já não fosse fazer aquilo. Como se naquele momento, depois de tantos anos, ela fosse simplesmente partir sem dizer nada, como havia feito muito tempo atrás.

Ganhar a confiança dele tinha levado tempo. Exigido muito esforço.

E com três palavras bem curtas e básicas no idioma dele — *eu não sei* —, ela jogara tudo pelo ralo.

O sofrimento dela, por sua vez, tinha sido entregue em poucas palavras também: *contrato de três anos*. Porque o homem que ela amava aparentemente conseguia se comprometer a passar três anos entre desconhecidos por um trabalho, mas não conseguia se comprometer a ficar com ela por mais de três meses. Nem mesmo pelo amor dela. Nem mesmo pela presença dela em sua vida todos os dias.

Maria sabia que não conseguiria viver com aquilo. *Não iria* viver com aquilo, porque ele não estaria vivendo com ela, e ela tinha outras opções.

Peter andava na frente, abrindo caminho pelos corredores do hotel com uma cara tão fechada que nem os fãs que ainda rondavam em busca de fotos se atreveram a chamá-lo... embora ela tivesse percebido alguns flashes de câmeras pelo caminho. De vez em quando, ele olhava para trás para confirmar se ela ainda o estava seguindo. Ela estava.

Quando entregava o coração a alguém, Maria nunca era a pessoa que escolhia ir embora. Eram sempre os outros que a deixavam. Sempre. Com a única exceção da família.

Dando um passo de cada vez, ela continuou atrás de Peter, em silêncio. Quando ele se atrapalhou para encontrar o cartão do quarto, as mãos trêmulas, Maria pegou o próprio cartão e o encaixou na fechadura. A luz ficou verde, e ele escancarou a porta com violência.

Mas ainda era Peter, portanto ele segurou a porta para Maria e se certificou de que ela já estivesse dentro do quarto antes de deixá-la bater com força.

Antes mesmo que o eco da batida se dissipasse, ele já tinha se virado para encará-la.

— *Eu não sei.* — A frase saiu como uma imitação debochada da voz dela. — Que porra você quis dizer com isso, Maria?

Ele avançou mais para dentro do quarto, se colocando de lado, sem obstruir a porta. Conscientemente. Porque, de novo, ainda era Peter.

Mas também não se juntou a ela no canto da sala, onde Maria tinha se sentado com todo o cuidado na beirada da poltrona estreita. Ele não parecia estar com a menor disposição para uma conversa civilizada. Ficou apenas esperando uma resposta, os punhos cerrados ao lado do corpo.

— Eu... — Maria segurou com força os apoios retos do braço da poltrona e tentou de novo: — Peter, eu não consigo...

Os olhos escuros dele estavam fixos no rosto dela, semicerrados, a expressão dura e desconfiada.

Para sua imensa vergonha, ela começou a chorar.

Daquela vez, não havia como fingir que era tosse. Não com os arquejos e engasgos, os soluços pesados, o rosto franzido sob o abrigo trêmulo das mãos. Maria dobrou o corpo, sentindo uma dor real no peito, tão forte que sua vontade era continuar se encolhendo, cada vez mais, até sumir por completo.

Peter nunca a vira daquele jeito. Ninguém vira, além da família dela.

Era humilhante. Maria odiava aquilo. Ela *se* odiava. Odiava Peter por estar presenciando aquela cena do outro lado do quarto, já tão absurdamente distante mesmo antes de entrar em um avião.

Só que ele não estava mais do outro lado do quarto; de algum jeito, tinha conseguido tirá-la da poltrona e levá-la até o sofá. Até o colo dele. Para os braços dele, que a abraçaram apertado.

Peter passou a mão ao redor da nuca de Maria, encostou o rosto dela em seu pescoço e envolveu com firmeza.

— Meu amor... — murmurou, a voz rouca. — Pelo amor de Deus. Eu não faço ideia do que está acontecendo, mas, *por favor*, não chore. E se... — A voz dele falhou. — Se você me... ama, mesmo que só um pouco, só um *pouquinho* do tanto que eu amo você... por favor, não me deixe.

Ao ouvir aquilo, Maria ergueu rapidamente a cabeça.

— Não... sou eu quem vai embora, Peter.

— Nós dois sabemos que isso não é verdade. — Os olhos dele também estavam marejados. Ele a encarando, os braços ainda firmes ao redor dela, que permanecia sentada em seu colo. — Eu jamais deixaria você. *Nunca*, Maria.

Para ele, aquilo obviamente não era uma mentira. O que significava que a definição de "ir embora" de Peter não era a mesma que a dela. Nem de longe. Talvez, se ela conseguisse fazer com que ele entendesse...

— Então me diz uma coisa. — Maria segurou o rosto dele com as duas mãos, determinada a fazê-lo ouvir. Não, mais do que isso. A fazê-lo *escutar* de verdade, mesmo que não gostasse do que ela estava dizendo. — Se você nunca me deixaria, por que vou passar a maior parte dos próximos três anos sozinha?

Ele balançou a cabeça, confuso, a barba roçando as palmas das mãos dela.

— Mas isso não é te deixar. É fazer o meu trabalho. O *nosso* trabalho. — Peter inclinou um pouco a cabeça, olhou no fundo dos olhos dela e continuou fazendo promessas. Tantas promessas solenes... e nenhuma delas era a promessa de que Maria precisava. — Quando acabar, ou sempre que eu tiver mais do que um ou dois dias de folga, vou voltar para ficar com você. Ou você pode ir morar comigo lá, se quiser. Por mim, tudo bem. Vou ganhar muito bem e conseguir sustentar nós dois.

Ela fechou os olhos, frustrada e arrasada, e as lágrimas escaparam.

— Eu... não quero que você me *sustente*, Peter. Gosto de trabalhar. Gosto de ter a minha carreira. Só quero que você *fique comigo*. Que não me *deixe sozinha* por três anos.

— Nós somos atores, Maria. — A voz dele saiu muito suave enquanto beijava cada lágrima dela, uma a uma, em um gesto tão carinhoso que logo outras lágrimas surgiram. — Quando uma oportunidade como essa aparece, a gente tem que agarrar. Porque talvez nunca mais apareça outra tão boa assim. Mesmo que a gente continue fazendo testes para o resto da vida. Você sabe disso. Por favor, me diz que sabe disso, depois de todo esse tempo.

Pelos deuses... ele ainda achava que era ela que não entendia.

Maria podia não ter passado vinte anos em Hollywood, mas compreendia a profissão. A instabilidade inerente. A dificuldade de se dedicar a uma carreira de longo prazo em uma indústria obcecada por juventude. Quanto o sucesso de qualquer ator, no fim das contas, dependia tanto da sorte, do momento certo e de privilégios diversos quanto do talento.

Por outro lado, Maria também compreendia a própria natureza, de um jeito que Peter claramente não entendia.

— Eu entendo que o trabalho é importante para você, e entendo o porquê. Também é importante para mim, embora eu saiba que você tem dificuldade para enxergar isso. — Ela soltou o rosto dele, enxugou as lágrimas com as costas da mão e tentou se explicar da forma mais clara possível. — Mas eu preciso ser a sua prioridade. Não algo que você encaixa entre um trabalho e outro e proteja até estar disponível de novo.

— Você fala como se eu *quisesse* ficar longe de você, Maria — respondeu ele, com um quê de irritação na voz.

Debaixo dela, as coxas de Peter tinham ficado rígidas como aço. Ele estava se armando, não escutando.

— Sei disso. Entendo por que você quer esse papel. Entendo sua decisão de aceitar a proposta, independentemente do que isso signifique para nós dois. — Disposta a fazê-lo entender seu lado, Maria falou com cuidado, enquanto os olhos penetrantes dele pareciam exigir que ela cedesse, coisa que Maria não podia fazer. Não sem abrir mão de si mesma também. — Mas eu quero um lar de verdade. Um lar compartilhado. Não aceito passar a maior parte do tempo sozinha depois de ter me mudado para o outro lado do mundo por você. Também não vou ficar me desalojando toda vez que você conseguir um papel novo. Mesmo eu te amando *muito*, Peter. Mais do que você imagina. Se te amasse menos, não precisaria tanto de você assim.

Amava tanto que, às vezes, até assustava.

Ele ficou em silêncio e mordeu o lábio, pensativo, antes de voltar a falar.

Um lampejo selvagem de esperança fez o corpo de Maria tremer nos braços dele. Os olhos de Peter estavam vidrados, concentrados, como se ele estivesse mesmo refletindo sobre o que ela havia dito e talvez estivesse até entendendo, talvez...

— Isso tem a ver com o que aconteceu com o seu ex? — Ele contraiu a mão nas costas dela, depois a relaxou e começou a fazer carinho. — Porque, meu amor, eu jamais trairia você, e achei que isso já estava...

Não, Peter não tinha entendido nada.

— *Não.* — A resposta saiu impaciente. Então, Maria respirou fundo e fez questão de suavizar a tom ao continuar: — Isso não tem nada a ver com a traição do Hugo.

A infidelidade dele podia até ter sido péssima, e, sim, partira o seu coração — pensando bem, havia sido de uma estupidez que chegava a ser hilária —, mas, mesmo que Hugo tivesse sido fiel, as rachaduras na base da relação deles acabariam se revelando com o tempo. Agora Maria enxergava aquilo melhor do que nunca.

— Esse assunto só envolve o Hugo porque foi com ele que eu aprendi que não quero um relacionamento à distância.

No leilão beneficente, quando os dois tinham falado sobre seus ex, ela pensou que tivesse deixado aquilo bem claro.

— Mesmo antes de descobrir que ele estava me traindo, eu já estava infeliz, Peter. Eu odiava o fato de a gente morar tão longe um do outro.

Maria apertou os ombros dele, como se aquilo pudesse forçar suas palavras a penetrarem no cérebro teimoso e resistente de Peter, como se pudesse fazê-lo enxergar quem era ela de verdade.

Não a versão que ele esperava que ela fosse, nem aquela em que ele preferia acreditar, ou que era mais fácil de lidar.

— Eu amo você muito mais do que amei Hugo e preciso de você muito mais do que precisava dele.

Todo o amor, toda a entrega, todo o sofrimento de Maria se derramavam em cada palavra que saía da sua boca, e os olhos de Peter, que estavam fixos nos dela, se suavizaram.

— Se eu me sentia sozinha sem o *Hugo*, logo ele, mesmo morando a cinco minutos da casa dos meus pais, como você acha que vou me sentir sem você? Uma estrangeira numa cidade estranha, isolada no seu condomínio fechado, sem ninguém da minha família por perto?

Apesar do cenho franzido que ele se esforçou para conter, Maria continuou, implacável:

— Como você acha que vou me sentir acordando sozinha todo dia, passando o dia inteiro perambulando sozinha pela casa vazia e indo dormir sozinha toda noite? Por três anos, Peter. Três malditos anos. E se resolverem renovar o seu contrato? Você vai recusar, ou vai ficar ainda mais tempo longe?

Ambos sabiam o que ele tenderia a fazer. Qual seria o instinto dele.

E, para ser justa, era o mesmo instinto que a maioria dos atores de Hollywood teria. Mas ela não era de Hollywood, e não estava disposta a colocar a carreira na frente do coração.

— Não o tempo todo. — Os nós dos dedos dele pressionaram as costas dela, as mãos abertas voltaram a se fechar. — Você não ficaria sozinha o tempo todo.

O tom agora era ressentido. Mal-humorado.

Os dois sabiam muito bem por que ele não tinha respondido à pergunta dela.

— Tá bem. Alguns dos nossos colegas de elenco moram em Los Angeles. Você me visitaria entre uma temporada e outra da série e nos intervalos das gravações. — Eles se reencontrariam com aquela alegria emocionada de dois apaixonados e... ele iria embora de novo. E de novo. — Mas eu não sou como você, Peter. Preciso das pessoas que amo por perto todo dia para ser feliz.

Daquela vez, ele respondeu de imediato.

— Gastei a maior parte do dinheiro de *Portões* na casa. — A voz dele saiu apática, e aquilo, vindo de um ator como ele, era intencional. Uma escolha. A decisão de não mostrar mais nenhuma emoção para ela. — Para que a gente tenha segurança financeira, preciso de um trabalho estável. De um salário fixo.

A voz de Peter, a postura... tudo nele dava a entender que estava se fechando. Se blindando, exatamente como Maria temia. Como, no fundo, ela sempre soube que ele faria, apesar de todas as suas esperanças de que não aconteceria. Era por isso que já tinha se preparado mentalmente para comprar uma passagem de volta para a Suécia.

Ela sempre compreendeu Peter melhor do que ele a compreendia. Assim como, com o tempo, passou a amar mais do que era amada.

Ou talvez estivesse sendo injusta. Talvez ter prioridades diferentes não significasse amar em quantidades diferentes. Mas era assim que ela se sentia.

Aquela sensação familiar de incômodo não era exatamente vergonha, mas algo parecido. Frio e pegajoso, que se espalhava do coração para todo o corpo. Cada batida acelerada nas têmporas doloridas levava a mensagem adiante, como um mantra de autoacusação que se repetia em looping:

Você se traiu de novo.

Você sabia quem ele era.

Você se entregou demais, mesmo sabendo que não deveria.

Logo você, que deveria estar escaldada.

Você se traiu de novo.

Era inútil discutir. Ela não ia fazer Peter mudar de opinião. Nada ia mudar. E só ia se odiar ainda mais se implorasse.

No entanto, não conseguia parar de tentar.

— Entendo a sua preocupação com dinheiro. Mas você não acha que poderia encontrar trabalho em Los Angeles, sem ter que sacrificar anos da nossa vida juntos? E os pagamentos residuais de *Portões*? E o que eu vou ganhar com o *meu* trabalho?

Grande parte da indústria do cinema e da TV ainda girava em torno de Hollywood. Aquilo dava opções para ele. Para os dois. Por que Peter não conseguia enxergar aquilo?

— E se nada disso for suficiente, Maria? — As narinas dele se dilataram de frustração, o corpo inquieto embaixo dela. — Eu posso não ter que pagar hipoteca, mas a gente precisa juntar dinheiro para a aposentadoria, porque nossas carreiras não vão ficar em alta para sempre. E, mesmo sem levar isso em conta, temos os impostos da propriedade, a taxa da associação comunitária, as despesas da vida... Tudo isso pode ser tornar um grande problema se os trabalhos que a gente pegar não pagarem bem.

Para Maria, a resposta era óbvia, embora ela soubesse — e ela *sabia* — que Peter não concordaria.

— Então a gente deveria vender a casa. Porque, se você se vê obrigado a aceitar certos trabalhos só para manter aquilo, aqueles portões não estão te protegendo. Estão te prendendo.

O arco acima da entrada da comunidade era simbólico demais. Aquele endereço era um fardo sobre os ombros largos dele, mantendo-o em uma canga, sempre trabalhando como um burro de carga.

— Peter... — Maria pousou a mão no peito dele. — Mudar de endereço não mudaria o que mais importa. Você continuaria sendo bem-sucedido morando em qualquer outro lugar. Eu adoro sua casa e seu quintal, mas a gente poderia ter a mesma casa, com uma vista igualmente linda, em outro bairro, um bairro bom, por muito menos.

Assim que ela mencionou a casa, o corpo de Peter ficou rígido como pedra. Peito e braços tensos e impassíveis, por baixo de toda a maciez da superfície. Ela o amava, mas, se quisesse ser abraçada por uma estátua fria e sem expressão, podia visitar um museu e assustar uns seguranças.

Maria saiu do colo dele e afundou ao lado no sofá.

No exato instante em que ela deixou seus braços, Peter estremeceu. Seu olhar baixou para o colo vazio e logo se voltou para ela. Então, com esforço visível, ele se obrigou a relaxar. Suavizou a postura e a expressão. Depois de engolir em seco, Peter estendeu a mão de novo e segurou com delicadeza o braço dela. Seu polegar acariciou o bíceps despido em um gesto de ternura, em um apelo.

Ele falou baixinho:

— Morar lá sempre foi meu sonho, Maria. Desde que me mudei para Los Angeles. Como você pode me pedir para sair daquela casa?

Falando daquele jeito, como ela poderia contrariá-lo? Se aquele condomínio era de fato o sonho de Peter, e não uma muleta, não um fardo, é claro que ele deveria ficar lá. Mas, de qualquer forma, aquele nunca tinha sido o sonho dela. E ela não ia se sacrificar por causa das ambições dele.

— Aceitar esse trabalho é a melhor forma de continuar progredindo na minha carreira. — Peter ainda estava falando, ainda estava tentando convencê-la a enxergar o ponto de vista dele, como se os dois não soubessem que a batalha já estava perdida. — Quando acabar, vou ter bastante experiência em um set de série de TV, o que vai me tornar mais atraente para os diretores de elenco, e vou ter bastante dinheiro guardado para poder escolher o próximo projeto sem me preocupar tanto com grana. Nunca mais vou precisar te deixar de novo. Pelo menos não por vários anos.

Ele dizia aquilo agora, mas Maria já conseguia ver. Já conseguia ver Peter dali a dez anos, ainda aceitando qualquer papel que lhe oferecesse o contracheque mais estável, o maior cachê, ou o maior empurrão na carreira, sem se importar por quanto tempo ficaria longe ou para onde teria que ir.

Eles estariam juntos, mas ela continuaria sozinha.

— Peter. *Sötnos.* — Maria acariciou a barba dele e fez um esforço para sorrir, embora o sorriso tivesse saído trêmulo de tristeza. — Nunca vai ser dinheiro suficiente para você. Nem segurança suficiente.

Porque ele nunca teria a garantia de que o sonho não lhe seria arrancado, como tinha acontecido com o da mãe. Nunca teria provas suficientes de que havia conseguido o que queria, não importava o que o pai dissesse ou pensasse.

O coração de Peter ainda estava vazio, mesmo com ela lá dentro.

Ela não havia sido capaz de preenchê-lo. Não era o bastante. Mais uma vez.

Por que ainda estava tentando argumentar? No fim das contas, nada do que dissesse importava, não é mesmo? Peter não entendia o que ela queria dizer e não estava disposto a ceder.

— Meu bem. — Peter cobriu a mão de Maria com a dele e as pressionou no queixo. — Você diz que me ama. Mas amor de verdade não exigiria que eu abrisse mão dos meus sonhos e das minhas ambições.

Um gesto cheio de carinho... acompanhado de um julgamento duro como pedra.

Maria respondeu com algo à altura:

— Talvez. Mas, nesse caso, amor de verdade também não exigiria que eu ficasse sozinha, sendo que estar sozinha não me faz feliz.

Toda a luz que restava nos olhos dele se apagou.

Peter ainda estava olhando para ela, segurando a mão dela com delicadeza, mas já não estava mais ali.

— Não importa se você acha que meus sentimentos são irracionais ou tolos. — Um último carinho na têmpora dele, no rosto, na barba. Então, Maria recolheu a mão e se levantou. — Eu me conheço. Sei o que me faz feliz e o que me faz sofrer.

Ele também abaixou a mão, devagar, e cerrou o punho.

A não ser por isso, permaneceu completamente imóvel.

— Tudo bem — falou ele, a voz rouca. — Eu poderia dizer o mesmo de mim.

— Está me dizendo que você também se conhece. Que sabe do que precisa para ser feliz. — Ele assentiu em silêncio, e Maria lhe dirigiu um último sorriso triste, levemente irônico. — Será mesmo, Peter? Você tem certeza?

Mas, ele nem se deu ao trabalho de responder. A conversa tinha acabado. E, se aquilo era uma disputa pelo futuro dos dois, ela já tinha perdido antes mesmo de entrar em campo.

Maria pegou o celular dentro da bolsa. Com alguns toques na tela, comprou uma passagem de volta para Los Angeles e chamou um carro para o aeroporto de São Francisco dali a meia hora.

O vencedor podia até levar tudo, como dizia a música do ABBA, mas aquela perdedora ali não pretendia deixar seus pertences para trás. Ela precisava começar a juntar o que tinha levado para o hotel. O restante — as coisas que estavam em Los Angeles, na casa dele — poderia buscar no fim de semana seguinte, enquanto ele estivesse no Wisconsin, no evento da bolsa de estudos que Peter patrocinaria na universidade em que estudara.

Quanto mais ocupada conseguisse se manter, menor a chance de desmoronar de novo na frente de Peter. Por isso, ela se pôs a andar pelo quarto, conferindo todas as gavetas, todas as prateleiras, cada cantinho, cada armário do quarto, mesmo sabendo que já estava tudo organizado.

Maria costumava levar pouca coisa em suas viagens. Pelo menos quando não estava carregando várias malas cheias de guloseimas suecas para conter os *knäppgökar* que queriam que ela morresse de fome em cena. Em quinze minutos, a mala estava cheia de roupas dobradas com capricho e itens de higiene guardados em compartimentos impermeáveis. O que seria necessário para a viagem de avião foi colocado na bolsa: celular, fones de ouvido, protetor labial, máscara de dormir acolchoada.

E lenços, claro. Muitos lenços, discretamente enfiados no bolso lateral enquanto ela mantinha as costas viradas para Peter.

Durante todo o tempo em que ela procurou, dobrou, arrumou e guardou, Peter permaneceu sentado, imóvel e em silêncio.

Estranho.... Ele não parecia um homem que achava que tinha vencido. Parecia... esvaziado. Pálido, apático, sentado com o corpo rígido no sofá, os olhos voltados para ela, mas sem vida. Como aquelas fotos perturbadoras da era vitoriana que mostravam os mortos queridos em retratos de família, algo que Maria vira certa vez em uma exposição.

Ele obviamente estava sofrendo também, e ela odiava — *odiava* — vê-lo daquele jeito. Mas o ferimento fora causado por ele mesmo, e aliviar aquela dor já não era responsabilidade nem privilégio dela. Ter a companhia dele na tristeza era o consolo mais frio que poderia existir.

Ela precisava ir embora.

O carro ainda ia demorar um pouco, mas Maria não sabia se conseguiria manter a compostura se ficasse ali por mais tempo. Podia esperar no saguão ou — melhor ainda, já que devia haver fãs esperando naquela área — do lado de fora do hotel, atrás de algum vaso grande com uma planta ornamental.

O xale macio ia ajudá-la a se aquecer no avião, por isso ela o enrolou no pescoço antes de colocar os óculos escuros grandes.

Foi um gesto inútil. Se ela chorasse, qualquer um que a visse repararia nos lenços usados para enxugar o nariz, e sua altura, seu porte e seu cabelo provavelmente seriam inconfundíveis para os fãs, mesmo que não vissem seus olhos. Mas ela podia ao menos tentar preservar o anonimato.

Um esforço de boa-fé, como diziam por ali.

Maria sempre gostou daquela expressão.

Em sua opinião, tinha feito um esforço de boa-fé com Peter também, embora ele provavelmente discordasse. Mas a opinião dele não deveria mais importar, certo?

Ela colocou a bolsa no ombro. O puxador da mala deslizou com suavidade, e Maria a arrastou até a porta sem nenhuma dificuldade.

Sua respiração, porém, falhou. Uma vez, duas, três, enquanto olhava para trás, preparando-se para se despedir do homem que amara por muito tempo. Tempo demais.

No fim, Maria não conseguiu dizer nada. Não conseguiu nem dizer *adeus*. Se abrisse a boca, sairia um soluço, e, se esperasse mais um segundo, as lágrimas escapariam por baixo dos óculos escuros.

Assim, deixou o quarto do hotel sem dizer uma palavra. De novo. Exatamente como na primeira noite dos dois.

Mas, daquela vez, os olhos dele estavam abertos.

E Peter a viu indo embora.

DEUSES DOS PORTÕES: TEMPORADA 6, EPISÓDIO. 9

EXT. ILHA DOS NAUFRÁGOS — DIA

Nuvens pesadas e escuras cobrem a ilha, e a água está agitada, as ondas mais violentas a cada minuto. CIPRIANO e CÁSSIA estão na beira da praia, arrasados, furiosos e assustados por motivos diferentes. Ainda estão desarrumados depois de fazerem amor. Cipriano arrasta o *curragh* de onde estava abrigado e fita com desespero a estrutura frágil e a cobertura fina da embarcação.

CÁSSIA

Eu não vou embora. Não vou deixar você.

CIPRIANO

Você ouviu o rugido dos mortos. Nosso portão para o Tártaro foi violado, e nenhum humano vai sobreviver ao massacre que está por vir. Vá, Cássia.

Cássia, com os olhos marejados, se recusa teimosamente até a olhar para o curragh.

CÁSSIA

Não vou deixar você morrer sozinho. Eu te *amo*, Cipriano.

Ela segura a túnica dele e o sacode. Ele não se move, apenas cobre as mãos dela com as dele.

CIPRIANO

Se me ama mesmo, se me ama de verdade, então entre naquele barco e vá embora. Pode ser que você esteja carregando o nosso filho. Meu filho. Meu sangue. Meu legado no mundo dos vivos, e a única prova do nosso amor que vai continuar existindo depois de hoje.

CÁSSIA

Se você *me* ama, não me deixe partir sozinha. Vamos enfrentar as ondas juntos.

Cipriano se inclina e beija Cássia com delicadeza.

CIPRIANO

Meu amor por você não está em dúvida. Você é o compasso do meu coração. O sol que me aquece. A chuva que me purifica. Mas o meu amor por você não muda a verdade, minha linda e corajosa escudeira. O barco não é forte o bastante para carregar nós dois.

Cássia chora de soluçar, e Cipriano a conforta em seus braços. Depois posiciona o curragh *na beira da água e a ajuda a entrar, enquanto ela continua chorando. Com um último beijo cheio de amor, ele empurra o barco para dentro das águas agitadas o mais longe que consegue.*

CÁSSIA

Esse barco pode não resistir. A humanidade pode perecer. Mas meu amor por você vai permanecer.

Ela começa a remar. Cipriano observa, com a água na cintura, até já não conseguir mais ver nem o barco nem a mulher. Com uma expressão impassível, ele volta para a areia e segue até os penhascos, onde vai assistir à amada desaparecer no horizonte. Onde vai encontrar seu destino e sua morte. Sozinho.

25

Pensando bem, esperar que o Departamento de Teatro e Dramaturgia de uma universidade organizasse um evento comemorativo simples e discreto era uma estupidez sem tamanho.

Afinal, não se tratava do Departamento de Teatro e Introspecção Discreta.

Peter, porém, não andava pensando com muita clareza nos últimos tempos. Não desde o fim de semana anterior, quando Maria tinha ido embora da vida *dele* depois de acusá-lo de fazer exatamente a mesma coisa com *ela*. Agora, ali estava ele. Sozinho no meio de um grupo de cerca de cem desconhecidos, atônito com o tamanho da pompa de um evento que, na cabeça dele, seria bem mais simples.

Patrocinar uma bolsa de estudos — uma! só uma! — não exigia tanto alarde, caramba.

Ainda assim, uma fila aparentemente interminável de pessoas o encurralava na frente do auditório Vilas Hall. Queriam se apresentar, parabenizá-lo, agradecer, lembrá-lo de quando e onde já tinham se encontrado. Queriam bater um papo animado e agradável com o homenageado da noite.

Peter, no entanto, já não tinha mais nenhuma reserva de energia ou boa vontade depois de uma semana de solidão angustiante, e não sabia por quanto tempo ainda conseguiria fingir que tinha.

Sozinho consigo mesmo, ele se odiava.

No meio dos outros, odiava todo mundo.

De um jeito ou de outro, era uma angústia profunda.

Então, Peter avistou dois rostos familiares bem à sua frente. E, por um breve e aterrorizante momento, achou que teria que se retirar do evento em sua homenagem para que ninguém o visse caindo no choro.

— Nava. Ramón. — Um único pigarro não deu conta do nó na garganta, então ele tentou de novo. E mais uma vez. — O que... o que vocês estão fazendo aqui?

Nava se pôs na pontinha dos pés para passar abraçá-lo. Ela não era Maria. Não era aquela doçura indescritível por fora com a força inquebrantável por dentro, não era a peça que faltava e que se encaixava com perfeição toda vez que os corpos dos dois se tocavam.

Mesmo assim, Nava foi muito calorosa, com seu abraço afetuoso e os olhos cheios de solidariedade e preocupação com ele. Ramón também o acolheu com um abraço apertado, cheio de tapinhas nas costas que, de algum modo, conseguiam transmitir simpatia e carinho sem nenhuma palavra.

— Também sou ex-aluna desse departamento, esqueceu? — disse Nava, dando um peteleco na gravata dele e franzindo o nariz. — E, mesmo que não fosse, a gente jamais perderia seu evento.

Peter olhou para o teto e piscou rápido para conter as lágrimas.

Quando o departamento pediu os nomes de amigos e familiares que gostaria de convidar, ele chegou a considerar incluir o pai na lista. Talvez, diante de uma prova tão concreta de sucesso financeiro e prestígio profissional, o homem finalmente conseguisse entender por que o filho tinha resolvido desafiar a lógica e fugir para Hollywood. Talvez o pai olhasse para ele e dissesse, finalmente: "Você estava certo. Eu estava errado. Você precisava ir. Desculpa."

Então, quem sabe, depois de ter aquela epifania, o pai dissesse o mesmo para a urna decorativa que continha os restos da falecida esposa. E Peter conseguiria, após todos aqueles anos, imaginar a mãe em paz, onde quer que ela estivesse naquele momento.

Mas aquilo não ia acontecer, certo? Nunca. Então, Peter não o convidou, pois era doloroso vê-lo.

A princípio, Maria seria sua família naquela noite, naquele lugar. Mas ela também tinha ido embora.

Agora Nava e Ramón estavam ali, e ele amava os dois. Maria tinha sido o elo inicial entre os três, tinha ajudado a forjar aquele laço no começo, mas Peter conquistara a lealdade e o carinho dos dois por mérito próprio, e eles haviam feito o mesmo. Ele amava Nava e Ramón não como um desdobramento do seu amor por Maria, e sim por serem pessoas boas, inteligentes, gentis.

E muito leais. Peter precisava deles, e os dois tinham aparecido sem que ele nem pedisse.

Eram a família dele.

E o amavam.

Mesmo sem Maria.

— Ah, Peter — sussurrou Nava, pousando a mão com delicadeza no braço dele. — Querido.

De algum modo, eles sabiam. Sabiam o que tinha acontecido uma semana antes naquele maldito hotel.

Ele engoliu em seco.

— Não.

Foi uma súplica disfarçada em uma única palavra ríspida, e os dois entenderam. Os dois o entendiam. Por isso, lhe deram um instante para se recompor, sem discussão e sem se ofenderem com o tom, mas Nava não soltou seu braço. Peter a amou ainda mais por isso.

Naquele auditório inteiro, só duas pessoas realmente o conheciam.

E, ao que parecia, era o bastante.

— Obrigado — sussurrou ele, com a voz meio embargada, e isso foi tudo que conseguiu dizer.

— Disponha, é claro, mas não precisa agradecer. — Nava ficou de novo na pontinha dos pés e deu um beijo no rosto dele. — A gente quer te apoiar.

Antes que ele conseguisse se recompor a ponto de responder, as luzes piscaram, e todos começaram a se acomodar nas fileiras de cadeiras. Sem nem precisarem trocar um olhar para coordenarem seus esforços, Nava e Ramón deram o braço a Peter, um de cada lado, e seguiram com ele até o pequeno palco diante da tela, onde o sentaram, relutante, ao lado de duas pessoas de aparência profissional que Peter se lembrava vagamente de ter encontrado uma ou duas vezes.

— Você consegue, meu garoto — disse Ramón baixinho, antes de se afastar.

Eles não foram longe. Os dois se sentaram logo na primeira fileira, bem no centro, onde era impossível perdê-los de vista. Nava sorriu para ele como uma irmã mais velha, cheia de orgulho, e Ramón assentiu com um gesto encorajador de cabeça.

Os discursos se estenderam por tempo demais, principalmente considerando como a bolsa que ele patrocinaria era modesta: cobria a anuidade do curso e uma ajuda de custo para um aluno nascido no estado o suficiente para comprar livros, material e talvez contribuir com o valor do alojamento.

Não era muito, mas o suficiente para dar a outro jovem perdido do Wisconsin a chance de escapar. A chance de vencer. Ou, no mínimo, de economizar uns bons trocados em empréstimos estudantis.

No próprio discurso, Peter *achava* que tinha se saído bem. Afinal, era ator. Mas tirando os votos sinceros de sucesso para quem viesse a receber a bolsa, ele basicamente só enrolou.

Quando a salva de palmas enfim terminou, ele pôde despencar em uma cadeira ao lado de Ramón e soltar um suspiro longo e aliviado. Então, se deparou com a própria cara ampliada a dez metros de altura — cacete, aquilo nunca se tornava menos angustiante —, enquanto os organizadores do evento começavam a exibir uma coletânea de depoimentos gravados por colegas antigos, intercalados com fotos promocionais e cenas dos trabalhos dele ao longo da carreira.

Os organizadores estavam gratos, sim. Só que também queriam se gabar de um dos ex-alunos mais bem-sucedidos da universidade, torcendo para que aquilo ajudasse a melhorar a reputação do departamento e atrair mais dinheiro.

Peter entendia. Fazia sentido. E mesmo assim era constrangedor pra cacete.

Os colegas e membros da equipe de *Deuses dos Portões* foram aparecendo um por um.

Marcus falou sobre a tal *gravitas*, a "compostura cênica" de Peter, em uma explicação de técnica teatral que não combinava em nada com o jeitão de bonitão burro dele. Aquele homem era um baita fingido.

Carah fez uma careta e disse que Peter era "uma porra de um mestre em demonstrar uma emoção poderosa e contida até não poder mais, além de conseguir transmitir um tesão reprimido dos infernos".

Alex reclamou: "Nossa, o Peter é o pior. Por três anos seguidos, ele roubou de mim o primeiro lugar na enquete 'Barba de Celebridade Mais Desejada' da revista *Fan Thirst*. Vocês sabiam disso? Um *absurdo*." Ele apontou para um ponto fora do alcance da câmera. "Você concorda comigo, né, Wren? Fala que concorda."

Jeanine abriu um sorriso e jogou o cabelo para o lado. "Aquele homem sabe usar uma calça de couro rasgada como ninguém. As coxas dele fizeram oitenta por cento do meu trabalho. E aquela barba deliciosa cuidou do resto. Peter Reedton. Que lenda!"

Ramón e Nava apareceram também, falando em dupla sobre o profissionalismo e a dedicação dele. Então, acrescentaram: "Peter é uma das pessoas mais discretamente atenciosas que já conhecemos, por isso não ficamos nem um pouco surpresos quando soubemos da bolsa. Ele não é só um ator absurdamente talentoso, é também um homem muito bom. Temos orgulho de ser amigos dele."

Quando o vídeo deles terminou, Peter olhou para os dois, que sorriam para ele no auditório às escuras com tanto orgulho estampado no rosto que pareceram iluminar o ambiente.

O vídeo não terminava. Os amigos eram muito autênticos. Fizeram Peter rir — e, se ele não fosse tão reprimido emocionalmente, o teriam feito chorar também. Mais uma vez.

Entre os depoimentos, apareciam trechos curtos dos projetos de que ele tinha participado ao longo de vinte anos. Nos filmes de baixo orçamento ou independentes, às vezes era o protagonista. Nos mais badalados, os papéis eram menores.

Tudo aquilo mudou com *Deuses dos Portões*. Agora ele era visto como um protagonista viável para uma grande produção, como deixava claro a oferta para participar de *FTI*. Mas não fazia tanto tempo assim. E ele nunca tinha visto tantos dos seus papéis menos prestigiados reunidos e exibidos daquele jeito.

Alguns dos projetos mais antigos eram ridículos, é claro. Quem montou a coletânea fez questão de incluir a famigerada cena dele em *Creekwatch — Segredos do Riacho*. Aquela em que Peter, interpretando o "Cara Que Se Afoga #2", quase se afogou de verdade no tal riacho que dá nome à série, enquanto o herói salva-vidas/justiceiro, interpretado por Marcus, bronzeado artificialmente em excesso, tentava salvá-lo vestindo apenas uma sunguinha.

— Não vou te deixar morrer! — declarava Marcus à beira do barranco lamacento, ao lado do corpo imóvel de Peter. — Não aqui, no mesmo lugar onde a minha irmã foi morta! Não antes de encontrar os assassinos dela, mesmo depois de procurar por tanto, tanto tempo!

A mensagem implícita, e um tanto perturbadora, era clara: se o personagem de Peter tivesse escolhido se afogar em qualquer outro ponto do riacho, ou se o personagem de Marcus já tivesse aplicado sua marca espetacularmente inepta de justiça aos assassinos da irmã, o tal senhor Por Que Você Está Fazendo um Discurso em Vez de Aplicar Respiração Boca a Boca teria deixado o Cara Que Se Afoga #2 virar o Cadáver Totalmente Afogado #1 sem o menor remorso.

Aquela cena fez Peter rir. Fez o auditório inteiro rir. Com toda a razão.

Mas tantas outras atuações ainda o enchiam de orgulho. O escultor agorafóbico. O balconista mais esnobe da loja de discos, com as falas mais engraçadas de todo o elenco, mesmo sem ser protagonista. O refém de um assalto a banco com uma condição médica que o mataria se não fosse atendido por um profissional logo. O encanador de uma cidadezinha que vivia um romance discreto com a bibliotecária tímida enquanto o casal principal encontrava o próprio final feliz.

Cada um daqueles papéis o havia desafiado de um jeito diferente. Testado suas habilidades. Cada um o tornara melhor. No fim do expediente, ele voltava para o apartamento onde morava e se sentia... satisfeito. Não necessariamente feliz, porque se sentia bastante sozinho. Mas realizado profissionalmente?

Sim. Sem sombra de dúvida.

Na tentativa de agradar ao grande público, os protagonistas de superproduções costumavam ser profundamente insossos. Já os coadjuvantes e os protagonistas de filmes independentes podiam ser qualquer coisa, pois o sucesso de mais uma temporada, uma possível continuação ou centenas de milhões de dólares em orçamento não dependiam da identificação do público com eles. Com *ele*.

Mas se assinasse o contrato agora já finalizado para atuar em *FTI*...

Bem, haveria tramas paralelas, é claro, mas Maria havia captado a essência da coisa. Em menos de um mês, ele seria apenas mais um homem branco genérico de jaleco branco, espiando por um microscópio, ampliando imagens de placas de carro no computador e se tornando alvo involuntário de assassinos. Com sorte, ele talvez tivesse um casamento em crise nos bastidores, o que a série indicaria com um total de quatro minutos de cena e duas demonstrações breves de sofrimento ao longo da temporada inteira.

Sinceramente, o papel do serial killer para o qual tinha feito o teste inicialmente seria bem mais interessante. Muito mais.

Por que aquilo nem tinha passado pela cabeça dele antes?

Peter ficou ali, se sentindo desconfortável, encarando a tela sem ver mais nada por alguns clipes.

Então... ali estava ela.

Ele sabia que aquela parte do vídeo chegaria. Não havia a menor chance de *não* terem pedido um depoimento a Maria, e nenhuma chance de ela ter recuado. Ela devia ter gravado o vídeo semanas antes e pretendia fazer surpresa até o dia do evento.

Mesmo assim, não importava que ele soubesse ou que achasse que estava preparado. Quando aquele rosto tão amado surgiu na tela, com aquele sorriso radiante, os olhos castanhos brilhando, cheios de confiança e vivacidade...

A sensação?

Era como se uma daquelas vacas gigantes da ilha tivesse se sentado no peito dele.

Peter ficou sentado ali, encarando-a como um idiota.

A boca de Maria se movia enquanto ela falava alguma coisa, um sorriso curvando os lábios rosados. Ele já tinha passado a língua por aqueles lábios. Deslizado o polegar por eles. Já abrira aqueles lábios para acomodar seu pênis. Já os cobrira com a mão enquanto ela gozava.

Já tinha beijado aqueles lábios com gentileza, impressionado com o encaixe perfeito nos dele. Impressionado com a perfeição com que ela se encaixava nele.

Seis anos. Haviam passado seis anos juntos, indo de amantes a amigos a amantes de novo. Ao longo daqueles seis anos, Peter conquistou o reconhecimento da crítica, ganhou várias estatuetas douradas, elevou a carreira a novos patamares, atraiu uma legião de fãs e depositou quantias inéditas em sua conta bancária.

Aquilo era sucesso. Um sucesso inegável e profundo.

Tinha enfrentado um moinho de vento e... vencido.

Por seis anos, aquele trecho enorme da sua vida profissional e pessoal, ele foi feliz. Assustadora, apavorante e consistentemente feliz, de um jeito que nunca tinha sido antes e talvez nunca mais seria.

E tinha passado a maior parte daqueles anos em uma ilhazinha ao largo da costa da Irlanda, onde nenhum dos luxos e símbolos do sucesso conseguia alcançá-lo ou alterar sua rotina.

Na ilha, desde que tivesse dinheiro suficiente para viver com conforto — comprar lembrancinhas, comer em um pub, pegar a balsa até a costa —, nada mais importava. O novo *status* de protagonista não pesava tanto assim, já que ele mal tinha tempo para filmar os tais papéis principais. Se tinha mais seguidores nas redes sociais, aquilo não tinha mudado seu jeito de postar: raramente, e de forma seca. O que, ironicamente, divertia muito seus fãs e acabava atraindo ainda *mais* seguidores. As estatuetas douradas ficavam em cima da cornija da lareira da casa dele em Los Angeles, logo abaixo do desenho feito pela mãe. Podiam fazer companhia a ela, mas não faziam diferença nenhuma para ele do outro lado do Atlântico. Nem a casa em si fazia, por mais perfeita que fosse e por mais cobiçado que fosse o pedaço de terra onde tinha sido construída.

Logo, ele já não tinha mais certeza de como o sucesso tão aguardado o deixara feliz durante todos aqueles anos na ilha.

Será que só a *consciência* de que tinha alcançado o sucesso bastava? A perspectiva de como aquilo mudaria de fato a vida dele durante a próxima pausa nas gravações, entre temporadas, ou depois que o seriado chegasse ao fim?

Ou será que ele simplesmente adorava estar com Maria e com os amigos quando não estava filmando um papel desafiador e interessante?

Maria ainda estava falando na tela, e de repente Peter conseguiu ouvir.

Mais do que isso. Conseguiu *escutar*.

— … a coisa que eu mais adoro no Peter é que ele se entrega do mesmo jeito a um papel pequeno ou a um papel como o de Cipriano — disse ela, e se inclinou para a frente, para enfatizar as palavras. — Porque ele domina a própria arte e se compromete a dar o melhor de si para os colegas de elenco e para o público, sempre. Então, nos filmes e nas séries em que o Peter aparece ao fundo, ou interpreta um amigo, um colega de trabalho, ou quase se afoga em um córrego na frente do salva-vidas mais dramático da história… Oi, Marcus… Se vocês prestarem atenção, a atuação dele é… brilhante. Tão brilhante quanto a de Cipriano. Sempre.

Seus olhos castanhos transmitiam delicadeza e sinceridade, e não desviavam da câmera. Depois de tanto tempo juntos, ele sabia reconhecer quando Maria estava mentindo e quando dizia a verdade, se prestasse atenção.

E ele estava prestando atenção naquele momento.

Aquela era a verdade, era o que ela acreditava.

— O comprometimento de Peter Reedton com o trabalho é incomparável. Todo mundo que conhece Peter a fundo adora ele, e como ator ele tem um talento absurdo — declarou ela com firmeza.

Quase de um jeito agressivo, como se desafiasse a plateia a discordar. Como se estivesse pronta para encarar cada uma daquelas pessoas se alguém duvidasse do valor dele, e certa de que ganharia a disputa. É claro que ganharia.

— Ele merece todos os elogios que recebeu e mais, e isso valeria mesmo sem *Deuses dos Portões*. Nossa série foi só o jeito que o mundo encontrou de notar o que o Peter sempre fez em todo projeto de que participou, grande ou pequeno.

Maria estava dizendo aquilo com toda a convicção. Mesmo que ele passasse o resto da carreira fazendo pontas, ela não ligaria. Aquilo não diminuiria o valor dele aos olhos dela. Ainda o consideraria um sucesso, porque ele se importava com os colegas, levava a sério o que fazia e era muito bom naquilo.

O amor e a admiração de Maria não dependiam de conquistas ou de dinheiro.

Dependiam dele. Apenas... dele.

Cacete. Ele era mesmo um *knäppgök*.

Na tela, ela fez um gesto displicente com o pulso.

— Ainda assim, ele é um *skitstövel*. Fatos são fatos.

Ele abaixou a cabeça. Sim. Aquilo também.

E não conseguiu deixar de sorrir, apesar do ácido que parecia queimar seu estômago, pois o *timing* cômico de Maria era impecável. A plateia também caiu na gargalhada, o que dava a entender que sabiam o significado do apelido dela para ele.

Ou melhor: que aquele *era* o apelido dele.

Agora, ela não o chamava de mais nada.

Com a mão em concha diante da boca, Maria fingiu sussurrar para a câmera:

— Jeanine tem razão sobre aquelas coxas. Não conte para o Peter que falei isso.

Alguém fora do quadro assobiou — parecia Carah —, e Maria sorriu para quem quer que fosse, enquanto o público no auditório ria de novo.

Então, o rosto dela sumiu da tela. Maria tinha ido embora.

A respiração de Peter saiu trêmula enquanto ele tentava puxar o ar para os pulmões. Ao fechar os olhos, a imagem dela continuava lá, tremeluzindo em sua retina, marcada ali para sempre.

Pelo som, parecia que o vídeo já tinha passado para as cenas de Cipriano com Cássia, e normalmente ele adorava ver o trabalho de Maria. Mas...

A mão esguia e forte de Ramón apertou a dele.

Talvez Peter devesse sentir vergonha de retribuir o aperto com tanta força. Mas não sentiu. Precisava daquilo. Daquele apoio. Daquela certeza de que não estava sozinho enquanto seu mundo virava de cabeça para baixo.

Todas as suas certezas tinham sido abaladas e reviradas até racharem ao meio, e agora ele estava ali, em meio aos escombros.

Atônito. Sem saber o que fazer, a não ser juntar os pedaços. Só que daquela vez do jeito certo, para que as fundações não desmoronassem de novo.

Ele precisava questionar tudo, *tudo* que achava que sabia sobre si mesmo e sobre Maria. E sabia exatamente por onde começar.

Por que, afinal, tinha feito tanta questão de aceitar um papel que nem o *interessava*, sabendo que aquilo deixaria Maria infeliz?

Sim, aposentadoria, plano de saúde e despesas do dia a dia exigiam uma boa poupança, mas ele não estava passando por dificuldades financeiras, nem ela, e os dois ainda tinham uma longa carreira pela frente, com muito mais oportunidades depois de *Portões*. Os pagamentos residuais do seriado também não eram nada desprezíveis. E mesmo antes de conseguir o papel de Cipriano, ele já conseguia se sustentar como ator. Levava uma vida modesta, mas decente. Maria também.

Pelo amor de Deus, se um dia se casassem e a situação apertasse, podiam até se mudar para a Suécia e deixar que os frutos do socialismo bancassem os dois por um tempo. Por mais que ele zombasse do sistema sueco, a perspectiva de uma aposentadoria confortável e de um sistema de saúde público e garantido... Bem, impostos mais altos não pareciam lá um preço tão grande assim a se pagar. Literalmente.

O que aconteceu com a mãe dele não aconteceria com ele. Com eles. Não podia acontecer.

E se ele não precisava aceitar aquele papel por causa do dinheiro, qual seria o motivo para aceitar? Se o objetivo era mostrar aos diretores de elenco que era capaz de segurar um papel de protagonismo na televisão, já havia provado aquilo em *Deuses dos Portões*, certo?

Ele não estava tentando provar nada para os figurões e pessoas influentes de Hollywood. Aquilo era só uma desculpa. Simplesmente não queria admitir a verdade, nem para si mesmo, nem para ninguém. Nem mesmo para Maria, a única pessoa que provavelmente já tinha entendido tudo havia muito tempo, sem que ele precisasse dizer.

Porque, se admitisse aquilo, também teria que admitir que ainda se importava com o que o pai pensava dele, mesmo depois de mais de duas décadas afastados, e Peter não queria se importar. Se importar o fazia se sentir como aquela criança indefesa de novo, incapaz de fazer o pai sequer *olhar* para ele, que dirá compreendê-lo e compreender suas escolhas.

Era patético, e Peter se odiava por isso, e provavelmente aquela constatação deveria levá-lo de volta à terapia por um tempo. No entanto, era a verdade.

Ele ainda tentava provar que tinha algum valor.

Ainda tentava provar que tinha agido certo ao ir embora de casa.

Ainda tentava provar coisas que nunca deveriam ter precisado de prova alguma. E, mesmo que precisassem, vinte e um anos se mantendo à tona em Hollywood — não, *prosperando* em Hollywood — e seis anos construindo um círculo novo, sólido e leal de amigos dedicados e carinhosos *já* deveriam ter sido provas suficientes. Para o pai. Para ele mesmo.

Então por que ainda ouvia a voz do pai na cabeça?

E se ele não precisava provar mais nada para ninguém, que tipo de vida queria, de fato? O que o faria genuinamente feliz?

Será que ele sabia?

Porque tinha dito a Maria que sabia. Dissera a ela, a si mesmo e a todo mundo que, desde o começo, sonhava em ter uma casa milionária em um condomínio fechado e exclusivo. Que sempre tinha desejado papéis de prestígio e muito bem pagos em séries como *Deuses dos Portões* e *FTI*.

Mas aquilo também era uma mentira. Quando Peter se mudara para Los Angeles, tudo que queria era ganhar a vida fazendo projetos que considerasse significativos.

E amor também. Precisava daquilo, ansiava por aquilo. Amor, amizade e uma família.

Ao longo de seis anos gloriosos, Maria lhe dera tudo aquilo. Cada uma daquelas coisas.

Antes de ela começar sua campanha silenciosa e incansável para que ele se conectasse de verdade com os colegas de trabalho, Peter era respeitado em Hollywood. Era considerado esforçado e profissional. Por outro lado, ninguém era fã da sua personalidade, e por que seriam? Como podiam dizer que o conheciam, se ele mal falava com as pessoas quando as câmeras eram desligadas?

As pessoas sabiam que ele era um bom ator. Mas não sabiam que era um bom homem.

E aquela pergunta ainda não tinha uma resposta definitiva, tinha?

Porque, quando Maria — a mulher que iluminara a sua vida solitária e a preenchera de alegria e amizade — lhe dissera do que ela precisava, o que a faria feliz, Peter ouviu.

Mas não escutou.

Assim como o pai.

E Maria não tinha dito aquilo só uma vez. Foram várias vezes, de várias formas. No evento beneficente de Alex, quando ela balançara a cabeça e dissera que não sabia como um relacionamento à distância poderia dar certo. Na ilha, onde reunira um grupo de pessoas tão diferentes até formar uma comunidade amorosa e solidária, um tipo bem sólido de família, não só porque ele precisava daquilo, e talvez todos ali também, mas porque *ela* precisava.

Maria havia demonstrado aquilo nas diversas chamadas longas e regulares de vídeo com os irmãos e os pais, tantas que ele se perguntara a fortuna que o plano de dados deles deveria custar. Mesmo antes de conhecer os Ivarsson pessoalmente, só um idiota não perceberia quanto a família era fundamental na vida de Maria.

Então, ele os *conhecera*. Pela primeira vez na vida, viu como era uma família funcional. Como todos podiam cuidar das feridas uns dos outros, sabendo que as próprias feridas seriam cuidadas quando necessário. Como o afeto podia ser oferecido de forma espontânea e como precisar de afeto não era motivo de vergonha nem de fraqueza. Como pessoas com personalidades muito diferentes ainda assim podiam se respeitar e se valorizar.

Peter também tinha visto como Maria ficava serena e em paz quando estava cercada por quem amava. Então, ela se sentara, cercada por ele, nos braços dele, entre as pernas dele, e literalmente abrira as feridas mais doloridas do passado ao lhe mostrar um álbum de família. As histórias que tinha contado, as fotos que mostrara, haviam exposto aquelas vulnerabilidades com tanta clareza que Peter tinha ficado ali, parado atrás dela, atordoado, comovido, apavorado, abalado até o fundo da alma. Porque, a partir daquele momento, Maria estava confiando nele para proteger aquelas fragilidades. Para mantê-la segura. Do mesmo jeito que confiava na família, e em mais ninguém. Só nos Ivarsson e... nele.

Aquela primeira foto dela assombraria Peter pelo resto da vida.

A menininha na foto do álbum se parecia com Maria. Forte. Alta. As mesmas feições. O mesmo cabelo. Mas a Maria que ele conhecia cintilava. Tinha luz própria, alegria, calor, humor, confiança, uma determinação ferrenha de encarar o mundo do seu próprio jeito, sem nunca se perder no processo.

Na foto de criança, qualquer luz que existisse vinha do flash da câmera ou do sol. Não dela. Não havia um fiapo de calor naquela expressão fechada nem naqueles olhos castanhos duros e desconfiados.

Ela era uma jovem Medusa, poderosa, furiosa, exausta de um mundo que a ferira inúmeras vezes sem motivo algum, e a frieza daquela expressão deveria ter transformado o mundo e todos que viviam nele em pedra. Mas não foi o caso.

Foi ela que se transformou em pedra, pois pedras não sofrem.

A não ser pela aparência, aquela garota do passado não tinha quase nada em comum com a Maria de agora. Na verdade, se parecia muito com o Peter das fotos de até cerca de seis anos atrás.

Se Maria o compreendia de um jeito de que mais ninguém era capaz, talvez fosse por isso. Porque, um dia, ela também tinha sido uma versão dele. Diferente dela, porém, ele nunca havia tido um grupo como os Ivarsson, que insistiu em quebrar a couraça dele, até substituí-la por algo muito mais quente do que pedra. Pelo menos não até Maria aparecer em uma sauna em Los Angeles, só de biquíni vermelho, e rachar a fachada impenetrável dele antes mesmo de tentar.

A garotinha da foto não era a Maria dele. Ainda não. O olhar frio era uma prova silenciosa daquilo, e de toda a traição e todas as perdas que ela já havia enfrentado aos oito anos. Depois de ouvir a história, Peter passara a enxergá-la naquela imagem.

A história e a foto partiram o coração dele.

Mas, *ainda assim*, ele não havia entendido. Como estava focado nos próprios desejos, nas próprias vontades, nos próprios fantasmas, acabou não *entendendo* porra nenhuma.

Tudo bem que Maria já não era mais uma criança, mas aquela criança ainda existia dentro dela, e se lembrava de tudo. Tudo.

Uma por uma, as pessoas que ela amava a haviam deixado sozinha entre estranhos.

E ele tivera a intenção de fazer o mesmo. Por um trabalho que nem *queria*, inferno.

Se algum dia Peter chegou a se odiar mais do que naquele momento, ele não conseguia se lembrar.

Naquele quarto de hotel durante a convenção, Maria tinha chorado de *soluçar*.

Ele não a escutara. Só havia informado a ela que pretendia repetir os maiores horrores da vida dela e depois ficado *bravo* quando ela hesitou. E Maria ficara ali, encolhida na poltrona pequena, curvada sobre si mesma, escondida atrás das próprias *mãos*, enquanto soluços roucos e convulsivos sacudiam seu corpo.

Por causa dele. Totalmente por causa dele.

Ele tinha feito aquilo com a mulher que amava mais do que a qualquer pessoa no mundo. Que amava mais que tudo.

Mesmo assim, Maria continuou tentando explicar o que sentia, do que precisava. Tinha repetido com outras palavras e outros argumentos, na esperança de que ele entendesse. De que ele enfim entendesse. Mas Peter simplesmente não conseguia compreender como a vida que ele dizia querer — que dizia a ela, a si mesmo e ao mundo que queria — pudesse deixar Maria infeliz, mesmo que ela o amasse. E ela amava. Só um idiota diria o contrário.

O pai dele deveria se orgulhar. O filho tinha crescido e ficado igualzinho a ele.

Se a mãe tivesse visto aquela cena no quarto de hotel, o que teria pensado dele? Por que não foi a voz *dela* que ele ouviu na cabeça ao longo de todos aqueles anos? O pai nunca o compreendera, nunca soubera amá-lo de forma altruísta. Já a mãe, sim. Se ele tivesse parado para pensar, saberia exatamente o que ela teria desejado para ele.

Não era prestígio. Nem fama. A mãe não ligava para nada daquilo. Nem para uma casa cara, evidentemente, já que havia trocado de bom grado a casa grande da família por um apartamento decadente e nunca olhara para trás.

Não. A mãe teria desejado que Peter tivesse um trabalho criativo que o realizasse e uma companheira que o amasse do jeito que ele era e o ajudasse a ser o homem que precisava ser.

Era só. Mas era tudo.

Ele já tinha aquilo. E deixara que saísse pela porta.

Esperava que seu armário azul nunca mais ficasse tão imundo. Limpar aquilo ia exigir uma faxina dos infernos, e Maria talvez nunca o considerasse limpo o bastante para perdoá-lo.

Mas ele precisava tentar.

Ele mal reparou quando a tela escureceu e as luzes do auditório se acenderam de novo.

Aplausos. Mais um discurso curto. Mais aplausos. Conversas breves. Apertos de mão. Despedidas.

O evento, estava encerrado, graças a Deus, e Nava e Ramón o acompanharam até o carro. Ele os abraçou. Prometeu ligar, visitar em breve. Agradeceu por terem ido. Depois foi embora.

Peter esperava, com todas as forças, que os dois tivessem percebido a sinceridade da gratidão dele, porque a verdade era que não fazia ideia do que tinha dito. Seu cérebro estava tomado de questões logísticas, e socializar nunca tinha sido seu ponto forte, nem em seus melhores dias.

Mas ele recompensaria todos quando voltasse a Los Angeles, e, quando os amigos precisassem de paciência e compreensão da parte *dele*, Peter daria. Com prazer. Porque era aquilo que famílias faziam.

Agora ele sabia disso. Graças a Maria.

26

Para alguém que não tinha morado tanto tempo assim na casa de Peter, Maria tinha conseguido ocupar um bom espaço. De algum modo, sem que tivesse se dado conta, havia pertences seus por todos os cômodos da casa, e ela nem tinha mandado trazer as coisas que ainda estavam na Suécia.

Ainda bem que não tinha combinado os arranjos para o transporte. Com certeza não seria possível ligar para uma balsa em alto-mar no meio do Atlântico e pedir que retornasse para o porto de partida.

Mesmo assim, o processo de empacotar tudo levaria mais tempo do que ela gostaria. Cada minuto que passava na casa de Peter era um minuto a mais de tristeza, já que não havia como se distrair da mágoa que sentia em um ambiente onde tinham passado a maior parte do tempo como um casal. Por isso, estava tentando ir o mais rápido possível, mas arrumar aquilo tudo levaria no mínimo umas duas horas. Uma hora e meia a mais do que ela gostaria.

Pelo menos o próprio Peter não estava por perto. Como ela o ajudara a organizar a própria agenda, sabia que ele planejava fazer o check-out no hotel em Madison na manhã de domingo, ir direto para o aeroporto e pegar o voo de volta para Los Angeles.

Ainda era sábado e, depois de mais uma noite na casa de Carah, Maria saíra bem cedo para ir até a casa dele e apagar todos os traços da breve vida que tinham construído juntos. Portanto, mesmo que Peter se cansasse de socializar e voltasse mais cedo, o que era bem provável, ainda assim ela já teria ido embora quando ele chegasse, não importava se ia levar meia hora ou duas para empacotar tudo.

Além do mais, era óbvio que Peter não apareceria se soubesse que ela estava lá. E ele sabia, porque ela havia mandado uma mensagem pedindo permissão para entrar na casa, mesmo ainda estando com as chaves, o controle remoto do portão e tudo que permitia acesso à vida dele.

Ok, respondera Peter na noite anterior, cerca de uma hora antes do evento da bolsa para a universidade no Wisconsin.

Uma palavra. E só. Porque aquele era Peter, e porque estava magoado e com raiva.

Estranhamente, no entanto, ele havia mandado outra mensagem perto da meia-noite, com um vocabulário um pouco mais extenso: Me avise quando chegar e quando sair, por favor.

Aquele *por favor* tinha sido estranhamente educado. E por que ele se importava com os horários de chegada e saída dela na casa? Talvez tivesse algo a ver com a empresa de segurança? Ou ele já havia cancelado a permissão dela para entrar no condomínio e agora precisava abrir uma exceção?

Ou talvez só quisesse ter certeza absoluta de que ela tinha ido embora antes que ele voltasse para casa. Se fosse aquilo, era justo. Ela queria o mesmo. Então, Maria mandou uma mensagem assim que chegou, sem esperar resposta. Afinal, o que mais havia a dizer?

Entretanto, enquanto recolhia todos os elásticos, presilhas e outros acessórios de cabelo nos dois banheiros, ouviu o som da notificação de mensagem outra vez, e... pelos deuses, será que o homem queria que ela gravasse o processo de arrumação para garantir que não tinha roubado nada ou...?

Ah. Era Ingrid, a agente dela. Não Peter.

Depois de ler a mensagem, Maria imediatamente fez uma chamada de vídeo com Ingrid para conversarem sobre o roteiro de um filme que a agente tinha recebido na noite anterior. O projeto tinha uma ótima diretora, uma mulher com quem Maria queria trabalhar fazia tempo, e também chamara a atenção de uma premiada diretora de fotografia. Era um suspense com uma protagonista em fuga, um arco romântico envolvendo o melhor amigo nerd que virava algo mais e absolutamente nenhuma menção ao seu peso.

Diversas vezes, Maria usara seus momentos sob os holofotes para defender mais filmes estrelados por pessoas gordas que não tivessem nada a ver com o fato de serem gordas. Filmes de super-heróis com protagonistas gordos. Filmes eróticos. Comédias românticas. Filmes de época. Filmes de gângster. Filmes de espiões.

Suspenses com protagonistas gordos.

Como aquele.

Ao que parecia, a diretora pretendia filmar na Islândia, um lugar que Maria achava deslumbrante. O projeto exigiria cerca de três meses de filmagens. E, se desse para confiar na opinião da agente — e dava —, o papel parecia ter sido escrito para ela. Então, a não ser que o roteiro fosse uma decepção, Maria queria aquele papel.

O que exigiria três meses. Três meses de filmagens. Na Islândia.

Ela teria aceitado o papel mesmo se ainda estivesse com Peter.

Maria se deixou cair no sofá grande e absurdamente confortável da sala principal e disse à agente que ligaria mais tarde naquele dia. Porque...

Skit. Não adiantava negar.

Ela tinha feito merda. Não completamente. Não em sua essência, não na decisão de ir embora. Mas seu armário azul estava longe de estar limpo no momento.

Havia nuances na posição que tomara, e, dominada pela dor e pelo pânico quando conversara com Peter, não explicou nenhuma daquelas nuances a ele. Três anos morando em países diferentes ainda a destruiriam, portanto a insistência dele em aceitar o papel em *FTI* continuava sendo o fim do relacionamento dos dois.

Mas três meses?

Ia doer. Mas ela conseguiria aguentar aquele tempo de separação, se fosse por um papel incrível que algum dos dois realmente quisesse, e não apenas um que pagasse bem.

Fy fan. Não, ela ainda estava fazendo merda.

Se Peter quisesse aceitar um papel só pelo dinheiro, e se ele precisasse da segurança de uma boa reserva financeira e de uma casa cara em um condomínio fechado depois do que acontecera com a mãe, depois do que o pai tinha feito, quem era ela para julgar?

Os dois tinham passados difíceis. Por causa do próprio passado, Maria tinha necessidades que outras pessoas talvez não tivessem, e estabelecera um limite para se proteger e se preservar. Peter, da mesma forma, também tinha suas exigências e idiossincrasias para ser feliz, e deveria ter o direito de atendê-las sem ser criticado, desde que não desrespeitasse as necessidades dela.

Sua terapeuta já havia dito, certa vez, que a tendência de Maria de viver relações "tudo ou nada" acabaria voltando para assombrá-la.

Na verdade, ela não dissera aquilo.

Como era terapeuta, Kerstin só inclinara a cabeça e comentara em um tom imparcial:

— Quando se trata de sexo e romance, você aceita apenas relações que se encaixem em uma de duas categorias bem distintas: absolutamente tudo que você sempre quis ou sexo casual. Gostaria de entender melhor se essa escolha está te satisfazendo.

Às vezes, Maria tinha vontade de esbofetear Kerstin.

Mesmo quando a terapeuta estava certa. *Principalmente* quando a terapeuta estava certa.

Mas a própria Kerstin concordaria que Maria tinha o direito — não, a *obrigação* — de se afastar de um relacionamento que a deixasse infeliz. Ter que passar três anos longe do parceiro a deixariam justamente assim. Maria sabia que Kerstin diria aquilo, porque, no começo da semana, as duas haviam tido uma sessão de emergência, e fora exatamente o que Kerstin *dissera*.

Bem… não.

Não exatamente daquele jeito. Não com aquelas palavras. De novo: ela era terapeuta.

— Você tem alguma dúvida de que essa quantidade de tempo longe de Peter faria mal a você?

Quando Maria balançara a cabeça em negação e enxugara as lágrimas com um lenço, Kerstin dissera apenas, em um tom gentil:

— Então vamos conversar sobre os mecanismos que você tem usado para lidar com isso.

Então, sim, ela tinha feito merda nos detalhes, mas não na decisão em si.

Talvez um dia pedisse desculpas a Peter por aqueles detalhes, quando só de pensar em vê-lo em convenções, premiações e coletivas de imprensa não a deixasse mais desnorteada.

Era hora de continuar arrumando as coisas.

Mas, assim que Maria se levantou do sofá, a porta da frente se abriu com um estrondo, e ela levou um susto com o baque alto, sentindo um aperto no peito devido ao pânico imediato quando se virou para a entrada. Então, deu de cara com Peter, ofegante, as sobrancelhas franzidas, entrando às pressas pela porta da própria casa como se a casa estivesse pegando fogo.

Ele estacou bruscamente e ficou ali parado, encarando-a.

Ela também ficou parada. Encarando-o.

Ele não disse nada.

Ela também não.

Confusa, Maria olhou para fora, pela porta aberta, e viu o SUV dele estacionado de qualquer jeito na rua em frente à casa, com o para-choque da frente enfiado parcialmente no arbusto do jardim. E, se estivesse enxergando direito, ele tinha deixado a porta do motorista escancarada.

Pelos deuses, o que tinha acontecido? Ele não iria falar nada?

— Aconteceu… alguma coisa? Ativei o alarme por engano? Ou você quer que eu vá embora para poder resolver… seja lá o que estiver acontecendo? — Ela apontou para o arbusto que agora enfeitava o para-choque do carro. — Ainda não terminei de arrumar minhas coisas, mas posso voltar mais tarde…

— Não — grunhiu ele, sem dar mais nenhuma explicação.

Maria esperou que Peter dissesse mais alguma coisa. Continuou esperando. Esperou mais um pouco. Então, perdeu a paciência.

— Não… o quê? Não posso voltar depois? — Ela levou as mãos à cintura, irritada. — Porque, sinceramente, Peter, eu preciso…

— Não, você não ativou o alarme. Não, eu não quero que você volte depois. — Ele foi se aproximando a passos largos. — Não, eu não quero que você vá embora.

Mais dois passos, cada um cobrindo um bom trecho do piso de madeira. E mais dois.

— Nunca mais — completou ele.

Os olhos de Peter a devoravam, indo do coque bagunçado até os pés calçados com pantufas, então refazendo todo o caminho devagar. O terno dele estava todo amassado por motivos que Maria não tinha como adivinhar, com a camisa desabotoada no colarinho. O cabelo parecia ter sido revirado por mil mãos nervosas, e os punhos estavam cerrados com tanta força que dava para ver os nós dos dedos brancos, e…

Ela não estava entendendo nada daquilo.

— O que…?

Skit, aquilo era crueldade. Ele *não deveria* estar olhando para ela daquele jeito, com tanto desejo e *carinho*, não depois de ela ter dito com todas as letras por que precisava ir embora, depois de ter deixado tão claro como partir a magoaria.

— Peter, o que você está fazendo aqui a essa hora? Por que não está em Madison?

— Ramón e Nava estavam lá. — Então acrescentou: — No evento.

— Que bom — disse ela, devagar.

Ela estava feliz por ele. Mas também estava muito confusa. E arrasada. E cada vez mais irritada.

— Bem, então na próxima vez que você sair, eu passo aqui e... — começou ela.

O rosto dele se suavizou.

— Se eles soubessem que eu ia te ver tão cedo, teriam mandado um beijo.

Quando ela ainda pretendia ficar em Los Angeles, os quatro tinham feito vários planos, mas...

Maria engoliu em seco, a raiva sendo consumida pela dor.

— Estou com saudade deles.

E, já que ia voltar para a Suécia no fim da semana, continuaria sentindo. Por muito tempo. Talvez para sempre.

— Eu sei. — Com os lábios contraídos, Peter ficou apenas... olhando para ela. — Eu sei que está.

A irritação de Maria voltou no mesmo instante.

Ele não tinha o *direito* de falar com tanta doçura, como se entendesse o que ela estava sentindo, quando não entendia nada. Se entendesse, se realmente se importasse tanto quanto aquele tom carinhoso fazia parecer, ela não estaria ali, arrumando as próprias coisas, estaria?

Maria cerrou os punhos e mordeu o lábio.

Queria gritar com Peter, bater no peito dele, empurrá-lo para longe, quase tanto quanto queria desabar em lágrimas... mas não ia fazer nada daquilo. *Nada*. Porque fosse lá o que estivesse acontecendo, fosse lá o que ele quisesse, a tortura ia acabar logo, e ela se recusava a se humilhar mais uma vez.

Peter sustentou seu olhar. Sem vacilar.

— Você ama os dois e quer as pessoas que ama por perto, então é claro que sente saudade deles.

A respiração de Maria ficou presa na garganta, e ela teve vontade de virar de costas. Mas não fez isso.

Talvez eles não pudessem ficar juntos. Mas pelo menos... pelo menos Peter finalmente parecia ter compreendido o que ela já tentara explicar tantas vezes, de tantos jeitos diferentes. Pelo menos em parte.

E aquilo já era alguma coisa, não era? Ir embora sabendo que tinha a compreensão dele, em vez da raiva?

— Meu amor. — Peter levou a mão ao rosto dela e enxugou com delicadeza uma lágrima que escorria. — Dói mais do que você demonstra, né? Ver todo mundo da ilha se afastando de repente. Estar tão longe da sua família.

Se ela abrisse a boca, sua voz sairia trêmula. Assim como as mãos. Por isso ela permaneceu em silêncio e com os punhos cerrados.

Mas era verdade. Tudo aquilo.

Ela nunca tinha contado para Peter, porque não havia nada que ele pudesse fazer a respeito e porque, mesmo com ele, mesmo nos melhores momentos dos dois, ela odiava admitir que certas partes de sua armadura eram tão finas que ela ainda sangrava com o menor arranhão. Que certos pedaços do seu coração eram tão frágeis que podiam se partir com o peso de uma pena, no intervalo de uma batida.

Então como ele sabia? O que exatamente tinha acontecido na última semana?

— Ramón e Nava logo vão estar de volta a Los Angeles, acho que ainda hoje. Eles vão querer te ver, e sei que você também precisa ver os dois. — Ele balançou a cabeça com um movimento brusco. — Enfim, o evento foi...

Depois de enxugar mais uma lágrima, agora no queixo dela, Peter se aproximou mais um passo, até preencher todo o campo de visão dela e o restante de Los Angeles deixar de existir.

— O evento explicou muita coisa. Sobre mim. E acho que sobre você também. — Os olhos escuros de Peter buscaram os dela. — Logo depois que acabou, fui para o hotel, fiz as malas e fui até o aeroporto no meio da noite para pegar o primeiro voo para cá de manhã.

Ele deu de ombros, como se aquilo fosse a coisa mais banal do mundo.

— Eu estava torcendo para que você ainda estivesse arrumando suas coisas quando eu chegasse. Fiquei com medo de que, se eu contasse que estava vindo, você fosse embora. Então... aqui estou.

Maria o encarou, atônita, trêmula demais para perguntar... Por quê? *Por que* ele estava ali?

— Viajar de classe econômica é um inferno — declarou ele. — Era a única opção. Eu podia escolher entre levar porradinhas do carrinho de comida na canela ou usar os joelhos para massagear os rins do cara da frente. Achei que ele tinha cara de quem precisava de uma massagem profunda, mas não sei se o homem concordaria comigo.

Maria se viu obrigada a responder e fungou. Alto.

— Massagem profunda nos órgãos, mais especificamente. Já que envolvia rins.

— Nórdica implicante. — Os lábios dele se curvaram no sorriso mais doce e contido que Maria já o vira dirigir a alguém, então Peter respirou fundo e segurou o rosto dela entre as mãos. — Chega de rodeios. Você precisa saber disso para que eu possa descobrir o que preciso saber.

O coração de Maria batia tão rápido que... deuses, ela talvez não sobrevivesse àquilo.

Se depois dessa conversa Maria ainda tivesse que ir embora, *de novo*, aquilo acabaria com ela. Ia *destruí-la* completamente. Esmagá-la em tantos pedaços que talvez ela nunca mais conseguisse se recompor.

— Mandei uma mensagem do avião para meu agente e recusei o papel em *FTI*. — Ele deu de ombros, bem blasé, e Maria não teve nenhuma reação, a não ser ficar encarando-o. — Acontece que não tenho nenhum interesse em aprimorar imagens de placas de carro até níveis cientificamente impossíveis enquanto interpreto um personagem com uma única característica.

Em qualquer outro momento, ela teria rido da descrição tão precisa do personagem. Mas naquele instante não havia espaço em sua mente para humor, pois o que ele tinha acabado de dizer soava como se... Peter estivesse *cedendo*. Reavaliando. Em vez de se entocar ainda mais na própria teimosia.

Ela queria que aquilo fosse suficiente, mas não era.

O que aconteceria quando aparecesse outro papel importante, um papel que ele realmente achasse interessante e valioso? Recusar aquela primeira oferta não iria apenas adiar o inevitável?

Ela não queria mais seis meses com Peter, ou dois anos, ou mesmo dez anos, antes de ter que ir embora e dilacerar o próprio coração mais uma vez.

Queria o *para sempre*.

— Mas tem uma parte ainda mais importante. — Ele inclinou a cabeça, encostou a testa na dela e secou mais algumas lágrimas. — Mesmo que eu realmente quisesse aquele papel, três anos ainda seria tempo demais longe de você. Eu sentiria a sua falta de um jeito desesperador... e tenho certeza disso, porque passar uma semana longe de você foi pior do que *a morte*, cacete. E porque você precisa de mim aqui, e eu preciso de você feliz. Eu preciso de você comigo. Preciso de você sendo minha, Maria. Eu te amo demais. Eu fico... *vazio* sem você.

Ela soluçou alto, o som saindo como um rasgo doloroso na garganta, um misto de um alívio indescritível e um medo de revirar o estômago. Porque... *pelos deuses*, e se ela tivesse entendido errado? O que faria? Como sobreviveria se acreditasse de verdade que ele tinha dado tudo o que ela queria e acabasse descobrindo que tinha se enganado *mais uma vez*, traído e partido o próprio coração mais uma vez, quando já deveria ter *aprendido*?

E se tivesse que assistir a Peter ir embora? Ficar parada ali tentando respirar enquanto ele a deixava como se ela fosse um presente indesejado?

Os olhos de Peter também ficaram marejados, e a respiração dele saiu entrecortada.

— Meu amor, por favor. Cacete, por favor, não chore. Nunca *mais* chore por mim. Eu não consigo aguentar. — A voz dele saiu rouca dessa vez. Devastada. — Queria ter colocado a cabeça no lugar mais cedo. Me desculpe por ter te magoado.

Maria fechou os olhos com força e tentou, com todo o esforço do mundo, acreditar. Mas era tão *difícil*.

— Você estava certa. Meu amor, por favor, escute o que estou dizendo e pare de chorar. — Ele afundou os dedos no cabelo dela, possessivo, e Maria chorou com mais vontade ainda, porque Peter não estava indo embora. E também não a deixaria ir. — Você estava certa, e vai dar tudo certo. A gente vai ficar bem. A gente vai ficar *muito* bem. Tem um monte de filmes e séries que são filmados em Los Angeles. Alguns podem ser papéis menores, mas vão ser o bastante para sustentar a gente. Com as nossas economias e os residuais.

Mas se manter com o que ele já tinha não pagaria por muito tempo as despesas da casa nem o condomínio.

— A... casa — balbuciou Maria.

— É um amontoado de madeira e pedra.

A raiva que endureceu a voz dele não era direcionada a ela, Maria sabia disso. Peter estava voltando toda aquela emoção, toda aquela frustração e fúria, contra si mesmo.

— Não é mais importante do que você. Nada nessa porra desse *planeta* é mais importante do que você. Nem trabalho, nem essa casa, nem esse condomínio, nem a merda do meu passado.

Tudo bem, mas ele estava ali no meio de uma operação delicada de adaptação à merda do passado *dela*. E não estava sendo justo consigo mesmo. Maria respirou fundo algumas — várias — vezes e conseguiu se acalmar e dizer o que precisava sem cair no choro de novo.

Ela pousou as mãos espalmadas no peito de Peter, deu um último suspiro trêmulo e se aninhou no corpo dele.

— *Sötnos*...

— Não tenho que provar nada ao meu pai, nem aos produtores, nem a ninguém. Só a você, Maria. — Ele segurou com um pouco mais de força o cabelo dela, e aquilo fez uma onda intensa de emoção tomar conta de seu corpo. — Não importa quanto tempo leve, vou provar que você pode confiar em mim.

Fy fan, para um homem de poucas palavras, ele sem dúvida era capaz de falar muito.

Aquelas palavras eram um bálsamo para o coração em frangalhos dela, e Maria deixou que penetrassem fundo. Ela se permitiu relaxar. Parou de resistir à imensidão do amor que sentia por ele e... acreditou.

— Nunca vou te deixar. — Era uma promessa solene, daquelas que se ouvem em cerimônias. — Nunca vou te abandonar. Nunca vou trair sua confiança. Sempre vou escutar quando você falar o que precisa. E sempre, sempre vou querer você. Por favor, confie em mim.

Peter, o homem mais orgulhoso que ela conhecia, estava implorando. Implorando por *ela*.

Maria não conseguia suportar aquilo.

Então, quando ele respirou fundo outra vez, ela aproveitou a deixa.

— Eu confio. Confio, *sim*, em você. — Como a tensão no rosto cansado dele não cedeu, Maria continuou: — Você nunca mentiu para mim. — Mesmo quando teria sido melhor se tivesse mentido, já que no começo Peter às vezes tinha sido um baita de um idiota. — Você *nunca* mentiu para mim. Só fingiu, de forma nada convincente, que estava doente, anos atrás. E mesmo assim, como você é um ator incrível, a situação só me levou a crer que fez de propósito para ser descoberto.

— Não conscientemente. Só sou péssimo em fingir fora das câmeras. — Os lábios dele se curvaram só um pouquinho, depois voltaram ao normal. — Mas, sim, de algum modo, provavelmente eu queria que você percebesse que estava tentando te proteger. Eu amo você há muito, muito tempo, Maria.

— Eu também. — Ela acariciou o peito dele. — Peter, você está sendo muito crítico consigo mesmo. Se precisar ter uma boa quantia guardada ou se sentir melhor morando nesse endereço, tudo bem. Consigo lidar com isso, desde que você esteja comigo.

Os olhos dele cintilaram, e o coração que batia sob a palma da mão dela desacelerou um pouco.

— Eu também te devo um pedido de desculpas. — Maria roçou os lábios sobre o tecido amarrotado da camisa dele, bem ao lado da mão, e encostou o rosto ali por um instante. — Logo antes de você chegar, eu estava pensando em quanto tempo de separação eu conseguiria aguentar, e acho que... alguns meses seriam suportáveis. O tempo que leva para filmar um longa-metragem comum. Assim, você teria opções de trabalho fora de Hollywood também, pelo menos uma vez por ano. Eu também. Não precisa ser tudo ou nada, e me desculpa por não ter percebido isso antes. E por não ter te dito.

A firmeza quente do corpo de Peter se moveu sob o rosto dela quando ele soltou o ar devagar.

Maria ergueu a cabeça e estudou os traços cada vez mais suaves daquele rosto tão amado.

— Posso visitar minha família se você ficar fora muito tempo e eu não estiver trabalhando em outro projeto. Ou posso ir com você e explorar o lugar onde a filmagem estiver acontecendo.

— Eu ia adorar. Mas, se você precisar ficar em Los Angeles enquanto eu estiver em outro lugar, venho te ver sempre que der, pelo tempo que der... e, se *você* conseguir um papel que te leve para longe por um bom tempo, vou ficar com você onde estiverem acontecendo as filmagens, sempre que estiver entre um trabalho e outro. É uma promessa. — Ele se inclinou e roçou o nariz no dela em um gesto carinhoso, embora sua voz permanecesse firme e decidida enquanto traçava os planos para atender às necessidades dela e fazê-la feliz. — A gente só vai aceitar trabalho fora de Los Angeles se e quando os dois concordarem que está tudo bem. Qualquer um de nós pode dizer não, por qualquer motivo, sem precisar se explicar. Fechado?

Se ela soubesse que podia dizer não sempre que precisasse, será que seria mais fácil aceitar que ele fosse embora?

Provavelmente. Mas mesmo que não fosse o caso, Peter entenderia.

O alívio que sentiu... foi como flutuar. Como ser lavada por dentro.

— Fechado — disse Maria, tentando conter com muito custo mais lágrimas. — Pelos deuses, eu te amo mais do que consigo expressar no seu idioma, ou até no meu.

Maria ergueu o corpo e encostou a boca na dele em um beijo terno e rápido, com gosto de sal e alegria. Quando se afastou, no entanto, Peter ainda segurava o cabelo dela, e havia medo em seus olhos.

— Isso... — Ele engoliu em seco. — Isso quer dizer que você vai voltar pra mim?

— Sim.

Óbvio. Ele não estava ouvindo?

A respiração dele saiu trêmula.

— Você não vai embora?

— Nunca mais quero te deixar, *sötnos*. — Outro beijo rápido nos lábios, agora com mais intensidade. Uma afirmação decidida da mulher que o adorava. — Enquanto eu respirar nesse mundo.

— E você me ama tanto quanto eu amo você?

— Mais.

Finalmente — *finalmente* — Peter sorriu.

— Isso não é cientificamente possível, Píppi.

— Tanto faz.

Normalmente, Maria balançaria um pote de *sill* na cara dele em resposta à piadinha com Píppi, mas até ela tinha que admitir, mesmo com relutância, que nem todos os momentos eram apropriados para potes de arenque. E aquele era um deles.

— Mais alguma pergunta? — disse ela.

Maria estava louca para deixar para trás a parte da manhã dedicada ao choro descontrolado e passar para a parte do sexo de reconciliação... e suspeitava que Peter também gostaria dessa transição.

— Só mais uma — respondeu ele, delicado, e soltou os dedos do cabelo dela.

E se ajoelhou.

Ah, ótimo. Ele tinha lido a mente dela.

Ela riu.

— Peter, seu *knäppgök*. Você nunca precisa pedir para me fazer um oral. A resposta vai ser sempre sim. *Sempre*.

— Eu não estou... — Peter abaixou a cabeça e soltou uma risada abafada. — Só você, Maria. Só você confundiria uma declaração de amor sincera e um pedido de casamento com uma proposta de te chupar. Merda.

Um... pedido de casamento?

Ele queria ser o marido dela?

Aos poucos, um sorriso foi se abrindo no rosto de Maria. *Nej*, mais do que isso... era um *raio de luz*. Porque, embora muitos casais suecos comprometidos não se importassem com a legalização do relacionamento, ela ainda era — perdão, Kerstin — absolutamente do tipo tudo ou nada quando se tratava de amor.

Ela não dava a mínima para cerimônias de casamento. Mas se casar? Com Peter?

Quanto antes, melhor.

Sinceramente, ela achava que Peter não teria como superar as vezes em que já havia se ajoelhado diante dela, mas parabéns para ele. Como diria Jeanine: *Peter Reedton. Que lenda!*

Ainda assim, ela sabia como tornar aquela ocasião em particular ainda melhor.

— Pedidos de casamento e sexo oral são excludentes? — Maria deslizou os dedos pelos cabelos de Peter, do jeito que sempre o fazia estremecer. — Porque, se não for o caso, estou dizendo sim para os dois. Só para deixar claro.

Infelizmente, ele pareceu ouvir só metade da resposta.

— Você quer... se casar comigo? Não é cedo demais pra você?

Maria jamais conseguiria entender por que ele parecia tão surpreso.

— Eu teria pedido semanas atrás, mas não queria te assustar.

Ela soltou uma risadinha pelo nariz.

— Acho que você pode afirmar com segurança que eu não tenho medo de compromisso, Peter. Eu me casaria com você *agora mesmo*, se pudesse.

Os últimos resquícios de medo desapareceram dos olhos dele, deixando apenas amor e uma alegria pungente. A expressão, a postura... tudo nele pareceu se abrir. Desabrochar.

Não restava nenhum pingo de desconfiança.

Peter estava ali diante dela, ajoelhado, desarmado e sem medo.

— Desculpa por não ter um anel — disse ele com uma doçura encantadora e absolutamente atípica que com certeza garantiria a ele um bom tempo com ela ajoelhada à sua frente também, em breve. — Estava com pressa de chegar antes que você fosse embora. E, caso você aceitasse, achei que ia querer escolher o anel você mesma.

Ele realmente a conhecia muito, muito bem.

Maria se inclinou e usou os dedos no cabelo dele para guiar sua boca até a dela, em um beijo demorado, doce e sem pressa. Não mais uma exigência, e sim uma declaração: de que tinham todo o tempo do mundo. De que ela confiava nele com a própria delicadeza, e não apenas com a força. De que, como ele, ela já não sentia medo nem dúvida, porque ele era dela, e ela era dele, e os dois eram teimosos demais para abrir mão do que amavam.

Maria, então, encerrou o beijo com uma lambida leve na língua dele, porque seu amor incluía delicadeza, força, doçura *e* um desejo feroz. *Ardente*.

— Vamos escolher meu anel de noivado e o seu ao mesmo tempo. — Não era um pedido. — Sei que não é de praxe para os homens, mas quero que todo mundo que cobiça as suas coxas e sonha em sentar nessa sua barba saiba que você já tem dona. — Ela fez uma pausa. — E falando em sentar na sua barba…

Afinal, ele já estava *bem ali*. E já fazia *uma semana*.

Peter balançou a cabeça, os lábios se curvando.

— Minha sueca gulosa.

— Está reclamando?

— Não — respondeu ele, e abriu um sorriso largo. — Estou me gabando.

Então, puxou a legging e a calcinha dela em um movimento só, forte e decidido, e estabeleceu um novo padrão de excelência ajoelhado ali. Porque tudo que Peter fazia era com um comprometimento inabalável.

E como no momento aquele comprometimento era dedicado a *ela*…

Bem. Não era preciso dizer mais nada.

Conversa com Maria: Quinta-feira à tarde

Peter: Você acabou comigo, Píppi

Peter: Devia ter vergonha

Maria: ???

Maria: Fico feliz, é claro, mas uma explicação melhor seria muito bem-vinda

Peter: Sou ou não sou o homem que agiu como um imbecil e te deixou ir embora porque estava determinado a aceitar trabalhos que me manteriam longe de você por meses ou anos?

Maria: Sim, obviamente

Maria: Se um de nós estiver agindo como um idiota, acho que é sempre seguro presumir que é você

Maria: Essa regra tem funcionado bem até agora

Peter: E você é ou não é a mulher que disse que sentiria uma falta imensa de mim se eu ficasse longe por muito tempo?

Maria: Acho que nós dois nos lembramos bem desse incidente, Peter, obrigada por me fazer reviver aquele dia tão feliz

Peter: Se tudo isso for verdade, se a nossa memória estiver certa, então por que estou aqui, em uma locação em Nova York, arrasado depois de duas semanas desgraçadas longe de você, enquanto você está em Los Angeles vivendo sua vida, muito feliz?

Peter: VOCÊ ACABOU COMIGO, MULHER

Peter: QUE VERGONHA, EU ESTAVA EM ÓTIMAS CONDIÇÕES

Maria: ...

Maria: É claro que eu sinto sua falta, *sötnos*, mas o trabalho ajuda, ver os nossos amigos ajuda, e tenho feito muitas chamadas de vídeo com a minha família também

Maria: Não diria que estou morrendo de felicidade, mas estou bem

Maria: Se você está tentando me fazer admitir que estou sofrendo fingindo que VOCÊ está sofrendo, nem precisa se dar ao trabalho

Peter: Meu amor, não estou tentando nada. Só estou dizendo que estou morrendo de saudade de você

Peter: Não me importo se você tá bem

Peter: Quer dizer, eu me importo, você sabe que eu me importo, mas o que estou tentando dizer é que não quero mais passar vários meses longe de você, mais de uma vez por ano

Peter: Você pode aguentar, mas eu, não

Peter: Posso estar um caco, mas sou o SEU caco e preciso ter você por perto

Maria: Quer que eu pegue um avião amanhã à noite para te fazer uma visitinha?

Peter: Não

Maria: Não?

Peter: Já comprei a passagem pra te ver, Maria

Peter: Vou chegar amanhã à noite

Peter: Se tiver como me buscar no aeroporto, por favor, faça isso. Preciso ter você nos meus braços o mais rápido possível

Peter: Eu te amo.

Maria: *Jag älskar dig också*, Peter.

Maria: Seu armário azul está cintilando nesse momento. Você sabe, né?

Peter: :-)

Epílogo

Sempre que Maria e ele visitavam Alex e Lauren, Peter ficava maravilhado.

Cacete, os dois moravam em um *castelo* de verdade. Com fosso. E cocheiras. E *torres*.

De alguma forma, toda aquela estrutura absurda nem chegava a se destacar tanto entre os vizinhos de Beachwood Canyon, já que todas as casas — ou melhor, propriedades — da região tinham estilos arquitetônicos bem diferentes. Enquanto subia as estradinhas sinuosas da montanha com o SUV, ele prestara atenção redobrada naquele dia. Tinha visto uma casa colonial espanhola enorme, algumas construções modernistas, propriedades ultracontemporâneas com paredes inteiras de vidro e até uma casa na árvore que, aparentemente, havia tomado muitos esteroides.

Nada de portões. Alguns turistas. Personalidade de sobra.

E várias placas de "vende-se".

Durante uma troca de mensagens com o elenco de *Portões* na semana anterior, eles tinham falado bastante sobre quanto estavam ou não satisfeitos com as casas em que moravam no momento. Não demorou a ficar claro que a maioria deles, ou talvez todos, pretendiam se mudar para mais perto de Beachwood Canyon. Até Marcus, que morava com April em São Francisco, demonstrou interesse em alugar uma casa de temporada, com muitos quartos, perto da casa de Alex, ou investir em um segundo imóvel.

Ao longo dos anos, o elenco se tornara mais do que colegas de trabalho.

Tinham virado grandes amigos. De certa forma, viraram uma família. A não ser por Ian, porque… aquele cara podia ir se foder.

Durante toda a troca de mensagens sobre imóveis, casas por temporada e a possibilidade de todo mundo se mudar junto para Beachwood Canyon e arredores, Maria não escreveu uma palavra.

Peter também não.

O que não queria dizer que não tivesse pensado no assunto.

Na véspera, quando enviou discretamente um e-mail a Ramón e Nava sobre o lugar onde estavam morando e perguntou se Beachwood Canyon poderia combinar mais com eles, pensou ainda mais.

E naquele momento, esparramado em um dos sofás enormes de Alex, com Maria aconchegada ao seu lado e rodeado por tanta gente querida, voltava a pensar.

— Calem a boca, seus idiotas. Quero fazer uns brindes antes de o episódio começar! — gritou Carah do outro lado do salão. — Peguem suas bebidas e sentem logo a bunda no sofá!

Como haviam combinado meses antes, o elenco — sem Ian, naturalmente — tinha se reunido para assistir ao último episódio da temporada de *Deuses dos Portões* com privacidade, onde poderiam reclamar, se lamentar e gargalhar à vontade. Agora, depois de jantarem juntos a comida que pediram pelo delivery, estavam todos se acomodando diante da enorme TV de Alex, prontos para testemunhar o caos literal e emocional que estava por vir.

Mas antes, pelo visto, haveria alguns brindes.

— À minha querida Summer, cujo spin-off da Lavínia vai ser o maior sucesso que o StreamUs já viu — disse Carah, e ergueu a taça de champanhe na direção de Summer. — Um megassucesso garantido, gata.

Surpreso, Peter olhou melhor para Carah. Não tinha certeza de já tê-la ouvido dizer *minha querida* de um jeito tão carinhoso. Pensando bem, Summer e ela não tinham dividido o quarto naquela viagem a Napa?

Maria ergueu as sobrancelhas para ele.

— Obrigada, meu bem — respondeu Summer, com um sorriso doce.

Carah se postou ao lado da poltrona de Summer.

— Sem ofensa, Marcus, mas nunca entendi por que Dido foi atrás de Eneias, se podia ter ficado com Lavínia.

Então, Carah se abaixou, segurou o rosto de Summer com as duas mãos e tascou um beijo longo e entusiasmado na ex-rival de cena, enquanto um coro de assobios e gritos tomava conta da sala.

— Eu assumo toda a responsabilidade por isso — anunciou Alex para todos de onde estava deitado no sofá, com a cabeça no colo de Lauren. — Eu sabia que mandar aquela fanfic com consentáculos, em que Lavínia enfia tentáculos apaixonados na Dido antes de nadarem juntas até a Grécia, ou sei lá onde, daria em alguma coisa.

Depois de uma última carícia na bochecha da — nova, ou apenas recém-assumida? — namorada, Carah se endireitou no assento, e Summer continuou olhando para ela com um sorriso radiante.

— Ao Alex, meu coapresentador em *Soltinhos* e meu canalha favorito — disse Carah, erguendo de novo a taça. — Continue sendo esse agente do caos, meu amigo. E vamos rezar para Lauren continuar aguentando esse seu jeito insuportável, porque essa santa merece um adicional por insalubridade ou a canonização.

A voz de Lauren saiu irônica e seca como os ventos de Santa Ana:

— Como meu primeiro milagre, consegui convencer o homem a não mandar um buquê de balões em forma de peixe para a casa do Ian hoje, com uma faixa gigante parabenizando o cara por sete anos de contribuição à extinção dos atuns.

Quando Alex respondeu com um olhar presunçoso, ela puxou de leve uma mecha do cabelo dele.

— À Asha, a nossa própria Jane Bond, cacete! — exclamou Carah, brindando com entusiasmo. — Não vejo a hora de ver você transando com metade dos homens da Europa entre perseguições de lancha e assassinatos criativos e sanguinários, sua doida linda e talentosa!

— Uma correção, minha boa Carah — disse Asha, com um sorriso malicioso. — Não só com os homens.

As duas trocaram soquinhos, em comemoração.

— Sou eu que vou cantar a música de abertura — comentou o namorado de Asha, puxando-a para o colo. — Mas estão implicando com minha letra para *Octopênis*. Falaram que os grupos de teste não curtiram.

Depois de encará-lo por um instante, Carah balançou a cabeça e se virou para Mackenzie.

— À Mackenzie e ao Bigodinho, coautores do primeiro best-seller do *New York Times* escrito por telepatia entre gato e humana: *Miaumórias: vida de gato*. — Mais um brinde, agora na direção de Mackenzie, que segurava Bigodinho no colo. — Que a conexão telepática entre vocês siga firme, que as vendas arrebentem e que seus hábitos de higiene pessoal continuem sendo *só seus*... a menos que Mac precise levantar uma graninha vendendo vídeos fetichistas.

— Obrigada, Carah. Ficamos muito gratos por... — Mackenzie interrompeu o próprio raciocínio de repente e levantou o gato até ficarem cara a cara. — O quê, Bigodinho? Quer ouvir a música? Ficou curioso para saber como o Teddy conseguiu compor um refrão tocante sobre um vilão com oito pênis?

Para ser justo, Peter imaginava que todo mundo estivesse se perguntando aquilo. Por que não o gato?

— Sem problema. Canto pra você depois, Mac... Quer dizer, Bigodinho — disse o namorado de Asha. — Acho que você vai se surpreender com a pungência do refrão.

Alex espirrou com tanta força que todos se sobressaltaram. Depois de enxugar o nariz e os olhos com o lenço, ele lançou um olhar irritado para Bigodinho. Lauren lhe passou, discretamente, um antialérgico e um copo de água, que ele engoliu antes de puxá-la mais para perto e sussurrar algo em seu ouvido.

Fosse lá o que ele tivesse dito, deixou o rosto de Lauren ruborizado e fez com que ela abrisse um sorriso todo bobo.

Conhecendo Alex, provavelmente era alguma coisa envolvendo penetração anal.

— Ao Marcus — disse Carah, com um sorriso mais doce. — Meu colega mais próximo por tantos anos e meu amigo querido. Que você encontre papéis e projetos dos quais se orgulhe até a alma, e que a sua adaptação da *Eneida* cale a boca de cada babaca que assistir. E que você também consiga fugir das perguntas da imprensa sobre se o projeto é uma fanfic para corrigir o original em formato de filme, porque a gente sabe que é, sim, cara.

— Com você e a Summer no elenco, vai ser incrível. — Marcus cutucou as costelas de April, sem conseguir impedir que ela risse. — E não é exatamente uma fanfic em formato de filme. É mais uma... Hummm, uma exploração mais aprofundada do personagem do Eneias, mais fiel à obra do Virgílio do que foi *Portões*. Por exemplo, Dido não vai dizer que é uma *morta-viva louca indo chutar a bunda do Eneias* antes de tacar fogo na frota dele.

De fato, retratar com mais precisão a história de Virgílio não deveria ser muito difícil.

Carah talvez se decepcionasse com tanta precisão. Na cena da queima da frota, ela tinha se divertido *demais*.

TANTA MORTE E NENHUM ENEIAS FAZ DE DIDO UMA GAROTA FURIOSA, tinha escrito ela no grupo de mensagem do elenco, se Peter bem se lembrava. PIRO DIDO NA ÁÁÁÁÁÁREA!

— À April, minha megera querida... — Carah fez um brinde à geóloga ruiva. — Obrigada por ajudar o Marcus a ser a melhor versão dele. Eu poderia dizer até que... você é firme como uma pedra.

Um coro de gemidos se espalhou pela sala.

— A gente acabou de voltar de um galpão incrível de rochas e minerais em Vacaville — contou April, toda feliz. — Não tenho vergonha nenhuma de admitir meu tesão pela geologia.

— Sério? Esse é o joguinho de vocês? E atende aos dois? — Alex se ergueu um pouco no assento, as sobrancelhas levantadas.

Alguns segundos se passaram até que todos entendessem. Então, Lauren deu um tapa no braço dele, e April, normalmente uma cientista imperturbável, corou um pouco ao encarar Alex... e deu uma risadinha. Uma *risadinha tímida*.

Marcus encarou o melhor amigo e puxou April mais para perto.

Carah revirou os olhos.

— Ainda bem que você é gostoso, Woodroe.

— Wren concorda — comentou ele, e deu uma piscadinha e deitou a cabeça no colo da namorada.

Determinada, Carah se virou.

— À Maria e ao Peter, os últimos a entrarem no nosso elenco principal. Ou melhor, os últimos a entrarem no elenco principal que *não* são um babaca obcecado por atum com o que parecem ser minibíceps por cima dos bíceps.

Peter até poderia sentir pena de Ian. Talvez até *sentisse*, se o cara não fosse, de fato, um babaca obcecado por atum que tinha se desentendido com o restante do elenco e se achava superior à equipe técnica. Mas ele era, então Peter não derramaria uma lágrima pelo homem.

— Maria, tudo que vi sobre seu próximo filme me dá vontade de comprar o ingresso agora. *Adoro* uma trama de mulher fugindo para salvar a própria pele. — Carah se aproximou, e Maria e ela se comprometeram com um soquinho. — E não imagina como estou feliz por saber que você vai ficar de vez aqui em Los Angeles, sua cretina maravilhosa.

— Eu também. — Maria lançou um sorriso efervescente para todos os amigos antes de encontrar o olhar de Peter por um longo e significativo instante. — Não existe outro lugar em que eu preferisse estar.

Era uma mensagem para todos, mas para ele também.

Maria sabia que Peter ainda se preocupava com a distância entre ela e a família. Porque aquela distância era um sacrifício feito por ela, exclusivamente para ele, mesmo que ela de fato adorasse os colegas de elenco. Maria nunca o fizera se sentir culpado por isso, mas ele queria dar *tudo* a ela. Doía saber que havia algo que não era capaz de oferecer à mulher que amava.

Ele podia fazer melhor, porém. Ia fazer melhor, e começaria naquela noite.

— Peter, meu barbudão — continuou Carah —, você tem acumulado uma porção de vitórias nos últimos tempos. Você nasceu para interpretar o papel principal em *Jovem MacDonald*, cara. Um veterinário rabugento, mas sexy, recém-chegado da cidade grande a uma cidadezinha do interior? Com a própria fazenda? Ponto pra você!

Ele concordava. Até certo ponto. Tirando a parte das vacas. Pelo amor de Deus, eram *muitas vacas*.

Mas Peter adorava o personagem Jack MacDonald e a série seria gravada principalmente em Los Angeles, por isso ele achava que valia a pena correr o risco de morte por pisoteamento cruel e calculado. Melhor ainda: o piloto já tinha sido aprovado, e a série estava garantida para, pelo menos, uma temporada inteira.

Se conseguissem uma segunda temporada, talvez ele convencesse os roteiristas de que o Jovem MacDonald gostava apenas de galinhas, ou ovelhas, ou de *qualquer coisa*, *qualquer coisa mesmo* que não fossem aquelas malditas *vacas*.

Também ajudaria se Maria parasse de *mugir* do nada, só para vê-lo pular de susto, e depois gargalhar até ficar sem ar. Quando ele sugeria, como retaliação, que o armário azul ou as botas dela talvez estivessem um tanto cheios de merda, ela só ria ainda mais.

Os dinamarqueses estavam certos esse tempo todo: os suecos eram um povo cruel.

— Sua outra grande vitória, é claro, é esse pedaço de mau caminho nórdico aí do seu lado — disse Carah, com um assobio admirado e prolongado, ecoado por outras pessoas na sala, seguido de aplausos e gritos de comemoração. — De onde você tirou a sorte ou a inteligência de arrastar essa Valquíria maravilhosa até o altar, eu não sei. Mas parabéns, Peter. Você conseguiu, seu safado barbudo do cacete.

Ele não tinha exatamente arrastado Maria até o altar, na verdade, embora estivesse disposto a fazer aquilo se tivesse sido necessário. Em vez disso, logo depois do pedido de casamento, os dois marcaram uma cerimônia civil e se casaram o mais rápido que a lei permitia. O que Carah e todos ali sabiam muito bem, já que tinham comparecido. Assim como Ramón, Nava e toda a família de Maria. Menos o pai de Peter, que não tinha conseguido se organizar para viajar em tão pouco tempo, mas Peter tinha lidado bem com isso.

Ele também não se achava particularmente esperto. Mas a parte sobre a *Valquíria maravilhosa* que Carah dissera? E sobre ele ter tido sorte?

Era a completa, intensa e maravilhosa verdade.

Exceto pela parte do mugido, é claro. Aquilo não era sorte. Era insuportável. Exatamente por isso, Peter planejava estrear no dia seguinte a camiseta que tinha encomendado, com os dizeres: BENNY E BJÖRN: VERDADEIROS GÊNIOS. E, logo abaixo, em letras um pouco menores: O ABBA TINHA OUTROS INTEGRANTES? NÃO ME LEMBRO DE NENHUM.

Ela ia *surtar*.

Aquela era a vingança dele. Maria iria aprender uma lição.

— E, por fim — disse Carah, com um sorriso maligno curvando seus lábios —, a Ron e R. J., nossos...

— Peraí — disse Peter, se levantando e erguendo a garrafa de limonada com gás. — Mais um brinde antes de você estraçalhar nossos *showrunners* que não estão presentes, por favor. Um brinde a Carah Brown, conhecida como, e nada mais justo, a integrante mais fofa e mais desbocada do nosso elenco. A verdadeira estrela do *Soltinhos*, de longe. — Ele ignorou o suspiro indignado, exagerado e totalmente encenado de Alex. — E a colega e amiga mais leal que alguém poderia ter. Um brinde a você, sua monstrinha maravilhosa do cacete.

Carah fez uma reverência orgulhosa e sorridente enquanto os outros aplaudiam.

— Valeu, Peter. Acho que você não é um babaca, no fim das contas. Só noventa por cento. — Ela lançou uma piscadinha para ele e ergueu mais uma vez a taça de champanhe enquanto Peter voltava a se sentar ao lado de Maria. — Como eu estava dizendo, um brinde a Ron e R. J., onde quer que estejam.

— Não nas redes sociais nem em qualquer painel nas convenções, isso eu posso garantir — murmurou Summer.

Carah deu uma risada e continuou:

— Depois de anos sendo bajulados pela crítica e recebendo várias oportunidades de ouro, os últimos meses foram difíceis para os dois. Foram afastados da direção de *Guerreiros das Galáxias* e cortados de outros projetos de grande repercussão. Também foram massacrados na internet pelos roteiros assustadoramente péssimos e preguiçosos, além de decisões bizarras, apressadas e/ou insatisfatórias de enredo e de desenvolvimento dos personagens.

— Se achavam que o restante da temporada tinha sido ruim... — falou Marcus com um suspiro, passando a mão pelos cabelos impecáveis e brilhosos. — Espere até verem o final. Meu Deus.

— Ron foi o foco de várias reportagens investigativas recentes sobre misoginia no set de *Portões*, e sei que alguém aqui na sala é responsável por isso — declarou Carah. — Só quero dizer a seja lá quem for: eu te *amo*, porra. Até diria que quero ter seus filhos em agradecimento pelos serviços prestados à humanidade, mas não quero. Meus ovários estão mais para "nãovários".

Alex virou um pouco a cabeça no colo de Lauren, discretamente. Só o suficiente para encontrar o olhar de Peter e trocar o mais ínfimo dos acenos.

Sim. Podia-se dizer que Alex ainda guardava um rancor profundo, plenamente justificado e alimentado por uma fúria intensa, em relação ao comportamento de Ron com Lauren. Peter tinha certeza de que o amigo levaria aquele rancor para o túmulo, da mesma forma que tinha certeza de que a lei da gravidade continuaria existindo.

Também se podia dizer que Peter tinha oferecido a Alex um jeito seguro de alimentar aquele rancor. E que ele próprio tinha recorrido à sua raiva oculta para buscar a vingança que considerava merecida.

Se os *showrunners* não tinham abalado a confiança de Maria, nem quebrado seu espírito, nem afetado seu corpo, nem feito com que ela duvidasse da própria beleza e do próprio valor, não fora por falta de tentativa.

Eles tinham tentado se aproveitar dela. Tinham tentado vergá-la.

Tentaram e fracassaram.

Maria tinha suas vulnerabilidades, como ele muito bem sabia, mas Ron e R. J. nunca chegaram a encontrá-las, graças a Deus. Ela também sabia se proteger e proteger seus interesses, e tinha feito aquilo com maestria, quase sem nenhuma ajuda dele.

E Peter não era mais o mesmo homem. Estava disposto a correr riscos para defender a mulher que amava. Então, sim, havia dado entrevistas anônimas algumas semanas antes. Compartilhara memorandos e e-mails comprometedores. E recrutara Alex discretamente para sua causa, porque Alex ainda queria vingança. Sempre ia querer. Passaria por cima de qualquer coisa por Lauren, mesmo que ela não quisesse.

Agora Peter entendia aquilo. De um jeito que não era capaz de entender poucos meses antes.

Carah ainda estava falando, porque a lista de infortúnios recentes dos *showrunners* era longa, variada e saborosíssima.

— ... mas a minha parte favorita — dizia ela, com o rosto iluminado de prazer — é aquela que a gente jamais pode esquecer: quando Ron e R. J. foram até a ilha da Maria e do Peter para filmar umas cenas extras e decidiram visitar o golfinho, a McBravinha, mesmo com todos os alertas dos moradores. E tentaram montar nela, porque são dois babacas, e então ela meteu a porrada nos dois: quebrou o nariz de Ron e deixou o olho de R. J. roxo. Os moradores da ilha filmaram tudo e postaram o vídeo na internet, onde ele vai viver para todo o sempre. Amém, cacete.

Durante um minuto, todos ficaram em silêncio, saboreando aquela lembrança preciosa, trocando sorrisos nostálgicos e satisfeitos enquanto reviviam mentalmente os memes hilários das redes sociais.

Naquele dia, Maria e ele tinham passado horas aconchegados no sofá, rolando a tela e gargalhando. "Sempre soube que a McBravinha era minha *coach* de vida por um motivo", tinha dito Maria a ele.

— Segundo o Bigodinho, aquele foi o melhor dia da vida dele — comentou Mackenzie agora, com um sorriso sereno no rosto lindo. — Melhor até do que quando ele ganhou aquela massagem e pedicure felinas.

— No ano que vem, a gente devia comemorar o Dia da Porrada do Golfinho juntos — disse Alex, em um tom preguiçoso. — Ou, se todo mundo estiver ocupado trocando presentes e preparando um banquete, sempre dá pra marcar alguma coisa na Véspera da Porrada do Golfinho.

Asha fez uma anotação no calendário do celular.

— Um brinde a Ron e R. J. — disse Carah, erguendo a taça uma última vez. — Vocês passaram tempo demais plantando, seus babacas. Bem-vindos à parte da carreira em que vocês colhem.

— Isso aí — disse Summer, levantando-se da poltrona e entrelaçando o braço livre no de Carah. — Vou beber com prazer.

Peter também se levantou e todos brindaram, garrafas e taças tilintando, saboreando o *schadenfreude* mais delicioso — o prazer com o infortúnio dos outros.

Então, finalmente, chegou o grande momento.

— Vai começar! — gritou Carah, correndo para pegar o controle remoto de Alex.

Peter se recostou, pronto para o início da carnificina.

Mas, ao que parecia, não estava preparado o bastante.

— Filmaram isso durante uma supernova? Que porra é essa? — murmurou Marcus, erguendo a mão espalmada diante dos olhos para se proteger da luz. — Nem dá para me ver enquanto eu ascendendo à imortalidade. Está claro demais, cacete.

— Talvez a intenção fosse fazer você parecer mais divino — disse April, semicerrando um pouco os olhos. — Mas está difícil saber se você está comendo ambrosia ou um pedaço do sol.

Alex, que mais uma vez estava largado no colo de Lauren, levantou a cabeça e analisou a cena, pensativo:

— Lamento muito você ter alcançado a imortalidade no meio de uma explosão nuclear, cara. Te desejo mais sorte na próxima vez.

Summer deu uma palmadinha de consolo no braço de Marcus, enquanto Carah apontava para a tela e caía na gargalhada. Asha e o namorado estavam se atracando, e Mackenzie cobriu os olhos do Bigodinho e virou o gato de costas para a imagem clara demais.

As cenas de Peter com Maria já tinham passado. Ele mal conseguia distinguir o que estava acontecendo na tela e teria tempo de sobra depois para encarar os destroços daquele final de série absolutamente amaldiçoado. Por isso, desviou o olhar da TV e se inclinou para falar baixinho no ouvido de Maria.

— O que você acha de a gente procurar uma casa por aqui? Em Beachwood Canyon? — sussurrou ele. — Você gostaria?

Ela não precisou dizer nem uma palavra sequer. Seu rosto se iluminou de um jeito capaz de ofuscar qualquer atrocidade que estivesse ocorrendo na tela gigante da televisão.

Os olhos de Maria procuraram os dele.

— Sem portão, *sötnos*?

— Sem portão.

— Sem segurança?

— Sem segurança.

— Sem canga de boi?

— Sem canga de boi.

Só as pessoas que amavam por perto e sempre acessíveis, oferecendo o mesmo apoio na alegria e na tristeza, no sucesso e no fracasso. Gente que sabia valorizar o apoio de Maria e Peter também, em meio ao tumulto imprevisível de uma carreira em Hollywood.

Morando tão perto dos amigos mais queridos, Maria florescia E agora Peter sabia que ele também.

— Tem certeza? — perguntou ela, levando a mão ao rosto dele. — Não vai sentir falta da sua casa?

Não, ele não sentiria. Porque ainda era *a casa dele* para ela, mesmo depois de todos aqueles meses — e não *a deles*. Maria não tinha feito de propósito, mas a escolha das palavras era um sinal claro de um problema maior. Um problema para o qual Peter já vinha querendo encontrar uma solução fazia tempo.

E tinha encontrado.

Peter sentira falta de muita coisa na vida antes de Maria. Amor. Família. Amizade.

Comparado àquilo, uma casa não era nada.

Ele inclinou a cabeça e encostou a testa na dela.

— Eu vou ter você, não vou?

— Sempre — respondeu Maria. — Para sempre.

— Então não vou sentir falta de nada — disse ele, sorrindo para ela.

— Ano que vem, acho que a gente deveria superar a convenção de *Portões* do verão passado — disse ele. — Mais surpresas. Mais drama. Mais referências à prática de penetração anal transmitidas para o mundo inteiro.

Alguém tinha pausado o episódio, e Alex falava com Marcus, que observava o melhor amigo com uma expressão complicada naquele rosto tão expressivo — um misto familiar de horror, resignação, carinho e bom humor.

Todos já tinham visto Marcus lançar aquele olhar para Alex antes. Muitas, muitas vezes.

Ele falou bem devagar:

— Eu… não acho que isso seja possível, Alex.

— Pessimista — retrucou Alex, fazendo um gesto como se afastasse aquela ideia. — Como dizem mesmo em *Jurassic Park*? "A vida encontra um meio"?

— Isso não é a vida — disse Carah, jogando um punhado de minipretzels na boca e continuando de boca cheia: — É só você, nosso demônio do caos residente. *Você* é quem encontra um meio.

Alex deu de ombros, nem um pouco ofendido.

— Dá na mesma.

— E vale lembrar que, quando a vida deu um jeito no filme, teve gente que foi *devorada* — falou Carah, com a boca cheia de pretzel mastigado. — E não no sentido figurado.

Lauren assumiu o controle remoto.

— Vou dar play no episódio, antes que o Alex tenha mais alguma sacada genial e aterrorizante. — Sem nem olhar para ele, ela ergueu a mão assim que Alex abriu a boca. — E não, ninguém quer ouvir sobre quanto você é genial com seu taco, Woodroe. Fica na sua.

— Estraga-prazeres — resmungou Alex, embora olhasse para ela com uma adoração escancarada.

Quando Lauren deu play no episódio, várias pessoas gritaram por causa da claridade *excessiva*. Por sorte, a cena terminou poucos segundos depois, e a batalha pelo Tártaro e por toda a humanidade recomeçou.

Com o problema mais urgente agora resolvido, Peter se acomodou de novo no sofá e se preparou para ver mais um bando de gente infeliz morrendo de forma horrível, inútil e pessimamente roteirizada.

Mas ele não estava pensando em morte. Não de verdade.

Naquele momento, o que ocupava sua mente era a vida.

Talvez sentisse saudade da mãe até seu último dia no mundo. Talvez nunca conseguisse encontrar uma forma de se reconectar com o pai ou de perdoá-lo. Talvez sua carreira afundasse com o tempo, ou ele deixasse de ser um queridinho de Hollywood. Talvez a conta bancária fosse secando aos poucos.

Mas com Maria aconchegada ao seu lado e os amigos por perto, discutindo, se abraçando e rindo felizes da vida, como se fossem crianças...

— Para de monopolizar o apoio de pé, *skitstövel* — sussurrou a mulher que era dona do coração dele inteirinho. — Ou eu te faço comer alcaçuz salgado de novo e fico observando você engasgar.

Ela faria mesmo aquilo. Maria não fazia ameaças que não pudesse cumprir.

— Bruxa sueca — murmurou ele, e deu um beijo na têmpora dela. — Por que eu te amo tanto?

— Porque eu sou maravilhosa, é óbvio — respondeu ela, e virou a cabeça para encará-lo, pensativa. — Suponho que também ajude o fato de eu te amar. Mesmo me vendo obrigada a carregar um pote enorme e pesadíssimo de arenque para te manter na linha.

O cenho franzido dele era tão fingido que até uma criança perceberia.

Maria deu um tapinha no queixo barbudo do marido.

— De nada.

Ela voltou a olhar para a televisão e tomou posse de ainda mais espaço no apoio de pé.

Peter se virou para o outro lado — porque só um tolo daria corda para ela — e deixou um sorriso se espalhar por seu rosto até começar a doer.

É. Com Maria aninhada no braço dele e tanta gente querida a menos de dez passos de distância, até um pessimista teimoso, ranzinza e desconfiado como ele era obrigado a admitir o óbvio.

Era inesperado, mas era verdade.

Pela primeira vez na vida, ele — Peter Reedton, logo ele — acreditava em finais felizes.

Era inevitável. Não tinha o que fazer.

Afinal de contas, estava vivendo um, não estava?

Agradecimentos

Se eu tivesse sido obrigada a escrever *Paixão por acaso* sozinha, o livro não teria saído. Um ano após o início da pandemia, minha saúde mental não estava nada boa. Em alguns dias — na maioria deles, na verdade —, até abrir um documento do Word parecia demais.

Mas toda vez que eu vacilava, alguma ajuda aparecia.

Quando eu não conseguia decidir o cenário do livro, Emma Barry me falou sobre as Ilhas Aran e, sem que eu pedisse nada, montou uma *apresentação em PowerPoint* sobre a viagem que tinha feito para lá, o que foi a coisa mais fofa e nerd que eu já vi alguém fazer e exatamente do que eu precisava para visualizar a locação pequena, isolada e varrida pelo vento na Irlanda onde Peter e Maria gravariam juntos. Quando cheguei às trinta mil palavras e percebi que havia algo de errado com a história, ela leu o que eu já tinha escrito e me ajudou, com paciência, a entender qual era o problema e como consertá-lo. Quando enfim terminei o manuscrito, Emma leu tudo de novo — e Susannah Erwin e Therese Beharrie o leram pela primeira vez. A confiança delas na versão final me permitiu acreditar que eu tinha conseguido algo que antes parecia impossível: apesar da depressão, tinha escrito um livro do qual me orgulhava, bem-humorado e cheio de alegria que eu queria oferecer aos leitores.

Nas vezes em que perdi o ritmo ao longo do caminho, Theresa Romain fez chamadas de vídeo comigo. Therese me ligou pelo Skype. Mia Sosa, Susannah e tantas outras amigas mandaram e-mails e DMs, perguntando como podiam ajudar. No fim das contas, mesmo passando semanas em isolamento social, trancada no meu apartamento na Suécia, eu nunca estive sozinha.

Não estive sozinha por outro motivo também: a minha família fez tudo que podia para me apoiar enquanto eu escrevia, mesmo quando isso significava apenas continuar me amando e me incentivando. O que era, claro, exatamente do que eu mais precisava vindo deles. Sr. D, Pequeno D e mãe: amo vocês demais.

E isso sem nem mencionar todas as outras pessoas que tornaram esse livro possível! Tive a sorte de contar com duas editoras incríveis em *Paixão por acaso*. A empolgação de Elle Keck com a história e sua disposição para discutir cada detalhe comigo foram um combustível diário durante a escrita, e o amor dela pela minha primeira versão do texto me encorajou mais do que consigo expressar. Nunca vou conseguir agradecer o suficiente pela fé que ela teve em mim, nem pela atenção e pelo cuidado que dedicou aos meus livros. Elle, desejo que cada dia no seu novo cargo seja repleto de alegria, pois você merece isso e muito mais. Quando Elle saiu, Nicole Fischer assumiu, e sou imensamente grata pelo cuidado e pela atenção que ela teve com a história. Não vejo a hora de trabalhar com ela na minha nova série. :-)

Nicole foi absurdamente paciente ao longo do processo de criação da capa mais maravilhosa que eu poderia imaginar. E, por essa capa, sou eternamente grata à ilustradora Leni Kauffman e à designer Yeon Kim. Juntas, elas *arrasaram*. Eu não poderia estar mais orgulhosa de ter meu nome ali, por inúmeros motivos.

Todo o restante da equipe da Avon também foi totalmente incrível: Eliza Rosenberry, Amanda Lara e Holly Rice foram gentis, eficientes, entusiasmadas — basicamente tudo que uma autora poderia querer de uma equipe de imprensa. DJ DeSmyter foi superprestativo e simplesmente uma delícia de pessoa com quem se trabalhar. Um dia ainda vamos brindar juntos à primeira campanha de pré-venda da história da Avon que envolveu brinquedinhos sexuais! (Enquanto escrevo esses agradecimentos, ele ainda não sabe o que estou planejando para a campanha de *Paixão por acaso*, mas espero que esteja preparado para algumas ilustrações de nus.) Também agradeço muito a Laura Cherkas por ter sido tão minuciosa e cuidadosa na preparação do texto final.

E, por fim, à minha agente incansável, leal e incrível: Sarah Younger. Obrigada, Sarah, por colocar meu bem-estar acima de qualquer outra coisa sem pensar duas vezes. Obrigada por estar sempre ao meu lado. Obrigada por acreditar em mim e no meu trabalho e por exigir para mim muito mais do que eu mesma exigiria. Tenho muita sorte de ter você batalhando por mim e tenho plena consciência disso.

E, por último, mas nunca menos importante: obrigada a todos que me leem. Por favor, saibam que agradeço todos os dias por ter vocês. Todos. Os. Dias. ❤

intrinseca.com.br

@intrinseca

editoraintrinseca

@intrinseca

@editoraintrinseca

intrinsecaeditora

1ª edição JANEIRO DE 2026
impressão LIS GRÁFICA
papel de miolo LUX CREAM 60 G/M²
papel de capa CARTÃO SUPREMO ALTA ALVURA 250 G/M²
tipografia ADOBE CASLON PRO